新潮文庫

群狼の舞

満州国演義三

船戸与一著

新潮社版

10351

目次

天が与えた時

北方謙三

群狼の舞

満州国演義三

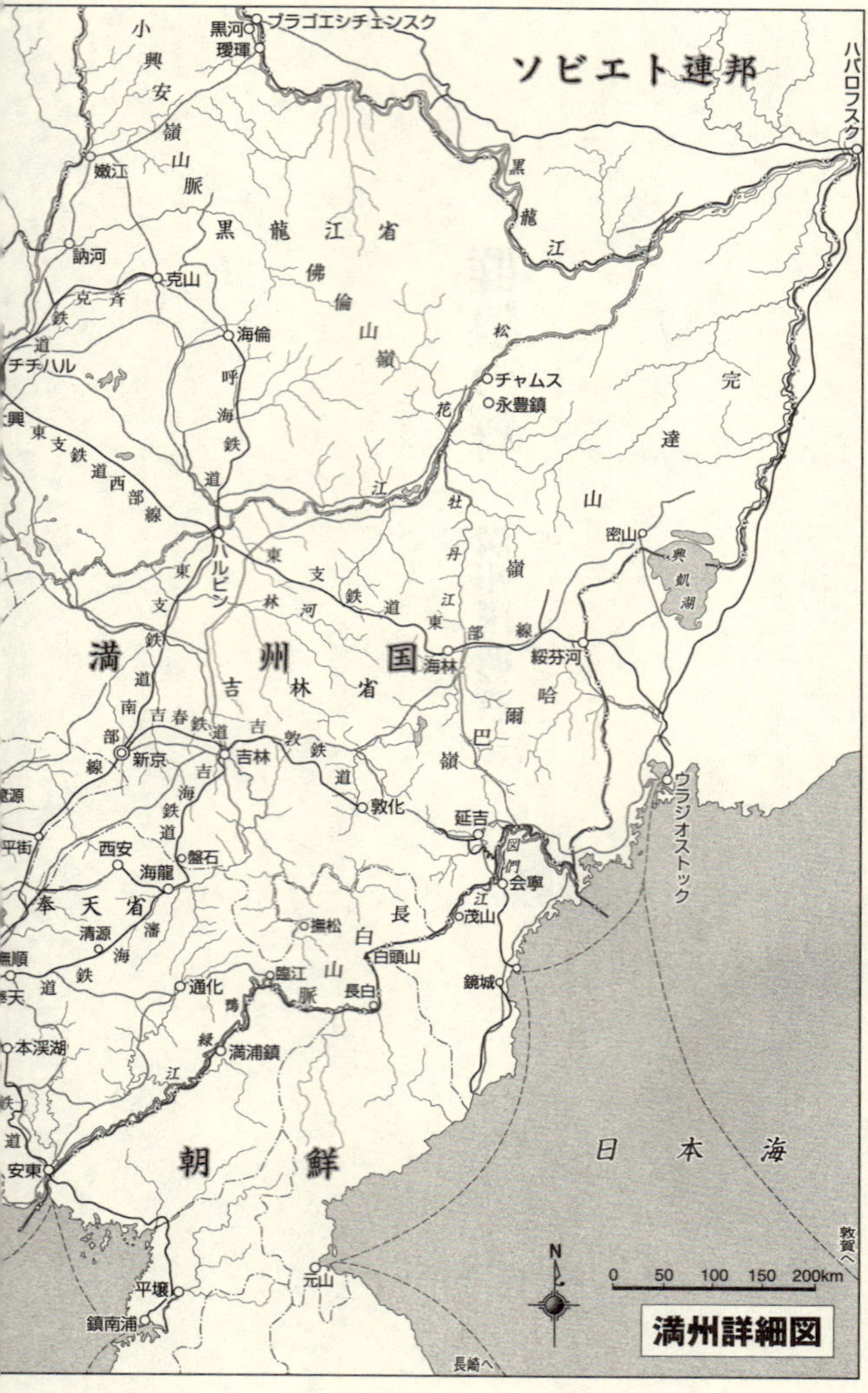
ソビエト連邦
ブラゴエシチェシスク
黒河
璦琿
小興安嶺山脈
ハバロフスク
嫩江
黒龍江
黒龍江省
訥河
克山
克斉鉄道
佛倫山嶺
海倫
呼海鉄道
松花江
チチハル
チャムス
永豊鎮
完達山
興東支鉄道西部線
牡丹江
密山
興凱湖
ハルビン
東支鉄道東部線
林河
東支鉄道南部線
満州国
海林
綏芬河
吉林省
哈爾巴嶺
吉春鉄道
吉敦鉄道
新京
吉林
吉海鉄道
敦化
ウラジオストック
延吉
図們江
会寧
源
平街
西安
盤石
海龍
奉天省
長白山脈
撫松
茂山
瀋海鉄道
清源
白頭山
撫順
奉天
臨江
長白
鏡城
通化
鴨緑江
本渓湖
満浦鎮
鉄道
安東
朝鮮
日本海
敦賀へ
元山
平壌
鎮南浦
長崎へ
N
0 50 100 150 200km

満州詳細図

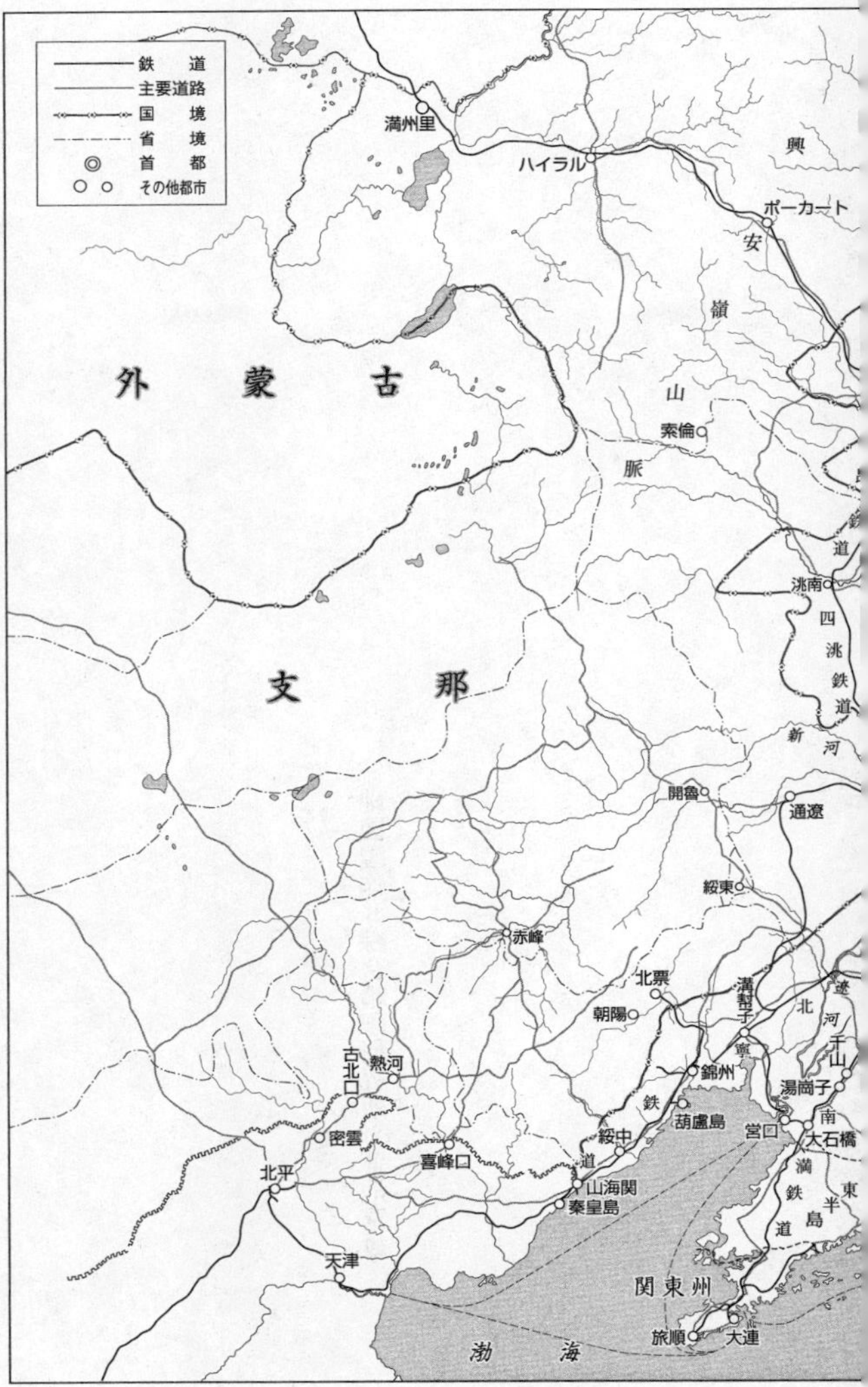
鉄道
主要道路
国境
省境
首都
その他都市
満州里
ハイラル
興
ポーカート
安
嶺
山
索倫
脈
外蒙古
支那
洮南
四洮鉄道
新河
開魯
通遼
綏東
赤峰
北票
朝陽
溝幇子
古北口
熱河
錦州
千山
湯崗子
鉄
葫盧島
営口
大石橋
南
密雲
綏中
道
喜峰口
北平
山海関
秦皇島
満鉄道
東半島
天津
関東州
旅順
大連
渤海

地図製作＝綜合精図研究所　蓮池富雄

群狼の舞

西暦一九三二年——
昭和七年——
皇紀二五九二年——
民国二一年——
大同元年——

第一章 北の残光

I

奉天の気温はまだまだ緩《ゆる》んではいない。敷島太郎《しきしまたろう》は総領事館の参事官室で上半身を椅子《いす》の背に預けたまま煙草《たばこ》を喫《す》いながら窓の向こうに視線を向けていた。一週間まえの三月一日、東北行政委員会の委員長・張景恵《ちょうけいけい》はここ奉天で満州国の建国宣言を行なった。面積約七万七千方里。人口約三千四百万。執政は溥儀《ふぎ》。国体は民本主義。国旗は新五色旗。元号は大同。国都は長春を改め新京。建国宣言にはこう述べられている。

いまや何の幸《さいわい》ぞ、手を隣師《りんし》に借りてここに醜類《しゅうるい》を駆り、積年軍閥盤踞《ばんきょ》し、秕政萃《ひせいすい》聚《しゅう》せる地を挙げ一旦《いったん》にしてこれを廓清《かくせい》す。これ天わが満蒙《まんもう》の民に蘇息《そそく》の良機《りょうき》を予《あた》えしなり。

隣師とは関東軍をはじめとする日本軍であり、秕政萃聚せる地とは永年に亘《わた》って張《ちょう》作霖《さくりん》や張学良《ちょうがくりょう》が居すわり悪政の極みを尽した土地を謂《い》う。だが、東北行政委員会は満州事変勃発《ぼっぱつ》一ヵ月半後に関東軍と満州青年連盟および大雄峯会《だいゆうほうかい》の梃入《ていい》れによって設立された自治指導部が産みだしたものであり、それを構成するのは張学良麾下《きか》として動いていた小軍閥の四巨頭だった。張景恵。熙洽《きこう》。臧式毅《ぞうしきき》。馬占山《ばせんざん》。宣言の文言《もんごん》は滑稽《こっけい》としか言いようがない。もちろん、それは板垣征四郎《いたがきせいしろう》高級参謀や石原莞爾《いしわらかんじ》参謀の意向に沿ったものだろう。宣言はつづく。

およそ新国家領土内に在《あ》りて居住するものはみな種族の岐視《きし》尊卑《そんぴ》の分別なし。原有の漢族、満族、蒙族および日本、朝鮮の各族を除くの外、すなわちその他の国人にして長久に居留を願う者もまた平等の待遇を享《う》くることを得《う》。

満州国の政府組織法や各部局官制は明後日《あさって》の三月九日の建国式典で発表されることになっているが、執政・溥儀の他にも重要な地位はすでに内定している。国務総理・鄭孝胥《ていこうしょ》。民政部総長・臧式毅。外交部総長・謝介石《しゃかいせき》。軍政部総長・馬占山。財政部総長・熙洽。監察院長・于冲漢《うちゅうかん》。参議府議長・張景恵。他にも多くの部署が内定していた。要するに、保境安民を唱えて来た文治派の于冲漢を除けば、張学良麾下だった小軍閥か清朝時代の遺臣で満州国の表向きの顔が揃《そろ》えられることになるのだ。当然ながら、実質的に新国家を牛耳るのは関東軍で、国務院の総務長官には関東軍顧問・駒井《こまい》徳三《とくぞう》が着くことに決まっている。

それにしても、石原莞爾参謀の変貌《へんぼう》ぶりがすさまじい。今年にはいってから于冲漢にますます接近し、かつての満蒙領有強硬論者が満鉄附属地はもちろん大連や旅順という関東州ですら満州国に返却してもいいと言いだしたのだ。だが、これには日本国内から猛反発があり、結局は関東州だけは満州国からの租借地ということで落ち着いたらしい。

満州建国を国際社会の関心から逸《そ》らせるために行なわれた上海《シャンハイ》事変は建国宣言二日後の三月三日に白川義則《しらかわよしのり》上海派遣軍司令官によって停戦声明が発表された。国民革命軍総指揮の蔣介石《しょうかいせき》も国際連盟からの要請を理由に停戦に踏みきった。日本軍戦死者数は陸軍と海軍合わせて七百六十九名。国民革命軍は第十九路軍と第五路軍合わせて四千八十六名。上海市社会局の発表では支那《しな》側の一般市民の死亡数は六千名強。これは日支とも満州事変をはるかにうわまわる規模だった。

国際連盟理事会決議に基いて設置されたリットン調査団は先月の二十九日に東京に到着して天皇に謁見《えっけん》している。今後は上海に向かい、国民党行政院長・汪兆銘《おうちょうめい》や軍事委員長・蔣介石と逢《あ》う予定だという。その後は満州に来てさまざまな調査を行なうらしいが、国際連盟にどのような報告をするのか予断を許さない。

いずれにせよ、旅順に軟禁状態でいた溥儀はいま湯崗子《とうこうし》温泉の対翠閣《たいすいかく》に投宿している。天津から営口《えいこう》に連れだされ、甘粕正彦《あまかすまさひこ》の監視下で滞在した満鉄経営のあの高級ホテルだ。板垣征四郎高級参謀と逢っているはずだが、何が話されたのかは奉天総領事館も摑《つか》んでいない。

とにかく展開があまりにも速過ぎる。

事態をいちいち検討している余裕がない。

ただ、満州事変後、内地では自殺者数が激減する気配にある。事変まえの自殺者数は一年で一万四千を越えていた。自殺理由の最大のものは生活苦だが、次に来るのは生きていてもつまらないからだった。若い連中が死ぬ。厭世《えんせい》観はもちろん閉塞《へいそく》感が産みだしたものだろう。満州事変がそれを吹き飛ばす可能性がある。今年は自殺者数が一万に届かないかも知れない。

太郎は短くなった煙草を灰皿のなかにゆっくりと揉《も》み消した。

参事官室の扉が叩《たた》かれたのはその直後だった。太郎はどうぞと声を掛けた。参事官補の古賀《こが》哲春《てつはる》がはいって来て言った。

「東京と連絡を取りました」

「で？」

「まったくわけがわかりませんね。連中は狂ってるとしか思えませんよ」

太郎は腕組みをしながらその眼を見つめた。一昨日の正午まえ三井合名会社理事長で男爵《だんしゃく》の団琢磨《だんたくま》が菱沼五郎《ひしぬまごろう》という青年に暗殺されたのだ。犯行場所は三井銀行本店まえだった。団琢磨はアメリカのマサチューセッツ工科大学の出身で、三井財閥の最高指導者であるだけでなく日本工業倶楽部《クラブ》初代理事長であり日本経済連盟初代会長を務め、日本経済全体を指導する立場にある。太郎は無言のまま哲春の新たな言葉を待った。

「三井合名会社理事長はふだんどおりふたりの護衛に挟まれて三井銀行の玄関に向かう石段を昇りはじめたそうです。そのとき、菱沼五郎が足早やに石段を駆けあがり三人を追い抜いて振り向きざまに三発の銃弾を放ったらしいんですがね、そのうちの一発が団琢磨の左胸を射ち抜いた。理事長は石段を転げ落ちて即死です。菱沼五郎はそのまま逃走したが、特高刑事はすぐに匿《かくま》われ先を割りだし逮捕した」

「どういう人間なんだね、菱沼五郎という男は？」

「前大蔵大臣・井上準之助《いのうえじゅんのすけ》を暗殺した小沼正《おぬましょう》と同じく井上日召《いのうえにっしょう》の立正護国堂に出入りしてました。つまり一殺多生に共感し、財閥代表の団琢磨を暗殺対象に選んだらしいんです」

「井上日召はどんな人物なんだね？」

「むかしは満州で関東軍の諜報員《ちょうほういん》をやってました。大正九年に帰国後、熱烈な日蓮宗《にちれん》の信者となり修行を重ね国家改造に取り組むようになった。本名は井上昭《いのうえあきら》。じぶんの名まえ昭をふたつに割って日召という僧名を作ったらしいんです。大正十五年には赤《あか》尾敏《おびん》の建国会創立にも加わってます」

「逮捕されたのかね、その井上日召は？」

「まだです、どこに潜んでいるかも警視庁は摑んでいない」

太郎は苛立《いらだ》ちを禁じえなかった。満州は建国宣言を行なったばかりだ。国際社会は日本の動きを注目している。それなのに白昼堂々こういうテロが行なわれたのだ。太郎は腕組みを解いてふたたび煙草を取りだした。

「井上準之助前蔵相を暗殺した小沼正の取調べで立正護国堂に集まってた連中のことがだいたいわかって来ました。小沼正は暗殺決行まえに下宿で書類を整理したらしいんですがね、そのとき藤井斉《ふじいひとし》の写真を火鉢で燃した。めらめらとあがる炎を眺めながら、おう藤井が燃える燃えると呟《つぶや》いたのを下宿の大家が目撃してます」

「藤井斉って、あの藤井大尉《たいい》かね？」

「そうです、上海事変で対空砲火で撃墜されたあの海軍大尉です。要するに海軍内で国家改造を唱える青年将校たちは井上日召の思想に共鳴し、小沼正や菱沼五郎という民間人と密接な関係があるらしいんです」

「井上日召の何に海軍の青年将校たちは魅《ひ》きつけられるんだろう？」

「昭和維新」

「何だって？」

「井上日召が唱える昭和維新に熱くなってるんです。具体的には天皇親政を叫んでるんですよ。連中の考えじゃ明治維新の不徹底さが現在の社会の腐敗を産んでる。つまり、イギリス流の立憲君主制が財閥を生みだし、それが農村の疲弊に繋《つな》がったと断じてるんです。金融恐慌《きょうこう》と世界大恐慌で農村の娘たちの身売りがつづいたのも立憲君主制のせいだとね。天皇はこの制度に従って輔弼《ほひつ》機関の内閣と輔翼《ほよく》機関の参謀本部や海軍軍令部に允裁《いんさい》を与えてるわけでしょう、そのことが不満で藤井斉は秩父宮雍仁親王《ちちぶのみややすひと》擁立を夢想したとも考えるんです」

「陸軍の青年将校は？」

「いまのところ井上日召との接触はないと聞いてます。ただ」

「何だね？」

「陸相に荒木貞夫《あらきさだお》中将が座ってから帝国陸軍も海軍もなべて皇軍と言いはじめたでしょう、国家の軍隊ではなく天皇の軍隊だということを強調するように。これは私見ですが、荒木陸相は何となく昭和維新を唱える連中と同じような臭《にお》いを漂わせているように感じられてなりません」

太郎は銜《くわ》えたままだった煙草に火を点《つ》けた。満州の情勢と日本国内の状況が呼応しあうように巨大な渦を作りだしている。こんなことは日清戦争のときも日露戦争のときもなかったろう。日本はこれまで経験したことのない事態に突入したのだ。そう思いながら太郎は大きくけむりを吸い込んだ。

「参事官はどう分析されてます？」哲春がふいに話題を変えた。「リットン調査団はどういう方針で満州の調査にやって来ると思われます？」

「いま上海で調査団と逢ってる汪兆銘と蔣介石がどんな説明をするかが問題だが、調査団に委員を送り込んだ各国はどこも植民地を持ってるんだ、先の大戦で植民地を奪われたドイツですらがオーストリア併合を目論《もくろ》んでる。日本にだけ厳しい報告を国際連盟に行なうとは考えにくい」

「心配ですよ、わたしは」

「何が？」

「白昼公然とテロ行為が行なわれたんです、調査団が日本をふつうの国家と見做《みな》すとは思えない。それもこれも張作霖爆殺にはじまる関東軍の独走に端を発してると断定しても過言じゃない」

　太郎は六時過ぎに満鉄附属地の自宅に戻った。すぐに明満《あきみつ》がじゃれついて来た。二歳半になるのだ、日に日に動きが活発になって来る。太郎は明満を抱きあげたまま居間に足を運んだ。

　台所で桂子《けいこ》と阿媽《あま》の夏邦祥《かほうしよう》が晩飯の用意に取り掛かっている。支那鍋《なべ》のなかで油が爆《は》ぜていた。今夜の献立ては邦祥得意の酢豚《すぶた》が中心らしい。

「智子《ともこ》は？」

「二階で眠ってる。三十分まえに授乳を済ませたばかりだから」

上海事変の口実となった日本人僧侶《そうりょ》襲撃事件の十日後に生まれた娘に太郎は智子と命名した。今度は隣家の堂本誠二《どうもとせいじ》には頼まなかった。意味性の強い名まえは子供に妙な負担をかける。そう思ったからだ。だんだんじぶんは父親に似て来ているのかも知れない。智子と名づけたのは太郎の死んだ母親が智江《ともえ》という名まえだったからだ。その一字を取ったに過ぎない。智子は一カ月ちょっとまえこの家で産声《うぶごえ》をあげた。

「そんなに働かなくていい、桂子、料理は邦祥に任せておきなさい」

「だって、体調はもう完全に戻ってるんだし」

「二階で休んでればいい」

「そんなことしてたら、体もこころも腐っちゃう」

そのとき抱いている明満が小さな手でぴたぴたとこっちの頬を叩いた。太郎はその顔を覗《のぞ》き込んだ。明満が舌足らずな言葉で言った。

「お父さん、お風呂《ふろ》」

太郎は無言のまま頷《うなず》いた。桂子の腹が大きく膨んでからは総領事館に泊り込むとき以外は毎日明満を風呂に入れているのだ。勤務を終えて自宅に戻って来ると、いつもそれをねだる。太郎は明満を床に下ろして言った。

「待ってろ、着替えて来るからな」

「ぼく、風呂場で待ってる」

太郎は二階の寝室に向かおうとした。

桂子がそれを制するように言った。

「お風呂のまえにお隣りに電話して、お礼を言ってくださらない？」

「何だい、お礼って？」

「さっき奥さんがいらして、灘《なだ》の生一本《きいっぽん》を頂いたの。御主人の御同僚が大阪に出張して、その土産の御裾分《おすそわ》けですって」

太郎は明満に待ってろというふうに手をかざし、居間の飾り棚に向かった。受話器を取りあげ、隣家の番号をダイヤルした。出て来た声は妻君の安江《やすえ》ではなく誠二のものだった。太郎は日本酒の礼を言ってから語調を変えてつづけた。

「どんな具合だい、満鉄のなかは？」

「湧《わ》き立ってるよ、念願だった満州建国が宣言されたんだからな。とくに、満州青年連盟では王道政治の理想国家をどう作りあげるかで侃々諤々《かんかんがくがく》の議論が飛び交ってる」

「頂いた清酒は大阪に出張したきみの同僚の土産だそうだな」

「そうだよ」

「日本国内の雰囲気はどんな状態だか聞いたかい？」

「国内も興奮しきってるらしい。わたしの同僚は団琢磨暗殺事件のときにはもう帰満してたから、あれが国内世論にどういう影響を与えたかは知らん。しかし、満州建国宣言で日本人はみな期待に胸を膨らませてるらしい」

「何を期待してるんだね？」

「満州特需だよ。新国家建設には莫大《ばくだい》な投資が行なわれるだろうと財界も労働界も固唾《かたず》を呑《の》んでる状態らしい。何せこれだけ長いあいだ酷《ひど》い不況がつづいて来たんだ、その心情は充分に理解できるね」

太郎は何も言わなかった。日本は満州事変と上海事変ですさまじい国帑《こくど》つまり国家予算を注ぎ込んだ。財政は逼迫《ひっぱく》している。国帑が満州に向けられる可能性はきわめて低い。太郎は小さな空咳《からせき》をした。

「明後日《あさって》は参加するんだろ？」

「何に？」

「長春、いや新京での建国式典にだよ」

「わたしは留守居役だよ。新国家の経営にはきちんとした行政機構が要る。かたちのうえでは立法院も国務院も監察院もできるが、総理や院長の座に着く支那人はただの飾り物だ。実質的には日本人がやらなきゃならない。関東軍もいろいろと嘴《くちばし》を入れて来るだろう。その対応にも追われることになる。きょうこんな時間に帰宅できたのは僥倖《ぎょうこう》としか言いようがないぐらいだよ」

明満を風呂に入れ、晩飯に手をつけようとしたときだった。玄関口の掃除をしていた夏邦祥が食堂に戻って来て言った。

「変な男性《ひと》がいる」

「何だって？」

「門のそばに変な男性がいます」

太郎は椅子から腰をあげ、背凭《せもた》れに掛けておいた褞袍《どてら》を羽織って玄関に向かった。下駄を履いて引戸を開けた。総領事館から戻って来るときには気配すらなかったのに、粉雪が舞っている。門扉《もんぴ》の向こうに馬に乗った人影が見えた。太郎は強《こわ》ばった声を向けた。

「だれなんだ？」

返事は戻って来なかった。太郎は北京語《ペキン》に切り替えて同じ科白《せりふ》を吐いた。それにも応答はなかった。太郎は玄関を出て門扉に近づいていった。昼間、団琢磨暗殺の詳細を参事官補から聞かされたばかりなのだ、恐怖感が胸を過《よ》ぎる。馬上のその男は舞い交う粉雪のなかで大掛児《ターコオル》とかいう支那の外套《がいとう》を纏《まと》って身動《みじろ》ぎもせずこっちを眺め下ろしていた。

街灯に照らされたその顔の左には黒い天鵞絨《ビロード》地らしき眼帯が充《あ》てられている。こけた頰は不精髭《ぶしょうひげ》で蔽《おお》われている。

太郎は喉《のど》の奥がぐいぐいと締めつけられて来るような気がした。ぎこちなく右足を踏みだして掠《かす》れる声で言った。

「次郎《じろう》なんだな、おまえ」

これにも言葉は戻って来なかった。

太郎は門扉に近づき、それを引き開けた。灰色と黒の斑《まだら》模様の馬の前脚のそばには黒っぽい毛並みの犬が一頭踞《うずくま》っている。シェパード種にまちがいなかった。太郎は馬上の男を見あげながら叫ぶように言った。

「やっぱり次郎だ、何年ぶりになる？　十三年か十四年か？　いや、そんなことはどうでもいい。馬を下りろ、家にはいってくれ」

「今夜は遠慮しとくよ、兄さん」

「これから晩飯なんだ、一緒に食え。おまえには甥《おい》もいれば姪《めい》もいる。おれの子供の顔を見てくれ」

「いつか今度ね」

「父さんは死んだぞ、四年近くまえに」

「知ってる、三郎《さぶろう》に聞いた、敦化《とんか》で」

「そ、そうだったな。おれも三郎から聞いてる、おまえと敦化で出っ会《くわ》したと。そのときおまえはたったひとりしか連れてなかったらしいが、どうしたんだ、率いてた馬賊集団は？」

「間垣徳蔵《まがきとくぞう》から聞いてないんですか？」

「な、何を？」

「率いてた青龍《せいりゆう》同盟は完全に潰《つぶ》された。そのうちのひとりに息子がいたが、そいつからも去られた」

「いまはひとりきりなのか？」

「いや、風神《ふうじん》と猪八戒《ちよはつかい》がいる。風神はおれが乗ってるこの馬で、猪八戒はこのしたで踞ってるシェパードです」

太郎はこれ以上何を喋《しゃべ》っていいのかわからなかった。話したいことは山ほどあるはずなのに、どこから切りだせばいいのかまったく判断できないのだ。いま時間が完全に止まっているような気がする。太郎は無言のまま次郎を見あげつづけた。

「忙しいんだろ、兄さん」

「千山無量観《せんざんむりょうかん》というのを知ってるかい？」

「あ、ああ」

「名まえだけはな」

「千山には五つの禅寺と二十五の道教寺院があるんですがね、最大の道教寺院が無量観で、そこの最高指導者が葛月潭《かつげったん》という老師です。葛月潭は馬賊の尊敬を一身に集めてましてね、千山無量観はいわば馬賊の聖地なんですよ」

「で？」

「葛月潭が大号令をかけた」

「どんな？」

「葛月潭は満州事変と満州建国に激怒してる。全満の緑林の徒に檄《げき》を飛ばしました、徹底して抗日救国をやれとね。それに呼応した連中は八十万以上いるでしょう。尚《しょう》旭東《きょくとう》を御存じですね、小日向白朗《こひなたはくろう》を。あの尚旭東と血盟の儀式を行なった高文斌《こうぶんひん》という馬賊がいる。そいつが抗日救国の総指揮を執ることになった。高文斌は葛月潭の檄に参集した連中を東北抗日義勇軍と命名した。関東軍は鎮圧に手を焼くでしょうよ。武器の差は歴然としていても、東北抗日義勇軍は山間部に散らばって遊撃戦をやるつもりですからね」

「ほんとうなのか、それは？」

「おれは奉天に来るまえに千山無量観に立ち寄った。馬賊連中はだれもおれのことを日本人だとは思いもしない。ぺらぺらといろんなことを喋る。東北抗日義勇軍が動きだすのはまちがいない。明後日《あさって》、建国式典が行なわれるそうだが、兄さん、満州国の前途は相当厳しいと思っといたほうがいい」

「次郎」

「何です？」

「わざわざそれを報《し》らせにここに？」

「べつにそういうわけじゃない。おれにとって満州国がどうなろうと知ったことじゃないんだから。ただ満州の三月の雪まじりの風に吹かれてここに立ち寄り、世間話をしただけだよ」

「相変わらずだな、次郎、むかしからの自己韜晦《とうかい》の癖は直らないもんだな」

次郎がふいにぴっと口笛を吹いた。踞っていたシェパード種が立ちあがった。馬の右の手綱が引かれた。門扉の向こうで馬の向きが変わった。次郎が粉雪のなかをシェパード種を連れて遠ざかりはじめた。

「どこへ行くつもりだ？」太郎は呆然《ぼうぜん》としながらその背なかに声を掛けた。「宿は決まってるのか？」

「まだ何も決めてない」

「三郎は今秋結婚するし、四郎は上海にいる。とにかく今後は連絡を密にしてくれ。おまえが何を考えてようと血の繫《つな》がりは切れるもんじゃない」

2

新京と改称した長春で満州国の建国式典が行なわれた三月九日の夜、敷島三郎は小料理屋・於雪《おゆき》で独立守備隊の熊谷誠六大尉《くまがいせいろくたいい》と酒を酌《く》み交わしていた。半年後には義兄になるのだが、かつての上官なのだ、馴《な》れ馴《な》れしい態度は取れなかった。その眼を見つめながら猪口《ちょこ》の燗酒《かんざけ》を舐《な》めた。

「兄上は建国式典に参加されたのか？」

「憲兵隊の調べじゃ奉天に残ってます。新国家の官僚機構作りの草案に取り掛かってるらしいんです」

「兄弟なのにずいぶんよそよそしい言いかただな」

「わたくしは柳条溝のときに兄に拳銃《けんじゅう》を向けました。外務省が関東軍の方針を邪魔しようとするなら引鉄《ひきがね》を引くと脅しました。あれ以来わたしは兄に逢ってない」

「気まずい思いをしてるのか？」

「何となく」

「歴史の激動期には血の繋がりも引き裂いてしまう。それがこの時代に生まれた人間の宿命《さだめ》と思え」

「わかってるつもりです。兄もそれを理解してるはずだと思いますが、それでも妙なわだかまりが残ります」

「幸いなことに、おれのところは軍人一家だ、政治で兄弟間の対立が生まれるようなことはない。単純な関係がつづくだけのことだ。おぬしの辛《つら》さは頭では理解できても、こころの襞《ひだ》までは読み取れん」

　そのとき、ふたりきりだった於雪の小あがりに四人の中年の日本人がはいって来た。雪子《ゆきこ》が注文を取りに来た。四人が口々に燗酒と料理を頼んだ。

「ところで奈津《なつ》との祝言《しゅうげん》の日取りのことなんだがな、九月十八日というのはどうだろう？　記念すべき日だし、気候もすっきりしてるんで、祝言日和《びより》だと思うんだがな」

「異存はまったくありません」

「挙式や披露宴の場所はもうすこし経《た》ってから決めよう。おれのところは親兄弟を九州から呼び寄せる。おぬしの兄上はぜひとも参列してくれないと困るぞ、どのようなわだかまりが残っていようとな」

「もちろん参列させます」

「もうおぬしの耳にもはいっとるだろうな？」

「何がです？」

「来月から九月にかけて満州に三個師団が増派される。弘前《ひろさき》の第八師団、姫路の第十師団、宇都宮の第十四師団。そうなりゃ在満総兵力は十万近くになる。それぐらいは必要だよ、熱河《ねっか》を取らなきゃ満州国の国家経営は成り立たんのだからな」

　誠六が空になった徳利をかざして振りながら新しい燗酒を雪子に注文したときだった。小あがりの隣りの座卓を囲んでいた四人の日本人のうちのひとりが徳利を差し向けながら誠六に言った。

「燗がつくまでこれで飲《や》っててください」

「そいつは申しわけありませんな」誠六が徳利を受け取って、でっぷりと太った四十五、六のその日本人にわずかに頭を下げた。「お言葉に甘えていただきますよ」

「軍人さんには大いに感謝してます。腕ずくで満州を掻《か》っ払《ぱら》ってくれたんですからね。しかし、わたしら奉天で商売をやってる日本人にしてはひとつだけでっかい不満がある」

「どんな？」

「新国家の国都を長春、いや新京に決めたことですよ」

誠六がこの言葉に黙り込んだ。

三郎も無言のままその日本人の表情を眺めつづけた。満州国の国都を新京に決めた理由はきわめて高度の政治的判断によるものだ。板垣征四郎高級参謀と石原莞爾参謀が支那側要人と協議を重ね、幕僚会議の結果決定されたものであり、詳細な事情は尉官の耳にははいって来ない。三郎は先月の二十九日に奉天全省連合大会で採択された宣言を憶《おも》いだした。

わが奉天省一千六百万の人民が従来軍閥鉄蹄《てってい》下に蹂躙《じゅうりん》せらること已《すで》に二十有余年、茲《ここ》において始めて彼ら一派を打倒し、われわれ人民の自由を恢復《かいふく》しえたことは誠に幸《さいわい》の至りなり。かつ今回新政権の樹立により自治の励行、税金の軽減、匪賊《ひぞく》の討伐などみな善政主義を前提として実施するものにして、かかる結果を齎《もたら》したる当局および友邦の努力支持にたいしては我ら全省人民のもっとも感謝するところなり。

誠六は徳利を受け取ったが、酒を猪口に注ごうとはしなかった。

太った日本人が腕組みをしながらつづけた。

「わたしら奉天の日本人は関東軍にはずいぶん協力して来たつもりです。それなのに満州国の国都は長春、いや新京とはね。びっくりすると同時に大いに失望しましたよ。奉天と長春とじゃ都市としての格がちがう。あそこを新京と改称したところで国都として機能させるためにはべらぼうな投資が必要になる。満州事変、上海事変でどれだけの国帑《こくど》が投入されたんです？　いまの大日本帝国の財政に新京への投資余力は残ってないはずだ。もし満州国の国都を奉天に決めてれば、そういう憂《うれい》は出て来なかった。満州事変での関東軍の働きには感謝してますが、国都決定の件については失望してます。画龍点睛《がりょうてんせい》を欠いたとしか言いようがありません」

誠六は黙ったままだった。

三郎は煙草《たばこ》を取りだしながら太った日本人に声を向けた。

「奉天のどこで御商売を？」

「わたしは満鉄附属地で木材商を営んでます。他の三人も満鉄附属地や商埠地《しょうふち》でそれぞれ店をかまえてますが、それが何か？」

「跳ねあがりますね」

「何がです？」

「もし奉天が満州の国都になれば、所有してる土地の値段は一気に跳ねあがる」

「それはそうですが」

「国都選定に関してもっともらしいことをおっしゃったが、結局はじぶんが所有してる土地価格が期待してたほどあがらないことが御不満なんだ。満州国は王道楽土を創《つく》りあげるべく建設されたんですよ。私利私欲でそういうことを論じるのはおかしいとは思いませんか？」

3

敷島太郎は参事官室の両袖机《そで》のうえに置かれた英文の電報の写しを眺めながら煙草に火を点《つ》けた。建国式典の行なわれた三日後、満州国外交部総長・謝介石の名まえで日英米仏独ソなど十七カ国の外相に宛《あ》て発信されたものだ。電文は建国の趣旨と対外方針が述べられている。要旨は五つだ。一、信義を重んじ和睦《わぼく》親善を旨《むね》とし、国際法規および慣例を遵守《じゅんしゅ》する。二、従来支那が各国にたいし持っていた条約上の義務のうち、国際法および国際慣例に照らして新国家で継承すべきものは継承し誠意をもってこれを履行する。三、外国人の既得権益を侵害せず、その生命財産を保護する。四、外国人の来住を歓迎し、各民族を平等公正に取り扱う。五、対外貿易を奨励し門戸開放主義により外国人の経済活動に便宜を与える。太郎は発信人の名まえは謝介石となっていても実際にこれを書いたのは満州国国務院総務長官となった駒井徳三だろうと思いながら、電文を読み終えた。

建国式典の様子は森島守人《もりしまもりと》総領事代理に随行して参列した参事官補の古賀哲春から聞いている。三日まえの三月九日午後三時、それは七馬路の長春市政公署で粛々と執り行なわれたのだ。曇天だったが風はなく、三月初旬にしては気温はやけに暖かかった。上空からは慶祝伝単が撒《ま》かれ、関東軍の軍楽隊による荘厳《そうごん》な演奏が流れるなかで賛礼がまず入場。つづいて張景恵をはじめとする東北行政委員会委員、各省区文武官、各省民衆代表の順で高座まえに控えた。次に外賓として日本人要人が定めの位置に就いた。本庄繁《ほんじようしげる》関東軍司令官、土肥原賢二《どいはらけんじ》大佐、板垣征四郎大佐、内田康哉《うちだこうさい》満鉄総裁、森島守人奉天総領事代理ら十一人が参列したのだ。欧米各国の来賓はもちろんだれもいなかった。やがて別殿から侍従長・張海鵬《ちようかいほう》の誘導で、文武官八名の侍従を随《したが》えた溥儀が軍楽隊の奏楽に迎えられて入場する。痩身《そうしん》を黒いモーニングに包んで薄紫のネクタイを締め、ダイヤモンドのピンとロイド眼鏡に純白の手袋という洋装で正面高座に現われたのだ。参列者は両腕を拱《こまね》いて頭《こうべ》を垂れ、三鞠躬《きつきゆう》の礼を行なった。これにたいし溥儀は軽く一鞠《きく》の礼を返して着座する。満蒙三千万を代表して張景恵が黄色い袱紗《ふくさ》に包まれた桐箱《きりばこ》に収まる国家表章官印たる国璽《こくじ》を三鞠躬の礼をもって恭《うやうや》しく捧呈《ほうてい》し、臧式毅が執政の印綬を捧呈した。次いで鄭孝胥が東側階段から進んで来て荘重な声で執政宣言を代読した。その日本語訳が手もとにある。

　人類はかならず道徳を重んぜよ。然《しか》るを民族の偏見あれば、すなわち人を抑《おさ》え己《おのれ》を揚ぐ。而《しこう》して道徳薄まるのみ。人類はかならず仁愛を重んぜよ。然るを国際の争いあれば、すなわち人を損し己を利す。而して仁愛薄まるかな。いま我が国を立つ。道徳仁愛をもって主となし、民族の偏見と国際の争いを除去せむ。王道楽土、まさにこの事実を見るべし。およそ我が国人、望むらくはともにこれを勉《つと》めん。

代読されたこの執政宣言のあと外賓を代表して内田康哉満鉄総裁が祝詞を呈し、その答辞が代読された。そして、軍楽隊の奏楽とともに建国式典は滞りなく終了していった。

天津から連れだされていた溥儀は湯崗子温泉を経ていったん旅順ヤマトホテルに逗《とう》留《りゅう》していたが、すぐに川島芳子《かわしまよしこ》の実父・粛親王善耆《しゅくしんのうぜんき》の館《やかた》に移った。満州建国の具体策を報《し》らされたのは二月の終わりだったらしい。そのときの情報が奉天総領事館に齎されたのは建国宣言後だ。溥儀は旅順ヤマトホテルに出向き、板垣征四郎高級参謀と打ち合わせたが、新国家の体制が帝政ではなく、共和政と聞かされて激怒したという。あくまでも清朝の復辟《ふくへき》にこだわったらしい。高級参謀が陛下と呼ばずに閣下と言うのを聞いて顔面を引きつらせたのだ。しかし、高級参謀は共和政はあくまでも過渡期の政体であり、いずれ帝政に変更しますと答えて躱《かわ》し、あとは日本人芸者を呼んでどんちゃん騒ぎになったという。溥儀は憮然《ぶぜん》として新京入りしたはずだった。

だが、古賀哲春が東北行政委員会の熙洽から溥儀が長春駅に着いたときの模様を聞いている。日本の陸軍士官学校騎兵科出身のこの満族の男は日本語がぺらぺらなのだ。熙洽は湯崗子から溥儀と同行していた。長春駅には日本の憲兵隊だけではなく群衆が押し掛けて来ていて歓呼の声が湧《わ》きあがっていた。そのなかには袍子《パオツ》や馬掛《マーコワ》といった満族の服装に身を包んだ連中が溢《あふ》れかえっていたらしい。手に手に小旗を振っている。熙洽が群衆のなかに立てられている清朝の黄龍旗《こうりようき》を指差して、旗人たちが陛下を二十年間待ちつづけていたのですと言うと、溥儀は感激して涙を流したという。

建国式典に臨んだときは関東軍にたいする不信は相当薄らいでいたらしい。執政府は東辺道長官の執務処だった道尹衙門《どういんがもん》に置かれた。しかし、この建物はあまりに古く傷《いた》みが激しいために、一カ月後に吉林《きつりん》省と黒龍江《こくりゆうこう》省の塩の専売処だった吉黒権運局《きつこくかくうんきよく》の建物に移されることになっている。

いずれにせよ、満州国は産声《うぶごえ》をあげたばかりなのだ、まずきちんとした官僚機構を作りあげなきゃならない。参事官室にはそのための検討資料が山積みされている。当分は定時に帰宅できることはまずないだろう。しばらくのあいだは明満を風呂《ふろ》に入れてやれはしないかも知れない。

机上の電話が鳴ったのは午後二時過ぎだった。受話器を取りあげると受付からで、こう言った。

「新聞連合の香月《こうづき》さんというかたがお見えですけど、どうされます？」

「お通ししてくれ。それから茶を」

香月信彦《のぶひこ》が参事官室にはいって来て、すまんね、忙しいところを押し掛けて来てと言った。太郎は応接の長椅子《いす》を勧め、じぶんもその向かいに腰を下ろした。信彦は明らかに体重が増えている。太郎は戦場を駆けまわっているのにどうして太るのだろうと思った。信彦が汗ばんだ額を左手の甲で拭《ぬぐ》って言った。

「三日まえの建国式典を覗《のぞ》いて来たよ」

「どうでした？　感想をお聞かせください」

「凶相だね」

「え？」

「溥儀だよ、溥儀。あれだけの凶相は珍しい。あの顔は疑い深くて嫉妬《しっと》の塊りだ。まあ、清朝最後の皇帝として三歳のときから太監《たいかん》つまり宦官《かんがん》に囲まれて育ったんだ。辛《しん》亥《がい》革命で退位させられ、馮玉祥《ひょうぎょくしょう》のクーデタで紫禁城から追い出された。あとは落魄《らくはく》の身だ。じぶん自身では何ひとつできないくせに、やたらと誇り高い。肉体的にもそうだが、精神には決定的な欠落がある。あんな凶相になるのは無理もないかも知れん」

「しかし、いまは満州国の元首ですよ」

「かたちのうえだけはね。そのことは溥儀もすぐに気づくだろう」

太郎は煙草《たばこ》を取りだして火を点《つ》けた。

信彦が腕組みをしながらつづけた。

「それにしてもいい顔をしてるね、太郎くん、糞《くそ》忙しいだろうに実に眼が活《い》き活《い》きしてる」

「そう見えますか？」太郎はそう訊《き》きかえしたが、じぶんでも思うのだ。これだけ多忙なのに疲労は感じない。なぜなのだろう？　煙草のけむりを吐きだしてからつけ加えた。「女の子が生まれたんですよ、上海事変の最中にね。そのせいかも知れない」

「主な理由はたぶんそれじゃない」

「どういう意味です？」

「ゲーテの『ファウスト』を読んだことはあるかね？」

「あいにく」

「あの小説のなかに確かこんな一節がある。国家を創りあげるのは男の最高の浪漫だ、とね。きみはずっと幣原喜重郎《しではらきじゆうろう》流の考えの持主だった。関東軍の暴走を憎んでた。外交官なら当然だろう。しかし、いざ新国家ができてみると、それに参画せざるをえない。つまり、男として最高の浪漫と添寝をはじめたんだ。活き活きとした眼がそれを物語ってる」

太郎はそう言われればそうかも知れないと思った。

信彦が腕組みを解き、煙草を取りだしながらつづけた。

「当面はまずきちんとした官僚機構を作ること。それからソ連権益の東支鉄道をどうするかだろうな」

「東支鉄道の件はすでにモスクワの広田弘毅《ひろたこうき》特命全権大使が下交渉にはいりました。外務省はその報告を待って動きはじめます」

「いまは満州全土の日本人が万歳万歳だが、満州国の前途は多難だと思ったほうがいい。いずれ、支那人は反撃に出て来る」

「香月さん」

「何だね？」

「わたしには次郎という弟もいます。三郎のように香月さんはお逢《あ》いになってないが、満州で馬賊をやってました。それが建国宣言の一週間後にふらりと現われた」

「で？」

「千山無量観という馬賊の聖地でそこの最高指導者で葛月潭という老師が抗日救国の大号令を発した。それに八十万の馬賊が呼応し、東北抗日義勇軍という組織が結成された。関東軍はその鎮圧で手子摺《てこず》るだろうと次郎はわたしに言い残して消えた」

「興味深いな、実に興味深い」

「どう思われます、ほんとうに八十万もの馬賊が抗日に走るでしょうか？」

「太郎くん」

「何です？」

「馬賊という言葉は何となく浪漫の響きがするだろう」

「え、ええ」

「だが、満州国の成立によって馬賊の時代は終わった。関東軍やこれから創建される満州国軍、それに満州国警察は連中を土匪《どひ》と呼ぶだろう。張学良軍の残党は兵匪と名づけ、共産党の路線に沿う連中は共匪とね。満州から牧歌性が消えていくんだよ」

「それで？」

「次郎くんとかいうきみの弟の言葉はおそらく当たってる。関東軍とは武器のちがいが大き過ぎるが、連中は遊撃戦しかやらないだろう。そうなると、小規模戦闘が延々とつづくことになる」

そのとき、戸口の扉が叩《たた》かれた。

茶が運ばれて来たのだ、太郎はどうぞと声を掛けた。

「ぜひともその次郎くんとやらに逢ってみたいね」信彦が銜《くわ》え煙草のまま言った。「馬賊をやってたのなら、ふつうの日本人じゃはいり込めない満州のあちこちを知ってるだろうしな」

信彦は運ばれて来た緑茶をうまそうに飲み干した。太郎は短くなった煙草を灰皿のなかで揉《も》み消した。信彦が湯呑《ゆの》みを卓台に置いて話題を変えた。

「ところで、今朝の新聞はまだ届いてないんだろう？　昨日、井上日召が警視庁に出頭したよ」

「どこに潜んでたんです？」

「渋谷《しぶや》常磐松《ときわまつ》の頭山《とうやま》満《みつる》邸」

「匿《かくま》ってたんですか、頭山満が井上日召を？」

「みたいだね」

「どういう関係なんです、ふたりは？」

「わからん」

「わたしには頭山満という人物がまったく理解できません。孫文を庇護《ひご》し、アギナルドのフィリピン独立運動を助け、インドのビハリー・ボースを匿った。かと思えば、小日向白朗を擁護するために陸軍省に乗り込んで恫喝《どうかつ》めいた言辞を吐き、今度は井上日召だ。若いころは自由民権運動を展開してたこともあるし、何をどういう脈絡で考えてるのかさっぱりわからない」

「当時の民権運動はそのまま国権運動へと移行する。そこに何の矛盾もない。あのころの民権運動はただただ薩長閥《さつちようばつ》憎しから起こったものだからね。それに、明治二十二年の大日本帝国憲法発布が大きい。民権運動も運動の根拠を失なった。頭山満の玄洋《げんよう》社《しや》も今後は国威発揚のために粉骨するとの声明を出した。それを支えるのが大アジア主義だよ。欧米の白人優越主義を引っくりかえす。これに異議を唱える者はいない」

「それにしても」

「たぶん騒ぎを起こしたがるやつの面倒を看《み》るのが好きなんだよ、頭山満はね」

「そんな単純なことなんですかね？」

「頭山満は安政二年に筑前《ちくぜん》福岡藩の藩士の息子として生まれた。尊王攘夷《そんのうじようい》で揺れ動いたとき、藩内は佐幕派と勤王派で真っぷたつに割れた。筑前勤王党が壊滅に追い込まれた直後に王政復古となった。佐幕派の重鎮たちは切腹となり、福岡藩は維新の波に完全に乗り遅れたんだよ。当然、勤王派は焦《あせ》る。頭山満もそのひとりだった。明治六年の政変で国内ががたがたになったとき、福岡藩の旧勤王派はだれもが西郷隆盛に期待した。しかし、薩摩はなかなか動こうとしない。痺《しび》れを切らした頭山満は前原一誠《まえばらいっせい》の萩《はぎ》の乱に参加して逮捕される。釈放されたとき西南の役はすでに終わってた。福岡に戻った頭山満は玄洋社を興《おこ》し自由民権運動に走る。やがて、その運動は大アジア主義へと変貌《へんぼう》し、孫文やビハリー・ボースの後援者となっていくんだが、新聞記者のおれにもまったく摑《つか》めてないことがある」

「何です？」

「金銭《かね》の流れだよ。大アジア主義の後援者になるためには相当額の金銭《かね》が要る。それをどこから調達してるのか見当もつかん。確かに頭山満の人脈はすごい。右から左まで多士済々《せいせい》だ。内田良平《うちだりようへい》や宮崎滔天《みやざきとうてん》といった大陸派、犬養毅《いぬかいつよし》や中野正剛《なかのせいごう》などの政治家、広田弘毅は玄洋社の社員だったし、東京朝日新聞の緒方竹虎《おがたたけとら》は頭山満に心酔してる。

中江兆民《なかえちようみん》とも親しかったし、民本主義者の吉野作造《よしのさくぞう》ともこころ赦《ゆる》す仲だった。そういうことは新聞記者ならだれでも知ってる。だが、金銭の流れだけがわからん。考えられるのは一緒に玄洋社を興し、筑豊の赤池炭鉱で成功した平岡浩太郎《ひらおかこうたろう》と古河鉱業の古《ふる》河市兵衛《かわいちべえ》だが、いまのところその尻尾《しつぽ》も摑めてない」

「ただの一度も公職には就いてませんね、頭山満は」

「固苦しいことを嫌う性質《たち》だからね」

「それにしても、わたしには理解できない。なぜ頭山満がこれだけ軍人や政治家に強力な影響を与えるかが」

「大アジア主義だよ」

「え？」

「維新での攘夷論は明治にはいって大アジア主義へと変貌していった。しかし、この大アジア主義というのは具体的な内実を伴っていない。漠たるスローガンとして拡散していった。つまり、大アジア主義は人によってその内容が異なるんだよ。西洋文明に抗するというだけが共通の概念だからな。つまり、大アジア主義は尖鋭化《せんえいか》するほどの結束力を持ってない。それが政府公認のイデオロギーとなった理由だよ。大川周明《おおかわしゆうめい》ほどの明晰《めいせき》な頭脳をもってしても論理化できず、幕僚将校たちに国家改造を焚《た》きつけるだけだ。大アジア主義と国家改造論を結びつけるものは具体的には何も見つからん。あまりにも漠としていて、梵鐘《ぼんしょう》ぐらいにしか使えんからだろう。それでも、軍人たちは感心して聞き入ってるんだがね。この大アジア主義の象徴が頭山満だと言っていいだろう。軍人も政治家もそのことを知り抜いてる。象徴を傷つけたら何が飛びだして来るか知れたもんじゃないと漠然と思ってるだろう。そのことに気づいてるのかどうか判断できんが、頭山満は大アジア主義の内実についてただの一度も論じたことがない。信奉者に求められて、ただ敬天愛人という西郷隆盛の好んだ言葉を揮毫《きごう》するだけだ。まさに明治維新以降の歴史の底流を代表する存在としか言いようがない」

太郎はその眼を見つめながら新しい煙草を取りだそうとした。

信彦がちらりと腕時計に眼をやった。でっぷりと太った体がゆっくりと長椅子から立ちあがった。太郎は背広の内ポケットに入れた右手を引っ込めた。信彦が低い声で言った。

「忙しいところをお邪魔したな、太郎くん、勝手な能書きをぺらぺらと喋《しゃべ》った。汗顔の至りだよ、忘れてくれ。ただ、次郎くんとやらの言うとおりだ、満州国の前途は楽観できない。おれも日本人だ、外務官僚としてのきみの踏んばりを期待すると言っておこう」

「香月さん」

「何だね？」

「前途多難の兆候はすでに出はじめてます」

「どういうことだね？」

「満州建国まで歩調を合わせてた満州青年連盟と大雄峯会《だいゆうほうかい》の関係がぎくしゃくして来てる。現実に国家が誕生してしまったので、これまで抑えられてた微妙な対立が顕在化して来たんだと思いますがね」

4

戦闘が終わって三週間が経《た》ち、上海はむかしの賑《にぎわ》いを取り戻しつつある。だが、激戦地となった北四川路の瓦礫《がれき》はまだ完全には取り除かれていない。本格的な復旧作業はこれからなのだ。上海事変の停戦協定はイギリス総領事館の斡旋《あっせん》でいま重光葵《しげみつまもる》公使と国民政府の郭泰祺《かくたいき》外交部次長のあいだで進められている。

敷島四郎《しろう》は共同租界イギリス管轄《かんかつ》区小沙渡路《しょうさとろ》にある洋館の玄関受付台のまえの椅子に波岡末子《なみおかすえこ》という中年女と並んで腰を下ろしていた。時刻はそろそろ夜九時になる。

ここはジョセフ・フリーマンから斡旋された二階建てで、現在売春施設として使用されている。持主は上海在住のユダヤ人で上海ユダヤ学堂の学舎とも近い。この施設を利用できるのは陸海軍の軍人か軍属だけで、民間人は寄せつけなかった。四郎がフリーマンを通じて綿貫昭之《わたぬきあきゆき》から押しつけられた仕事は客ひとりが性欲処理に要する時間とその満足度を観察することだった。

娼婦《しょうふ》たちは昭之が大連や旅順から呼び寄せた日本人で合わせて二十七名いた。料金は一時間一円五十銭。女はみな三十五歳を過ぎていた。

四郎は毎朝昭之に前日の観察日誌を提出することになっている。

終業時間十時の七、八分まえからぽつりぽつりと一階や二階の部屋から客が出て来た。この洋館はぜんぶで八室だが、なかを緞帳《どんちょう》で三つに仕切り、二十四の寝台が置かれているのだ。余った三名の娼婦は居間で待機することになる。最後に出て来たのは戸樫栄一《とがしえいいち》だった。上海事変に輜重輸卒《しちょうゆそつ》として加わったこの軍属とは洋館にはいって来たときにもちろん顔を合わせている。栄一が不服そうな声で言った。

「おもしろかねえや。ちっともおもしろかねえぞ」

四郎はこの言葉にどう応じていいのかわからなかった。

栄一がじぶんの顎《あご》を撫《な》でまわしながらつづけた。

「おれは女が若くねえから気に入らねえと言ってるんじゃねえぞ」

「何が不満なんです？」

「せんずりをかいてるようなもんだ、女はうんともすんとも反応しねえ。ぶっ放したら、それで終わりだ、抵抗しねえ女がこんなにつまらねえとは思いもしなかった」

「獣性とかを感じないからですか？」

「そうよ、支配してるって感覚がねえ。生きてるんだって実感が湧《わ》かねえ」

「変わりましたね、戸樫さん、ほんとうに」

「じぶんに正直になったと言ってくれ」

「戸樫さん」

「何だよ？」

「事変の最中ならともかく、もうじき停戦協定が行なわれるんです。今度支那の女におかしな真似《まね》をしたら、確実に軍法会議ですよ」

「なあ、四郎」

「何です？」

「おれは願ってる。これから何遍も支那とどんぱちやってくれとな」

四郎は洋館の戸締まりを末子に委《まか》せて洋車《ヤンチヨ》を拾い、虹口午浦路《ホンキユウさほろ》の清風荘に戻った。そのまま二階にあがり、きょうの施設での観察と分析を記録し終えたとき、階下《した》から声が響いて来た。草地大道《くさちだいどう》がじぶんを呼んでいるのだ。四郎は部屋を出て階段を降りていった。

玄関の三和土《たたき》に綿貫昭之が立っている。

「急用ですか？」

「ちょっとつきあってもらわなきゃならない」

「何をしろと？」

「とにかく一緒に来てくれ」

四郎は靴を履いて昭之の背なかにつづき玄関から抜けだした。フォード車が駐《と》められている。昭之が乗れというふうに顎をしゃくって運転席のドアを開けた。四郎は助手席にまわってそこに滑り込んだ。

昭之がエンジンを始動させて言った。

「相変わらず冥《くら》い顔をしてるな」

「いまのぼくは自己嫌悪《けんお》の塊りです、あんな仕事をさせられてるんだから」

「小沙渡路のあの施設はもうすぐ畳《たた》む」昭之がそう言ってフォード車を発進させた。

「あそこは実験室みたいなものだったんだからな」

「どういう意味です、それ？」

「これまできみが提出した記録は実によくできてる。それを参考にして陸海軍が本格的な運営に乗りだすんだよ。皇軍慰安所と名づけてな」

四郎はこの言葉に昭之の横顔へと視線を向けたが、暗くて表情は読み取れなかった。

昭之が煙草《たばこ》を取りだしながらつづけた。

「上海派遣軍参謀副長の岡村寧次《おかむらやすじ》大佐の名まえは聞いたことぐらいあるだろ？　永田《ながた》鉄山《てつざん》、小畑敏四郎《おばたとしろう》とドイツのバーデンバーデンで盟約を結んだといわれるあの人だよ。その岡村参謀副長が決めて、永見俊徳《ながみとしのり》作戦参謀が仕事に取り掛かった。上海の皇軍慰安所の場所はすでに押さえてあるそうだ。中華電気社宅と呉淞《ごしょう》の仏教学校を改造した建物らしい。岡村参謀副長は長崎県知事に要請し、丸山遊廓《ゆうかく》の業者がそれに応じたという話を聞いた。同時に永見参謀が青島《チンタオ》から支那の女を平壌から朝鮮の女を集めてる」

「営業開始はいつからなんです？」

「四月六日かららしい。すでに軍娯楽場取締規則は策定済みだよ。きみの観察記録は大いに役立った。取締規則はそれに基いて作られたんだよ」

「どんな規則なんです？」

「細かいことはいろいろあるが、まず慰安所の利用者は制服着用の軍人軍属に限る。写真を添付した娼婦の名簿を憲兵分隊が預る。毎週一回、軍医が性病予防のために娼婦の検診を行なう。避妊具および消毒薬を用いる。遊興料は日本人の女は一時間につき一円五十銭、朝鮮人と支那人は一時間一円。娼婦は許可なく指定地外に出ることを禁じる。軍事機密が洩《も》れる畏《おそ》れがあるからな。まあ、だいたいそんなところだよ」

　フォード車がフランス租界にはいった。

昭之が望志路にある倉庫のまえでブレーキを踏んで言った。

「この倉庫のなかできみを待ってる」

「だれがです？」

「ジョセフ・フリーマン。ぜひともきみに紹介したい人間がいるそうだ。わたしは車輛《くるま》のなかで待ってる。きみは倉庫のなかにはいってくれ」

四郎は助手席のドアを押し開け、フォード車から抜けだしてトタン板の倉庫に近づいた。望志路はときおり車輛のヘッドライトが行き交うだけで、静まりかえっている。

四郎はトタン板の扉を引き開けた。

白熱灯の光がどっと溢《あふ》れ出て来た。

一瞬、眼が眩《くら》んだが、すぐに倉庫のなかの全貌《ぜんぼう》が見えた。そこは貨車が五、六輛《りょう》はいるほどの広さで、四十以上もの大きな木箱が並べて積まれている。三人の支那人がその木箱の整理にあたっていた。倉庫の中央ではフリーマンと浅黒い肌の男が立っている。年齢は四十前後だろう。貌《かお》のつくりから察するに、南アジア出身らしい。ふたりがゆっくりとこっちを振り向いた。

四郎は無言のまま後ろ手で扉を閉めた。

浅黒い肌の男が流暢《りゅうちょう》な上海語で三人の支那人に言った。

「今夜の作業は終わりだ、明日の午後六時にまた来てくれ」

支那人たちが倉庫から出ていった。

フリーマンが腕組みをしながら北京《ペキン》語で言った。

「小沙渡路の仕事はもうすぐ終わるそうですね。綿貫さんの話じゃ、あなたの書く報告書は簡潔にして正鵠《せいこく》を得てる。ふつうの女衒《ぜげん》や接客業者にできるもんじゃない。まずは御苦労さんと言っておきたい」

四郎は返事をしなかった。このユダヤ系イギリス人と昭之や間垣徳蔵の関係がどうなっているのか見当もつかない。とにかく、真綿に包まれたようなかたちで薄汚ない仕事に手を染めさせられていくのだ。何にどう抵抗したらいいのかわからなかった。

「紹介しておきましょう。パラス・ジャフルさんだ。インドのベンガル州の出身でね、七歳のときから上海で暮してる。上海語はもちろん英語や北京語もぺらぺらだ。もちろん、ベンガル語も」

四郎は無言のまま軽く会釈《えしゃく》をした。

ジャフルが煙草を差しだしながら北京語で言った。

「いかがです、一服？」

「やめました、煙草は」

「この銘柄は御存じですか？」

四郎は差し向けられた煙草の包装に視線を向けた。それは馬占山という銘柄で、口《くち》髭《ひげ》を生やした支那人の肖像が描かれている。四郎は黙ってジャフルに眼を向けなおした。

「もちろん馬占山は御存じですね？」

「ええ」

「嫩江《のんこう》やチチハルで関東軍と激闘をつづけた馬占山は支那人のなかで英雄となりました。だから、上海の煙草会社がこの銘柄を売りだしたんです。日本人のあなたは気づかなかったでしょうが、この馬占山は飛ぶように売れたんです。しかし、満州国が成立し、馬占山が満州国軍政部総長と黒龍江省長および黒龍江省警備司令官の三つの重職を兼任するようになると、上海の支那人たちは裏切り者と罵《のの》りはじめ、この銘柄はまったく売れなくなった。すさまじい量の在庫が残ったんです。わたしの職業は貿易商でしてね、この馬占山を安値で大量に仕入れた。シンガポールに売るんです。あそこは支那人もインド人もいますが、ほとんどが馬占山がどんな人物か知らない。大儲《おおもう》けです」

「ジャフルさん」

「何です？」

「自慢話をするためにぼくをここに？」

「失礼しました、そんなつもりはまったくありません。わたしたちインド人がどれぐらいイギリスの植民地支配からの解放を願ってるかは日本人のあなたなら御理解いただけると思います。アジアがヨーロッパから踏みにじられつづけていいわけがない」

四郎はちらりとフリーマンの表情を眺めやった。シャンハイ・ウィークリー・ニュースのこの記者はユダヤ人を強調しても、国籍はイギリスなのだ。ジャフルのこういう言葉を気にしないのだろうか？　だが、フリーマンの眼には何の感情も表われていなかった。四郎は視線を戻した。

「日本は大アジア主義のいわば最前線に立ってる。その証拠にイギリスの官憲から追われるインドの独立運動家を匿《かく》まってくれてます。ビハリー・ボースやナイルといった活動家をね。わたしはそういう連中とずっと連絡を取りあって来た。ある意味じゃ上海での金儲けもインド独立のためにやってると言ってもいい」

「それで？」

「お願いがあるんです」

「ぼくに手伝えることなんかないと思うけど」

「頼みたいのは簡単なことです」

四郎はあらためてその眼を見据えなおした。いったい何が持ち掛けられるのだ？　燭光座《しょっこうざ》がおかしくなってからろくなことは起こらなかったのだ、警戒心が身に染《し》みついてしまったのはしょうがないだろう。四郎は体を硬くしてジャフルの新たな言葉を待った。

「手紙を書いて欲しいんです」

「だれにです？」

「満州で馬賊をやってるあなたのお兄さん」

「無理だ、十年以上も連絡が取れてないし、どこにいるのかも知らないんです」

「かまいません、接触の方法はわたしが考える。ただ、上海で知りあったパラス・ジャフルを紹介します、話を聞いてやって欲しいと日本語で認《したた》めていただければいい。あなたの署名を添えてね。それなりの御礼はさせていただきますから」

5

敷島三郎は四月四日の夜、チチハルに到着し、去年の十月に定宿にしていた静山館《せいざんかん》で旅装を解いた。満州国軍政部総長兼黒龍江省長兼警備司令官・馬占山が昨夜ふいに消え、関東軍チチハル駐屯軍がその捜索に取り掛かったのだ。三郎はその監視を命じられてやって来た。チチハル特務機関の鳥飼耕作中尉《とりかいこうさくちゅうい》が部屋に現われたのは十時過ぎだった。耕作は大掛児《ターコオル》を羽織り、一升瓶をぶら下げていた。四月にはいってもチチハルの寒さは緩みはしないのだ。耕作が大掛児を脱ぎ、向かいに胡座《あぐら》をかいて一升瓶の栓を開けた。三郎は座卓のうえに湯吞《ゆの》みをふたつ置いて言った。

「何を考えてるんでしょうね、馬占山は？」

「コミンテルンの策動ですよ、ソ連のね」耕作がそう言って日本酒をふたつの湯呑みに注いだ。「やり口が実にいやらしい」

「説明してくれませんか、詳しく」

「馬占山は昨夜の午前二時半に黒龍江省公署で、いきなり黒龍江省軍を巡閲して来ると言い残して消えたんです。公署まえに四輛《りょう》の車輛《くるま》が待機してた。それっきり消息がありません。チチハル駐屯軍が行方を追ってるんですがね」

「コミンテルンの策動とはどういうことなんです？」

「満州建国に東北行政委員会のひとりとして加わった馬占山をコミンテルンは支那人を使って売国奴《ばいこくど》呼ばわりしたんです。漢奸《かんかん》という支那人なら耐えがたい表現を使わせてね。北満じゃ反満抗日のポスターとともに売国奴・馬占山という落書きがあちこちで殴り書きされてる。まえにおれは言ったでしょう、馬占山は誇りというものに人一倍こだわると。金銭《かね》じゃ動かなくても、沽券《こけん》を傷つけられたら我慢できない」

「馬占山は反満抗日に転じると？」

「まずまちがいありませんね。コミンテルンはきょうチチハルの支那人にでたらめな噂《うわさ》を撒《ま》き散らした。馬占山は部下たちに数日まえからこんな科白《せりふ》を洩《も》らしたとね。日本人は張作霖と呉俊陞《ごしゅんしょう》をぶっ殺したんだ、あんなやつらと一緒に国なんか作れるか、と。チチハルの支那人はみなそれを信じてる。しかし、特務機関の捜査じゃ一切そんな事実はない」

三郎はその眼を見据えながら湯呑みの冷や酒を飲みはじめた。

耕作がわずかに声を強めてつづけた。

「満州建国に反感を持つ支那人はだれもが馬占山が抗日行動を起こすことを期待してます。ああいう男ですから、それに応《こた》えようとするでしょう。北満の地は多かれ少なかれ、また血に染まる」

「馬占山の逃亡先は海倫《かいりん》？」

「その可能性が一番強いですね。何しろ馬占山が帰順まえに最後に立て籠《こ》もった地ですからね。チチハル駐屯軍もその方向で動いてます」

「空席になった黒龍江省長の席をどうするか満州国は決めたんですか？」

「さっき情報がはいりました。韓雲階《かんうんかい》を宛《あ》てるそうです。板垣高級参謀と馬占山の会談を斡旋《あっせん》した名古屋高等工業学校を卒業したあの支那人ですよ。韓雲階にしてみりゃ、棚から牡丹餅《ぼたもち》ってところでしょうな。斡旋によって関東軍からたんまり機密費を受け取っただけじゃない、黒龍江省長の地位が転がり込んで来たわけですからね」

三郎は黙って湯呑みを座卓のうえに置いた。

耕作が煙草を取りだしながら言葉を継いだ。

「馬占山がふたたび抗日戦を開始するのは必至ですが、問題は極東ソ連軍がどれだけの武器を流すかです。ソ連はヨーロッパの緊張で日本とは事を構えられない状況にある。極東ソ連軍は動かせないけど、武器だけはコミンテルンに同調する支那人たちを通じて北満に流し込んで来るでしょう。特務機関員としちゃしばらくは睡眠不足に悩まされることになります」


耕作がふたたび静山館にやって来たのは翌日の朝食まえだった。表情から相当の興奮が読み取れる。耕作がせかせかした声で言った。

「馬占山の逃亡先を読みまちがえました。さっき黒河《こくか》の特務機関から至急電報がはいったんです、馬占山はいま黒河にいる」

三郎は黒河がどこにあるかわからなかった。

耕作がそれを察したかのように説明した。

「黒龍江を挟むソ連領ブラゴエシチェンスクの対岸の町です。在住日本人は五十人弱。

むかし、張学良が東支鉄道回収をめぐって極東ソ連軍とぶつかったことがあるでしょう、以来ブラゴエシチェンスクとの交通は杜絶《とぜつ》したままの状態です」

「ここからの距離は？」

「直線で計ればほぼ四百十五粁《キロ》」

「東支鉄道は伸びてるんですか、その黒河まで？」

「まだです、満鉄じゃ東支鉄道をソ連から買収したあとでチチハルと黒河を結ぶ計画を持ってるらしいんですがね」

「チチハル駐屯軍は車輛で黒河に？」

「すでに海倫に向かいましたからね、海倫から車輛で動くにしても相当日数が掛かる。何せ道路が酷過《ひど》ぎますからね」

「いずれにせよ、おれたちもすぐに黒河に向かわなきゃならない」

「蒙古馬《もうこ》を二頭、玄関まえに繋《つな》いであります。ふたりきりなら、車輛を使うよりはるかに早い。明日の正午まえには黒河の町に辿《たど》り着けるでしょう」

「すぐに仕度に取り掛かる」

「べつに慌《あわ》てることはありません。まず朝飯を食ってください。それから、昼食用の握り飯をふたりぶん宿で用意させて欲しい。晩飯は缶詰類を鞍嚢《あんのう》に積んでる」

「わかりました」

「わたしはこれから大掛児やら褲子《クーズ》を買って来る。そういう背広姿じゃ、遠くからでも日本人と見破られます。緑林の徒に変装してもらわなきゃならない」

三郎は褲子を穿《は》き大掛児を羽織って蒙古馬の一頭に跨《また》がって、耕作とともに八時過ぎに静山館を離れた。すぐに嫩江の大沼沢地に出た。頬を撫《な》でる風がやけに冷たい。三郎は轡《くつわ》を並べている耕作に声を掛けた。

「これまで何度ぐらい黒河に？」

「八回、いや九回訪れました。びっくりするほど寂《さび》れた町ですよ。むかしは黒龍江の砂金採りで賑《にぎ》わったらしいんだけど、砂金も尽きたらしくてね。いまは何で食ってるのかわからない」

嫩江の沼沢地から離れたのはそれからほぼ二時間後だった。耕作の話ではこれから小興安嶺《しょうこうあんれい》の丘陵地に分け入っていくらしい。大地がなだらかな登りとなった。針葉樹が生い茂り、鉛色の上空ではときおり雁《かり》の群れが飛んでいく。そこを黙々と馬を進めていった。

こういう旅をするのは中村震太郎《なかむらしんたろう》大尉捜索に向かったとき以来だ。三郎はあのときの峰岸容造《みねぎしようぞう》の最後の叫びをいまでもはっきり憶《おも》いだす。見殺しにするんですか、中尉、このおれを！　どういうことなんだ、同じ日本人なのに！　あの大陸浪人はもちろんもうとっくに興安屯墾軍に殺されただろう。忘れるんだ、忘れなきゃならない。

丘陵地がやがて下り勾配《こうばい》になった。

眼下に小さな町が見えて来た。そこは窪地《くぼち》を切り拓《ひら》いて作られたものらしく、五百戸程度の人家が建ち並び、兵舎らしき建物もあった。

「訥河《とつが》です。チチハルからの道路はあの訥河の町からまっすぐ北に向かい、虎田鉱山《こでん》まで伸びてる」耕作がいったん馬を停めてから言った。「まあ、道路といっても、輸送車輛が時速十粁《キロ》程度でしか進めない悪路ですがね」

「兵営らしきものが見えますね」

「馬占山直系の部隊が百五十ほど駐屯してる。全員屯墾兵ですがね。木材の伐採で細々と暮してるんです」

三郎は頷《うなず》いて煙草《たばこ》を取りだした。耕作がふたたび馬を進めはじめた。煙草に火を点《つ》けてそれを追った。

訥河の町にはいったのはそれから三十分後だった。ひっそりと静まりかえっている。

道路はもちろん未舗装で、剝《む》きだしの土肌は凹凸《おうとつ》が激しく、明らかに車輛よりも馬のほうが早く進めそうだった。

「どうしてこんなにひっそりしてるんだろう？」

「様子を窺《うかが》って来ます」耕作がそう言って馬を降り、手綱をこっちに差し向けた。「馬を預かっててください」

三郎は頷いてその手綱を受け取った。耕作が人通りのない道路を歩きはじめた。その背なかが一軒の人家のなかに吸い込まれた。風は南から北へゆっくりと流れている。やがて耕作がその人家から現われて、こっちに近づいて来て言った。

「ここの屯墾部隊は昨日の昼過ぎに消えたそうです。馬占山と合流したのはまずまちがいないでしょう」

「馬占山はこの訥河に？」

「いや、馬占山は四輛の車輛でチチハルから消えた。訥河に来たのは馬に乗った伝令です。屯墾部隊は小興安嶺を越えて黒河へ移動したと考えなきゃならない。おそらく、馬占山に合流したのはここだけじゃない。あちこちの部隊が動いてる。何しろ満州建国のまえは馬占山は支那人の英雄でしたからね。支那のナポレオンと呼んだ連中さえいたんだ、再蹶起《けっき》となりゃ相当の兵員を動かせる」

6

前方に敦化《とんか》の町が見えて来た。時刻は午後二時になろうとしている。敷島次郎は風神の背に揺られながら高粱《コーリヤン》畑のなかを伸びる道路を進みつづけた。風神のまえを猪八戒が歩いている。敦化の町を覗《のぞ》く気になったのはここが東北抗日義勇軍を名乗る馬賊集団に襲われたという報を二日まえに奉天で耳にしたからだ。敦化から一粁《キロ》ほど手まえに関東軍使用のウーズレイ社製軍用車輛《しゃりょう》が二輛駐《と》められているのが見える。次郎はそこに近づいていった。軽機関銃を手にした五人の兵士が立ちはだかり、ひとりが拙《つた》ない北京語で何をしに来たと言った。

次郎は日本語で風神を止めて日本語で応じた。

「敦化は馴染《なじ》みの場所でね、襲撃されたと聞いたんで、どうなってるのか覗きに来た」

「大陸浪人か？」

「そんなところだよ」

「二日まえに襲撃され、三人の日本人とふたりの朝鮮人が殺された。金品も略奪されてる。東北抗日義勇軍を名乗ったが、ただの土匪《どひ》に過ぎん」

「満州建国後にここには関東軍の分屯地が置かれたんじゃないのかね？」

「いまは応援が来てるが、分隊しか駐屯してなかったんだ。土匪は五十名を越えてた。応戦しきれるもんじゃない」

「東北抗日義勇軍の指揮はだれが執った？」

「許浩熙《きよこうき》と名乗った」

「高文斌麾下《きか》だとは宣言しなかった？」

「だれだ、それ？」

「東北抗日義勇軍の前線司令なんだがね」

兵士が訝《いぶか》しげな眼をしてこっちを見据えなおした。その視線が傍らにいったん向いた。千山無量観の老師・葛月潭の存在なんか耳にしたこともないのだろう。兵士は軽機関銃の銃口を大地に向けながら言った。

「分屯地に来てもらいます」

次郎は黙って頷き、風神をふたたび進めはじめた。

兵士がもうひとりと軍用車輌に乗り込み、風神と並ぶような遅い速度で動きだした。

きょうは朝から陽差しが強い。まだ播種《はしゅ》されていない高粱畑の土肌は赤々と輝いている。敦化の町なかにはいった。

路地路地に関東軍の兵士が歩哨《ほしょう》として立っている。商店は窓や戸口の扉が壊されたままになっていた。妓楼《ぎろう》の寒月梅《かんげつばい》のそばに差し掛かった。土壁が白いペンキで塗られている。しかし、そこに墨書《ぼくしょ》された抗日反満の文字が透けて見えた。

敦化の関東軍分屯地兵営は駅のそばにあった。

次郎はそこに案内された。風神を降りるまえに兵士がなかにはいり、すぐに中尉《ちゅうい》の襟章をつけた将校が現われた。三郎とほぼ同年齢だろう。次郎は鞍《くら》から離れて兵営の柵《さく》に風神を繋ぎ止めた。将校が兵営のなかにはいるように促した。

次郎はその戸口を抜け、事務机のまえの簡易椅子《いす》に腰を下ろした。

中尉が向かいに座り、慇懃《いんぎん》な口調で言った。

「関東軍吉林《きつりん》駐屯地の佐野重吉《さのじゅうきち》です。お名まえをお聞かせ願えますか？」

「むかしは青龍《せいりゅう》と呼ばれてた。緑林の徒を率いてたんでね」

「日本名は？」

「忘れた」

重吉は一瞬むっとしたようだった。しかし、それを抑えるようにつづけた。

「土匪の動きにお詳しいそうですな」

「べつにそういうわけじゃない。ただむかし馬賊として満州を動きまわってたんで、ふつうの日本人よりは少しは詳しいかも知れん」

「高文斌がどうとかいう話をされたそうですね？」

次郎は奉天で兄の太郎に喋《しゃべ》った程度のことを説明した。

重吉は頷《うなず》きながらその言葉をメモ用紙に書きつけてから言った。

「満州国はあなたのような日本人を必要としてます。吉林の特務機関に紹介したい。ぜひとも新国家のために働いてください」

「願い下げだね」

「何ですって？」

「おれは満州国がどうなろうと何の興味もない。風に舞う柳絮《りゅうじょ》のように生きると決めてるんだ、特務機関で働くなんてまっぴらだね」

「果して欲しい」

「何を？」

「日本人としての義務」

「そんな義務は感じたことがないね。血は日本人でも、おれのこころには国籍なんかどこにもない」

重吉の表情がしだいに強《こわ》ばっていった。鉛筆を持つ手がかすかに顫《ふる》えはじめた。重吉が引きつった声で言った。

「そういうのを非国民というんだ」

「非国民で結構だ」

そのとき事務机のうえの電話が鳴った。

受話器を取りあげた重吉が怒鳴るような声で言った。

「何だと？」

次郎は腕組みをしながらその表情を眺めつづけた。

重吉が受話器を叩《たた》きつけるように置いて兵営にいる兵士たちに命じた。

「額穆《がくぼく》の町が襲われた。敦化から二十五粁《キロ》北だ。すぐに出動する！」

次郎は兵営を出て風神の手綱を曳《ひ》き、猪八戒を連れて寒月梅に向かった。顔見知りの日本人が壊された店舗のまえに立っているのが見えた。さっきはいなかったのだ、修理にどれぐらい掛かるかを再確認しに来たのだろう。左腕を包帯で吊《つる》している。次郎は五十過ぎのその雑貨商に近づいて言った。

「被害はどんな具合だったんです？」

「日本人三名、朝鮮人二名が殺された。負傷者も多い。そのなかには多数の支那人も混じってる、店舗はみなこのとおりだよ。敦化が馬賊や緑林の徒の不戦地帯だったのはもう遠いむかしの話だ。東北抗日義勇軍とは名まえばかりで、支那人も襲われてる。あいつら、最低の土匪だよ」

「寒月梅に朴美姫《ぼくみき》という娼妓《しょうぎ》がいたはずですけど」

「美姫も膝《ひざ》に銃弾をぶち込まれた。負傷者はみな駅舎裏の日本人小学校に収容されてる。敦化には内科医しかいないんで、吉林から外科医を呼ぶらしいけど、まだ現われてない。敦化の日本人は怯《おび》えきってるよ」

次郎は無言のまま会釈《えしやく》をして踵《きびす》をかえし、ふたたび駅舎のほうに向かいはじめた。兵営から二輛の軍用車輛と騎馬部隊が動きだしている。その砂塵《さじん》のなかを歩き、駅舎裏にある小学校の校舎に近づいた。

校舎のなかは廊下と教室を使って戸板の仮寝床台が作られ、そこに負傷者が四十人ばかり横たえられていた。看護婦として働いているのは敦化の商店や妓楼で働く日本人や朝鮮人、それに支那人の女たちだった。

美姫は教室のほぼ中央に設《しつら》えられた仮寝床台のうえにいた。左の膝にぐるぐる巻かれた包帯には血が滲《にじ》んでいたが、すでに黒く変色している。美姫はこっちに気づくと、涙をだらだら流しながら言った。

「来てくれたんだね、あんた、あたしのために来てくれたんだ」

次郎は無言のまま美姫を眺め下ろしつづけた。

美姫が涙を浮かべたまま自嘲《じちよう》の笑みを滲ませてつづけた。

「あたしの膝ね、骨が砕かれてるんだって。もしかしたら脚を切らなきゃならないんだって」

「いきなり射《う》たれたのか？」

「うん」

「五十人が襲って来たんだってな？」

「そうだよ、抗日反満を叫びながら、ばんばん射ちまくって来た。日本人だけを狙《ねら》うならわかるけど、あたしたちや支那人にも銃を向けて来た」

次郎は何も言わなかった。葛月潭の抗日号令をかつての緑林の徒や馬賊がきちんと理解しているとは限らないのだ。あの号令をただの殺戮《さつりく》と略奪の許可と受け止めた連中も相当数に昇ると考えたほうがいいだろう。次郎は美姫を見下ろしたまま左手で顎《あご》を撫《な》でた。

「東北抗日義勇軍のなかにはあんたが敦化に連れて来たやつもいたよ。あの若いやつ」

次郎は背すじに電流が走り抜けたような気がした。喉《のど》が急速に渇いて来た。美姫の眼から涙が消えた。次郎は小さな空咳《からせき》をした。

「どうしてそんな怖い顔をしてるの？」

「ほんとうなんだな、美姫、いま言ったことは？」

「何のこと？」

「敦化に来た東北抗日義勇軍のなかに辛雨広《しんうこう》がいたんだな？」

「辛雨広という名まえなの、あいつ？」

「あいつがいたんだな？」

「いたよ、あいつ、笑いながらおもしろがってばんばん射った」

次郎は美姫の眼を見据えたまま溜息《ためいき》をついた。雨広は無量観に行きほんとうの馬賊になると言って通化から消えていった。そして、こうなったのだ。次郎はすさまじい孤立感を覚えた。

「ねえ、青龍攬把《らんぱ》」

「何だ？」

「もしあたし隻脚《かたし》になっても抱いてくれる？」

「あ、ああ」

「ほんとうだね、約束だよ！」

7

敷島太郎は夜十一時過ぎに隣家の堂本誠二の家に行った。今夜は十時半に帰宅し、桂子からお隣りから電話があったと聞いたのだ。晩飯は八時ごろ総領事館で出前を取った。寝酒に一杯飲《や》るつもりだったので、絶妙の誘いだった。誠二は肴《さかな》のベーコンとスコッチウィスキーを用意していた。細君や子供たちはもう眠っている。太郎は琥珀《こはく》の液をちびちび舐《な》めながら言った。

「どんな具合なんだい、満州青年連盟は？　大雄峯会《だいゆうほうかい》との関係は修復できそうかい？」

「さらにぎくしゃくして来てるよ」

「満州建国のときはあれほど共同歩調を取ったのにな」

「大雄峯会の連中は奉天在住が多い。国都が奉天に決定されなかったことへの邦人の不満を肩に背負ってる」

「それはつまり満州青年連盟の優勢を意味するのかい？」

「そうとも言えん。大雄峯会の連中は日蓮《にちれん》宗の信者が多い。つまり、石原参謀の満州国経営の路線に共鳴してるんだよ。満州青年連盟のほうはそういう宗教的な色彩が皆無だからな」

于冲漢を部長として発足した自治指導部はすでに解散し、それに替わる組織として資政局が国務院のしたで機能しはじめていた。大雄峯会の笠木《かさぎ》良明《よしあき》が資政局訓練所の所長となっている。そこは満州国建国理念の究明を目的とし、自治建設の指導に傾注することになっていた。常任講師には支那人より支那に詳しいといわれる満鉄嘱託の橘《たちばな》樸《しらき》も加わっている。この資政局は六月には新京に移転することが決定していた。

「資政局じゃ近々国務院に上申するらしい」誠二が空になった硝子《ガラス》コップにウィスキーを注いでつづけた。「満州国じゃ今後、支那人は漢族も満族もなべて満人と呼ぶことにするとね。北京語は満語と名称を変更するらしい。つまり、満州国は日系、鮮系、満系によって経営される」

「きみは不満かね、資政局のそういう方針に？」

「べつにそんなことはない。満州は五族協和の王道楽土であるべきなんだ、人口としては支那人が最大だろ、それが満人と呼ばれ北京語が満語と改称されるのは均衡を保つためにもむしろいいと思ってる」

太郎は頷きながら煙草《たばこ》を取りだした。

誠二が腰をあげて飾り棚のうえに置かれていた雑誌類のうちの二冊を手にした。それをこっちに差し向けながら言った。

「これは建国まえに発表されたふたりの知識人の論文だよ。きみは新しい官僚機構作りで忙しくてまだ眼を通していないだろう、満州国の経営についてふたつの方向が示されてる」

太郎はそれを受け取って附箋《ふせん》の貼《は》られた頁《ページ》を開いた。一冊目は『新天地』二月号で、東京帝大教授・蠟山政道《ろうやままさみち》が『満州時局に関する観察』と題して執筆している。それには満州は植民地的性格を脱しきれておらず民衆の政治意識も低いからそれに適した政治組織が案出されなければならないと強調され、誠二が赤鉛筆で罫線《けいせん》を引いたところにはこう書かれていた。

此《こ》の所に打建《うちた》てらるべき処《ところ》の政治組織はどうしても何らかの寡頭《かとう》的独裁的で、そして何らかの民族が他の民族を指導する、そう云《い》う政治組織でなければならない。

もう一冊は『満州評論』二月二十七日号で、満鉄嘱託の橘樸が『民主か独裁か』と題して書いていた。罫線の引かれた部分にはこう記されていた。

独裁制は民主制に如《し》かず、民主制には能率低く効果の遅いと云う欠点が不可避的に伴うのであろうが、しかし独裁制に附纏《つきまと》うところの恐るべき破壊作用を避けることができる。

太郎は二冊の雑誌を畳み、腕組みをしながら言った。

「こういうことにたいして保境安民主義で満州を引っ張ろうとしてる于冲漢はどう言ってるんだね？」

「特別なことは何も言ってない。于冲漢はいま病気なんだよ。入院してる。石原莞爾参謀が見舞いに行ったんだがね、そのとき同行した満鉄社員の話によれば、于冲漢は石原参謀の手を握り涙をぽろぽろ流しながらこう言ったと言うんだよ。石原さん、あなたは商売が上手だ。附属地なんというものは満鉄のそば、ちょっと顕微鏡で見なければわからんほどの小さいものでありますが、このちっぽけな附属地をくれて満州ぜんぶを取ってしまう」


階段から降りて来る足音がして、細君の安江が居間に現われたのはそれからすぐだった。厠《かわや》に向かうつもりだったらしい。こっちを見て頭を下げ、眠そうな声で言った。

「何か肴を作りましょうか、塩鮭《しおざけ》ならすぐに焼けますけど」

「かまわんでください、奥さん、わたしはウィスキーさえあればそれでいい」

安江の背なかが便所に向かって消えていった。

誠二が煙草に火を点《つ》けて言った。

「ところで、加藤完治《かとうかんじ》という人物を知ってるかい？」

「名まえを聞くのもはじめてだよ」

「東京帝大工学部に入学したんだがね、農学部に転部し、強烈な農本主義者となった。それも惟神《かむながら》の道に基く農本主義者にね。その実践のために山形県で自治講習所を開いたり、茨城で農業を専門とする国民高等学校の校長になったりした」

「それがどうしたんだね？」

「その加藤完治と石原参謀が連絡を取りあってる。具体的には何が話されてるのかわからない。だがね、わたしは石原参謀が東宮大尉《とうみやたいい》に北満調査を命じたという噂《うわさ》を聞いてるんだよ」

「東宮大尉って、あの東宮鉄男《かねお》かね？」

「そうだよ、河本《こうもと》高級参謀から張作霖爆殺の指揮を委《まか》された元・独立守備隊第二大隊中隊長」

「岡山の歩兵第十連隊にいるんじゃないのかね？」

「満州に戻って来てる、吉林鉄道守備隊教官長を経てから関東軍司令部附というかたちになってね」誠二が煙草のけむりをゆっくり吐きだしてそう言った。「これはまだわたしの憶測に過ぎんがね、東宮大尉が北満調査を命じられたとしたら、目的はたったひとつしかない」

　太郎は無言のままその眼を見据えていた。

　誠二が自信たっぷりな口調でつづけた。

「石原参謀が東宮大尉に北満調査を命じたのは移民のためだと思う。加藤完治は農村の余剰人口を満州に送り込むようにずっと拓務省に掛けあって来た人間だからね。農村じゃまだ娘の身売りがつづいていることだし」

確かに満州事変後、潤《うるお》いはじめたのは三井や三菱といった一部財閥だけなのだ。娘の身売りは相変わらずだし、今年になっても全国の失業者数は内務省社会局の発表でも四十八万五千を越えている。各地で米寄こせデモが頻発し、文部省は農漁村で欠食児童が二十万を突破したと公表した。それが検察によって血盟団事件と名づけられた井上準之助前蔵相や団琢磨三井合名会社理事長暗殺に繫《つな》がっている。

「わたしの想像じゃ北満に送られるのは武装移民になる。ソ連との国境近くの未開拓地域に送り込まれる。農村の余剰人口問題を解決するだけじゃなく、満州の食糧増産に寄与するし、加えて極東ソ連軍侵入の防波堤になるんだ。石原参謀が武装移民を考えないわけがない」

太郎はこの言葉を聞きながら誠二の眼が活《い》き活《い》きと輝いているように思えた。新聞連合の香月信彦が参事官室で吐いた科白《せりふ》をついつい憶《おも》いだしてしまう。太郎は空になっている硝子コップを弄《もてあそ》びながら言った。

「満州青年連盟はそういうことにも賛同するのかね？」

「しかたないだろう、王道楽土の国家を創《つく》りあげるには綺麗《きれい》ごとばかりも言ってられない。だれかが泥のなかに足を突っ込む必要がある。その結果、理想国家ができあがれば崇高な犠牲なんだ、やむなしとするしかない。とにかく、わたしは満州という国家が持つ無限の可能性を考えると、わくわくして来る」

「数日まえ、ある新聞記者がわたしに言ったよ」

「何と？」

「わたし自身は読んだことはないが、ゲーテの『ファウスト』という小説のなかにこういう一節があるらしいんだ。国家を創造することは男の最高の浪漫だという一節がね」

「まったく同感だね、わたしも読んだことはないが」

「ところで、最近、甘粕正彦《あまかすまさひこ》の噂を聞かないな。どうしてるんだろう？」

「わたしの知るかぎり、満鉄関係者とも接触してないようだ。しかし、満州事変じゃあれほどの働きをしたんだ、関東軍が抛《ほう》っておくわけがない。甘粕さんは密命を帯びてどこかで何らかの動きをしてるんだろうよ」

「何だか、妙に甘粕贔屓《びいき》になって来てるな、きみも」

「甘粕さんは大杉栄事件に触れられるのを嫌うんだが、わたしの知合いの満鉄社員が十間房の菊文で酔っ払った甘粕さんがこう洩《も》らすのを聞いてるんだ。大杉栄は漢《おとこ》だった、漢だから大日本帝国にとって危険だった。この科白をどう捉《とら》えりゃいい？　わたしが言ってるのは大杉栄と伊藤野枝の殺害が甘粕さんの単独判断でやった証拠とか、そんな次元のことじゃないぜ。王道楽土の理想国家建設に立ちはだかるやつがもし漢だったら、何をしなきゃならんかを示唆《しさ》してると思うんだよ」

8

黒河の南二十五粁《キロ》に位置する瑷琿《あいぐん》の町にはいったのは朝の九時過ぎだった。敷島三郎も鳥飼耕作も一睡もしていなかった。ずっと蒙古馬の背に揺られて小興安嶺《しょうこうあんれい》の山脈を越えて来たのだ。眠けはまったく感じなかった。瑷琿の町は訥河と同様、静まりかえっている。三郎は耕作とともに町をふたつに割る黄色い土肌の道を進んでいった。路面のところどころが大きく黒ずんでいる。

「血の跡ですよ、これは」耕作が低い声で言った。「まず、まちがいない。それにしても夥《おびただ》しい量の血が流れた」

「おれもさっきからそれを考えてた」

「瑷琿の町で戦闘が行なわれたんだ、二、三日まえに」

ふたりで瑷琿の町を抜けようとしたときだった。右側の木材置場のほうからすさまじい死臭が漂って来た。馬をそっちに向けた。三郎は思わず喉《のど》をごくりと鳴らした。轡《くつわ》を並べる耕作がちらりとこっちに視線を向けるのが気配でわかった。

木材置場のそばに無数の死体が積まれて放置されていたのだ。死者はだれもが軍服を着て、腹を膨ませている。死後二日か三日経《た》ち腐敗によって腸内の瓦斯《ガス》が腹部を膨張させているらしい。目算だが死体数は百二十を越えているだろう。

ふいに耕作が左の手綱を引き蒙古馬の向きを変えた。

三郎も首を捻《ひね》って視線を背後に向けた。

一軒の家のまえに六十過ぎの痩《や》せこけた支那人が立っている。

耕作が馬をそこに進め、老人を連れて戻って来た。その支那人は怯《おび》えきっている。

耕作が馬上から静かな声で北京語を投げ掛けた。

「瑷琿の住人か？」

「薪《たきぎ》採りをしながらここで暮してる、婆《ばあ》さんとふたりで。息子や娘はみんな黒河に住んでる」

「ここに積まれてる死体は？」

「徐景徳《じょけいとく》軍の兵士たち」

「だれに殺された？」

「馬占山将軍の軍隊。いま瑷琿に住んでるのはほとんどが六十過ぎだ。死体をかたづけるのに二日も掛かった。そこに積まれてる死体のなかには徐景徳も混じってる」

「馬占山軍はどれぐらいいた？」

「百四十ぐらいだったと思う。わしらが気づいたときはもう戦闘がはじまってた。馬占山将軍のほうにはほとんど被害がなかったけど、徐景徳軍はみんな殺された。わしらはざまあ見ろと思ってる」

「戦闘のあと馬占山軍はどっちに向かった」

「黒河」

「徐景徳軍の死体をそのままにしてかね？」

「急いでるようだった。徐景徳が死んだのは嬉《うれ》しいけど、死体をかたづけるのはたいへんだ、困ってる」

耕作が礼を言って行ってもいいというふうに顎《あご》をしゃくった。老人が背なかを向けて力なく出て来た家に歩きだした。耕作が大掛児《ターコオル》の内側の衣嚢《いのう》から煙草《たばこ》を取りだして火を点《つ》けた。

「徐景徳とはだれなんです？」三郎は耕作の眼を見据えたまま言った。「あの老人はずいぶん嬉しそうだったけど」

「むかしは馬占山の麾下《きか》で、百名以上の部下を率いてた。しかし、満州建国後馬占山に叛旗《はんき》を翻《ひるがえ》して兵匪《へいひ》となった。その悪名はチチハルに届いてました。北満のソ連との国境周辺でやりたい放題だった。略奪と強姦《ごうかん》、暴虐《ぼうぎゃく》のかぎりを尽してた」

「それは日本人にも？」

「徐景徳は卑劣漢でね、関東軍を刺戟《しげき》するようなことは一切しなかった。狙《ねら》うのはもっぱら支那人でね、支那人たちの憎悪《ぞうお》を一身に浴びながらもまるで意に介さず略奪と破壊、強姦を娯《たの》しんでた。加虐趣味としか言いようがない」

三郎も煙草を取りだし、燐寸《マッチ》を擦って火を点けた。徐景徳という名まえは奉天憲兵隊では聞いたことがない。三郎は煙草のけむりを吐きだして言った。

「チチハルから逃亡した馬占山はなぜ徐景徳軍掃討を？」

「そこが馬占山のここのいいところですよ」耕作がそう言って右の人差し指でじぶんの側頭部を突ついた。「馬占山がチチハルを逃亡したときは四輛《りょう》の車輛しかなかった。しかし、訥河でもそうだったように黒河に向かうに従って兵力を増やしていった。そうなったら、おれが馬占山だとしても考えますよ」

「何を？」

「馬占山は東北行政委員会のひとりとして満州の建国に協力し、満州国軍政部総長兼黒龍江省長兼警備司令官という要職に就いた。その替わりに支那人からは裏切り者という汚名を着せられた。それを晴らすには支那人たちの怨嗟《えんさ》の的をまず除去するしかない。徐景徳はその恰好《かっこう》の対象だった。これを機に抗日に踏みきれば、馬占山はふたたび支那の英雄と呼ばれることになる」

なだらかな小興安嶺の丘陵を下りつづけると眼下にゆったりとした流れが見えて来た。あれが黒龍江なのだ。ロシア語ではアムール河と呼ばれ、間宮海峡に注ぐ。川幅八百米《メートル》ばかりのその流れのそばにある黒河の町にはいったのは正午まえだ。対岸にはソ連領ブラゴエシチェンスクの町が見える。冬期は完全に氷結する黒龍江の流氷がぶつかりあいながら動き、その上空を白い水鳥の群れが戯《たわむ》れながら舞っていた。

耕作は流れに面した旅館・黒河飯店に案内した。そこは平屋建てで部屋と餐庁《さんちょう》が別棟になっていた。黒河に着くまえに耕作に聞いた話だが、この旅館の経営者は支那人で、女将《おかみ》をしてる女房は松子《まつこ》という日本人なのだ。シベリア出兵のときニコラエフスクつまり尼港《にこう》に流れて来た熊本出身の娼婦《しょうふ》で、客だった支那人に見染められて黒河に落ち着いたという。四十半ばのその松子が迎えに出て耕作に言った。

「お久しぶりですね、中尉さん、今度も三、四日お泊まり？」

「何日逗留《とうりゅう》するか決めてない。すぐに昼食を」

「わかりました、用意させます。そのまえに部屋で旅装を解いてくださいな」

「それから、赤峰《あかみね》さんに連絡して欲しい。おれがここで待ってると」

「人を遣《や》ります」

　三郎は松子に案内されて部屋に向かった。そこには支那式の寝床台が置かれていたが、暖房は炕《カン》や温突《オンドル》ではなく、ロシアのペチカが設《しつら》えられていた。この煉瓦《れんが》製の暖炉は煉瓦壁からの輻射熱《ふくしゃねつ》で柔らかな暖かさを得られるのだ。松子が燐寸《マッチ》を擦ってペチカの薪《まき》に火を点けはじめた。三郎は寝床台のうえに鞍嚢《あんのう》を置きながら言った。

「馬占山が黒河にはいって来たのは知ってますね？」

「もちろんです、日本人は慌《あわ》てふためきました」

「で？」

「三井物産とか満鉄関係のかたとかは対岸のブラゴエシチェンスクの町に逃げました。けど、あたしみたいに支那人と結婚した女は黒河に残りました。馬占山軍も支那人の連れあいにおかしな真似《まね》はしませんからね」

「馬占山軍はいまどれぐらい黒河に？」

「百四十か五十でしょう。いまのところ何かをしようとしてるとは思えません」

三郎は耕作とともに餐庁で昼飯を食いはじめた。卓台のうえに並べられているのは炒飯《チャーハン》と若布《わかめ》汁だった。黒河特務機関の赤峰宗男《むねお》曹長が三十五、六の長身の日本人を連れて餐庁にはいって来たのはそれを食い終えた直後だった。ふたりとも大掛児《ターコオル》を羽織っている。ふたりが卓台のまえで立ち止まり敬礼をした。三郎も椅子《いす》から腰をあげて敬礼をかえした。

「紹介します、ハルビン特務機関の首藤照久《しゅどうてるひさ》曹長です」三十半ばの宗男が低い声で言った。「昨日、黒河入りしました」

耕作が椅子に座るように促した。

ふたりが向かいに腰を下ろした。三郎はその顔を見較《みくら》べた。両方とも叩《たた》きあげの特務機関員なのだろう、雰囲気は支那人そのものだった。

耕作が右手をかざして松子を呼び、茶を注文した。すぐに緑茶が四つ運ばれて来た。

耕作が湯呑《ゆの》みにふうっと息を吐き掛けて茶を冷ましてから宗男に言った。

「どんな塩梅《あんばい》だね、馬占山は？」

「黒龍江省警備駐屯地に陣取ってます」

「邦人被害は？」

「いまのところありません。二十人ばかりは対岸のブラゴエシチェンスクに逃げました。支那人と結婚した日本人は黒河に残ってるんですが、危害はまったく加えられてない。たった百四十の兵力しかないんですから、関東軍と揉《も》めるのを避けてるんでしょう」

「おれたちは瑷琿で徐景徳軍の死体の山を見て来た」

「知ってます、黒河の支那人たちは快哉《かいさい》を叫んでます。何しろ徐景徳軍は酷《ひど》かった。支那人にたいする略奪や強姦のし放題でしたからね」

耕作が冷めた緑茶をゆっくりと啜《すす》った。三郎も湯呑みに唇をつけた。餐庁にはいまこの四人の日本人客しかいない。彼方《かなた》からごしっごしっという音が聴こえて来る。黒龍江で流氷がぶつかりあっているのだ。耕作が湯呑みを卓台のうえに置き、その声を照久に向けた。

「ハルビン特務機関は今度の件をどう考えてる？」

「馬占山のチチハル脱出の理由がわかってません。日本人に危害が加えられてるわけでもないし、いったん海倫に集結した関東軍も事態の推移を見守ってるだけです。じぶんは馬占山の肚《はら》を探るために黒河に派遣されましたが、馬占山は逢《あ》おうとはしませんん」

「コミンテルンの動きは？」

「いまのところ馬占山に接触した形跡はありません」

耕作が頷《うなず》きながらゆっくりと腰をあげた。

三郎はその眼を見あげて言った。

「どこへ行くつもりです？」

「馬占山に逢って来ます。おれとは面識があるから無下には断わらんでしょう。とにかく、肚を探ってみなきゃ今後の行動方針も立てられんし。赤峰曹長とふたりだけで駐屯地に向かいます。この旅館で報告を待っててください」

耕作と宗男が餐庁を出ていくと、三郎は照久と向かいあったまま煙草を取りだした。ハルビン特務機関についてはつい最近機関長が元奉天特務機関長で溥儀の天津からの脱出を工作した土肥原賢二大佐から小松原道太郎《こまつばらみちたろう》大佐に替わったことぐらいしか知らない。三郎は銜《くわ》えた煙草に火を点けて照久に言った。

「もう長いのかね、ハルビン特務機関には？」

「かれこれ十年近くになります。もともと軍属だったんですがね、満州事変のとき甘粕さんのハルビンでの謀略活動を手伝った功績で下士官に引っ張りあげられました」

「具体的にはどんな手伝いを？」

「甘粕さんは総領事館や横浜正金銀行ハルビン支店、朝鮮銀行ハルビン支店、ハルビン日日新聞の玄関まえに次々と爆弾を仕掛けたでしょう。じぶんは爆発には手を染めませんでしたけど、この手で小型爆弾を調達しました。それを認められたんです」

「いまの主たる任務は？」

「コミンテルンの監視です。じぶんはシベリア出兵のとき輜重輸卒《しちょうゆそつ》として参加しました。そのとき白系ロシアの女と知りあって結婚した。だから、ロシア語に不自由はないんです。ハルビンにはもちろん黒河にも白系ロシア人はかなりいる。その連中からコミンテルンの動きを観察してます」

三郎は頷きながら煙草のけむりをゆるゆると吐きだした。

照久がまったく姿勢を崩さずにつづけた。

「コミンテルンの満州工作はじわじわと海綿に水を浸《し》み込ませるようなやりかたです。むかし大日本帝国がセミョーノフを利用したみたいな方法じゃ対処できない。微《こま》かな情報を集めて、それを分析し、逆にコミンテルンにたいして偽情報《にせ》を流すべきだと考えてる」

「具体的には？」

「もっと白系ロシア人やユダヤ人をコミンテルン対策に利用すべきです。あの連中のスターリンにたいする憎しみは相当なものですよ。極東ソ連軍に入隊して情報を入手するぐらい、いくらでもやってのけるでしょう」

「あんたの女房もできるのかね？」

「何をです？」

「そういう間諜《かんちょう》行為」

「無理です。女房はわたしの子を三人産んだ。毎日毎日暮しに追われてる。そういう行為は身軽《みがる》じゃないと務まりません」

三郎はまだ半分も喫《す》ってない煙草を灰皿のなかで揉み消した。うまくも何ともなかったからだ。やはり昨日一睡もしてないせいかも知れない。三郎は腕組みをしながら言った。

「馬占山到来に慌てふためき対岸のブラゴエシチェンスクに逃げた日本人がコミンテルンに取り込まれる恐れはないのかね？」

「大いにあります。コミンテルンの狡猾《こうかつ》さは呆《あき》れるほどだし、日本人にたいする蔑視《べっし》には腹が立ちます。新京が満州国の国都に決まったとき、あの連中はどうせ日本人にはろくな街は作れない、悔しかったらハルビン並みの都市を築いてみろとほざいてるらしいんです」


耕作が宗男とともに黒河飯店の餐庁に戻って来たのはそれからほぼ一時間後だった。ふたりとも大掛児を濡《ぬ》らしていた。三郎は雨ですかと訊《き》いた。耕作が突っ立ったまま大掛児の水滴を払いながら言った。

「穀雨《こくう》ですよ。黒龍江じゃこれが春の訪れの徴《しる》しなんです。この雨はしばらくつづく。そして、一週間後に黒龍江の流氷が完全に消え失《う》せる」

「ところで逢えましたか、馬占山に？」

「逢った」

「で？」

「馬占山はおれにこう言った。満州国軍政部総長兼黒龍江省長兼警備司令官という重っ苦しい肩書が厭《いや》になった。それでチチハルから消えることにした。関東軍に対抗するつもりはまったくない。これからは阿片《アヘン》でも吸いながらゆったりとした人生を送るだけだから心配するな、とね」

「信じられますか、その言葉？」

「わかりません。本気かも知れんし、白ばっくれてるだけかもわからない。とにかく、嫩江やチチハルで関東軍相手にあれほどのすさまじい戦闘を繰り広げた馬占山ですからね、しばらくは眼を離せん」

「しかし、たかだか百四、五十の兵力じゃ何ができるわけでもない」

「甘いですよ。おれは馬占山という男をよく知ってるつもりだ。一筋縄《ひとすじなわ》じゃ行かない。監視が必要です。それに馬占山はこうも言った。部下のなかには日本人を殺したがってる連中もかなりいるが、じぶんの眼の黒いうちは絶対にそんな真似はさせない。これは脅《おど》しと考えなきゃならん。つまり、部下が勝手に日本人を殺してしまう可能性も残ってると示唆《しさ》したんだ、おれを含めた日本人をね。そんな暗黙裡《り》の退去勧告をだれが受け入れますか？　おれは黒河で推移を見守る」

　そのとき、女将の松子が盆を手にして卓台に近づいて来た。紅茶の香りが漂って来る。四つのカップを卓台に並べながら言った。

「ロシアのサモワールで淹《い》れた紅茶です。なかに苺《いちご》ジャムがはいってます。たまには異国情緒もいいでしょう？　甘くて体が暖《あった》まりますよ」

耕作と宗男がようやく席に着いた。

三郎は逆に立ちあがりながら松子に声を掛けた。

「電話はどこに？」

「帳場にありますけど」

三郎は卓台を離れてそっちに向かおうとした。

背後から耕作の声が飛んで来た。

「何か急用でも？」

「奉天憲兵隊に電話を掛ける。おれもしばらく黒河に残る。その報告をしにね」

9

新京と改称された長春の街は小雨に濡れている。時刻は午後五時半を過ぎていた。だいぶ春らしくなって来たが、まだ大掛児《ターコオル》は離せない。満州国の国都に決まったからと言って新京に特別な変化はなかった。街全体が喧噪《けんそう》に包まれているわけでもなく、静まりかえっているわけでもない。

敷島次郎は逗留《とうりゆう》している盛栄旅荘《せいえいりよそう》を出て猪八戒を連れて大掛児を小雨に濡らしながら柳昌街の菜館・蒼龍酒家《そうりゆうしゆか》に向かっていた。長春いや新京に来てからはずっとそこで晩飯を食うことにしている。風神は盛栄旅荘の柵《さく》に繋《つな》いだままだ。新京にやって来たのは敦化を襲った許浩煕指揮の東北抗日義勇軍がこっちに向かったという情報を耳にしたからだ。辛雨広がそれに従っているのはまずまちがいあるまい。次郎は気になってしようがないのだ、雨広が通化で別れの言葉を口にしたときのあの憐《あわ》れみの眼差《まなざ》しが。その記憶に引きずられるようにしてここに来た。だが、各地で東北抗日義勇軍の襲撃事件は頻発しているのに、許浩煕の動きはぷっつりと途絶えたままだ。次郎は蒼龍酒家の扉を開け、猪八戒とともになかにはいった。

なかは煙草《たばこ》のけむりで朦々《もうもう》としている。ここは料理がうまいだけじゃなく値段が安いのだ、店内はだだっ広いがいつもほぼ満席の状態だった。次郎は右隅の席に着いた。給仕が注文を取りに来た。白酒と麻婆豆腐《マーボーどうふ》、鯰《なまず》の餡《あん》掛《か》け、それに炒麵《チヤーメン》を注文し、猪八戒用として豚肉の水煮を頼んだ。店のなかは街路とちがい、笑いや怒声に満ち溢《あふ》れている。

煙草を喫《す》い終えたとき、白酒と料理が運ばれて来た。脚もとで猪八戒がアルマイトの器にはいった豚肉を食いはじめた。次郎はまず白酒を舐《な》め、鯰の餡掛けに箸《はし》をつけた。

　その直後だった、戸口に三人の大掛児を着た三十半ばの支那人が現われた。次郎は箸を止めた。その三人の体から冷え冷えとした何かが漂って来ていたからだ。どう見てもまっとうな仕事をしている人間とは思えなかった。だが、緑林の徒とは考えられない。馬賊や緑林の徒は殺戮《さつりく》や略奪を繰りかえしていても、どこか妙に解放された部分を持っている。しかし、蒼龍酒家にはいったその三人はそんなものは微塵《みじん》も感じさせなかった。

　次郎は食事の途中だったが、煙草を取りだして火を点《つ》けた。

　紫煙の立ち込める店内をその三人は左隅に向かって進んでいった。その動きはまるで爬虫《はちゅう》類のように感じられる。三人が足を停めた。そこは五人の支那人が談笑している円卓だった。店内の喧噪は相変わらずだ。ふいに三人が大掛児の内側から拳銃《けんじゅう》を引き抜くのが見えた。

　乾いた銃声が三発跳ねかえった。うっすらと立ち込めている紫煙のなかで血しぶきが飛んだ。円卓を囲んでいる五人のうちの三人が椅子《いす》ごと仰向けに床に転がった。

　店内の喧噪が三発の炸裂音《さくれつおん》にぴたりと熄《や》んだ。

　三人が銃口をゆっくりと左右に滑らせながら後ずさりしはじめた。店内はいまは静まりかえっている。その紫煙のなかを三人が拳銃を手にしたままするすると戸口に向かっていった。

三つの影が消えたところでだれかの北京語が跳ねかえった。

「巡警部隊を呼べ、巡警部隊を！」

満州建国後は警察機構は民政部の管轄《かんかつ》となったらしいが、実態は各省の巡警部隊がそのままのかたちで動いている。何がどうなるにせよ、ろくな捜査は行なわれないだろう。

店内はふたたび喧噪に包まれた。

銃弾が発射された円卓のまわりを客たちが取り巻きはじめた。

次郎はそっちを眺めながら煙草を喫いつづけた。

脚もとで豚肉を食い終えた猪八戒が大きく伸びをしたときだった。背後から聞き憶《おぼ》えのある日本語が飛んで来た。

「お邪魔していいかね？」

「断わっても座るつもりでしょう」

「それはまあそうだがね」

間垣徳蔵がこっちの背なかをまわり卓台の向かいに腰を下ろした。次郎は会釈《えしゃく》もしなかった。銜《くわ》え煙草のままその眼を見据えた。徳蔵が低い声で言った。

「射たれたのは共産党の工作員だよ。昨日、毛沢東《もうたくとう》は瑞金《ずいきん》で日本に宣戦布告をした。共産党の工作員は満州でも同志獲得のために積極的に動きだしてる」

「で？」

「わが皇軍と停戦協定を結んだ蔣介石はあらためて安内攘外《あんないじょうがい》に取り掛かった。要するに、まず共産党を潰《つぶ》してから抗日戦に取り掛かるという方針にね。二、三カ月後には本格的な第四次囲剿戦《いそうせん》に取り掛かるだろう」

次郎は短くなった煙草を灰皿に押し潰《つぶ》し、食い掛けの餡掛けにまた箸をつけた。

徳蔵が腕組みをしてつづけた。

「蔣介石の国民党は共産主義の浸透を阻止するために藍衣社《らんいしゃ》という秘密組織を結成させた。正式名称は力行社《りっこうしゃ》というらしいんだがね、だれもそうは呼ばん。組織の連中はふだん青い服を着てるんで、藍衣社というのが一般名となった。ＣＣ団という名まえは聞いたことがあるかね？　陳立夫《ちんりっぷ》と陳果夫《ちんかふ》という兄弟の名まえを取って命名されたテロ組織だよ。蔣介石は共産党員狩りに励んでたこのＣＣ団を基軸に国民党公認の藍衣社を発足させた。社長には蔣介石本人がなり、副社長に張学良を就かせた。しかし、これはかたちのうえだけだ。実際に組織を動かしているのは黄埔《こうほ》軍官学校出身の戴《たい》笠《りゅう》で、この男は蔣介石の特務機関・調査統計局の局長も務めてる。そのしたに青幇《チンパン》の杜月笙《とげつしょう》も参加した。あそこで共産党員の胸に銃弾をぶち込んだ三人はその藍衣社の制裁部に属する連中だと思う。こういうことは長城線の向こう側じゃしょっちゅう起こってる」

巡警部隊が蒼龍酒家にはいって来たのはそれからすぐだった。円卓で射たれた三人は即死だったらしい。周囲への事情聴取もきわめて簡単だった。巡警部隊が三つの屍《しかばね》を布に包んで店内から運びだしていった。

「相変わらずの杜撰《ずさん》さだな、新国家を健全に運営するためには何よりもまず警察機構を整備しなきゃならん」徳蔵がそう言って腕組みを解き、じぶんの顎《あご》を撫《な》でまわしはじめた。「三日まえだよ、民政部総長・臧式毅のしたで警務司長に甘粕正彦が充《あ》てられるのが決定したのはね。名にしおう甘粕正彦だ、徹底して警察機構の整備に取り掛かるだろう」

次郎は晩飯を食い終えて手にしていた箸を空になった皿のうえに置いた。徳蔵がふたたび腕組みをした。しばらくは沈黙がつづいた。次郎はそれに耐えられなくなって言った。

「おれは満州国がどうなろうと興味はない。個人的な用があるなら早く言って欲しい」

「無聊《ぶりよう》をかこってると聞いたもんでね」

「だれが？」

「きみがだよ」

次郎は何も言わなかった。

徳蔵が低い声で言葉を継いだ。

「懐《ふとこ》ろ具合も寂しくなってるだろう、きみに仕事を頼みたいという人間を紹介したい。すぐ近くで待ってる。ついて来てくれ」

徳蔵に連れていかれたのは蒼龍酒家の三軒先にある長春賓館というホテルだった。仕事の依頼者は二階の部屋で待っているという。徳蔵がその扉を叩《たた》いた。どうぞという北京語が戻って来た。猪八戒を連れ、ふたりで部屋のなかにはいった。待っていたのは茶褐色の背広に身を包んだ浅黒い肌の四十前後の男だった。

「紹介しよう、インドのベンガル州出身のパラス・ジャフルくんだ。上海育ちでね、上海語はもちろん北京語もぺらぺらだよ」徳蔵がそう言って踵《きびす》をかえした。「わたしはいないほうがいいだろう、ふたりきりで仕事の打合わせをしてくれ」

ジャフルはふたりきりになると、まず煙草を差しだして、いかがですと訊《き》いて来た。それは馬占山という銘柄のものだった。次郎は一本引き抜いて銜えた。ジャフルが燐寸《マッチ》を擦ってその炎を差し向けながら言った。

「あなたへの紹介状も携えて新京にやって来ました」

「だれからの？」

「驚かれると思う、お待ちください」

次郎は煙草のけむりを大きく吸い込んだ。

ジャフルが背広の内ポケットから一通の封筒を取りだしてこっちに差し向けた。封筒の表にはただ敷島次郎殿と黒いインクで書かれていた。差出人の名まえはなかった。開封し、便箋《びんせん》を取りだした。それにはこう記されていた。

拝啓。上海はようやく春めいて来ましたが満州はまだまだ冷え込んでいることでしょう。もう十数年お逢《あ》いしてませんが、次郎兄さんの満州での活躍は太郎兄さんや三郎兄さんから伺っています。ぼくは一口では説明できない理由で、現在上海で暮していますが、次郎兄さんへの紹介状を頼まれました。この手紙の持参者はパラス・ジャフルというベンガル出身のインド人です。ぼくはジャフルという人物についてほとんど何も知りませんが、やむをえない事情で紹介状を書くことになりました。次郎兄さんに何を頼むか知りませんが、気に入らなければ即座に断わってください。ぼくに遠慮はまったく要りません。話したいことは山ほどありますが、いまは黙っていることにします。ぼくはなるべく早い時期に上海から抜けだしたいと考えていますが、まだ具体的な段階には至っていません。いつの日にか満州で次郎兄さんに逢えることを楽しみに。敬具。

三月三十日　虹口乍浦路、清風荘にて

敷島四郎　拝

次郎はこの文面を読み終えてジャフルに言った。

「手紙にはやむをえない事情であんたを紹介すると書かれてる」

「そうなんですか？」

「何なんだね、やむをえない事情というのは？」

「おそらく日本の軍関係者とか、特務関係のことだと思いますよ。まあ、わたしもそれに便乗したことは認めなきゃなりませんがね」

次郎は便箋を畳んで封筒に入れ、それを大掛児の内側の衣嚢《いのう》に仕舞い込んだ。ジャフルが大きな眼でこっちを見つめている。銜えている煙草の灰がはらりと落ちた。次郎はそれを唇から引き抜いて言った。

「おれに頼みたいという仕事は何なんだね？」

「隊商の襲撃」

「どこで？」

「内蒙古《もうこ》」

「隊商の規模は？」

「おそらく駱駝《らくだ》七、八十頭」

「護衛は？」

「これまでの通例では五十近く」

「無理だ、いまのおれには配下はだれもいない」

「五十名の部下をこっちで用意します。あなたはその指揮を執ってくれるだけでいい」

「報酬は?」

「手附金として一千円、成功報酬として二千円というところでいかがです? わたしが集める五十名の部下の支払いはもちろん別枠勘定です」

10

黒河にはいって十二日が経過した。

馬占山はいまのところ何の動きも示してない。

だが、あまりにも静か過ぎる、それが気になるのだ。もうしばらくは様子を窺《うかが》う必要があるだろう。

敷島三郎は寝床台に仰向けに横たわって煙草《たばこ》を喫《す》いつづけていた。ペチカから放たれる輻射熱《ふくしやねつ》が心地いい。黒龍江の流氷は完全に水面から消え、北満は短い春を迎えた。時刻はもうすぐ午前零時になろうとしている。戸口の扉が叩かれたのは煙草を吸い終えたときだった。三郎はどうぞと声を掛けて寝床台から半身を起こした。

はいって来たのは鳥飼耕作だった。チチハル特務機関のこの中尉《ちゆうい》はすでに馬占山側近のひとりの買収に成功していた。三郎はまだ顔を合わせてないが、温宝生《おんほうせい》という元馬賊らしい。耕作が低い声で言った。

「黒龍江が動いてる」

「どういう意味です？」

「対岸からの船が何度も往復してるそうです、さっき赤峰曹長が確かめて来た」

三郎は大掛児《ターコオル》を羽織って部屋を出た。耕作とともに黒河飯店の餐庁《さんちょう》に出た。すべての照明が落とされているので真っ暗だった。そこを抜けだしたところでふたつの煙草の火が見えた。黒河特務機関の赤峰宗男とハルビン特務機関から派遣された首藤照久が待っていたのだ。四人で柵《さく》に繋《つな》いでいた蒙古馬に跨《また》がり、黒河飯店を離れた。黒龍江沿いを西に進みながら三郎は宗男に声を掛けた。

「対岸からの船はどこに着く？」

「馬占山が立て籠《こも》る黒龍江省警備駐屯地の近くです。仮桟橋が九時過ぎに設けられました。そこでこれまで二度の荷下ろしが行なわれた」

頬がそのときわずかに濡《ぬ》れて来たような気がする。霧雨だろう。黒龍江がふたたび穀雨に洗われはじめている。

三郎はその暗がりのなかを三人とともに蒙古馬を静かに進めていった。前方に灯が見えて来たのはそれからほぼ十五分後だった。黒龍江の河原で篝火《かがりび》が焚《た》かれているのだ。それを眺めながら五分ほど進みつづけた。

「このあたりでいいでしょう」耕作の低い声が背後から響いた。「これ以上接近すると、危険だし」

三郎は手綱を引いて蒙古馬を止め鞍《くら》から降りた。

霧雨は小糠雨《こぬかあめ》に変わっている。

黒龍江の対岸から白い航海灯が近づきつつあった。それがブラゴエシチェンスクから出港したのはまずまちがいなかった。

「あの貨物船は張学良が極東ソ連軍と交戦するまえは黒河とブラゴエシチェンスクのあいだを結ぶ定期便だったんですがね、現在はブラゴエシチェンスクとコルセボの町を運航してるだけなんです」宗男がそう言って小さな空咳《からせき》をした。「それが今夜に限って何度も黒河との往復を繰りかえしてる。しかも、闇《やみ》に紛れてです。尋常じゃありません。名まえはブラゴエシチェンスク号というんですよ、あの貨物船はね。正確じゃないけど、百排水噸《トン》ぐらいだと思います」

ブラゴエシチェンスク号が仮桟橋に横づけになった。白い航海灯が消え、やがて穀雨の夜を照らすものは仮桟橋の篝火だけとなり、そのあいだをいくつもの人影が動きだした。それが貨物船に乗り込んでいった。甲板のうえでカンテラが点灯された。三郎は雨に濡れながら彼方《かなた》のその光景を眺めつづけた。甲板から大きな木箱が担《かつ》がれて仮桟橋に下ろされはじめた。

だれも言葉を発しようとしなかった。

仮桟橋に下ろされている積荷は武器なのだ。三郎はチチハルで戦闘詳報を担当した菊池《きくち》秀光《ひでみつ》中尉が鹵獲《ろかく》した馬占山軍の銃器類にキリル文字が刻印されていると言ったことを憶《おも》いだした。あれは馬占山軍とコミンテルンの結びつきを示す何よりの証拠なのだ。同じことがいま穀雨の黒龍江で行なわれている。

小糠雨はいまはもう本降りと化していた。雨音を縫うようにして蹄《ひづめ》の音が近づいて来たのは積荷が下ろされはじめてからほぼ十分後だった。大馬《ターマー》を停め、長身の男が鞍から降りて北京語で耕作に言った。

「馬占山が国民党に通電しました」

「何と？」

「抗日救国、偽満州国打倒」

三郎は背すじがびりっと顫《ふる》えるのを感じた。いま耕作に報告を行なっているのは買収した馬占山の側近・温宝生にまちがいあるまい。三郎は闇のなかで交わされるふたりの会話を無言のまま聞きつづけた。

「コミンテルンから運ばれてる武器の種類は？」

「軽機関銃や突撃銃。それに重機関銃や迫撃砲」

「量は？」

「重機関銃三十挺《ちょう》と迫撃砲十門まではわかってる。しかし、軽機関銃や突撃銃の量まではわかってない」

「馬占山軍の攻撃目標は？」

「ハルビン」

「その後は？」

「ハルビンの戦果しだい」

耕作が日本語に切り替えて声をこっちに向けた。他に質問はありますか？　三郎はないと答えた。耕作が北京語に戻して宝生に言った。

「今後の報告は黒河特務機関の赤峰曹長に行なってくれ」

「報酬はその都度払ってくれるんだろうな？」

「もちろんだ、心配するな」

宝生が踵《きびす》をかえし、馬に跨る気配がした。

その蹄の音が雨のなかに消えていった。

「首藤曹長はすぐにハルビンに戻って善後策を協議するように機関長に上申してくれ、赤峰曹長はこのまま黒河に残り引きつづき馬占山軍を監視してくれ」耕作が力強い声でそう言った。「おれは海倫に向かう。海倫には混成第三十八旅団が集結してる。詳細を報告しなきゃならない。どうします、敷島中尉、これは憲兵隊の仕事じゃない。特務機関の専任事項ですが」

「いったん奉天に引きあげる。海倫でまた合流しましょう。海倫からハルビンにどうせ向かわなきゃならないだろうし」三郎はそう言ったが、耕作にたいして妙な気遅れを感じた。この特務中尉が年長者という理由だけじゃない。陸軍士官学校を卒業してないこの中尉の即断即決は明らかに現場で鍛えられたからなのだ。叩《たた》きあげの耕作にはもっともっと学ばなきゃならない。「海倫に向かうのは夜明けとともに？」

「このまま夜っぴて馬を走らせるつもりです。海倫にはなるべく早く着いたほうがいい。馬占山はハルビンを最初の攻撃目標に選んだけど、海倫には満州建国時に解体された旧馬占山軍が土匪《どひ》となってあちこちに散らばってる。そいつらを糾合するはずですよ、馬占山は。それを監視しなきゃならない」

階下からは草地大道《くさちだいどう》の鰾割《ひびわ》れた声が響いて来ている。上海在郷軍人会の連中を相手に昼間から酒を振舞いながら、共同租界に住む朝鮮人をみな喚問して思想調査を行ない、おかしな印象を与える人間は私刑にしなきゃならないと喚《わめ》いているのだ。大道は上海事変以降完全に国士気取りになっている。

II

昨日の四月二十九日、上海新公園で天長節の式典が行なわれたのだが、そこで惨事が発生した。敷島四郎はそれを目撃したわけじゃない。しかし、大道はそれに参加していた。公園のほぼ中央に紅白の幔幕《まんまく》に囲まれた式壇が設《しつら》えられ、そこに陸海軍や日本政府機関の重鎮が列席した。白川義則《しらかわよしのり》上海派遣軍司令官。植田謙吉《うえだけんきち》第九師団長。野村吉三郎《のむらきちさぶろう》第三艦隊司令長官。重光葵《しげみつまもる》上海公使。村井倉松《むらいくらまつ》上海総領事。式典が開始され海軍軍楽隊の吹奏で国歌斉唱の最後の一節が終わったとき、轟然《ごうぜん》とした爆発音とともに壇上が白煙に包まれたという。その結果、全員が負傷し、とくに白川司令官は瀕《ひん》死《し》の状態らしい。爆弾を投げたのはフランス租界に根拠地を持つ朝鮮独立党の尹奉吉《いんほうきつ》という二十五歳の朝鮮人だった。

尹奉吉はただちに取り押さえられ、天長節式典に集まった日本人たちに嬲《なぶ》り殺しにされそうになったが、上海事変後に設けられた憲兵隊の取調べ室に運ばれたという。憲兵隊は領事館警察とともにすぐにフランス租界に向かったが、朝鮮独立党の首魁《しゅかい》・金九《きんきゅう》はすでに逃亡していたらしい。

昨夜興奮した声で大道が話したのはそういうことだった。四郎はその言葉をぼんやりと聞いた。小沙渡路の売春施設はとっくに閉じている。いまは何もすることがない。それだけじゃない、すべてに現実感が乏しかったのだ、天長節式典での事件にもほとんど反応する気が起こらなかった。

四郎は二階の部屋で畳のうえに寝そべり、客のだれかが清風荘に置いていった竹久夢二詞華集を読んでいた。さっきから同じ詩ばかりを眼で追っていた。

きのうのための悲しみか
あすの日ゆえの侘《わび》しさか
きのうもあすもおもわぬに
この寂しさはなにならむ。

四郎はつくづくこの詩はいまのじぶんの心境を言い当てていると思った。得体の知れない倦怠感《けんたい》が全身を蔽《おお》っている。詞華集を眺めたまま思わず生欠伸《なまあくび》が出た。

大道の呼ぶ声が聞こえたのはそのときだ。

「来てるぞ、四郎、綿貫さんが！」

四郎は詞華集を閉じて畳のうえに置き、立ちあがって部屋を出た。階段を降りると玄関の三和土《たたき》に立つ綿貫昭之が来いというふうに顎《あご》をしゃくった。四郎は靴を履き、その背なかを追って清風荘の玄関を抜けた。

駐《と》められているフォード車にふたりで乗り込んだ。

四郎は助手席からエンジンを始動させる昭之に不機嫌な声で言った。

「何なんですか、今度は？」

「パラス・ジャフルから連絡があったよ」

「で？」

「きみの兄上に新京で逢《あ》えたそうだよ。手紙もちゃんと渡したらしい」

四郎は何をどう言っていいかわからなかった。

腕時計に眼を落とすと針は一時三十七分を指している。

フォード車がゆっくりと動きはじめた。

「どこへ行こうというんです？」

「領事館警察」

「何のために？」

「きみにおもしろいものを見せてやりたくてね」

「爆弾を投げつけた尹奉吉は領事館警察に留置されてるんでしょう？」

「ああ」

「それを見せたいと言うんじゃお断わりです、ぼくには興味がない」

「白川司令官は意識不明のままらしい。まずは助からんね。重光公使も脚を切断しなきゃならんと聞いてる。国歌斉唱後にどかんだ、尹奉吉の狙《ねら》いどおりだったろうよ」

「どうしてそんなに尹奉吉をぼくに見せたいんです？」

「だれが尹奉吉を見せると言った？」昭之がそう言ってハンドルを左に切った。フォードが乍浦路から北蘇州路にはいった。「きみはむかし無政府主義に傾倒してた」

「それがどうだと言うんです？」

「わたしには無政府主義と共産主義がどうちがうのかよくわからん。しかし、いまの体制を否定するのは同じだろう？」

四郎は何も答えなかった。

昭之が笑いを含んだ声でつづけた。

「領事館警察に中国共産党の党員が保護を求めて飛び込んで来た。瑞金から逃げて来たそうだよ。唐千栄《とうせんえい》という名まえだと聞いた」

「なぜ日本の領事館警察に駆け込んだんです？」

「国民党には救いを求められんらしい」

「どうして？」

「唐千栄は元・国民党員なんだよ。国民党の青幇《チンパン》絡《がら》みの腐敗を追及して追われた。戻りゃ血腥《ちなまぐさ》い結末は眼に見えてる。それで領事館警察に逃げ込み、取引することにした。つまり、中国共産党の内実を洗いざらい喋《しゃべ》るから、支那からの脱出を手配してくれとな。わたしは領事館警察からその通訳を頼まれた。かつて無政府主義に傾倒してたきみには唐千栄が何を喋るか実に興味深いだろう」

領事館警察に着くと、四郎は昭之とともに特別室に案内された。四十前後の痩《や》せこけた男が長椅子《いす》に身を沈めている。拘置房じゃなくこうやって遇されているのは領事館警察としても期待するところが多いからだろう。ここに案内した男は燭光座《しょっこうざ》を破滅に導いた奥山貞雄《おくやまさだお》に眼つきが似ている。おそらく、特高刑事なのだろう。昭之が千栄のまえに座った。四郎は窓辺に突っ立ったままふたりを眺め下ろした。

「最初の一時間の質問はわたしにお委《まか》せください」昭之が特高刑事らしき五十前後の男に言った。「それを報告したあと、あなたの質問を逐一《ちくいち》通訳したいと思いますが」

「それでいい」

昭之が背広の内ポケットから手帳と万年筆を取りだした。それを卓台のうえに置き、左のポケットから煙草《たばこ》を摑《つか》みだして千栄に勧めた。千栄が一本引き抜いて銜《くわ》えた。昭之が燐寸《マッチ》を擦ってそれに火を点《つ》け、低い声の北京語で言った。

「とりあえず経歴を教えてくれませんか、唐千栄さん、時間はたっぷりあるんですから」

「わたしは光緒十八年、西暦だと一八九二年に浙江《せっこう》省の温州《おんしゅう》で生まれた。今年ちょうど四十歳になる。親父《おやじ》は小さな飯店を経営してた。南京高等師範学校に進学できたのは親父が必死で働いてくれたおかげだ。教師をやりながら国民党に入党したのは二十九歳だったが、三十五歳のときに国民党のあまりにも酷《ひど》い腐敗ぶりを糾弾して党を追われた。同時に、共産主義へとのめり込んでいった。共産党に入党したのは民国十六年、西暦一九二七年、共産党が国民党政府にたいして南昌蜂起《なんしょうほうき》を行なった年だよ」

「家族は？」

「結婚はしてないし、子供もいない。そういう平穏な暮しはこの国が落ちついてからでいいと考えてた」

昭之は頷《うなず》きながらメモを取った。

千栄がうまそうに煙草のけむりを吐きだしてつづけた。

「わたしは国民党に追われてるから浙江省や上海、南京じゃ活動できない。だから、ずっと瑞金で党活動をつづけたが、ついに耐えきれなくなった」

「何に？」

「共産党は表と裏じゃまったくちがう。内部は権力闘争と権謀術数の血腥い風が吹き荒れてる。わたしが知ってるだけで七百人近くがAB団の嫌疑が掛けられ、すさまじい拷問《ごうもん》を受けて殺されていった」

「何なんです、AB団って？」

「アンチ・ボルシエビキの頭文字《かしらもじ》を取った略語だよ。階級意識が希薄だという理由で拷問を受ける。睾丸《こうがん》に針金を突き刺されて引っ張られたり、耳を殺《そ》ぎ落とされたりしてね。そうやってありもしないことを無理やりに告白させられて殺されていった連中は瑞金だけじゃない、各地合わせりゃこれまで十万を越えてるだろう。党内は権力闘争で粛清の嵐《あらし》が吹きまくってる。何しろ、共産党は外向けには綺麗《きれい》ごとを並べ立てているんだ、若い連中はいくらでも集まって来る。補充はいくらでも利《き》く。粛清に次ぐ粛清でも党員数は減ってない」

「粛清を専門に行なってる党内組織はあるんですか？」

「政治保衛局。党内じゃソ連の反革命取締委員会に倣《なら》ってこっそりチェーカーと呼ばれてる」

「だれがその政治保衛局を握ってる？」

「毛沢東に決まってるだろう。わたしはあれほど陰険で嫉妬《しっと》深く、猜疑《さいぎ》心《しん》の強い人間を見たことがない。あれは権力欲と物欲の塊《かたま》りだ。それを充《み》たすために政治保衛局にありとあらゆる冷酷な手段を講じさせる。周恩来《しゅうおんらい》や彭徳懐《ほうとくかい》、朱徳《しゅとく》といった錚々《そうそう》たる連中も毛沢東には怯《おび》えきってる。もうすぐ共産党が毛沢東独裁と化すのは眼に見えてるよ」

「あなたが瑞金から逃亡したのは？」

「わたしもＡＢ団と目されはじめた。親父が温州でちっちゃな飯店を経営してるというたったひとつの理由でね。あなたがたにはわからんだろうが、党組織というのは妙なもので、何人のＡＢ団を挙げたかが党への忠誠の証《あか》しとなるんだよ。それはそのまま毛沢東への忠誠を意味する。政治保衛局はＡＢ団狩りに血道をあげている。そこが国民党の藍衣社《らんいしゃ》と決定的にちがうんだよ。藍衣社は共産党員やその同調者にたいして白色テロを専門とする秘密組織だが、政治保衛局は党内粛清を目的としてる。政治保衛局にＡＢ団と決めつけられりゃ、わたしの命はない。殺されるのはまだしも、そのまえに苛酷《かこく》な拷問が待ってる。ふつうの神経じゃそれに耐えられるわけがない。だから、瑞金を抜けだし恥を忍んで日本の領事館警察に飛び込んだ」

「瑞金のことをもうすこし聞かせてもらいたい」

「何でも訊《き》いて欲しい。共産党のなかの権力関係や今後の方針、何でも喋る。とにかく、日本の船でシンガポールかどこかにこのわたしを運んでもらいたい」

「寄居雄児《よりいゆうじ》という日本人が瑞金にいるという情報があります。満州日報の奉天支局記者だったんですがね」

「言葉を交わしたことはないけど、何度か見掛けた」

「その日本人が粛清される可能性は？」

「まずそれはありえない。毛沢東は外国人を特別待遇する。共産党の宣伝をしてくれると考えてるからね。瑞金に集まって来る外国人はみなコミンテルンの影響で社会主義や共産主義に過大な幻想を抱いてる。政治保衛局の残酷さは見ても見ないふりをするだろう。じぶんの幻想が砕かれることを畏《おそ》れてるんだ、知識人にありがちな現実直視を回避する傾向が強い」千栄がそう言って短くなった煙草を灰皿のなかに押し潰《つぶ》した。「憶いだしたよ、寄居雄児という日本人は党に重大な提案を行なったと聞いた。瑞金には世界最大の埋蔵量を誇ると言われてるタングステン鉱がある。タングステンはきわめて高価な戦略物資だ。その日本人はタングステンをソ連に売却して武器を購入したらどうだろうという提案書を書いた」

「受け入れられたんですか、その提案は？」

「一部ね」

「どういう意味です？」

「共産党はこれまでスターリンから莫大《ばくだい》な援助を受けてる。タングステンをソ連に輸出してもそれと相殺《そうさい》される可能性が高い。そこで採掘したタングステンを国民党系だが反蔣介石の広東《カントン》軍閥に売ることにした。その金銭《かね》で武器や薬品類、塩や綿布を買った。瑞金は国民党によって経済封鎖されてるが、現実にはあらゆる物資が流れ込んでる。この取引を仕切ってるのが、毛沢東の弟で人民銀行の責任者・毛沢民《もうたくみん》だよ」

12

敷島三郎は奉天に戻り憲兵隊の軍服に着替えて海倫に向かった。馬占山軍がハルビン攻撃を開始した情報はまだはいって来てない。おそらく糾合した黒龍江省に散らばる土匪《どひ》化した旧馬占山軍の連中が思ったほど集まっていないのだろう。三郎は新京で東支鉄道のハルビン行き列車に乗り替えた。満州各地では東北抗日義勇軍を名乗る土匪集団が跋扈《ばっこ》している。しかし、襲撃は散発的だった。邦人被害も大騒ぎするほどじゃない。すべては馬占山軍をどう制圧するかに懸かっているのだ。三郎は窓辺の席に乗り込んだ。

時刻は午前十一時になろうとしている。

車窓の向こうにはなだらかな丘陵地が拡《ひろ》がっている。高粱《コーリヤン》はまだ播種《はしゅ》もされていないのだ。赤々とした土肌が陽光に輝いている。

石頭城子駅《せきとうじょうし》に着いたとき、毛皮の外套《がいとう》を纏《まと》い、黒貂《くろてん》のロシア帽を被《かぶ》った男が乗り込んで来た。間垣徳蔵だった。三郎は眼だけで会釈《えしゃく》した。徳蔵が傍らに腰を下ろし、煙草《たばこ》を取りだしながら低い声で言った。

「海倫に向かうつもりなら、もうその必要はない。ハルビンで下車すべきだ」

「どういう意味です？」

「ついさっき馬占山軍がハルビン北方の松浦鎮《しょうほちん》で戦闘を開始した。混成第三十八旅団と駐箚《ちゅうさつ》第二師団が応戦してる。戦況はいまのところ不明だ。海倫の残存部隊は単なる警備体制を整えてるに過ぎん」

三郎も煙草を取りだして火を点《つ》けた。吸い込んだそのけむりをゆっくりと吐きだした。鳥飼耕作と再会したかったが、こうなった以上海倫行きは諦《あきら》めてハルビン駅で降りるしかあるまい。そう思いながら三郎は窓の向こうを流れていく北満の大地を眺めつづけた。

「東北抗日義勇軍を名乗る土匪集団があちこちで騒ぎを起こしてるが、わが皇軍は満州で得がたい人材を発掘した」徳蔵が銜《くわ》え煙草のまま話題を変えた。「女だよ。女といっても、満州お菊や吉林《きつりん》お静《しず》みたいな鉄火肌じゃない。川島芳子《かわしまよしこ》のように自己顕示欲の塊りともちがう。そのくせ、度胸のよさは並みの男とは較べものにもならん」

「どんな女です？」

「中島成子《なかじましげこ》という栃木生まれの女だ。いまは韓又傑《かんゆうけつ》と名まえを変えた。韓景堂《かんけいどう》って満族旗人の鉄道技師と結婚したんでね。今年二十六歳になる。十年まえに日本赤十字社満州本部の志願生として渡満して来た。奉天の日赤看護婦になったあと、北平に渡り皇軍の北支婦女宣撫《せんぶ》班の総長を務めてから亭主とともに帰満し、犂雲《りうん》農場という名まえの農場を開くとともに百人近くの孤児を預るようになった」

「それがなぜ皇軍にとって得がたい人材なんです？」

「そのころからなんだよ、中島成子が土匪たちとつきあうようになったのはな。襲撃を受けても満州お菊や吉林お静みたいにどんぱちやらかすわけじゃない。そのまえに白馬に跨《また》がってひとりで土匪たちに接近し粘り強く交渉するんだ。とにかく、説得力があるらしい。いつごろからなのかはわからんが、やがて中島成子は韓太太《かんたいたい》と呼ばれて土匪たちから慕われるようになった」

三郎はその言葉を聞きながら列車の窓をわずかに押し上げ、短くなった煙草を投げ棄《す》てた。徳蔵も煙草をこっちに差し向けた。棄ててくれという意味だろう。三郎はそれも棄てて窓をふたたび閉め下ろした。

「徐春圃《じょしゅんぽ》という女匪賊の名まえを耳にしたことは？」

「ありません」

「春圃の兄の徐佩珍《じょはいちん》は東北抗日義勇軍の傘下《さんか》だったが、皇軍に殺された。春圃がその配下の千五百名を率いて抗日に走ったのは兄の復讐《ふくしゅう》のつもりだろう。春圃はすごい女では、遊撃戦となると、いつも先頭に立ち二挺拳銃《ちょうけんじゅう》で撃ちまくる。追撃される馬の腹に身を隠して逃げるという離れ技までやってみせるらしい」

「いくつぐらいなんです、その春圃って女？」

「二十八歳。中島成子はわが皇軍の依頼に基いてたったひとりで帰順工作に赴いた。帰順後、春圃の身柄を預るという条件つきでね」

「それで、結果は？」

「みごとに帰順させるのに成功した。皇軍も約束を守って、帰順後の春圃には指一本触れてない。わかるだろう、わたしが得がたい人材だと評した理由が。東北抗日義勇軍は遊撃戦しかやれないが、この遊撃戦というのが厄介だ。壊滅させるには気の遠くなるような時間が掛かる。金銭《かね》ならいくら支払ってもいい、帰順工作に傾注すべきなんだよ。皇軍の血を無駄に流すべきじゃない。そのためにも中島成子のような特異な人材が要る」

　列車がハルビン駅に近づいたとき、彼方《かなた》から砲撃の音が聴こえて来た。馬占山軍と皇軍の戦闘がつづいているのだ。三郎は煙草を取りだそうとしてやめた。東支鉄道の列車の速度はあまりにも遅々過ぎる。一刻も早く満鉄が回収しなきゃならない。苛々《いらいら》しながらそう思った。傍らの徳蔵は腕組みをしたまま瞼《まぶた》を伏せている。やがて、列車がハルビンの市街地にはいった。

それが駅舎に到着したとき、砲撃の音はもう聴こえて来なかった。戦闘は終わったのか？　それとも、ただの中断なのか？　乗降客のざわつきのなかで三郎は徳蔵とともに駅舎のホームを歩きはじめた。日本人も支那人も、いや支那人と言うべきじゃない、満州国建国後は漢族も満族もなべて満人と称することになったのだ、さして緊張してはいなかった。ハルビンの北に位置するとは言っても、松浦鎮は遠過ぎるのかも知れない。雑踏のなかを縫うように駅舎から抜けだした。

腕時計に眼をやったわけじゃないが、時刻は五時をとっくにまわっているだろう。駅舎まえにはウーズレイ社製の幌《ほろ》つき六輪自動車が駐《と》められていた。徳蔵があらかじめ呼んでいたのだろう。助手席のそばにハルビン特務機関の首藤照久曹長《ごちょう》が立っている。ふたりで六輪自動車に近づいた。運転席にいる兵士の襟章の階級は伍長だった。

照久が敬礼してから言った。

「戦闘は十五分ほどまえに終わりました。馬占山軍は北へ向けて逃走中であります」

「海倫から南進して来たのかね、馬占山軍は？」三郎は突っ立ったまま訊《き》いた。「どれぐらいの兵力が松浦鎮に集結した？」

「海倫経由ではありません。馬占山軍は黒河方面から馬で小興安嶺を越えて松浦鎮に集まりました。兵力は推定で八千あまりであります」

「意外に早く決着がついたんだな」

「第二師団と混成第三十八旅団があらかじめハルビンで待ち受けていたせいもありますが、馬占山軍の相撃にも助けられました」

「相撃だって？」

「海倫方面から合流したかつての馬占山麾下《きか》の土匪集団が寝返ったんです。その数は四百ぐらいでした。それが馬占山軍に向かって発砲を開始したんです」

「挙げたのか、馬占山の首級は？」

「わかりません。とにかく松浦鎮に御案内します。お乗りください」

三郎は徳蔵とともに六輪自動車の後部座席に乗り込んだ。

すぐに六輪自動車が動きはじめた。三郎はハルビンを訪れるのはこれがはじめてだった。噂《うわさ》には聞いていたが、ここは完全にロシア風の街で、店舗の看板にはいくつものキリル文字が見えた。赤軍に追われて逃げて来た帝政ロシア時代の貴族の娘が春を売るというキタイスカヤ通りがどのあたりに位置するのか見当もつかない。そして、いまはそんなことに興味もなかった。三郎は後部座席で腕組みをしたまま黙っていた。徳蔵も何も言おうとしない。六輪自動車がハルビンの街を抜けていった。

大気が急速に黄ばんで来ている。黄昏《たそがれ》のなかをなだらかな丘陵が拡がっていた。

轍《わだち》だけでできた土肌の道をゆっくりと進みつづけていくと、前方に四、五百軒の聚《しゅう》落《らく》が見えて来た。道路はそこをふたつに割ってつづいている。助手席の照久がこっちを振りかえって言った。

「あそこが松浦鎮であります。戦場は松浦鎮の北一粁《キロ》の丘陵地帯で行なわれました」

すぐ近くで戦闘が行なわれた直後なのだ、さすがに松浦鎮は静まりかえっている。人家のそばで農耕牛が草を食《は》んでいるだけで、人影はまったく見えない。

六輪自動車がそこを通過して北へ進み、丘陵のひとつを乗り越えたところで戦場が見えて来た。皇軍の兵士たちがそこに集結している。六輛《りょう》の八九式中戦車も駐められていた。これは六年まえ大阪砲兵工廠《こうしょう》で試作され、三菱重工によって量産化されて上海事変で実戦に参加した国産戦車だ。六輪自動車がその八九式中戦車の一輛のまえで停まった。

三郎はその後部座席から降りてあたりを眺めまわした。無数の皇軍兵士たちが動きまわっている。南から流れる風に硝煙の臭《にお》いは完全に消えていた。小銃が三挺ずつ三角錐《すい》状に立てられている。兵士たちは叉銃《さじゅう》して晩飯の用意に取り掛かっているのだ。黄昏のなかですでに焚火《たきび》の用意が行なわれつつある。

駐箚第二師団歩兵第三大隊中尉《ちゅうい》・菊池秀光が近づいて来たのは六輪自動車を降りてから二、三分後だった。去年十一月のチチハルの戦闘以来、二度目だ。徳蔵は八九式中戦車のそばで従軍記者章をつけた民間人と話をはじめている。照久は六輪自動車の助手席から降りて来ていない。秀光が眼のまえで足を停めて言った。

「お久しぶりですな」

「また戦闘詳報ですか？」

「そうなんですよ、いい加減にうんざりだ」

「どんな塩梅《あんばい》です？」

「皇軍の被害は微小です。負傷者二十数名程度ね、まあ、なきに等しい」

「馬占山軍は相撃をしたと聞いたが」

「そうなんですよ、海倫方面から駆けつけて来た連中が馬占山軍に向けて発砲を開始した。わが皇軍はそれに乗じて総攻撃に転じた。標的は馬占山軍だけじゃない。海倫から駆けつけて来た連中も狙《ねら》い撃ちにした」

「何のためにです？」

「あの連中は単なる土匪集団です。金銭《かね》しだいでどっちにでもつく。国民革命軍か工農紅軍が金銭を払えば、今度は皇軍に向かって銃を向ける。獅子《しし》身中の虫にならないうちに始末しといたほうがいい」

三郎はこの言葉にどう反応していいかわからなかった。秀光が煙草を取りだして銜え、燐寸を擦った。南からの風のために火はなかなかつかなかった。ようやく煙草のけむりを吸い込むのを眺めながら三郎は言った。

「馬占山はどうしました？」

「死体は発見してない。逃走したと判断したほうがいいでしょう」

「黒河方面に向かってると聞いたが」

「おそらく黒龍江を渡ってソ連領内に逃げ込む。鹵獲《ろかく》した武器はどれもソ連製ですしね」

「第二師団は黒河に向けて出動しないんですか？」

「関東軍司令部が出動を禁止した。黒龍江に第二師団を配備すりゃ極東ソ連軍を刺戟《しげき》し過ぎる。満州事変で戦費を使い過ぎたし、いま戦火を交じえる余裕はない。司令部はそう判断したんでしょうな」

そのとき、彼方で銃声が聴こえた。

一発目につづいて二発目が響いた。

「何なんです、あれは？」

「残敵掃討に向かった混成第三十八旅団の部隊が戻って来たんですよ」

「けど、あの銃声は？」

「馬占山軍や相撃した土匪集団の連中で息のある戦傷者の止留《とど》めを刺してるんですよ」

「何ですって？」

「収容するには手間が掛かる。そんな面倒なことにつきあいたくありませんからな」

「ハーグ陸戦法規違反だ！」

「それがどうしたんです？　あんなものはただの国際慣習法に過ぎん。それに、皇軍は戦争をしてるわけじゃない。不戦条約に基く匪賊討伐権を行使してるだけです」

「し、しかし」

「こういうことでぶつぶつ言う資格があるんですか、敷島中尉、あなたが満州事変のとき長春の前胡屯《ぜんことん》で何をやったかは噂《うわさ》で聞いてる。農民の女を強姦《ごうかん》した第一旅団の一等兵を戦時軍法会議にもかけずに射殺した。あれは陸軍刑法違反じゃないんですか？」

三郎はこんな質問に答える気もしなかった。大気が急速に赤味を帯びはじめている。彼方でまた鈍い銃声が響いた。それはのっぺりした丘陵の向こうからだった。三郎はそっちに向かってゆっくりと歩きだした。叉銃して晩飯作りに勤《いそ》しむ兵士たちのあいだを通り抜け、土肌剝《む》きだしの丘を登っていった。あと一週間で五月にはいる。このあたりも奉天同様、蒙古風に運ばれる黄沙《こうさ》に蔽《おお》われるのだろう。丘を登りきると、眼下に無数の兵士たちの死体が散らばっているのが見えた。その数は目算だが千五百を越えているだろう。死者はだれもが軍服ではなく大掛児《ターコオル》を纏《まと》っていた。死体のあいだを何組もの皇軍兵士が三人ずつ集まって動いている。そのうちの一組が大掛児に包まれた肉塊のまえで足を停めた。まだ息があるのだろう。ひとりが銃口を頭部に向けた。炸裂音《さくれつおん》が跳ねかえった。三郎は急ぎ足で丘を降りていった。

大地が平べったくなり、屍《しかばね》のあいだに分け入った。赤茶けた土肌に飛び散る血痕《けっこん》はすでに黒ずんでいる。また銃声が響いた。死体を踏まないようにしてそっちに向かった。

一組の兵士たちに近づいたとき、ひとりが大掛児の肉塊の死を確かめるようにその肩口を靴先で小突いた。不精髯《ぶしようひげ》の顔がこっちを向いた。唇がわずかに開いたように見えた。三郎は一瞬、強風が胸の裡《うち》を吹き抜けたような気がした。背すじもびりっと顫《ふる》えた。兵士のひとりが三八式歩兵銃の銃口をその肉塊の頭部に向けようとした。

「射《う》つな！ 射つんじゃない！」三郎は叫びながら大地を蹴《け》った。屍を踏んだ。かまいはしなかった。「命令だ、射つんじゃない！」

三人の兵士がこっちを向いた。

三郎はそのまえに飛び込んだ。兵士たちが歩兵銃を左手に持ち替えて敬礼した。三人とも二十代半ばだった。三郎はその足もとに横たわる大掛児の肉塊のそばにしゃがみ込んで言った。

「生きてますよね、鳥飼中尉、何とか言ってください！」

鳥飼耕作は眼を開けようとはしなかった。

三郎は首をまわして三人の兵士を見あげ、怒鳴り声をあげた。

「包帯兵を呼べ、包帯兵を！ 担架も持って来い！」

「日本人だったんでありますね」全身を強ばらせたまま言った。「この土匪は？」

「黒河から来た特務中尉だ、ごたごた言わずに包帯兵を呼んで来い！ 担架が要る、ぐずぐずするな！」

三人のうちのふたりが大地を蹴った。

三郎は耕作に視線を移し、頰についている赤い土を右手で払い落とした。大掛児には四つの銃痕があった。血の臭いがする。いまも流血がつづいているのだ。それはまだ心臓が動いていることを意味していた。三郎はその頰を軽く叩《たた》きながら言った。

「眼を開けてください、鳥飼中尉、眠るんじゃない！」

耕作の瞼がわずかに開いた。

三郎はその頰を叩きつづけた。何がどうなったのかは容易に想像できた。海倫から来た土匪集団が馬占山軍に発砲を開始したのは耕作がそういうふうに仕向けさせたからなのだ。それが成功した直後に駐箚第二師団と混成第三十八旅団の総攻撃を受けた。土匪集団が獅子身中の虫になるまえにかたづけるというのがその理由だった。耕作も皇軍が発射した四発を被弾したのだ。それはもう確かめる必要もないだろう。耕作の瞼が力なく開いた。その眼がこっちを見た。三郎は一段と声を強めて言った。

「わかるでしょう、おれだ、敷島憲兵中尉です！」

耕作の眼が頷《うなず》いたように見えた。

三郎は頰を叩く右手を引っ込めた。

耕作の唇が開いた、喉《のど》からか弱い声が洩《も》れた。

「宿命です」

「何ですって？」

「宿命だ、これは特務の宿命なんです」

「黙ってて欲しい、すぐに包帯兵と担架が来る」

「無理だ、血が流れ過ぎてる」

「そんなことはない！」

「宿命なんですよ、特務がこうやって異土でくたばるのはね」

「よ、弱気なことを」

耕作がまた何かを言おうとした。だが、言葉は発せられなかった。その直後だった。大地に横たわる耕作の全身が小刻みに顫えはじめた。ふいにその胸が大きく反りかえった。それが大地に吸い込まれるように沈んでいった。こっちを見ている耕作の眼から生命の色が完全に消えていた。

三郎は呆然《ぼうぜん》としてその眼を見つづけた。チチハル特務機関のこの中尉について知っていることはきわめて少ない。旭川《あさひかわ》の第七師団に原籍を持ち駐箚部隊として遼陽《りょうよう》に駐屯したこと。師団交代で満州で特務機関配属になったこと。中村震太郎大尉とともに興安屯墾軍に殺害された井杉延太郎《いすぎのぶたろう》予備役曹長の妻の兄であること。それぐらいだ。他には何にも知らない、チチハルで妻帯していたのかどうかさえも。それでも、三郎は耕作から実に多くのことを学んだような気がする。陸軍士官学校時代に習ったことはあまりにも抽象的過ぎ、そのまま実戦に通用したとは思えない。しかし、耕作は無言だったが生起する事象のひとつひとつにどう対処すべきかを身をもって教えてくれたのだ。生まれてはじめてほんとうの師と言えるような存在に出逢ったと断言してもいいだろう。その耕作がたったいま消えていった。三郎はその瞼を伏せさせて力なく腰をあげ、軍服の袖口《そでぐち》でゆっくりとじぶんの眼を拭《ぬぐ》った。

残っている兵士が低い声で言った。

「泣いておられるんでありますか、中尉殿」

三郎はその声がずいぶん遠くから聞こえて来るような気がした。眼のまえには馬占山軍や海倫から駆けつけて来た連中の死体が夥《おびただ》しい量で散らばっている。その向こうの大地はふたたびなだらかな丘陵となってせりあがっていた。三郎は突っ立ったままそっちを眺めつづけた。

夕陽がその丘陵の彼方に沈もうとしている。

それはこれまで見た満州の夕陽のうちでももっとも赤かった。それはまるで燃えながら転げ落ちていくようだった。

南からの風もわずかながら強まっていくような気もする。

第二章　黄色い宴《うたげ》のあと

I

黄沙《こうさ》に蔽《おお》われた奉天の街は何もかもが色彩は薄く輪郭は淡い。蒙古《もうこ》風が西から東へとゆっくり流れている。五月はいつもこうなのだ。黄沙が消えるまであと二週間はこういう状態がつづく。

敷島《しきしま》太郎は奉天の駅舎を出て待機していた宋雷雨《そうらいう》のフォード車に歩み寄った。新京出張を終えたばかりなのだ。時刻は午後六時をまわっている。後部座席に乗り込むと、すぐにフォード車が動きだした。太郎は煙草《たばこ》を銜《くわ》えて燐寸《マッチ》を擦った。

新京出張は満州国国都建設局との打合わせのためだった。この組織は国務院直属機関として無官制のまま先月十一日に設置された。国都計画の立案は関東軍特務部主導のもとに満鉄経済調査会と満州国の三者協議によって策定されている。板垣征四郎《いたがきせいしろう》高級参謀は建国まえから土地投機を防止するために長春を中心とする近郊四十支里四方の土地売買禁止令を公布していた。新京は奉天とちがって完全な政治都市になるのだ、溥儀《ふぎ》は清朝の伝統に従い、中央官衙《かんが》を執政府の南面に置くように主張した。これにたいして満鉄経済調査会は地形を重視して方角に囚《とら》われずパリやウィーンのような機能性と景観美を優先させるべきだという。いずれにせよ、国都建設は莫大《ばくだい》な費用が掛かる。国都建設局では将来想定される人口五十万の都市建設の第一期事業費を六千万円と見積っていた。全額借款《しやつかん》し、土地払い下げ収入によってそれを償還する計画だったのだ。しかし、大蔵省はそういう財政支出にはきわめて消極的だった。満州事変、上海《シャンハイ》事変と引きつづいた戦費で国家財政は逼迫《ひつぱく》していた。

満州国政府の阪谷希一《さかたにきいち》総務庁次長と大橋忠一《おおはしちゆういち》外交部次長はフランスに借款を求めることに決め、長岡春一《ながおかはるかず》フランス大使を通じてフランスの金融・商業・工業シンジケートとの予備交渉にはいっている。だが、関東軍特務部は外債には反対の意向を示している。

リットン調査団が今後国際連盟にどんな報告を行なうかは不明だが、満州国の国都計画はまだほんの端緒の段階に辿《たど》り着いただけだと言っていいだろう。これからどんな展開を見せるか想像もできない。

　フォード車が奉天総領事館の前庭に滑り込んだ。

　太郎は後部座席を離れ、その玄関に足を運んだ。総領事館のなかがやけに慌《あわ》ただしく感じられる。太郎は参事官室のなかにはいると、すぐに参事官補の古賀哲春《こがてつはる》を呼んで訊《き》いた。

「何かあったのかね？」

「犬養毅《いぬかいつよし》首相が射《う》たれました」

「ど、どういうことだ？」

「本日夕刻、海軍の青年将校が首相官邸を襲いました」

「そ、それで？」

「首相は銃口を向けた三上卓中尉《みかみたかしちゅうい》に話せばわかると言ったそうです。しかし、中尉は問答無用と声を掛けて引鉄《ひきがね》を引いたらしいんです。銃弾は一発は顳顬《こめかみ》に、もう一発は左鼻から右頬を貫通したという情報がはいって来てます」

「首相の命は？」

「病院に運ばれ、息子さんからの輸血が行なわれているようですが、まず無理だと思います。何しろ射たれたところが射たれたところですからね」

「襲撃を受けたのは首相官邸だけか？」

「日本銀行と三菱銀行に手榴弾《しゅりゅうだん》が投げ込まれたらしいんですが、詳細はわかっていません。ずっと東京と連絡の取りっ放しです」

太郎は哲春が出て行くと、自宅に電話を掛け、今晩は総領事館に泊まり込みになると言った。きょうは満州国の国都建設関係の資料を整理するつもりだったのに、仕事は手につきそうもない。張作霖《ちょうさくりん》爆殺。三月事件。柳条溝事件。十月事件。上海事変。暴走するのはいつも陸軍で、海軍はべつだと思っていたのに、こうなのだ！　太郎は呆然《ぼうぜん》としたまま犬養毅のこれまでの経歴を憶《おも》いかえした。備中《びっちゅう》庭瀬藩士の子に生まれて慶応義塾を中退したあと、明治二十三年の第一回衆議院議員選挙以来十七回連続して当選して来たこの政治家は終始藩閥政治に反対して来た。桂太郎《かつらたろう》内閣のときの護憲運動では精力的に活動し、昭和四年には立憲政友会総裁となる。要するに、根っからの政党政治家なのだ。それが首相になって半年後に海軍の青年将校に射たれた。新聞連合の香月信彦《こうづきのぶひこ》に言わせれば、国家の創造という男としての最高の浪漫にじぶんはいま携わっている。それを日本の国内がぶち壊そうとしているのだ。そう考えると、無性に腹が立って来る。太郎は渇いて来る唇を何度も右手の甲で拭《ぬぐ》った。

晩飯に鰻重《うなじゆう》の出前を取ったのは八時過ぎだ。

総領事館に情報らしい情報ははいって来ない。

日が替わって一時半過ぎに仮眠のため参事官室の長椅子《いす》に横になった。扉を叩《たた》く音に眼を醒《さ》まし、腕時計に視線を向けると、針は三時三十七分を指している。哲春がはいって来た。眼が落ち窪《くぼ》んでいる。一睡もしていないのだ。長椅子から半身を起こして言った。

「どんな通電が？」

「死亡が確認されました」

「首相の？」

「午前二時三十五分、息を引き取られたと発表されたそうです。顳顬と頬を射ち抜かれてよく保《も》ったと思います。首相は生命力の強いかただったんですね」

「それだけか？」

「事件は海軍の青年将校によって惹起《じやつき》されましたが、陸軍士官候補生も加わってるようです。昨日の夜配られた新聞各紙の号外にはそう書かれてたそうです」

「陸海軍が一緒になって首相を？」

「詳しいことはまだわかりません。海軍の青年将校と陸軍士官候補生は憲兵隊に自首したそうですから、やがて判明すると思いますがね」

事件のほぼ全容が明らかになったのは首相官邸襲撃の翌々日、十七日の昼過ぎだった。新聞各紙はそれを五・一五事件と呼んでいた。総領事館にはいって来た情報はこうだった。

この事件の計画立案、現場指揮をしたのは海軍中尉・古賀《こが》清志《きよし》で、上海事変で死亡した藤井斉《ふじいひとし》とは同志的な関係を持っていた。事件は井上日召《いのうえにっしょう》の血盟団事件につづく昭和維新の第二弾として決行された。犬養毅首相を射殺した海軍中尉・三上卓は計画が立案されたときは上海にいて、上海事変のどさくさに紛れて盗みだした爆弾を東京に送っている。帰国後、現場指揮のひとりとなっただけで、全体計画は古賀清志によって進められた。

古賀清志は昭和維新を唱える海軍青年将校たちを取り纏《まと》めるだけでなく、大川周明《おおかわしゅうめい》から資金六千円を引き出させた。農本主義者・橘孝三郎《たちばなこうざぶろう》を口説いて、主宰する愛郷《あいきょう》塾の塾生たちを農民決死隊として組織させた。時期尚早と言う陸軍側の西田税《にしだみつぎ》予備役少尉を繰りかえし説得して、後藤映範《ごとうえいはん》ら十一名の陸軍士官候補生を引き込んだ。

　三月末に纏まった第一次計画案は二転三転した後、五月十三日茨城県土浦で決定された最終計画はこうだった。第一段行動は海軍青年将校が行ない、首相官邸、日本銀行、牧野《まきの》伸顕《のぶあき》内大臣官邸、政友会本部を襲撃する。つづいて昭和維新に共鳴する明治大学学生ふたりが三菱銀行に爆弾を投げる。第二段行動として、海軍青年将校が陸軍士官候補生とともに警視庁に向かい警官隊と銃撃戦を開始する。愛郷塾の農民決死隊は政友会と民政党を襲撃し、捕えられている井上日召や小沼正《おぬましょう》や菱沼五郎《ひしぬまごろう》らの血盟団員を刑務所から救出した後、都内の変電所を襲って帝都を暗黒化する。同時に、逮捕されなかった血盟団員の川崎長光《かわさきながみつ》が国家改造の秘密結社・天剣党《てんけんとう》を主宰しながら最後まで時期尚早を唱えた裏切り者の西田税を射殺する。こうやって軍部に戒厳令を発令させ、その混乱のなかで東郷平八郎元帥《げんすい》を宮城に連れていき、天皇に昭和維新を認めさせた後、黒龍会《こくりゅうかい》の権藤成卿《ごんどうせいきょう》とともに荒木《あらき》貞夫《さだお》陸相官邸に向かい、荒木陸相を首班とする軍事政権を樹立するという計画だった。

　五月十五日の夕刻、予定どおり靖国《やすくに》神社に集結した青年将校たちは首相官邸を襲撃後、警視庁と日本銀行に向かった。日本銀行には爆弾を投げ込み、警視庁では総監室まで踏み込んだが、警察側が抵抗しなかったのでそのまま引きあげた。同時刻に古賀清志率いる一隊は牧野伸顕内大臣官邸門内にはいり、手榴弾二発を投げ込んだ。政友会本部と三菱銀行にも手榴弾が投げ込まれた。

愛郷塾の農民決死隊は都内の変電所を襲う。淀橋《よどばし》変電所、亀戸《かめいど》変電所、東京変電所などに手榴弾が一発ずつ投げ込まれた。だが、こんなことで変電所が破壊されるわけもなかった。帝都暗黒化に成功しなかったのはひとえに農民決死隊の電気知識の不足から来ている。

最後に、血盟団の川崎長光は午後六時ごろ代々木の西田税邸を訪れ、拳銃《けんじゅう》を乱射して右肩・右腕・腹部に計五発の銃弾をぶち込んだ。西田税は夫人と北一輝《きたいっき》のつきっきりの介護や当日昼食を抜いていたことが幸いして奇跡的に命を取り止めた。結局、戒厳令を施《し》かれる気配はまったくなく、事件に加わった全員がその日のうちに憲兵隊に自首して出た。これが五・一五事件の概略だった。

犬養首相殺害という衝撃的な一報ではじまったが、全体としては児戯にも等しい。太郎は苦々しさを覚える。こんなことのために二日も自宅に戻らなかったのだ。三月事件といい十月事件といい、大川周明が絡《から》むといつもこの程度でしかない。何が昭和維新だ！　国家機構というものは連中が考えるほど単純なものであるはずがない。

堂本誠二《どうもとせいじ》から電話が掛かって来たのは四時過ぎだ。

「不遜《ふそん》な言いかただが、おもしろくなって来た」

「何がだね？」

「五・一五事件だよ」

「どういう意味だい？」

「今度は三月事件や十月事件の比じゃない。現職の総理大臣が殺されたんだ。それも浜口雄幸《はまぐちおさち》のときのように右翼による単独犯行でもない」

「何が言いたいんだね？」

「資政局は大雄峯会《だいゆうほうかい》系の連中がのさばってる。満州青年連盟系は締めだされ掛かってるんだ。それがここに来て五・一五事件の発生だ、形勢逆転の可能性が濃くなって来た」

「どういう意味だい、それ？」

「笠木良明《かさぎよしあき》をはじめとする大雄峯会系の連中はほとんどが大川周明の影響下にある。愛郷塾の橘孝三郎の農本主義への共鳴者も多い。そのふたりが今度の五・一五事件へ連座したんだ。関東憲兵隊もそういう思想傾向には相当神経を尖《とが》らせるようになるだろう。つまり、大雄峯会系はいままでみたいに資政局の中心ではいられなくなる」

「替わって満州青年連盟系が資政局を牛耳るのかね？」

「そこまでは断言できん。しかし、五・一五事件によって満州青年連盟系に風が吹くことだけは確かだ。満州国という新国家の運営は大雄峯会系の連中だけに委《まか》せておくわけにはいかない。もともと五族協和と王道楽土という理想のために努力しつづけたのは満州青年連盟系なんだからね」

2

敷島次郎《じろう》は石嘴山《せきしざん》の北西百七十粁《キロ》の地点にある小高い丘のうえで風神《ふうじん》に跨《また》がって眼下を眺め下ろしていた。内蒙古《もうこ》に来るのは大陸に渡ってから三度目だ。風神の前脚のそばには猪八戒《ちょはっかい》が踞《うずくま》っている。眼下にはバタインジャラン沙漠が果しなく拡がっていた。満州なら五月は濃い黄沙に蔽われるが、黄土高原は風とは逆方向の東南に位置している。上空は眼に沁《し》みるほどの蒼《あお》さだった。次郎は傍らの大馬《ターマー》に跨るパラス・ジャフルに言った。

「確実なのか、隊商がきょうここを通ることは？」

「まずまちがいありません。包頭《ほうとう》で確かめてある」

次郎は煙草《たばこ》を取りだして燐寸《マッチ》を擦った。西からの風がかなり強く吹き流れている。火はなかなか点《つ》かなかった。ようやく煙草のけむりを吸い込み、それを吐きだして言った。

「それほど効果があるとは思えんがね、隊商のひとつやふたつ潰《つぶ》したって」

「その評価はわたしがやる。あなたは隊商の潰しかたを示してくれればいい。そうすれば、あとの仕事は蒙古族が引き受ける」

「わかったよ、簡単なことだ」

ジャフルが潰してくれと依頼したのは新疆《しんきょう》のウルムチから羊毛を集めながらトルファンやハミを通過して包頭に向かう隊商だった。新京の長春賓館で聞いたとおり駱駝《らくだ》の数は八十頭、護衛は五十前後。それは包頭で確認済みだという。包頭に集められる羊毛は国民党系の支那《しな》商人によってイギリスに売られる。ジャフルはそれを阻止し、包頭にインド商人を配し、集めた羊毛を日本に売却するつもりだと言った。

同時にインドで羊毛のイギリスへの船積みをやめさせ、イギリス繊維業界に打撃を与える。そうやってイギリス経済を弱化させるのがインド独立の一助となるという。

「新疆に行かれたことは？」

「ただの一度もない」

「わたしは一度だけウルムチを覗《のぞ》いたことがある」

「で？」

「わけのわからんところですよ。ウルムチに住んでるのはトルコ系のウイグル族。土豪化した支那人。寧夏《ねいか》から来た回族。ソ連の赤軍に追われた白系ロシア人。そういう連中がそれぞれの軍を持ってる。これだけごちゃごちゃ複雑なんでね、最終的にものを言うのは金銭《かね》だけです。羊毛を運んで来る隊商も国民党系支那商人との取引は危険が大き過ぎると判断したら、包頭での商売相手はインド商人に切り替える」

このとき、背後に控えていた蒙古馬に跨る五十三名の蒙古族の隊商襲撃部隊のなかからニマオトソルが進み出て来た。四十三歳になるこの蒙古族は次郎が襲撃部隊の副隊長に指名した男だ。三日まえに石嘴山の町ではじめて顔を合わせたとき、この蒙古族は三十歳までラマ教の僧侶《そうりょ》だったが、女犯《にょぼん》の罪を犯して還俗《げんぞく》したと自己紹介をした。ニマオトソルが馬の轡《くつわ》を並べて北京《ペキン》語で言った。

「もう三時をまわった。六時間もじっとここで待ちつづけてる」

「それがどうした？」

「隊商はほんとうにきょうここを通過するのか？」

「依頼主がそう言ってるんだ、信じるしかない」次郎は銜《くわ》え煙草のままそう言ってから、ぺっとそれを砂の大地に吐き棄《す》てた。「いいか、隊商が現われたら石嘴山で決めたとおりに動いてくれ。抵抗しないやつは絶対に射つな」

「心配しないでくれ、命令どおりに動く」

ジャフルが石嘴山に集めたのは徳王麾下《とくおうきか》の蒙古族だが、正規の軍隊というわけじゃない。ふだんは遊牧で暮しているのだ。必要に応じて銃を取る存在だと聞いた。徳王は蒙古名デムチュクドンロプで、ジンギスカン第三十代目の子孫だった。三年まえに内蒙古チャハル省政府委員に就任し、満州事変後関東軍に急接近しはじめた。徳王が日本の協力のもとに内蒙古の高度自治を画策するのはまちがいないと噂《うわさ》されている。

徳王麾下のこの蒙古族たちをジャフルがどうやって集めたのかは知らない。石嘴山に集結したのは単に報酬が目的だったのか、それとも何らかの政治的思惑が絡《から》んでいるのか判断できない。

いずれにせよ、そんなことはどうでもいいことだった。西風が弱まりつつある。次郎は新たな煙草を取りだそうとした。そのときだった。バタインジャラン沙漠《さばく》を動く一列に並んだ隊商の影が見えて来た。

「襲撃部隊を丘のしたのほうに下げてくれ」次郎はニマオトソルに低い声で言った。「おれとジャフルのふたりだけなら隊商に見つかっても警戒されん。隊商が至近距離に来たら右腕を振る。おれの背なかにつづいて襲撃に取り掛かってくれ」

八十頭の駱駝の群れが一列になって丘のしたを通りはじめたのはそれからほぼ四十分後だった。駱駝の首につけた鈴がからんからんと鳴るのが聴こえて来る。陽は大きく西に傾いていた。駱駝はどれも二瘤《ふたこぶ》で左右に巨大な荷を振り分けて積んでいる。荷のなかは羊毛なのだ、重量は見掛けほどじゃないだろう。八十頭の駱駝を曳《ひ》いているのは二十数名で中央アジア風の民族服を着ていた。トルコ系のウイグル族らしい。隊商の護衛として動いているのは大馬に跨る支那の便衣姿の五十人ほどの男たちだった。こっちの姿はとっくに捉《とら》えられているのはわかっている。距離は百米《メートル》くらいしかないのだ。しかし、隊商からはじぶんとジャフルしか見えるはずもない。支那の護衛たちはときおりちらりちらりとこっちに視線を向けるだけで、そのまま隊商と動いていた。

「そろそろお願いしますよ」ジャフルが低い声で言った。「わたしはこの丘のうえから首尾を眺めてますから」

次郎は頷《うなず》いて拳銃嚢《けんじゅうのう》からモーゼルを引き抜いた。その右腕を大きくかざして振り、風神の腹を鞋《くつ》で蹴《け》った。隊商たちがこの動きに気づいた気配はなかった。風神が砂の大地を蹴った。猪八戒がそれとともに飛びだした。次郎はすさまじい勢いで丘を駆け降りはじめた。

背後から蒙古馬に乗った襲撃部隊がつづいて来るのがわかった。西に傾きかけた陽光が眩《まぶ》しい。その光のなかで隊商の動きが停まった。弾帯に結えられた拳銃嚢に一斉に手が伸びるのが見えた。

丘を駆け降りた、猪八戒はそのまえを走っている。

支那の護衛たちが拳銃を引き抜いた。

次郎は一列になっている駱駝の群れと擦れちがうように風神を進めていった。背後には襲撃部隊がつづいている。炸裂音《さくれつおん》がめまぐるしく跳ねかえった。銃弾は支那の護衛たちから放たれているのだ。次郎は風神の脚を速めながら護衛のひとりに銃口を向けて引鉄《ひきがね》を引いた。

赤いしぶきが側頭部から噴きあがるのが見えた。黄色く変っている大気にそれはふつうよりさらに赤く映えて見えた。

次郎は八十頭の駱駝の列のそばを通り抜けるまで四度モーゼルの引鉄を引いた。そのうちの何発が護衛に命中したかはわからない。背後からの銃声は鳴り熄《や》みそうもなかった。護衛部隊と襲撃部隊が馬上で射ちあっているのだ。次郎は駱駝の列から五十米《メートル》ほど遠ざかったところで風神の手綱を引いた。

振りかえると、襲撃部隊が追いついて来た。

ニマオトソルが馬を停めて言った。

「こっちの被害は七名だ」

次郎はモーゼルの弾倉を引き抜き、弾帯から銃弾を取りだして装塡《そうてん》しながら隊商を眺めやった。砂の大地に二十近い肉塊が転がっている。襲撃部隊の被害は七名だとニマオトソルは言っているのだ、支那の護衛たちはその倍の数が被弾したことになる。絶命していなくても、もう戦力じゃない。次郎は襲撃部隊の蒙古族が銃弾装塡を終えるのを待って叫んだ。

「二次攻撃に掛かる」

支那の護衛たちは拳銃を手にしたままこっちを見ていた。

次郎はふたたび風神の腹を蹴った。猪八戒がまた先に飛びだした。襲撃部隊がつづいて来る。西からの風はいまはまったく吹いていなかった。隊商との距離が急速に狭くなって来る。銃撃の音が再度めまぐるしくなった。次郎も引鉄を引いた。黄色い大気に踊る血。大馬の嘶《いなな》き。今度は三人を仕留めただろう。次郎は先頭の駱駝のそばを通り過ぎて五十米《メートル》遠ざかったところでもう一度風神の手綱を引いた。

襲撃部隊が追いついて来てニマオトソルが言った。

「今度の被害は二名」

次郎はあらためて背後を眺めやった。砂の大地に横たわる肉塊は四十近くに増えている。支那の護衛の戦力が三分の一程度になったのは確かなのだ。戦意ももうほとんど失《う》せているだろう。次郎は北京語で叫んだ。

「隊商の護衛部隊に言う。武器を棄てれば次の攻撃はしない！　命だけは保証する。武器を棄てて馬から降りろ！」

すぐには隊商のほうからの反応はなかった。

次郎はモーゼルの銃弾を装塡しなおしながらもう一度叫んだ。

「三十秒だけ待ってやる。三十秒以内に武器を棄てろ！　三十秒後に三次攻撃を掛ける。そのときは容赦しないと思え！」

護衛の支那人たちが次々と拳銃を砂の大地に投げ棄てはじめた。もう投降の意思は明らかだった。十四、五人が大馬を一斉に降りていった。

次郎は隊商に向かって進みだした。今度は風神を走らせなかった。蒙古族の襲撃部隊とともにゆっくりと隊商に近づいていった。

支那の残存護衛部隊の大半が両手をかざしている。

次郎は襲撃部隊とともに隊商のそばまで進んで風神から降りた。ニマオトソルたちも蒙古馬から離れた。次郎は四十半ばの支那人に言った。

「馬を曳いてどこなと消えてくれ。手附金は受け取ってるんだろ、隊商を守りきれなかったんだ、成功報酬は諦《あきら》めろ。そのあたりに転がってる連中でまだ息のあるやつは馬の背に積んでどこにでも運べ」

四十半ばのその支那人は頬を引きつらせてこっちを睨《にら》み据えていたが、やがて無言のまま頷き、踵《きびす》をかえして大きく右腕を振りまわした。支那人たちが血を吸った大地に転がる肉塊に近づきはじめた。

次郎はそれを眺めながらモーゼルを拳銃嚢に戻そうとした。そのときだった。便衣を着た支那人がいきなり突っ伏すように大地に向かった。肉塊が握りしめた拳銃を取りあげた。銃口がこっちを向いた。炸裂音とともに左腕に激痛が走り抜けた。その瞬間に猪八戒が飛んだ。黒い毛並みと便衣が縺《もつ》れあって大地のうえを回転していった。

次郎はぴっと口笛を吹いた。

猪八戒が便衣から離れた。

ニマオトソルが便衣に駆け寄って銃口をその頭部に向けた。

次郎は怒鳴るように言った。

「射《う》つな、そいつを！」

便衣を纏《まと》ったその若者の右手から拳銃はすでに離れていた。

次郎はそこに歩み寄りながら言った。

「立て、雨広《うこう》」

大地に横たわっていた辛《しん》雨広がゆっくりと体を起こした。

次郎は低い声でつづけた。

「想《おも》いもしなかったぞ、おまえがウルムチからの隊商の護衛に加わってたとはな」

「いったいだれに傭《やと》われてこんなことを？」

「そんなことはどうでもいい。おまえは東北抗日義勇軍として敦化《とんか》の町を襲った。許《きょ》浩熙《こうき》と名乗る男に引率されて反満抗日を叫びながらばんばん射ちまくったらしいな」

「それがどうした？」

「許浩熙の抗日義勇部隊がそのまま隊商の護衛部隊になるのか？」

「反満抗日だけじゃ金銭《かね》にならねえ」

次郎はあらためて雨広の表情を見据えなおした。通化で別れてから半年も経《た》たないのに幼さが完全に消え失せている。反満抗日では金銭にならないというのはほんとうだろう。東北抗日義勇軍にたいする関東軍の警備は日増しに強化されつつある。次郎は渇いて来る唇を舐《な》めてから言った。

「どいつだ、許浩熙は？」

「そこで死体になって転がってる」雨広が五米《メートル》ばかり先に顎《あご》をしゃくって言った。「許浩熙攬把《らんぱ》は葛月潭《かつげつたん》老師の教えに実に忠実だった。それをおまえが殺した」

「仕事なんでな、このおれの」

「抜けよ」

「何だと？」

「自慢のモーゼルを抜いてさっさとおれを射ち殺せ」

「粋がるな、雨広、そんな気はない」

「おれが辛東孫《とうそん》の悴《せがれ》だからか？」

「東孫には借りがある」

「後悔するぞ、そういう遠慮は」雨広がこっちを睨み据えたまま言った。「おれは葛月潭老師の言葉ではっきり目覚めた。今後は徹底して反満抗日を貫抜《つらぬ》く。今度出逢ったら、おれはおまえを殺す」

隊商の護衛部隊が負傷者を馬の背に乗せて遠ざかっていった。次郎は激痛の走り抜けた左腕を眺めやった。上腕が赤く濡《ぬ》れているが、妙な感覚はない。雨広の発した銃弾は肉を削り取っただけなのだ。貫通したわけでも銃弾が腕に残っているわけでもない。それを確かめて砂の大地をあらためて眺め下ろした。そこに残されている死体は蒙古族の死者と合わせて三十一体だった。次郎は煙草に火を点けた。そのとき、丘のうえから大馬に跨ったジャフルが駆け降りながら叫ぶように言った。

「大丈夫ですか、左腕？　血で真っ赤ですが」

「掠《かす》り傷程度だよ、べつに心配はない」

「みごとなもんですな、やはり専門家を傭ってよかった」ジャフルがそう言いながら馬を下り、手綱を曳きながらこっちに歩み寄って来た。その声がニマオトソルに向けられた。「駱駝からぜんぶの荷を下ろさせるんだ。それを一箇所に集めてくれ」

ニマオトソルが蒙古族襲撃部隊に大声で命令した。次郎は蒙古語はまったく理解できないが、ジャフルの言葉を伝えたのだろう。襲撃部隊が一斉に腰にぶら下げている刀子《とうし》を引き抜いて駱駝に近づいた。首につけてある鈴がまたからんからんと鳴りはじめた。

次郎は銜え煙草のままジャフルに言った。

「何をさせるつもりなんだね、いったい？」

「羊毛を焼かせるんですよ」ジャフルが白い歯を見せて笑い、鞍嚢《あんのう》のなかから水筒を取りだした。「なかには灯油がはいってる。水筒はぜんぶで六個持って来た」

襲撃部隊が駱駝の背から荷を下ろしはじめた。

ウイグル族は無言のままそれを眺めている。

ジャフルがウイグル族たちに一語一語区切りながら言った。

「北京語のできるやつがいるだろう？　こっちに来てくれ」

ウイグル族たちのなかからひとりが近づいて来た。年齢は二十七、八で、眼が大きく鼻すじの通ったいかにもトルコ系らしい貌《かお》だちをした男だった。

ジャフルが相変わらずゆっくりとした口調で言った。

「包頭の華北貿易公司との取引はどれぐらいになる？」

「八年」

「これから積荷の羊毛を焼く」

ウイグル族の若者はまったく表情を変えようとしなかった。

ジャフルが煙草を取りだしながら言った。

「今後、ウルムチから包頭の華北貿易公司に運ぶ羊毛はすべて焼かれると思え。苦労はぜんぶ水の泡になる。はるばるウルムチからやって来るのは割に合わんだろう？」

若者は無言のままだった。

ジャフルが燐寸を擦って煙草に火を点け、うまそうにけむりを吐きだしてつづけた。

「ウイグル族は羊毛を売らなきゃ暮していけない。そうだな？　ウルムチから包頭に安全に羊毛を運ぶ方法がひとつだけある。興味はあるか？」

「どんな方法だ？」

「包頭にナラヤン・アリというインド人が近々交易所を開く。アリはウイグル族と同じく回教徒だ。羊毛はそこへ運べ。買取り価格は華北貿易の価格より高く設定する。それだけじゃない。ウルムチから包頭への旅の安全を確保してやる。見たろ、蒙古族の勇猛さを。この蒙古族部隊を隊商の護衛としてつける」

駱駝の背からすべての積荷が下ろされて一箇所に集められたのはそれからほぼ三十分後だった。陽は西の彼方《かなた》に沈もうとしている。ジャフルがその積荷に灯油をぶち撒《ま》けて火を点けた。夕陽に赤く染まるバタインジャラン沙漠に黒煙が立ち昇りはじめた。

八十頭の駱駝の群れが騒ぎだした。首からぶら下がる鈴がからんからんと鳴る。真っ黒なけむりに駱駝があちこちで嘶いた。

次郎はその黒煙を眺めながら傍らに戻って来たジャフルに言った。

「こんなことがインド独立とどう関係するんだね？」

「混乱ですよ」

「何だって？」

「インドじゃガンジーやネールといった人物が必死で独立運動をやってる。日本国内でもビハリー・ボースとかナイルとかが大アジア主義に基いて行動してる。支那にいるインド人もがんばらなきゃならない。たとえ微々たるものにしても、イギリスの利権を食い散らかし、イギリス人たちを混乱させる。そうすりゃイギリス人たちは植民地主義の代価は高いものだと思い知るようになる。それがインド独立へと繫《つな》がっていくんです」

3

上海は日毎《ひごと》にむし暑さが増している。六月ももう中旬なのだ、当然だろう。きょうは朝から雨がしとしとと降りつづけている。

敷島四郎《しろう》は清風荘を出て洋車《ヤンチヨ》を拾い、傘を差して東亜同文書院に向かった。綿貫昭《わたぬきあき》之《ゆき》とは領事館警察での唐千栄《とうせんえい》からの聞き取りにつきあってから顔を合わせていない。街は上海事変勃発《ぼつぱつ》まえの状態にほぼ戻っている。清風荘に居つづけてはいても、やるべきことは何もなかった。上海滞在の意味はとっくになくなっているように思う。四郎はきょうは昭之に言うべきことを言うつもりだった。

東亜同文書院の正門のまえで洋車を下り、その寮に向かって歩きだそうとしたとき、前方から蝙蝠傘《こうもりがさ》を差した男が歩いて来た。昭之だった。四郎は足を停めた。昭之はこっちに気づかなかったらしい、そのまま擦れちがおうとした。どちらへ行かれるつもりです？　四郎はそう声を掛けた。昭之がはっとしたように立ち停まり、蝙蝠傘をあげて言った。

「ちょうどよかった、きみを迎えに清風荘に行こうと思ってたところだ。しかし、何しに東亜同文書院に？」

「綿貫さんに話がしたくて」

「車輛のなかで聞こう。フォードがその先に駐《と》めてある」

四郎は頷《うなず》いてその背なかを追った。

東亜同文書院を囲む塀のそばにいつものフォードが駐められていた。

昭之がその運転席のドアを開けた。四郎は傘を畳んで小雨に濡れながら助手席に近づいた。そのドアが押し開けられた。四郎はそこに体を滑り込ませた。昭之がエンジンを始動させて言った。

「来てるんだよ、間垣《まがき》さんがいま上海に」フォードが静かに動きだした。「一緒に昼飯を食おうということになった。きみを清風荘から拾って来いとも言われた」

「ぼくにどんな用が？」

「わからん。わたしに訊《き》かずに本人に直接尋《たず》ねろよ」

「満鉄から派遣されてるんですよね、綿貫さんは東亜同文書院に？」

「それがどうした？」

「どうして間垣さんの言いなりになるんです？」

「日本人だからだよ、わたしがね。間垣さんは大日本帝国のためならどんな汚ない真《ま》似《ね》でもやらかすつもりだ。わたしはそういうこころ意気に共鳴して間垣さんに協力してる。言いなりになってるなんて心外だね」

四郎はこの言葉に気《け》圧《お》されて黙り込んだ。

フォードは小雨の虹橋路《こうきょうろ》を走っている。

「ところで、わたしに話したいことって何なんだい？」

「上海を離れたいんです」

「どうして？」

「もうぼくが上海にいる意味は何もない」

「上海を離れてどこに行く？」

「決めてません」

「金銭《かね》は？」

「何とかなると思う」

「まず金銭《かね》が必要だぞ。どこで何をするにせよ」

四郎はこの言葉にふたたび黙り込んだ。金銭は持ってないに等しい。清風荘での食住はすべて昭之が支払っているのだ。四郎は雨に濡れる虹橋路を眺めながら腕組みをした。

「間垣さんに相談すべきだろうな。あの人ならちゃんと考えてくれる。きみは学生じゃないんだぜ、金銭なんて何とかなると思ったら大まちがいだ、世間はそんなに甘くない」

「どこで待ち合わせたんです、間垣さんと？」

「フランス租界のマルセーユってレストランだよ」

マルセーユは天主堂街の聖母院の向かいに位置した小ぢんまりとしたレストランだった。昭之とともにそこに足を踏み入れると、窓辺の席に徳蔵《とくぞう》が待っていた。客は他にはいなかった。給仕は支那人とは思えなかった。仏領インドシナから来たベトナム人だろう。ふたりでその席に近づいた。会釈《えしやく》をすると、徳蔵が座れよというふうに顎《あご》をしゃくった。その向かいに並んで腰を下ろした。

「料理はすでに注文してある、葡萄酒《ぶどう》もな」徳蔵がゆったりした口調で言った。「まだ一時過ぎだが、葡萄酒ぐらいはいいだろう」

葡萄酒が運ばれて来たのはそれからすぐだった。給仕が赤い液体を徳蔵が手にしているワイングラスにすこしだけ注いだ。徳蔵がそれを舐《な》め、無言のまま頷《うなず》いた。給仕が三つのグラスに今度はなみなみと葡萄酒を注いだ。

「どうなんだね、上海の邦人たちは？」徳蔵がそう言ってうまそうに葡萄酒を飲んだ。白い麻地の背広を着ているが、それがやけに似合っていた。「五・一五事件について邦人たちはどう考えてる？」

「特別の動きはいまのところありません」昭之が低い声で答えた。「何せ上海じゃまだ事変の余燼《よじん》が残ってますから」

四郎は嘘《うそ》だと思った。清風荘の経営者・草地《くさち》大道《だいどう》は在郷軍人会の連中を集めて気焔《きえん》をあげている。殺された犬養毅に替わって首相になった斎藤実《さいとうまこと》は生温《なまぬる》過ぎる、荒木貞夫陸相を首班とする内閣を組織し、もっともっと支那を膺懲《ようちよう》せよ！　そう騒ぎまくっているのだ。だが、四郎はそれを口にはしなかった。

「日本じゃ大変だそうだ、軍法会議でどんな判決が出るかわからんが、各地から蹶起《けつき》将校たちへの減刑嘆願書が殺到してるらしい。その数は七十万通を越えてると聞いた」

そのとき給仕が前菜を運んで来た。魚介類をゼリーで固めたものだった。徳蔵がフォークでそれを口に運んだ。フランス料理は食べ馴れていない。四郎は徳蔵の真似をして、その冷菜にフォークを突き刺した。

「皮肉なもんだよ、五・一五事件は本来なら上海事変で撃墜された藤井斉大尉《たいい》が中心になって進められるはずだった」徳蔵がフォークを置き、ふたたびグラスを持ちあげた。「藤井斉は昭和三年に王師会《おうしかい》という秘密組織を海軍内に作りあげた。天皇の軍隊という意味の王師だよ。国家改造の原理を東洋文明の精華たる日本精神におき、陸海軍同志を中心とする非常手段により国家改造の端緒を開く。そういう憂国宣言書を秘《ひそ》かにばら撒《ま》いた。二年後には秩父宮雍仁《ちちぶのみややすひと》親王を戴《いただ》き国家改造を断行するとも言ってた。

そのころ井上日召と急接近してる。しかし、国家改造の端緒を開く蹶起のまえに藤井斉は上海事変で死に少佐に特進して靖国《やすくに》神社に祀《まつ》られた。本来ならば、五・一五事件の主犯として軍法会議に掛けられるところを英霊となったんだ。皮肉としか言いようがない」

「で、どうなんです？」昭之が声を抑えて言った。「秩父宮殿下は五・一五事件についてどうお考えなんでしょう？」

「権門上《けんもんかみ》に傲《おご》れども国を憂《うれ》うる誠なし。財閥富を誇れども社稷《しゃしょく》を思う心なし」

「何なんです、それ？」

「昭和維新の歌の一節だよ。五・一五事件の主犯格のひとり三上卓中尉が作詞作曲した。社稷とは大地と五穀の神のことで、農業を基盤とした国家のことを意味する。事件には愛郷塾・橘孝三郎の農民決死隊が加わってる。つまり、農本主義者と深い関係がある。秩父宮親王は疲弊していく農村社会を憂慮されてたと聞く。しかし、五・一五事件との関わりはいくら何でもないだろう」

「西田税が裏切り者と呼ばれて何発もの銃弾を射《う》ち込まれて瀕死《ひんし》の重傷を負いましたね。あれはただ蹶起に時期尚早論を唱えたからだけですか？」

「これは単なるわたしの勘に過ぎんのだが」

「それでも結構です、ぜひとも伺いたい」

「五・一五事件には大川周明がまた参加してる。西田税は『日本改造法案大綱』を書いた北一輝に心酔してる。大川周明と北一輝は大アジア主義や国家改造に関しては共鳴しあってるが、その方法については微妙な対立関係にある。そのことが西田税襲撃と無縁とは言いがたいと思う。いずれにせよ、これで大川周明の煽動力《せんどうりょく》は消えたと言っていいだろう」

「どういうことです、それ？」

「ああいう思想家を自称する連中はじぶんの言動が実行に移されたとたんに影響力を失うんだよ。蹶起が未発のままだと信奉者を集められる。三月事件も十月事件も未発だった。だからこそ、大川周明は影響力を持ちつづけて来た。だが、今度は国家改造の端緒が切られようとした。しかも、それは失敗に終わった。大川周明はもう終わりだよ、用済みになった。あとは北一輝の信奉者がどう動くかだけだよ」

冷製のポタージュがそのとき運ばれて来た。

徳蔵がその深皿を引き寄せながらつづけた。

「軍法会議でどんな判決が出ようと、五・一五事件の影響は三月事件や十月事件とは比較にならんほど大きい。三月事件や十月事件は未発だっただけじゃなく、民間人には知られてない。しかし、今度は日暮れまえに首相官邸に押し入り問答無用と言って首相をぶち殺した。新聞各紙も号外を出し、帝都は騒然となった。財界は怯《おび》えきってる。とくに三菱財閥はな。三井も住友も共同して皇軍に莫大《ばくだい》な額の資金援助を行なうらしい」

四郎はこの言葉を聞きながらポタージュを大匙《おおさじ》で掬《すく》った。

徳蔵が空になったグラスに眼を落とした。給仕が歩み寄って来て、それに葡萄酒を注いだ。徳蔵が眼だけで給仕に会釈し、ふたたび口を開いた。

「五・一五事件が海軍主導で行なわれて、わたしはほっとしてる。これが陸軍主導だったら厄介だった。満州は建国されたばかりなのに、関東軍は蹶起の是非をめぐって真っぷたつに割れ、がたがたにされたところだ」

運ばれて来た主菜は仔牛《こうし》のカツレツだった。

昭之がその皿を引き寄せながら徳蔵に言った。

「敷島くんが話があるそうですよ」

徳蔵の視線がこっちに集中した。四郎は思わず胸の高鳴りを感じた。その眼で見据えられると何となく竦《すく》んでしまうのだ。徳蔵が低い声で言った。

「何なんだね、言ってみろ」

「ぼ、ぼくは上海を離れようと思います」

「ほう」

「いまの上海にぼくがいる必要がありません」

「上海を出てどこに行く？」

「まだ決めてません」

「確かに、いまの上海はもうきみを必要としてない。そろそろ潮どきだろうな」

四郎はこの言葉に意外な気がした。なぜ上海から消える気なのかをしつこく訊かれると思っていたのだ。四郎は無言のまま新たな言葉を待った。

「北平を見ておくのもいいだろうし、天津や済南《さいなん》を覗《のぞ》くのも悪くない。奉天にはきみの兄ふたりがいるしな。大連や旅順も一見の価値があるぞ。とにかく、若いうちに一《ひと》っところにじっとしてるのは精神上よくない。わたしはきみの考えに賛成だね」

「ありがとうございます」

「だが、行動資金がないだろう。あとで纏《まと》まった金銭《かね》を清風荘に届けさせる。きみは上海事変のときもがんばったし、皇軍慰安所設立計画にも貢献してくれた。遠慮することはない、金銭は好きなように使ってくれ」

四郎は疑念を抱かずにはいられなかった。徳蔵がこんな言葉を口にするときはかならず裏に何かがあるような気がするのだ。今度はこのじぶんをどう利用しようというのか？ そう思ったが、四郎はそれを口にはできなかった。

こっちの胸の裡《うち》を察したかのように徳蔵が匕首《あいくち》か何かの傷痕《きずあと》のある頬を緩めて笑みを浮かべながらつづけた。

「敷島家は皇国の発展のためにはなくてはならん血筋だ。大いに旅をし見聞を拡《ひろ》め、その知識を皇国のために活用してくれ。いずれまた折りを見て、わたしのほうから連絡する」

「間垣さん」

「何だね？」

「ひとつだけ教えてください」

「受けつけるよ、質問ぐらい」

「間垣さんが関東軍の特務機関員だということはわかります。しかし、綿貫さんは何なんです？ 満鉄から派遣された東亜同文書院の学生という肩書だけではぼくは納得できない」

「関東軍と満鉄は切っても切れない関係にある。綿貫くんには特別な仕事をしてもってるよ」

「関東軍の特別顧問？」

「そんなところだと考えてくれ。皇国が大アジア主義の先頭に立って欧米諸国の白色人種優先主義に楔《くさび》を打ち込むためにはそれ相当の覚悟が要る。多くの血が流れるだろう。戦争だ。きみの祖父は長州の奇兵隊出身だったな？　奇兵隊を組織した高杉晋作《たかすぎしんさく》の師・吉田松陰《よしだしょういん》の言葉を知ってるかね？　およそ天下のこと、血を見るにあらざれば、語るに足らず。そう言ってる。皇国も戦争以外に白色人種優先主義を打破する方法はない。そのための戦費をどうするか？　満州国はもうすぐ戒煙所を設置することになるだろう。実質的には阿片《アヘン》の専売に踏みきることになる。それによって戦費が調達できるからな。阿片専売はかなり高度な知識を要する。綿貫くんに上海の青幇《チンパン》連中とつきあってもらったのはそのためだ。戒煙所が設立されたら、綿貫くんは満州に戻って行くことになるだろうよ」

4

六月半ばの満州の気候は実に過しやすい。五月中吹きまくっていた蒙古風はぴたりと熄《や》み、奉天はもう黄沙《こうさ》に包まれることはなかった。郊外では播種《はしゅ》された高粱《コーリヤン》がすくすくと育っていることだろう。

敷島太郎は総領事館を出て宋雷雨の運転するフォード車で奉天ヤマトホテルに向かっていた。満州各地では東北抗日義勇軍と名乗る土匪《どひ》集団の跳梁《ちょうりょう》がつづいているが、奉天に限って言えば、たいした問題は起こっていない。リットン調査団は新京で執政・溥儀や国務総理・鄭孝胥《ていこうしょ》と会見したあと、現在北平で行政院長・汪兆銘《おうちょうめい》や財政部長・宋子文《そうしぶん》ら国民政府要路の見解を聴取中だ。報告書は九月末に国際連盟本部に提出されることになっている。それがどんなものになるかいまのところ予断を許さない。太郎は後部座席で腕組みをしたまま車窓を流れる奉天の街並みを眺めつづけた。

堂本誠二の予想したとおり、五・一五事件の影響だろう、資政局では大雄峯会《だいゆうほうかい》系の勢いが弱まり、笠木良明は関東軍司令部から見放されつつある。あと一カ月もすれば資政局は解散され、資政局訓練所は大同学院と改称されることになっているのだ。

それにしても、満州国の日系官吏を育てる資政局訓練所の募集にはすさまじい量の日本人が集まった。東京内幸町《うちさいわいちょう》の東拓ビルで行なわれた採用試験には定員六十名にたいし二千名が応募したのだ。まだまだ不景気から立ち直る兆《きざ》しがないことの証左だろう。合格者の渡満壮行会には中野正剛《なかのせいごう》をはじめ各界名士が送別の辞を述べたが、そのなかで満州事変で森島守人《もりしまもりと》現総領事代理を軍刀で脅した花谷正《はなやただし》少佐の言葉が記録されている。

満州国は北方に根を持つ共産主義の侵入を一歩たりとも許さず、さりとて資本主義の弊害も許さず、いわんや日本における資本家どもの出店となることはこれを絶対に排撃する。率直に言うならば、日満相提携してアジア民族の将来のために理想郷たる国家社会主義を建設することである。

石原莞爾《いしわらかんじ》参謀は大雄峯会系と距離を置きはじめ、満州青年連盟系を中心とした協和党の設立に取り掛かっている。五族協和の実践のためだ。そのために、協和党は先月初旬関東軍参謀部第四課の北満の抗日分子制圧の宣撫《せんぶ》班に同行した。しかし、協和党設立は相当難行するらしい。関東軍が溥儀や鄭孝胥に執政という名称は欧米諸国の容喙《ようかい》を避ける過渡期のもので、いずれは帝政に移行すると約束しているせいだった。党を認めれば、それは共和政を意味することになると溥儀が懸念《けねん》を表明しているのだ。結局、本庄繁《ほんじょうしげる》司令官と板垣征四郎高級参謀が石原参謀を説得して協和会《きょうわかい》という名称で発足することになるらしい。

満州事変勃発《ぼっぱつ》から上海事変に至るまで太郎は関東軍の動きにきわめて批判的だったが、いまはそうじゃない。着々と進められていく新国家の建設に何となく浮き浮きしている。じぶんは断じて単純な民族主義者じゃないと考えていたがいまは日本人の血を強く意識するのだ。五・一五事件の衝撃も完全に消えた。日本の各財閥は事件の再発を畏《おそ》れて軍部にだけじゃなく満州国にも多額の寄附を行なう予定だと発表している。新国家建設はこのまま軌道に乗って来るだろう。

明後日《あさって》には満州中央銀行が発足する。新国家にとって最初に取り組まなきゃならなく、最重要かつ最困難な課題は紊乱《びんらん》をきわめていた幣制の統一だった。それを統一し通貨の安定を図るためには強力な中央銀行が必要であり、それによってはじめて満州国の政治経済の運営が可能になるのだ。満州事変当時、銭荘や個人商店のいわゆる私《し》帖《ちょう》はべつとしても、東三省官銀号などの奉天票や辺業銀行などが発行する大洋票は合わせて二十種類以上に及んだ。しかも、銀本位制か金本位制かの通貨に関する基本的なちがいがあった。それが満州中央銀行によって一本化されるのだ。この面倒な作業が予想外の早さで進んだのは建国まえに関東軍統治部が準備をはじめていたからだった。その周到さには舌を巻かされる。

税制の改革も急速に進められている。満州国建国と同時に財政部が開庁されたが、国庫金はもちろん零《ゼロ》だった。張学良《ちようがくりよう》政権下の満州は徴税は税捐《ぜいえん》徴収局の請負制度によって行なわれていた。だが、現在の状況では内国税に頼ることは無理がある。財政部税務司長・源田松三《げんだまつぞう》によって立案された収入確保の基本方針の当面の措置はふたつだった。まず営口《えいこう》にある塩運使公署や奉天の塩務稽核処《えんむけいかくしよ》それに新京の吉黒権運局《きつこくかくうんきよく》を接収して塩税と塩の専売収入を確保する。次に大連海関を含む全満の海関を接収し、関税収入の確保を図る。具体的ではなかったにせよ、この方針も関東軍統治部が建国まえから考えていたことらしい。

海関の強制接収はこれから本格化する。輸入されるのは合法的な商品ばかりじゃないのだ。阿片《アヘン》やモルヒネが含まれている。これまでそれは海関官吏への賄賂《わいろ》によって見逃がされて来た。海関官吏が日系に委《ゆだ》ねられると、そんなことは赦《ゆる》されなくなる。当然、密輸入が行なわれることになるだろう。

太郎は民政部警務司長に甘粕正彦《あまかすまさひこ》が任じられた意味がようやくわかって来た。民政部は密輸入の取締りに全力を挙げる気なのだ。密輸団は当然ながら武装した暴力組織だろう、制圧にはかなりの血が流れる。

いくら死体が転がってもいい。

太郎は腕組みしたままぼんやりそう思った。

いまは甘粕正彦にたいする嫌悪《けんお》感はまったくなかった。

耳もとに香月信彦が吐いた言葉が囁《ささや》き掛ける。

国家を創《つく》りあげるのは男の最高の浪漫だ。


奉天ヤマトホテルの食堂では猪口正輝《いぐちまさき》が紅茶を飲みながら待っていた。一時期亡父に師事していたことのあるこの建築家と逢《あ》うのは三年ぶりだ。相変わらず痩《や》せていた。太郎は会釈《えしやく》して向かいに腰を下ろした。正午まえに電話が掛かって来て一緒に昼食を摂《と》ることになったのだ。正輝がぶ厚い眼鏡越しにこっちを眺めながら言った。

「すこし太ったようだね」

「まえにお逢いしたときより二貫ぐらい増えました。中年太りですよ」

「まだそんな齢《とし》じゃない。満州事変から満州建国、このめまぐるしさで太れるのは神経が太いからだよ、羨《うらや》ましい。で、何を食う？」

「猪口さんと同じものを」

正輝が右腕をかざして給仕を呼び、ビーフシチュウと野菜サラダ、それにフランスパンを注文した。太郎は煙草《たばこ》を取りだして火を点《つ》けた。正輝が紅茶を飲み干して言った。

「相変わらず跳梁跋扈《ちょうりょうばっこ》してるらしいね、東北抗日義勇軍を名乗る土匪どもが。とくに東辺道《とうへんどう》地方が酷《ひど》いと聞いてるが」

「最近判明したんですがね」

「何が？」

「東北抗日義勇軍の頭目が日本人だってことがね」

「何だって？」

「小日向白朗《こひなたはくろう》ですよ、満州では尚旭東《しょうきょくとう》と名乗ってますが」

「奉天城制圧を試みて緒方竹虎《おがたたけとら》や頭山満《とうやまみつる》に憂国の士と称讃されたあの小日向白朗かね？」

「そうです」

「どうしてあの小日向白朗が抗日義勇軍を？」

「わかりません。あの連中の肚《はら》のなかはふつうの日本人には理解できないんです。小日向白朗は満語がぺらぺらだから土匪たちは日本人とは思ってないんでしょう。尚旭東の名まえは土匪のなかじゃもう伝説化してますしね。武器の貧弱な抗日義勇軍は遊撃戦しかやらない。しかし、これが面倒なんです。身軽ですから関東軍が追っても、すぐに逃げる。だからこそ、小日向白朗は抗日義勇軍の頭目に収まり、土匪たちの抗日活動を最小限に押さえようとしてるのかも知れません」

「だとしたら、小日向白朗は緒方竹虎や頭山満が言ったように真の愛国者かも知れん」

「とにかく、すべてが謎《なぞ》なんです。伊達順之助《だてじゅんのすけ》も名まえぐらいは御存じでしょう。伊達政宗《まさむね》の末裔《まつえい》と自称するあの日本人馬賊も勝手に陸軍中将の肩章《けんしょう》をつけて東辺道地方警備司令を名乗り、土匪たちを殺しまくってる」

正輝が別世界の話を聞いているような眼差《まなざ》しでこっちを眺めつづけた。

食事が運ばれて来たのはそれからすぐだった。

太郎は煙草を灰皿のなかに押し潰《つぶ》し、フランスパンをちぎった。それをビーフシチュウの深皿につけながら言った。

「日本人の女も男には負けてない。こういう激動期には多彩な人間が輩出して来るもんですね。いま満州じゃ韓太太《かんたいたい》という女が評判です。本名は中島成子《なかじましげこ》。満人と結婚して韓又傑《かんゆうけつ》となり、親しみを込めて韓太太と呼ばれてる。北支婦女宣撫班の総長でしてね、満州にもしょっちゅう出向いて来るんです」

「何をしに？」

「抗日義勇軍の帰順工作ですよ。たったひとりで白馬に跨《また》がり、土匪たちのなかにはいって行き、説得に当たるんです。ある意味じゃ小日向白朗や伊達順之助より度胸が座ってるのかも知れない」


昼食を終えると、正輝は給仕を呼んで食器をすぐに下げるように命じた。

太郎はふたたび煙草を取りだしながら言った。

「今回の渡満は国都建設計画が目的で？」

「わたしは建築家なんだ。それ以外に満州に来ることはない」

「しかし、国都建設局の最終案はまだ決まってませんよ。フランスからの投資がどうなるのかもわからないし」

「表向きにはね。だが、もうだいたいのことは決まったと踏んでいいだろう」正輝がそう言って足もとに置いていた鞄《かばん》を取りあげた。そのなかから折りたたんだ大きな図面を取りだして卓台のうえに拡《ひろ》げた。「これを見て欲しい。国都建設局が東京帝大の建築学科に送った試案の写しだ。細部の変更はあるにせよ、これが基本となる」

太郎は伸びあがるようにしてそれに眼を落とした。そこには建築家らしく几帳面《きちょうめん》な直線や円が描かれている。東京帝大に送られた写しを正輝がじぶんの手でさらに写したものだろう。太郎はちらりと正輝に視線を向けた。

「ここだ、ここが大同広場になる。直径三百米《メートル》の広場でね、満州中央銀行や満州電電、首都警察庁が置かれる」正輝が図面を指差しながら言った。「ここが直径二百四十四米《メートル》の安民広場で順天大街に伸びる。この一帯に中央官衙《かんが》が集まる。要するに、満州の政治の中心になるんだよ」正輝の声には食堂内に響き渡るような力強さがあった。「歓楽街はこのあたりになる。日本人は開運街に集まり、満人は伊通河の西の新天地に一応棲《す》み分ける。旧長春城内の妓楼《ぎろう》がみんなこの新天地に移ることになるんだよ」

「壮大な計画ですね」

「ロシア人はアジア人にろくな都市は創《つく》れないと考えてる。やつらの鼻を明かさなきゃならん。世界のどの都市に較《くら》べても遜色《そんしょく》のないものを創りあげる。道路はニューヨークなどに倣《なら》って南北方向を街と名づけ、東西方向を路と呼ぶ。幹線道路はすべて車道と歩道に分け、幅二十六米《メートル》以上の道路は植栽された中央分離帯を設けることになってる」

「猪口さんもこの国都計画に？」

「わたしは建築家だ、都市計画そのものには関与しない。手をつけるのは建物だよ、鉄筋コンクリートの威風堂々とした建造物を設計する」

太郎は苦笑いしながら銜《くわ》えていた煙草に火を点けた。正輝のはしゃぎぶりが十五、六の少年のようだったからだ。その理由もわかる気がする。太郎は吸い込んだけむりをゆっくりと吐きだした。

「大同大街と順天大街に建設される首都警察庁や政府関係の建物は興亜式で統一する。新京は大アジア主義を象徴する都市にしなきゃならんからな。つまり帝冠様式を採用するんだ。わかるだろ、帝冠様式、欧米式のがっちりした鉄筋コンクリートの壁体のうえに日本風と言うか支那風というか、瓦《かわら》屋根を載せるんだ。それには国都建設局顧問となる官庁建設の専門家・佐野利器《さのとしかた》の意向が強く働いてる。わたしもその見解に賛成だよ」

「ずいぶん興奮してらっしゃる」

「当然だろう、国家の創出は男の最高の浪漫なんだからな」

太郎は思わず笑い声をあげた。新聞連合の香月信彦と同じ科白《せりふ》を口にしたからだ。

一瞬正輝が訝《いぶか》しげな表情をした。太郎は慌《あわ》てて煙草を銜えなおした。

「わたしはね、満州の国都を建設するために全力を傾注するつもりだ。きょうきみを呼びだしたのは何かを頼むためじゃない。胸の昂《たか》ぶりを抑えきれなくてね、この興奮をだれかに喋《しゃべ》りたくてうずうずしてただけなんだ。迷惑だったかい？」

「そんなことはありませんよ、しかし」

「何だい？」

「壮大な都市計画です、夥《おびただ》しい量の労働力が必要となって来る」

「そこなんだよ、長城線の向こう側じゃ仕事にあぶれた連中が溢《あふ》れてる。それが苦力《クーリー》となってどっと渡満して来るだろう。そういう連中を管理しなきゃならない。だが、いまの満州国の実力じゃとても無理だ。皇国の助けがどうしても必要になる」

太郎はその眼を見つめながら灰皿を引き寄せた。荒木貞夫が陸相に就任してから帝国陸海軍をなべて皇軍と称するようになっただけじゃない、日本も大日本帝国ではなく皇国と呼びはじめた。新聞各紙やラジオもこれに従いつつある。正輝はもともと自由主義者だった。それなのに荒木陸相の指導を抵抗なく受け入れている。知らず知らずのうちに人間は変質していくのだ。じぶんにもその傾向は否《いな》めない。満州建国という眩《まぶ》しさがそうさせるのだろう。太郎は煙草の灰をゆっくりと灰皿に落とした。

「きみもますます忙しくなるね、太郎くん、男はこんなことにめったに立ち会えるもんじゃない。わたしたちは実に幸運なんだよ」

5

敷島三郎は奉天商埠地《しょうふち》の小料理屋・於雪《おゆき》の小あがりで間垣徳蔵と酒を飲み交わしていた。時刻は午後七時を過ぎていたが満州の七月はまだ明るい。障子越しに黄昏《たそがれ》の光がはいり込んで来ている。関東憲兵隊奉天分隊は奉天憲兵隊に格上げされたが、任務内容に変化はない。他に、チチハルとハルビンが分隊から隊となった。馬占山がソ連領内に逃亡してからそろそろ二カ月が経《た》つ。鳥飼耕作《とりかいこうさく》特務中尉《ちゅうい》の死がつい昨日《きのう》のように思える。雪子が頼んでいた揚出《あげだ》し豆腐を運んで来た。どことなく生彩が感じられない。その理由が満州国の国都が期待していた奉天じゃなく新京になったことなのか、今月の二十五日に協和会として発足する現在の協和党のなかで大雄峯会系の力が急失速しているせいなのかはわからない。三郎は空になっている徳蔵の猪口《ちょこ》に燗酒《かんざけ》を注いだ。

「協和会綱領の草案が手にはいった」徳蔵が猪口を舐めてから言った。「この草案に手が加えられることはまずあるまい」

「どんな綱領です？」

「綱領は三つで構成される。まず宗旨として、王道の実践を目的とし軍閥専制の余毒を刪除《さんじょ》す。次に経済政策として、農政を振興し産業の改革に努むることにより国民生存の保障を期す。最後に国民思想として、礼教を重んじ天命を楽しむ、民族の協和と国際の敦睦《とんぼく》を図る。これだけだよ」

三郎は黙って手酌でじぶんの猪口に酒を注いだ。

徳蔵がこっちを見据えながらつづけた。

「協和会の名誉総裁には執政・溥儀が座わる。名誉顧問には本庄繁司令官、会長には国務総理の鄭孝胥、名誉理事には板垣征四郎高級参謀や国務院総務長官の駒井徳三《こまいとくぞう》が充てられる」

「わたくしには駒井徳三という人物がいまひとつわかりません」

「板垣高級参謀と馬占山の会談に同席したことは知ってるだろう？　駒井徳三は東北帝大の農科で卒業論文に『満州大豆論』を書き、満鉄に入社した。産業調査のために満州各地だけじゃなく支那の各地を歩きまわって来て、外務省嘱託になったが、板垣高級参謀に気に入られて関東軍財務顧問として動きはじめるんだよ。満州に関する知識は厖大《ぼうだい》だが、何しろ狷介《けんかい》な性格でな、問題を起こさなきゃいいがという声が強い」

「于冲漢《うちゆうかん》はどうなるんです、石原参謀が共鳴する満人でしょう？」

「理事としてはいる。熙洽《きこう》や臧式毅《ぞうしきき》といった連中もな。しかし、会長や理事は所詮飾《しょせん》り物だよ。実際に協和会を動かすのは事務局でな、満州青年連盟系の小沢開作《おざわかいさく》や山口《やまぐち》重次《じゅうじ》がとりあえずそれに加わる。大雄峯会系は中野琥逸《なかのこいつ》ひとりだ。やっぱり五・一五事件が尾を引いてるんだよ。だが、いずれにせよ、過渡期の人事に過ぎん」

「どういう意味です？」

「満州青年連盟系にせよ大雄峯会系にせよ、綺麗《きれい》ごとを言い過ぎなんだよ。五族協和や王道楽土と騒ぎ立てるが、満人どもが新国家を運営できると思うか？　やはり日本人が中心となり、関東軍主導のもとに徹底した内面指導を行なわなきゃならん。内面指導ってのはときには恫喝《どうかつ》をもって満人どもにこっちの方針を黙って受け入れさせる指導法だよ。石原参謀だけはそういうことに反対するだろうが、どうせ近いうちに満州から消える」

「どういう意味です、それ？」

「八月の皇軍定期異動で歩兵大佐に昇進し、陸軍兵器本廠附になるらしい」

「板垣高級参謀は？」

「陸軍少将となって関東軍司令部に残ると聞いてる。満州国執政顧問と奉天特務機関長を兼ねるともな」

「本庄司令官はどうされるんです？」

「軍事参議官の武藤信義《むとうのぶよし》大将と交替する。行く行くは侍従武官長に収まるらしい」

三郎は頷《うなず》きながら揚出し豆腐に箸《はし》をつけた。

徳蔵が煙草を取りだして火を点けた。そのけむりをうまそうに吸ってから吐きだし、ふたたび猪口を持ちあげて言った。

「それにしても実によくやった。そうは思わんかね？」

「何がです？」

「朝鮮軍の越境協力があったとは言え、わずか駐箚《ちゅうさつ》一個師団と独立守備隊六個大隊の関東軍だけで東三省全体を掻《か》っ払《ぱら》ったんだ。手まえ味噌《みそ》ながら誉め過ぎても誉め足りん。そして、満州国の建国だ。四月には弘前《ひろさき》の第八師団、姫路の第十師団、宇都宮の第十四師団が派遣されて来た。六月には習志野の騎兵第一旅団も来たし、九月には豊橋の騎兵第四旅団も来る。関東軍は総勢二十一万の兵力を抱えることになる。ソ連の南下はもう畏《おそ》るるに足りん」

雪子が焼いた鯵《あじ》の干物《ひもの》を持って来たのはそれからすぐだった。相変わらず顔色が冴《さ》えない。於雪のなかの客はいま徳蔵とじぶんのふたりきりなのだ。会話はすべて雪子に聞かれている。しかし、徳蔵にそれを気にする素ぶりはまったくなかったのだ。雪子が無言のまま小あがりから下がっていった。

「満州にはまだ二十万近くの土匪や兵匪が跋扈《ばっこ》してる。制圧にはかなり手を焼くだろう」徳蔵が煙草を灰皿に置いてふたたび口を開いた。「蔣介石は第四次囲《い》剿《そう》戦《せん》に取り掛かった。国民革命軍は工農紅軍潰《つぶ》しに掛かりっきりだ。とても満州の土匪や兵匪に梃子《てこ》入れする余裕はない。関東軍は土匪や兵匪狩りに国民党の眼を気にする必要もなくなった」

「満州国も国軍を持つんでしょう？」

「一応はな。しかし、国軍として機能するようになるのは気が遠くなるほどの時間が掛かる。何せ、旧軍閥にいた連中を掻き集めるんだ、将校だって戦略と戦術の区別もつかん。日系の指導官はそこから手をつけなきゃならん。いまのところ、満州国軍は建軍期・整軍期・練軍期と分けて教育することになる。現実の土匪や兵匪狩りにはとても間に合わん」

三郎はその言葉を聞きながら鯵の干物を食いはじめた。

徳蔵は料理には一切手をつけようとしなかった。まだ半分も喫《す》ってない煙草を灰皿のなかで揉《も》み消し、酒を舐《な》めてつづけた。

「ところで、川島芳子《かわしまよしこ》がどうしてるか知ってるかね？」

「まだ田中隆吉《たなかりゅうきち》少佐と？」

「とっくに別れた。いや、川島芳子があの少佐を捨てたと言ったほうがいいだろう。田中少佐は未練たらたらだと聞いてる。どこで覚えたのか知らんが、とにかく川島芳子の閨房《けいぼう》での手練《てれん》手管《てくだ》はすさまじいらしい。孫文の長男で、国民政府立法院院長の孫《そん》科《か》が引っ掛かって情報を洩《も》らしてくれたのも、川島芳子の閨房手管にころりと参ったからだともっぱらの評判だよ。孫科は上海事変終了後に蔣介石から手厳しく糾弾された。川島芳子はその孫科を上海の港に停泊中だった欧州航路の大阪商船に乗せて広東《カントン》に逃がしてる。爆弾三勇士の裏事情については知ってるな？」

三郎は無言のまま頷いた。上海事変の終了直前の二月二十二日、混成第二十四旅団工兵第十八大隊の一等兵三名が廟巷鎮《びょうこうちん》で死亡した。国民革命軍第十九路軍が防禦《ぼうぎょ》を固める鉄条網を爆破するために突っ込み、大日本帝国万歳と叫び自爆したことになっている。北川丞《きたがわすすむ》。江下武二《えしたたけじ》。作江《さくえ》伊之助《いのすけ》。しかし、実際には爆弾の導火線を一米《メートル》にすべきところを五十糎《サンチ》にしたために起こった事故死だった。それを陸相荒木貞夫中将が爆弾三勇士と名づけて美談に仕立てあげた。それを新聞各紙が競って書いたのだ。

三郎は徳蔵の新たな言葉を待ちながら温《ぬる》くなっている燗酒をちびちびと舐めた。

「その裏事情を川島芳子が帝国海軍の植松練磨《うえまつれんま》少将に喋《しゃべ》った、おそらく閨房の寝物語としてな。あれは田中隆吉少佐が海軍を出し抜くために美談に仕立てあげて陸相に報告したんだとな。植松少将は激怒して田中少佐の殺害を命じた。五・一五事件の主犯格のひとり三上卓中尉《ちゅうい》がこれを実行しようとしたんだが、田中少佐が詫《わ》び状を入れて命乞《いのちご》いをし、ようやくこの件は落着した。川島芳子にしてみれば田中少佐と切れるために植松少将に讒言《ざんげん》したんだろうよ。そんなことまでされても田中少佐はまだ川島芳子に惚《ほ》れ込んでる。まさに魔性の女という名にふさわしい。その川島芳子が満州国建国後に元関東軍高級参謀の河本大作《こうもとだいさく》予備役大佐を通じて満州国軍政部最高顧問・多田《ただ》駿《はやお》大佐と知りあった」

「それでまた肉体関係を？」

「もちろんだ。多田大佐は明治十五年の生まれだから今年ちょうど五十だ。川島芳子は多田大佐を乾 爹《カンテイエ》と呼んでる」

「何なんです、それ？」

「乾爹とは性関係にある義父のことだよ。川島芳子とは二十五離れてるからな。多田大佐も川島芳子のことを芳《よし》坊と呼んで可愛《かわい》がってるんだよ、あの女はたいてい男装してるからな。そしたら、川島芳子は玩具《おもちゃ》を欲しがった」

「どういうことです、玩具って？」

「兵隊だよ」

「何ですって？」

「多田大佐は可愛さのあまり玩具を与えた。川島芳子に帰順した東北抗日義勇軍の三千人の兵士を与え安国軍《あんこくぐん》と名づけた。張作霖が蔣介石の北伐に対抗して名乗ったあの安国軍という名称を与えたんだ。川島芳子の本名は愛新覚羅顕玗《あいしんかくらけんし》。俗名は金璧輝《きんへきき》。川島芳子はいま金璧輝安国軍司令官として軍服に長靴姿で颯爽《さっそう》と歩きまわってる」

「川島芳子は何のためにそんなことを？」

「理由のひとつに中島成子の存在がある。韓太太と呼ばれるあの女の評判は関東軍参謀部じゃ鰻上《うなぎのぼ》りだ。何せ確実に帰順工作で成果をあげてるからな。川島芳子はそれに嫉妬《しっと》し、中島成子に対抗するために安国軍司令官の名まえを欲しがった。満州国国軍がちゃんとできあがるまでいろんな茶番が行なわれると考えとかなきゃならん」

三郎は空になっている徳蔵の猪口に酒を注ごうとした。だが、徳利に酒は残っていなかった。徳蔵が右手をかざして雪子を呼び、熱燗を頼んだ。三郎は煙草《たばこ》を取りだして火を点《つ》け、そのけむりを吸い込んだ。

「五・一五事件に怯《おび》えきった財閥は満州に多額の寄附をすることになった、三井も三菱も住友も競いあうようにな」徳蔵がそう言いながら腕組みをした。「フランスのシンジケートがどれだけ満州に投資するかはまだ決まってないが、内外の情勢は満州に有利に働いてる。しかし、関東軍は独自に経済基盤を作りあげなきゃならん」

「熱河《ねっか》ですか？」

「そうだ、ぜひとも熱河地方を盗《と》らなきゃならん。旧東三省と内蒙古《もうこ》の熱河を加えた四地方の領土を保有してこそ満州は国家たりうる。何せ熱河の芥子《けし》は奉天省や吉林省、黒龍江省のものとは質がちがう」

　三郎は何も言わなかったが、阿片《アヘン》政策に関してもうかなりの知識を持っていた。内務省衛生局や台湾総督府、関東庁や朝鮮総督府が専売制について相当の経験を積んでいる。芥子栽培は水捌《みずは》けのいいところが適しているのだ。ペルシャ産やインド産、トルコ産は別格だが、熱河産の阿片は満州産のものに較《くら》べてはるかに上質で高く売れる。阿片専売は他の産業とは比較にならないほどの高利潤をあげる。関東軍はすでにその専売政策の具体的な検討に取り掛かっていた。しかし、それを現実のものにするには熱河地方の獲得が前提だった。三郎は無言のまま徳蔵の新たな言葉を待ちつづけた。「都合のいいことに張学良に湯玉麟《とうぎょくりん》が急接近しつつある」熱河地方をいまだに押さえている軍閥・湯玉麟は満州建国に参加し、参議府の副議長を務めている。しかし、そこには反満抗日を叫ぶ連中が集まりつつあった。「ちょっとした口実があれば、熱河にはいくらでも関東軍を投入できる。そしたら、瞬時にして満州国は熱河を領有できる」

「どう思われます？」

「何についてだね？」

「リットン調査団です。リットン調査団の報告書は満州国にどんな影響を齎《もたら》すと思われます？」

「表向きにはもっともらしい報告書を国際連盟に提出するだろう。しかし、皇国に決定的に不利なことは書かんと思う。考えてみろ、リットン調査団は英仏独伊にオブザーバーとしてアメリカが加わって構成されてるんだ。この五カ国はどこも植民地を所有して来た。満州事変への批判は自国の歴史をも汚《けが》すことになる。結局、曖昧《あいまい》な報告書しか提出できやせん。いざとなったら皇国は連盟から抜けりゃいいんだし。とにかく、熱河を領有して満州国の経済基盤を築き、そこに東洋文明の花を咲かせにゃならん」

盆のうえにふたつの二合徳利を載せて雪子が小あがりにはいって来た。徳利を座卓のうえに置きながら不機嫌そうな声で言った。

「熱河の阿片は満人に売るんでしょう？　満人に売って満人のこころを骨抜きにするんでしょう？」

「満人だけじゃない。長城線の向こうの支那人どもにも売る」

「それで東洋文明の花を満州に咲かせるんですか？」

「いけないかね？」

「五族協和、王道楽土の理想はそんなものじゃなかったはずです」

徳蔵が冷え冷えとした笑みを頰に滲《にじ》ませた。

三郎は雪子を制しようとしたが、言葉が出て来なかった。雪子は台湾の霧社事件で戦死した鳴海克彦《なるみかつひこ》の叔母なのだ。窘《たしな》めるような口ぶりは何となく憚《はばか》られた。

「五族協和だの王道楽土だのはもともと方便に過ぎんのだよ」徳蔵が笑いを含んだ声で言った。「人間はね、他の人間を食うことによって成長する。民族も同じだよ。わが大和民族はひとまず他のアジア民族を食う。それから白人種を餌《えさ》にしていく」

「そのためにまた戦争を？」

「そうだ」

「酷《ひど》いわ、酷い」

「女には戦争がただの流血にしか見えんだろう。しかしね、戦争はでっかい経済行為なんだ。戦争のための産業が生まれ、死者によって人口調整を行なう。これほど能率的な経済行為はない。だからこそ、新聞各紙は柳条溝以来みな満州事変支持にまわったんだ。一貫して満州建国に反対し、小日本主義を主張しつづけたのは『東洋経済新報』の石橋湛山《いしばしたんざん》だけだ。だが、あの男はわかってない。文明や文化というものはだれかの犠牲のうえに花咲くものなんだ。上海や天津の艶《あで》やかさは支那人の犠牲のうえに成り立ってる。戦争によって文化文明の礎《いしずえ》が築かれたんだ。白色人種はそのことを知り抜いてる」

「孫文の言葉を忘れたんですか？　日本は西洋覇道の番犬となるか、それとも東洋王道の干城《かんじょう》となるのかというあの言葉を？」

「同じことなんだよ」

「何がです？」

「覇道も王道も結局似たようなものだ、単なる語句の使いまわしかたの差でしかない。どんな言いかたをしようと、真理はたったひとつだ。だれかがだれかを食う。食う側にまわるか、食われる側にまわるか？　選択はそれしかないんだよ」

6

北平から天津をまわり、山海関を抜けて営口から満鉄に乗り、大連に着いたのは四日まえだ。奉天にはふたりの兄がいる。だが、敷島四郎は営口から北東に向かう気にはなれなかった。何となく合わせる顔がないような気がするからだ。大連では満州最大の繁華街といわれる浪速町《なにわ》の東光ホテルに宿泊している。上海で逗留《とうりゅう》しつづけて来た旅館にはうんざりしていた。経営者の草地大道が同胞意識を強制し、何かと干渉して来たからだ。もうそういうことに煩《わずら》わされたくはない。かと言って大連ヤマトホテルは敷居が高過ぎる。間垣徳蔵が清風荘に届けてくれた金銭は横浜正金銀行券で千円あった。一般的な日本人労働者の月給は六十円程度なのだ、上海を発《た》つとき、その年収を超えるぶんが懐《ふとこ》ろにあった。北平や天津でも無駄遣いはしていない。

東光ホテルは帝政時代にロシア人が建てたもので、それを買い取った支那人が看板を取り替え食堂の献立てを支那風に変えただけで、外装も内装も手を加えていない。とにかく、部屋にはいって内側から施錠《せじょう》すると、だれからも邪魔されないのが心地いい。

満州建国に際して石原莞爾参謀は旅順や大連の関東州を返還してもいいと言ったらしいが、さすがにそれは日本政府に受け入れられず、現在は満州国からの租借地ということになっている。浪速町界隈《かいわい》を歩くと、北京語と日本語がほぼ半々で耳にはいって来る。

きょうは朝から雨が降りつづけていた。

四郎は朝飯も昼飯も一階の食堂で済ませ、一歩も外に出ていなかった。寝台に仰向けに横たわり、ぼんやりと天井の漆喰《しっくい》の染《し》みを眺めていた。綿貫昭之から何を頼まれるのかという不安がないのだ、いまはこころ静かだった。上海にいたころじわじわと積もっていた得体の知れない疲労感が消えつつある。大連の次はどこに向かおうか？

四郎は横たわったままゆっくりと腕組みをした。

戸口の扉が叩《たた》かれたのは六時過ぎだった。

四郎は寝台を離れ、そっちに歩み寄った。解錠して扉を引き開けると、酒井《さかい》一茂《かずしげ》がそこに立っていた。じぶんとほぼ同年齢で、福井の小浜《おばま》藩《はん》藩主の曾孫《ひまご》にあたるという。代議士をしている父親に見聞を広めて来いと言われて満州をまわって来たと自己紹介をしていた。いまは帰国の船待ちで東光ホテルに滞在している。昼間は寝ているが、夜の帳《とばり》が下りると眼が輝いて来る。二日間それにつきあった。四郎は苦笑しながら言った。

「今夜は遠慮させてもらうよ、雨も降ってるし」

「とっくにあがってるよ、雨は」

「しかし」

「若いくせに部屋に閉じ籠《こ》もってるなんておかしいよ。いいから、いいから出よう、満州の夜を楽しもうよ」一茂がそう言って部屋のなかに勝手にはいって来た。「さあ、ぼっとしてないで靴を履けよ。おれは満州で残されてる時間はあんましないんだから」

　四郎はしかたなく寝台のそばに脱ぎ棄《す》てていた靴に右足を突っ込んだ。他人の言葉に逆らえないじぶんの性格がつくづく厭《いや》になる。身仕度を整えて一茂とともに部屋を出た。階段を降りて東光ホテルを抜けだした。雨は完全に熄《や》んでいた。暮れなずむ大連の街にもう電飾が瞬《またた》いている。四郎は浪速通りを歩きながら肩を並べる一茂に言った。

「どこか当てはあるのかい？」

「委《まか》せろったら。女を買おう」

「ぼくはお断わりだ」

「何で？」

「金銭《かね》で女を買うのは厭なんだ」

一茂は初対面のとき、ハルビンのキタイスカヤ通りでロシア女を買ったことを滔々《とうとう》と喋《しゃべ》っている。相手はまだ十九歳で、帝政ロシア時代の貴族の娘だったらしい。これまで抱いた女のうちで最高だと言ったのだ。

ふたりで浪速通りから花街の逢坂町《おうさかまち》に足を踏み入れた。

「あそこにベケットって看板が見えるだろ」一茂がそう言ってその看板を指差した。

「あのベケットが大連ではじめて許可されたダンスホールだよ。あの有名な音楽家・村岡楽童《むらおかがくどう》が経営してるらしい」

「あそこにはいるのかい？」

「ベケットは結構高いと聞いてる。それに、気取っておもしろくないらしい。はいるのはその向こうの快楽《けらく》だよ。快楽の二階がダンスホールになってる、もちろん許可されてない闇《やみ》のダンスホールだけどね。最後まで居残ってりゃ踊り子を好きなところに連れ込めると聞いた」

快楽のなかはむんむんしていた。七月も下旬にはいっているのだ、窓は開け放たれていたが、人いきれで暑苦しかった。壁際《かべぎわ》に長椅子《いす》が並べられ、中央がダンスフロアになっている。男たちは軍服や背広姿だけでなく浴衣《ゆかた》姿もいた。女たちは洋装もいれば支那の旗袍《チーパオ》姿それに小袖《こそで》という恰好《かっこう》だった。ホールの右側にはアコーディオン弾きとバイオリン弾きが日本の流行歌を奏《かな》でている。演奏されているのは中山晋平《なかやましんぺい》の『東京行進曲』だった。その調べに乗ってフロアで男が女を抱き締めながらゆっくり左右に揺れていた。

四郎は一茂とともに客たちを掻《か》き分けるようにして長椅子に腰を下ろした。すぐに女給が注文を取りに来た。まだ二十一か二だろうが、小袖の着かたが実にだらしなく、態度がいかにも投げやりだった。一茂につづいてビールを注文した。

「やっぱりハルビンとは大ちがいだね」一茂がそう言って煙草《たばこ》を取りだした。「まったく洗練されてない。日本人はダンスホールなんか向いてないのかなあ」

四郎は無言のまま頷《うなず》いた。上海の共同租界のこういうところとは雰囲気がまるでちがっている。全体がやけに安っぽかった。それにしても、なかは紫煙で霞《かす》んでいる。四郎はごほっと咳《せき》をした。

ビールが長椅子のまえの卓台に運ばれて来た。一茂が一口舐《な》めて女給に声を掛けた。

「踊ってくれる？」

女給が黙って頷き、右手を差しだした。一茂が立ちあがってその右手を摑《つか》み、フロアに向かった。他の連中を掻き分けて中央に進み、女給を抱き締めて踊りだした。

紫煙の渦を波打たせるアコーディオンとバイオリンの調べが古賀政男《こがまさお》の『酒は涙か溜息《ためいき》か』に替わった直後だった。突然、炸裂音《さくれつおん》が跳ねかえった。ホールの左側の長椅子から白い背広姿の小男が飛び出して来るのが見えた。演奏が熄んだ。同時に女たちの悲鳴が響いた。

四郎はビールのコップを手にしたまま呆然《ぼうぜん》としていた。

「動くな、だれもここから動くな！」フロアにいた軍服姿の男が言った。年齢は三十半ばだろう。「すぐに憲兵隊が来る。それまでだれもここから出ちゃならん！」

女たちの悲鳴が熄み、暗かった照明が急に明るくなった。ホールのなかの色彩が鮮明になり、あらゆる輪郭がくっきりとした。安っぽかった全体の印象が一段と貧弱になった。

四郎は左側の長椅子のほうに視線を向けた。

鮮血が漆喰壁を濡《ぬ》らしている。長椅子のうえには左胸を赤く染めた灰色の背広姿の男が仰向けに横たわっていた。歯を剝《む》きだし、その眼は天井を睨《にら》んでいる。年齢は四十前後だろう。

憲兵隊が快楽のダンスホールに駆けつけて来たのはそれからほぼ十分後で、全員がいったん氏名と連絡先を報告させられたうえで解放になった。四郎は一茂とともにそこを出た。熄んでいた雨がまた降りはじめている。もう逢坂町や浪速通りをぶらつく気にはなれない。ふたりでそのまま東光ホテルに戻った。左胸を血に染めた灰色の背広姿の男や長椅子から飛び出して来た白い背広姿の小男が日本人なのか支那人なのかわからない。ただひとつはっきりしているのは上海だろうと大連だろうと安全な場所はどこにもないということだけだろう。四郎は晩飯を食う気にもならなかった。部屋でまた寝台のうえに横たわった。

関東憲兵隊大連分隊の副西和政《ふくにしかずまさ》曹長が部屋の扉を叩いたのは十一時過ぎだった。快楽のダンスホールであとで詳細を各自に訊《き》くと言われていたのだ。軍服が濡れている。

雨足が強まっているらしい。和政は明らかに四十を越えていた。その年齢で憲兵曹長ということは陸軍士官学校卒ではなく叩きあげを意味する。和政が煙草に火を点《つ》けて言った。

「何人かの日本人が長椅子のそばから飛びだして来る小男を目撃してるんですがね、あなたにもそれをまず確かめなきゃならない」

「見ました、この眼で」

「どんな男でした？」

「白い背広を着てました。証言できるのはそれだけです。何しろ暗かった。貌《かお》の特徴も年齢もわかりません」

「同じだ」

「え？」

「どの証言者も同じことしか言えない」

「しかたありませんよ、暗過ぎたし一瞬だったんです」

和政がじっとこっちを見据えたまま煙草のけむりを大きく吸い込んだ。この眼はだれかに似ていると四郎は思った。そうだ、特高刑事の奥山貞雄《おくやまさだお》の眼とそっくりだ。和政が煙草のけむりを吐きだして低い声で言った。

「ところで、あなたは奉天憲兵隊の敷島三郎憲兵中尉《ちゅうい》と同じ苗字《みょうじ》だが、親戚《しんせき》か何かかね？」

「敷島三郎はぼくのすぐうえの兄です」

「ほう、そいつは頼もしい」

四郎はこの言葉に強い当惑を覚えた。三郎が兄だということがどうして頼もしいのだ？　四郎は声をうわずらせて言った。

「兄を御存じなんですか？」

「面識はない。しかし、関東憲兵隊のなかで敷島中尉の名まえを知らん人間はおらん。満州事変で神出鬼没《しんしゅつきぼつ》の活躍だからな。陸士卒なのに地を這《は》いずりまわってる。敷島中尉は関東憲兵隊の誇りだよ」

四郎はこれにどう応じていいかわからなかった。

和政が床のうえに煙草の灰を落としてつづけた。

「敷島中尉の弟なんだから大連分隊で摑んでる情報を洩《も》らしてもいいだろう。快楽で射殺されたのは洛雲天《らくうんてん》という支那人だよ。洛雲天はばりばりの共産党員でな、モスクワに留学経験がある。三カ月まえまでは瑞金《ずいきん》にいた。その洛雲天が何しに大連にやって来たのかは判明してない。だが、助かったと言えば助かった」

「どういう意味です？」

「洛雲天を射殺した白い背広の小男は国民党軍統局の藍衣社《らんいしゃ》に属してると見てまずまちがいない。本来ならば関東憲兵隊が処理しなきゃならん洛雲天を蔣介石の秘密組織がかたづけてくれたんだよ。関東憲兵隊の面子《メンツ》には傷がすこしついたが、大連でおかしな工作をされるよりいい」

四郎は粘ついた光を放つその眼を見つめかえしながら上海の領事館警察で聞いた唐千栄の言葉を憶《おも》いだした。毛沢東は政治保衛局を使って党内粛清を行なっている、アンチ・ボルシェビキの頭文字を取ったAB団というレッテルを貼《は》り、拷問《ごうもん》の末に殺す。あれがほんとうなのかどうかはわからない。しかし、唐千栄の言葉には説得力があった。スターリンに中国共産党の代表として強引に認めさせるために、よけいな知識を振りまわすモスクワ留学組や党の方針に盲従しようとしない連中の粛清を優先させている。もし、それが真実なら洛雲天は何らかの工作のために大連に来たわけじゃない、唐千栄と同じように瑞金から逃げだして来たのだろう。そして、白い背広の小男は藍衣社じゃなく共産党政治保衛局に属しているのかも知れない。そう思ったが、四郎はそれを口にはしなかった。

「いつごろまで大連に滞在するのかね？」

「まだ決めてません」

「またちょくちょく顔を見せに来るよ。何せ、あの敷島中尉の弟なんだ、いろいろ教えてもらいたいこともあるし」

7

敷島次郎は風神に跨《また》がり綏遠《すいえん》から黄河沿いに包頭に向かって進んでいた。前方を猪八戒が歩いている。上空は真っ青だった。風はほとんど吹いてはいない。時刻はもうすぐ正午になろうとしている。次郎はバタインジャラン沙漠《さばく》でウルムチからの隊商を襲ったあと熱河の承徳にいた。辛雨広の銃弾で負った左腕の傷が化膿《かのう》し、その治療のために漢方医に通っていたのだ。いまは完治している。包頭に向かうのはナラヤン・アリというインド人回教徒が遣いを送って来たからだ。すぐに包頭に来てくれという。次郎はそれに応《こた》えて綏遠を経由し、そこから黄河沿いに風神を進めているのだ。脳裏ではさっきから同じ自問が繰りかえされている。今後は徹底して反満抗日を貫《つらぬ》く。今度雨広はバタインジャラン沙漠でそう断言した。本気でそう言ったのだろうか？　今度出逢《であ》ったら、おれはおまえを殺す。そうも通告したのだ。雨広の民族意識はほんとうにそこまで高められているのか？　それとも、あれはただの弾みだったのか？　何度自問しても答えは出て来なかった。

陽差しの強さに眼が眩《くら》みそうだ。

次郎はそれを遮るために頭被を巻き、額や頬を蔽《おお》っていたが、それを剝《は》ぎ取って煙草《たばこ》を銜《くわ》えた。風はほとんど吹いてはいないのだ、燐寸《マッチ》はただの一度で点《つ》いた。次郎は銜え煙草のまま風神の背で揺られつづけた。

熱河地方にはいま張学良麾下《きか》の兵士たちがばらばらとはいり込んで来ている。満州国の行政機構に名まえを連ねている熱河都統の湯玉麟は何を考えているのだろうか？　いずれにせよ、関東軍がこういう状況を利用するのは眼に見えている。

次郎は短くなった煙草をぺっと吐き棄《す》てた。

前方に小さな聚落《しゅうらく》が見えて来た。

次郎はそこで風神を止め、鞍《くら》から降りた。

その聚落は十四戸ほどで、支那風の作りをした人家が集まっていたが、農家でもなく黄河の漁師の家でもないらしかった。聚落をふたつに分ける道路には雨期にできたらしき荷馬車の轍《わだち》がくっきり残っている。しかし、人影はなかった。次郎はぴっと口笛を吹いた。手まえの人家の扉が開き、二十三、四の若者が姿を現わした。扉の内側には徳王の大きな写真が貼ってあった。

「蒙古《もうこ》族の聚落かね、ここは？」

「そうです、綏遠と包頭のあいだの中継地です」蒙古族の若者は実に流暢《りゅうちょう》な北京語を喋《しゃべ》った。北平の蒙蔵学校か奉天の蒙旗師範学校を出ているのだろう。「看板は出してませんが、食料も馬の飼葉もお売りできる」

「飼葉と水、それに乾《ほ》し肉があればそれを買いたい」

「すぐに用意します」

「何だか似合わないな、そういう仕事は」

「もうすぐ百霊廟《ひゃくれいびょう》に行きます」

「何があるんだね、そこで？」

「蒙古の自治会議が行なわれます。国民政府は蒙古盟部旗組織法を公布したけど、蒙古族はそれに不満ですからね」

「徳王を担《かつ》ぐのかね？」

「あの人以外に蒙古を纏《まと》められる人間はいませんよ。わたしたちは何も国民政府に楯突こうと言うんじゃない。蒙古族の自治を求めてるだけです。それを国民政府と協議できるのはあの人だけですしね」

風神に水を飲ませて飼葉をやり、猪八戒に羊の乾し肉を食わせてからまた黄河沿いを西に向かった。包頭に到着したのは夕刻六時過ぎだ。ナラヤン・アリの店舗を兼ねた住宅は目抜き通りの大馬路《たいまろ》にあると聞いている。黄昏《たそがれ》の街を進むと、亜州羊毛公司という看板が見えた。そこがそうなのだ。隣りは包頭塩務稽核処《えんむけいかくしょ》だった。風神を降りて、猪八戒とともに店舗のなかに足を踏み入れた。

店舗の間口は狭かったが、奥は相当深そうだった。店舗の前面は洒落《しゃれ》た造りで両袖《そで》机に四十前後の男が座っている。インド人としてはパラス・ジャフルより肌の色がずっと白かった。

「ナラヤン・アリさんかね？」

「敷島次郎さんですな」

「お招きに与《あずか》り、参上して来た」

「自宅のほうへどうぞ。馬は中庭の柵《さく》に繋《つな》いでください。わたしは店を閉めてから中庭に向かう」

次郎はいったん店舗を離れ、店舗棟と包頭塩務稽核処に挟まれた小径《こみち》を通り、風神の手綱を曳《ひ》いて中庭に向かった。そこはびっくりするほど広《ひろ》かった。馬用の柵が拡がっているだけじゃない、中庭にはイギリス製の六輪輸送自動車も駐《と》められている。その向こうに豪勢な邸宅が建てられていた。邸宅の脇《わき》を抜けていく道の幅は三米《メートル》近くあった。六輪自動車はそこからはいって来て中庭に駐車したものらしい。次郎は柵に風神の手綱を繋ぎ止めた。

アリが中庭にはいって来たのはそれからすぐだった。胸のポケットから煙草を取りだして勧めた。銘柄は馬占山だった。次郎は一本引き抜いて銜えた。アリが燐寸を擦って炎を差し向けながら言った。

「いま夕飯の用意をさせてます」

「ずいぶんでっかい屋敷ですな」次郎は吸い込んだけむりを吐きだして二階建ての家屋に顎《あご》をしゃくった。「いくら包頭みたいな辺境でも相当金銭が掛かる」

「包頭一の雑貨商から買ったんです。内蒙古の情勢が怪しくなったんで香港《ホンコン》に逃げだすために投げ売りに近い価格だった」

「資金は上海のインド人から？」

「当然でしょう、わたしはインド独立のために身を危険に晒《さら》すんですからね」アリがそう言って銜えている煙草に火を点けた。「私邸の奥は倉庫になってる。いまは空ですがね、そのうち倉庫は羊毛でいっぱいになる」

「羊毛はいつ来る？」

「一週間ぐらい先になるでしょう」

「おれに何を頼みたい？」

「その話は食事をしながらゆっくりしましょう。ジャフルから聞いたんですが、敷島さんは馬賊をやってたとか」

「むかしの話だ、青龍《せいりゅう》同盟という集団を率いてたが、配下はみんな死んだ。いまのおれは単なる流氓《りゅうぼう》に過ぎん」

「尚旭東と名乗る日本人を知ってますか？　本名は小日向白朗というらしいんですが」

「名まえだけは知ってる。しかし、面識はない」

「いまは東北抗日義勇軍の代表ですよ。日本人なのに何を考えてるんでしょうね？」

「おれに訊《き》かんでくれ。尚旭東には尚旭東の考えがあるんだろう。それしか答えようがない」

夕食の用意ができ、次郎は食堂に案内された。アリの説明によると、内装はインド風に変えたそうだ。象牙《ぞうげ》細工の置物やアラビア文字に彩取《いろど》られた絹織物の壁掛けで飾られていた。食堂にはふたりの若い女が給仕に当たっている。円卓には桃や石榴《ざくろ》といった果物類が大皿のうえに置かれ、眼のまえにはワイングラスがあった。給仕の女ふたりがこっちとアリのグラスに葡萄酒《ぶどうしゅ》を注いだ。次郎はそれを眺めながらアリに言った。

「回教徒だと聞いてるが」

「そうです、両親はカラチの出身です。わたしもカラチで生まれました。育ちは上海ですがね」

「回教徒は酒が禁止されてるんじゃないのかね？」

「葡萄酒は酒のうちにはいりません。フランスのボルドー産ですよ。お気に召してもらえると思う」

次郎は黙ってグラスを持ちあげた。

アリがうまそうに葡萄酒を舐《な》めて言った。

「奥さんはいらっしゃらないでしょうな、敷島さんは馬賊をやってらっしゃったぐらいだから。わたしは三人います、子供が五人」

「三人ともインド人？」

「ぜんぶ回族です、ペルシャ人の末裔《まつえい》ですが、その血はもうほとんど顔や体つきに表われてない。何代も支那人と混血を繰りかえしましたからね。見掛けはすでに支那人そのものです」

「給仕の女は？」

「純粋な支那人です。両方とも十九歳です。小間使いだけじゃなく、客の接待のために傭《やと》ってある。気に入ったほうを指名してください。夜のお世話をさせる」

「断わる、女ならじぶんの金銭《かね》で買う。宛《あ》てがわれるのはまっぴらだ」

このとき、女のひとりが厨房《ちゆうぼう》口に引っ込み、深皿を抱えて戻って来た。香辛料の匂《にお》いが食堂いっぱいに拡がった。それが銀製の柄杓《ひしやく》で銀製の皿に注がれはじめた。

「羊肉のカレーです。三十種類の香辛料を使わせてるんですがね、どうも本場のカレーとはちがう。やはり回族の料理人には無理なんですね。わたしには不満だが、ここは包頭です、上海とはちがう」

「そんなことより仕事の話をしたい」

「そうでしたな。わたしがここで羊毛を買いつけることがわかったんで、華北貿易公司の総経理・沈宣永《ちんせんえい》が激怒してる。沈宣永は国民党に多額の寄附をしてます」

「で？」

「沈宣永は三日以内にわたしが店を畳んで包頭を出て行かないと殺すと宣言した。本気です、ただの脅しじゃない」

「それで？」

「わたしにはだいたいわかるんです。沈宣永は張学良麾下だった兵匪《へいひ》を五人抱えてる。それを使ってわたしを殺すつもりなんだ。手をこまねいてたら四日後にはわたしは死体になる」

次郎はその眼を見つめたまま銀の大匙《おおさじ》でカレーを掬《すく》った。それを口に入れると、刺《し》戟《げき》的な味が全体に拡がった。

「わたしが死体になるまえにその五人を処理して欲しい」

「華北貿易公司に出向いて五人を射《う》ち殺せと言うのかね？」

「そんな必要はありません。五人はかならず四日後にわたしを殺しに来る。それを迎え撃って処理してください」

「どうして蒙古族部隊を使わない」

「徳王麾下のあの部隊はいまウルムチからの隊商の警護に当たってる。それに、徳王はいま国民政府と内蒙古の自治について協議しようとしてるんです。それは結局頓挫《とんざ》するでしょう。そうなったら、徳王は日本の協力のもとに内蒙古独立の動きを開始する。わたしはインド独立の一助とすべく包頭でこの商売をはじめることにしたんです。状況をさらに複雑にするつもりはない。だから、政治とは無縁な敷島さんに頼んでるんです」

「報酬は？」

「沈宣永が飼ってる兵匪ひとりにつき処理料百円。合計五百円を支払います。御不満ですか？」

次郎は無言のままカレーを食いつづけた。

アリが葡萄酒を飲み干してからふたたび口を開いた。

「異議はないようですね。商談成立だ。わたしは商売のことで駆引きするのを好まない。この話は終わりだ。敷島さんは馬賊をなさってたんだ、ふつうの人間には考えられないような体験をされて来たでしょう。ぜひとも、それを伺いたいもんです」

用意された寝室は二階にあり、そこは洋風の内装で設《しつら》えられていたが、照明はなかった。電気は二階まで来てはいないのだ。飾り棚のうえの燭台《しょくだい》の蠟燭《ろうそく》に火を点け、硝子《ガラス》窓を開けた。夜空の星が降って来るようだった。

次郎は肩窄児《チエンチアル》を脱ぎ、上半身裸になって洋式の寝台に近づいた。モーゼルを拳銃嚢《けんじゆうのう》ごと枕《まくら》のしたに置いた。綏遠からずっと風神の背で揺られつづけて来たのだ、全身が疲労感に包まれている。飾り棚のうえの蠟燭の炎を吹き消した。しかし、窓からは星明かりがはいって来ている、部屋は真っ暗じゃなかった。次郎は寝台のうえに仰向けに横たわり、毛布を胸のうえに引き寄せた。

うとうとしかけたときだった、何かの気配がした。次郎は枕のしたから拳銃嚢を取りだした。戸口の蝶番《ちようつがい》がぎいっと軋《きし》む音が響いた。次郎は拳銃嚢からモーゼルを引き抜き半身を起こした。人影が部屋のなかにはいって来た。それが飾り棚に近づき、燐寸を擦った。蠟燭に火が点けられた。はいって来たのは食堂で給仕をしていた小間使いの女だった。

「何をしてる、そこで？」

「お慰めに来ました」

「必要ない、女が必要ならじぶんで何とかする」

「馘首《くび》になります、あたし」

「何だと？」

「このまま部屋を出ていったら、あたし、馘首になる。そしたら、あたしは行くところがない。追いださないでください」

次郎は何も言えなかった。握りしめていたモーゼルを拳銃嚢に収めた。それをふたたび枕のしたに潜り込ませた。

女が旗袍《チーパオ》を脱ぎはじめた。やがて、蠟燭の炎を背に真っ白い裸身が窓からはいって来る星明かりに映しだされた。肉づきは薄く、乳房も小ぶりだった。女が静かに寝台に近づいて来て言った。

「お願いです、一所懸命お慰めしますから」

「追いだしはしない。朝までこの部屋で眠るがいい。明日おれはアリに充分に満足したと言う。しかし、慰めてもらう必要はない」

女が無言のまま寝台にはいって来た。枕はひとつしかなかった。次郎は左腕を差しだした。女が長い髪の頭をそこに乗せた。

「名まえは？」

「項麗鈴《こうれいれい》です」

「どこの生まれだね？」

「河北省石家荘《せっかそう》の近くです」

「アリにはどこで拾われた？」

「上海からこっちに移って来るときに。あたしは石家荘の雑貨商に売られてたんです。そこで下働きをしてた。それをアリさんがまた買ったんです」

「両親は？」

「小作人として働いてたんですが、殺されました、馮玉祥《ひょうぎょくしょう》の軍隊に。ふざけ半分で射ち殺されたんです、農作業をしてたときに」

「兄弟は？」

「兄がふたりいます。ひとりは国民革命軍に、もうひとりは工農紅軍にはいりました。軍隊にいれば、食べるだけは困らないから」

次郎は麗鈴のさらさらとした長い髪を撫《な》でた。夜風が流れはじめていた。開け放たれた窓からはいって来るそれに蠟燭の炎がゆらゆら揺れる。次郎は髪を撫でる手を休めて言った。

「辛《つら》いだろうが、何があっても生き抜け。よけいなことは考えるな。きょうはとにかくぐっすり眠るんだ」

そのとき左腕が生温《なまあたた》かいものに濡《ぬ》れはじめた。

次郎は傍らに視線を向けてつづけた。

「どうして泣く？」

「お客さんはやさしい」

「誤解だ」

「いいえ、お客さんはやさしい。これまでここに来たお客さんはあたしの身のうえ話なんか聞きもしなかった。名まえさえも。ただただあたしの体を弄《もてあそ》んだだけ。お客さんみたいな人はひとりもいなかった。だから、あたしはこのままぼろぼろになって死ぬんだと思ってた。お客さんみたいな人がいるなんて考えてもいなかった。それだけで嬉《うれ》しい。嬉しいから泣いてるんです」

8

夜空からは無数の星の雫《しずく》が垂れ落ちて来ている。

時刻は深夜十一時になろうとしていた。

大連を出航した定期運航貨客船はるびん丸は大阪に向かっている。大阪商船の五千噸《トン》のこの船は大正四年に就航したと聞いているが、船室の傷《いた》みはそれほどでもない。

時刻表によれば、大阪入港は明後日の正午まえの予定になっている。

敷島四郎は船首楼左舷《さげん》の甲板から水面をぼんやりと眺め下ろしていた。波は荒くない。船酔いの危惧《きぐ》はまったくなかった。大阪行きのこの定期船に乗り込んだのはべつに望郷の念に駆られたわけじゃない。大連分隊の副西和政憲兵曹長につき纏《まと》われそうな気がしたからだ。とにかく、大連を離れたかった。しかし、兄ふたりが暮す奉天に向かう気にはなれなかった。帰国する酒井一茂と一緒に大連港からはるびん丸のタラップを昇ったのは一種の気まぐれだったに等しい。大阪に着いても馴染《なじ》みはないのだ、結局東京行きの列車に乗り込むことになるだろう。だが、霊南坂《れいなんざか》の家を覗《のぞ》く気はない。日本の国内の雰囲気がどうなっているのかを確かめられれば、今度は釜山や京城、平壌と朝鮮半島を巡ってみるつもりだ。四郎はじぶんにそう言い聞かせながらゆっくりと腕組みをした。

背後から足音が近づいて来たのはそれから二、三分後だ。

四郎は首を捻《ひね》って、水面に落としていた視線をそっちに向けた。一茂が航海灯に照らされながら近づいて来る。風呂敷《ふろしき》包みを手にしていた。その足が眼のまえで停まった。四郎は腕組みを解いて声を掛けた。

「眠れないのかい、きみも？」

一茂は返事をしようとしなかった。黙ってその右手を風呂敷包みのなかに突っ込んだ。それが引き抜かれた。何かを握りしめている。四郎はすぐにはそれが何なのかわからなかった。鈍色《にびいろ》の光が拳銃《けんじゅう》だと判明するのに二秒ぐらい掛かったろう。四郎ははっとなって視線をふたたび一茂に向けた。その表情は引きつっていた。

「な、何なんだよ、いったい？」

「金銭《かね》が要る」

「え？」

「金銭が要るんだよ、おれ」

「どういうことだよ、それ？」

「懐《ふところ》ろにはもう五十銭しかない」

「恐喝してるのか、ぼくを？」

「あんたはかなりの金銭を持ってる」

「さ、酒井くん」

「おれの名まえは酒井じゃない。嘘《うそ》をついてた。ほんとうは室田《むろた》だ。小浜藩藩主の曾《ひ》孫《まご》なんて嘘っぱちだ。祖父《じいさん》は小浜藩の中間《ちゅうげん》だった。廃藩置県のあとは酒井家が持ってる畑の作男《さくおとこ》になった。親父《おやじ》も作男だ」

「どうしてそんな嘘を？」

「こういう気持は貧乏人にしかわからねえだろうよ。たまには名門の血筋だと偽わってみてえって気持がな。けど、あんたはおれが小浜藩藩主の曾孫だと言っても、ちっとも驚かなかった。いい家の生まれだからだろうな」

四郎は無言のままその眼を見つめつづけた。

一茂が低い声でつづけた。

「おれは日本での貧乏暮しから抜けだすために満州に渡った。むかしから馬賊に憧《あこが》れてたんだよ。けど、駄目だった。満州はもう馬賊の時代じゃなかったし、第一、おれにはそんな度胸がねえことがわかった。ただこの拳銃を買った。ブローニングだ。本来は血盟団に渡す予定だったらしい」

酔っ払いの唄声《うたごえ》が聴こえて来たのはそのときだ。調子はずれの『酒は涙か溜息《ためいき》か』だった。それが船首楼のほうに近づいて来る。

「脅されても金銭《かね》は出さないよ」四郎はうわずる声で言った。「きみは大連じゃあれだけ遊んでたんだ、金銭がないと聞いても同情はしない」

「金銭をくれと言ってるんじゃない」

「どういう意味だい？」

「この拳銃を買え。おれが買った値段で」

「ぼくには必要ない、拳銃なんか」

調子はずれの唄がさらに近づいて来る。

一茂がそれに焦《あせ》ったようにせかせかした声で言った。

「とにかく二十円出せ。そしたら、この拳銃と銃弾二十発をあんたにやる」

「要らないと言ってるだろう、そんなもの」

「引鉄《ひきがね》を引かせたいのかよ、このおれに」

四郎はじぶんの喉《のど》がごくりと鳴るのがわかった。一茂は切羽詰まっている、説得なんか無意味だろう。四郎は渇いて来る唇を静かに舐《な》めた。

「おれだって人殺しなんかしたくないんだ、二十円ありゃ大阪で仕事を見つけるまで何とか暮せる。さあ、出しなよ、早く！」

四郎はしかたなくズボンの尻《しり》ポケットから財布を引き抜いた。大連を出航するときに手持ちの金銭を確認している。ぜんぶで七十三円五十銭残っていた。それをふたつに分けて所持している。引き抜いた財布には三十円収めていた。四郎はそのなかから二十円数えて一茂に手渡した。

一茂はそそくさとそれをズボンのポケットに捩《ね》じ込むと、拳銃を風呂敷包みのなかに差し込んだ。その包みをこっちの手に押しつけて言った。

「わかってるな、おれはあんたから恐喝して金銭を巻きあげたわけじゃない。これはただの売り買いだ。商談が成立しただけのことなんだからな！」

四郎は風呂敷包みを手にしたまま呆然《ぼうぜん》としていた。

一茂がいきなり踵《きびす》をかえし、甲板を蹴《け》った。その背なかが船首楼から消えていった。

四郎はふたたび唇をゆっくりと舐めた。

一茂と入れ替わるように太った影が船首楼に現われた。音程を狂わせて『酒は涙か溜息か』を唄いながらこっちに近づいて来る。年齢は五十過ぎで、上半身は裸だった。一升瓶を担《かつ》いでいた。

四郎はようやくその場を離れようとした。

「どこへ行くんだよ、兄ちゃん」その男が唄うのをやめてそう声を掛けて来た。呂律《ろれつ》はちゃんとまわっていない。「一緒に飲もうじゃねえかよ、船室は暑くてかなわねえ」

「これから寝ますんで」

「固てえことを言うなよ、たがいに満州の話をしようじゃねえか」男が体を沈めながら言った。甲板のうえで胡座《あぐら》をかきながら一升瓶の栓を開けた。「これからは満州だよ、満州！　日本にいたって梲《うだつ》なんか上がらねえよ。それにしても偉いねえ、偉い！　板垣高級参謀と石原参謀は偉い。おれ、尊敬しちゃうよ、あっという間に満州を掻《か》っ払《ぱら》ってくれたんだからな！」

9

夜の帳《とばり》が下りてから二時間が経《た》とうとしている。包頭はきょうも星が降るようだった。華北貿易公司総経理・沈宣永がナラヤン・アリに発した警告期限は今朝までなのだ。あたりは静まりかえっている。

敷島次郎はアリの自宅と倉庫を繋《つな》ぐ境目にある植込みの陰に腰を下ろし煙草《たばこ》を喫《す》いつづけていた。傍らには猪八戒が踞《うずくま》っている。モーゼルはすでに拳銃嚢から引き抜いていた。

短くなった煙草を唇から引き抜き、それを土肌に押しつけて揉《も》み消したときだった。大馬路から中庭につづく小径《こみち》で気配が動いたような気がした。猪八戒の耳がわずかに動くのがわかった。しかし、次郎はまだ身動《みじろ》ぎもしなかった。やがて、星明かりのなかにふたつの影が現われた。暗過ぎて表情はわからないが、両方とも便衣を着ている。

そして、右手には拳銃を握りしめていた。

ふたつの影は中庭に駐《と》めてある六輪輸送自動車のそばを擦り抜けた。その動きは樹々《きぎ》のあいだを吹き抜ける風のようだった。闖入者《ちんにゆうしや》はふたりともまだ若いのだろう。影のうちのひとつがアリの自宅の玄関口に近づいた。扉に鍵《かぎ》は掛けてない。それが静かに押し開けられようとした。

次郎はそのとき体を起こして言った。

「忍び込んでどうするつもりだ？」

影が弾《はじ》かれたようにこっちを向いた。

次郎はそれとともにモーゼルの引鉄を引いた。炸裂音《さくれつおん》が跳ねかえった。頭部からしぶきがあがった。それは星明かりのなかではただどす黒く見えただけだ。その直後に猪八戒が跳ぶのがわかった。次郎は視線を六輪輸送自動車の後部荷台のまえに向けた。そこの土肌のうえでもうひとつの影と猪八戒が縺《もつ》れあいながら転がっていた。影の手から離れた拳銃は形態からブローニングだとわかった。柵に繋いである風神が嘶《いなな》き声をあげる。次郎は六輪輸送自動車後部荷台に歩み寄りながら、ぴっと口笛を吹いた。

猪八戒が影から離れた。

次郎は土肌のうえに横たわる影に近づいてその顔を眺め下ろした。星明かりだったが、それをまっすぐ受けているのだ、表情は読み取れる。若かった。二十三、四だろう。ふいにその右手が動いた。手から離れたブローニングに伸びたのだ。次郎は影の左胸に向けてモーゼルの引鉄を引いた。

銃声とともにそこから鮮血が噴きあがった。風神がまた嘶いた。影はもうぴくりとも動こうとしなかった。

硝煙の臭《にお》いを嗅《か》ぎながら次郎は玄関口に足を向けた。左の側頭部をぶっちぎられた肉塊のそばを通り抜け、扉を押し開けてなかに声を掛けた。

「かたづいたぞ、いったん」

アリが玄関口から出て来たのはそれからすぐだった。表情は暗くてわからなかった。だが、引きつった声で言った。

「心配しましたよ、銃声はたった二発だったんで」

「馬賊の暗黙の掟《おきて》」

「な、何です、それ？」

「無駄な弾は射たない」

「でしょうね、でしょう。そうでなきゃ、馬賊なんか務まらない」

「まだ九時過ぎです。銃声はだれもが聴いてる。すぐに巡警部隊が駆けつけて来る」

「打ち合わせどおりに応対しますよ。あくまでも正当防衛を主張し、賄賂《わいろ》を摑《つか》ませる」

「夜明けまえだと思う」

「何が？」

「第二陣だよ。いったん熱《ほとぼり》を冷まし、巡警部隊が眠り込んでるのを確認し、残りの三人を送り込んで来る。夜明けまえまでには何とかあんたを殺し、多額の賄賂を巡警部隊に渡して包頭では何もなかったことにするだろう」

　包頭巡警部隊がふたつの死体を運んでいってから七時間とちょっとが経っていた。夜が白みかけている。次郎は植込みのそばに腰を下ろし、沈宣永が傭《やと》っている張学良麾下《きか》だった三人が来るのを待ちつづけた。眠くはない。青龍同盟を率いていた初期のころはこんなことはしょっちゅうだった。三日間まったく睡眠を摂《と》らないこともあった。

　猪八戒の耳がぴくりと動いた。来たのだ、アリ暗殺のための第二陣が。

次郎は腰をあげて大馬路から中庭につづく小径に向かった。すでにふたりが射殺されている、第二陣は様子を窺《うかが》いながら接近して来ることはあるまい。それにアリがだれかを傭ったことはもう明らかなのだ、今度は一気に雪崩《なだ》れ込んで来るだろう。次郎は小径のそばで待ち受けた。

すぐに三つの人影が小径に飛び込んで来た。ひとりは水筒を手にしていた。なかにはいっているのはおそらく灯油だろう。アリ邸に火を放って燻《いぶ》りだし、飛びだして来るところを一斉に銃撃するつもりなのだ。次郎は店舗棟の壁に背なかを預けて、その接近を待った。店舗棟と隣りの包頭塩務《えんむ》稽核処《けいかくしょ》の事務棟に挟まれた小径は幅二米《メートル》ほどで、長さは十四、五米《メートル》あった。三つの影が七米《メートル》ばかり手まえに駆け込んで来た。次郎は体を捻《ひね》って小径の中央に躍り出た。三つの影めがけて立てつづけにモーゼルの引鉄を引いた。白じらとした大気のなかに真っ赤な血が飛び散るのが見えた。風神の嘶きが聴こえる。影のうちのひとつの銃口から閃光《せんこう》が走るのが見えた。耳もとでひゅんという音がした。しかし、かまいはしなかった。引鉄を繰りかえし引いた。三つの影が小径に折り重なるようにして崩れ落ちていった。銃弾を射ち尽して、次郎はふたたび店舗棟の壁に背なかを寄せた。

小径からは呻《うめ》き声が聞こえて来る。

次郎はモーゼルの弾倉を引き抜き、弾帯に差し込んでいた新しい弾倉を装着した。止《と》留《ど》めを刺さなきゃならない。風神がまた嘶いた。次郎は店舗棟の壁を離れて、まだ硝煙の漂う小径を突き進んだ。

便衣を血で染めた三人は第一陣よりずっと年長だった。どれも四十前後だろう。三人とも呻き声をあげていたが、銃口をこっちに向ける力は残ってないらしかった。

次郎は足を停めて三人を眺め下ろした。モーゼルの銃口を左胸に向け、ひとりに一発ずつ銃弾をぶち込んだ。だれももう動きはしなかった。流れだした血液を小径の土肌が吸っているだけだ。次郎は踵《きびす》を返して中庭に向かい、そのままアリの自宅の玄関口にはいって叫ぶように言った。

「終わったぞ、すべてが！」

アリが居間から玄関に飛びだして来た。

次郎はモーゼルを拳銃嚢《けんじゅうのう》に仕舞い込みながらつづけた。

「巡警部隊が来るまえにこっちから出向して報告したほうがいいだろう。賄賂はさっきより弾んでください。巡警部隊は第一陣が来たときはおれに事情を聴取しなかった。今度も面倒なことは言わんと思う」

「わかりました、そうします」

「おれは三時間ほど睡眠を摂る」

「朝食は八時に用意させときます」

「それから、蒙古馬を一頭購入しといてください」

「どうしてです？」

「理由はあとでわかるだろう。金銭はおれが払う。丈夫そうな蒙古馬を一頭」

次郎は八時ちょうどに食堂に下りていった。円卓のうえには果物類と紅茶、茹《ゆ》で卵と粥《かゆ》が置かれていた。給仕は項麗鈴ひとりだけだった。アリが真向かいの椅子《いす》を勧めた。次郎はそこに腰を下ろした。

「お頼みしてほんとうによかったと思ってる。手際《てぎわ》のよさには舌を巻きましたよ。たったひとりで五人を処理した」

「追従《ついしょう》はやめてもらいたい」

「べつにお世辞を言ってるわけじゃありませんよ。関東軍が満州を掻っ払えた理由がわかったような気がします」

次郎は茹で卵の殻を割って中味を取りだして頬張った。麗鈴が桃の皮を剝《む》きはじめた。次郎は粥の深皿を引き寄せ、匙《さじ》で掬《すく》って口に運んだ。鶏肉汁の味がなかで拡がった。

「巡警部隊には敷島さんがおっしゃった額の倍近い賄賂をぶち込みました。そして、わたしが沈宣永から脅迫を受けてたことを報告した。そしたら、巡警部隊は華北貿易公司を調べると言うんです。まあ、またとてつもない額の賄賂が行き交うだろうから逮捕されることはない。しかし、当分のあいだ沈宣永はわたしには手が出せないでしょう。そのあいだに何人かの蒙古族を常駐警護として傭い入れるつもりです」

「こんなことがインド独立の一助になるのかね？」

「東京にいるビハリー・ボースやナイルはそう考えてる。パラス・ジャフルも同じです」

「妙に含みのある物言いですな」

「わたしも少しでもイギリスの利権を食い荒すことには賛成だ。まわりまわって、それはインド独立に繋がりますからね。しかし」

「何です？」

「問題は独立後ですよ、独立後」

「どういう意味です？」

「ビハリー・ボースもナイルもヒンドゥ教徒です。インド国内で活動してるガンジーやネールもヒンドゥ教徒です。しかし、わたしたちは回教徒だ。あなたがた日本人にはおわかりにならないかも知れないが、宗教観のちがいは大きい。独立までは共同歩調を採れる。けどね、そのあとヒンドゥ教徒と回教徒がうまくやっていけるとは思えない」

「難しいもんですな、いろいろと」

「よけいなことを言い過ぎたようです。忘れてください。とにかく、わたしはインド独立まで包頭でがんばります。羊毛はもちろん、イギリスの利権に絡《から》むものなら何でも掻きまわしてみせる。関東軍が熱河をどうするつもりなのかまだわかりませんがね、熱河産阿片《アヘン》の中継地はここ包頭なんです。もちろん、それにはイギリス資本が絡んでる」

次郎は粥を食い終え、麗鈴が剝いた桃の載った皿を引き寄せた。

アリが朝食には手をつけず懐《ふとこ》ろから封筒を取りだした。それをこっちに差し向けながら言った。

「約束どおり五百円がはいってます。三百円は横浜正金銀行券で、二百円は朝鮮銀行券です。お収めください」

「蒙古馬は？」

「購入しておきました。中庭の柵に繋いである。値段は十五円でした」

「いくらです？」

「十五円です」

「蒙古馬じゃなく、この娘の値段ですよ」次郎はそう言って麗鈴に顎《あご》をしゃくった。

「この娘はいくらなら売ってくれる、おれに？」

アリが一瞬戸惑いの色を眼に浮かべた。その視線が麗鈴に向いた。麗鈴は俯向《うつむ》いている。額から頬にかけて肌は朱に染まっていた。アリが笑いだした。一しきり笑ったあとで満足そうに言った。

「そうでしたか、そんなに麗鈴が気に入られた？　わたしはわたし自身が褒められたような気分です。そういうことなら、無料で進呈いたしますよ」

「遠慮なくいただくことにする」

「蒙古馬は麗鈴のために？」

「おれと一緒に包頭から消えるためにね」

10

満州国国都建設のためのフランス・シンジケート団からの投資受入れ問題は難行している。関東軍が反対しているのだ。国都建設の第一期費用を満州国財政部は六千万円と計上していた。フランスからの投資を呼び込めば、大アジア主義の王道楽土建設にかならず支障をきたす。それが関東軍の反対理由だった。投資そのものが拒絶されることはあるまい。しかし、投資額は大幅に縮小されるだろう。もしそうなればリットン調査団のフランス代表クローデル中将は日本に好意的になれるはずがない。

敷島太郎はそう考えながら参事官室で煙草《たばこ》を喫《す》いつづけた。

満州国の大同元年度の予算は総額一億一千五百万円だが、そのうち三井合名会社と三菱合資会社から各一千万円ずつの借款《しゃっかん》がすでに決定している。財閥は五・一五事件に戦慄《せんりつ》して陸軍省からの恫喝《どうかつ》に応じたのだ。借款方法はこうだった。三井三菱が各一千万を朝鮮銀行に五分の利子で預ける。それを朝鮮銀行が満州国政府に五分の利子で貸しつけ、満州国が計二千万を満州中央銀行に利子五分で預金する。これをさらに満州中央銀行が朝鮮銀行新京支店に五分の利子で預金し、その預金を発券準備金として満州中央銀行は満州国幣を発行する。三井三菱にたいしては担保は提供されない。つまり、満州国は無担保で二千万円の供与を受けるのだ。三井三菱と朝鮮銀行ではすでにその調印が行なわれている。

もちろん、これは総予算の六分の一強に過ぎない。満州国は建国国債を発行することも決めていた。ただ国債発行は満州中央銀行の発行する国幣の価値を不安定にする危険要因でもあった。そこで、総額を三千万円までと限定した。国債引受けの幹事は日本興業銀行、副幹事は朝鮮銀行。農村ではまだ娘の身売りがつづいているが、満州景気に期待する連中は募集に殺到するだろう。もうじき満州国の財政確立のために大蔵省から営繕《えいぜん》管財局国有財産課長・星野《ほしの》直樹《なおき》が新京に派遣されて来るが、国債を発行しても総予算の半分に充《み》たない。

その補塡《ほてん》策として、あらためて阿片《アヘン》専売が検討されている。奉天ではこれまで裏の商売だった日本人による阿片売買が満州事変以降公然化した。三義《さんぎ》。永義《えいぎ》。永盛《えいせい》。永《えい》昌《しょう》。こういう有名店だけでなく、奉天城内には六百を超える日本人経営の煙館が軒を並べたのだ。城外の大西関《だいせいかん》や小西関《しょうせいかん》にも百五十以上の煙館が新規開店した。うち五割は朝鮮人、四割が日本人、一割が満人経営だった。満州全土となると、その数は想像もつかない。とにかく、阿片売買は途方もない利益をあげる。満州国財政部がこれに眼をつけないはずもなかった。その手はじめが関東軍の協力のもとに行なわれた大連海関の強制接収だった。関東軍が参謀本部宛《あて》に送った文書の控えがいま手もとにある。

満州国財政は治安維持困難のため建国当初の歳入見積六千四百万元を実現するに重大なる難関に逢着《ほうちゃく》せり。しかも右金額中には千九百万元の関税収入および阿片専売収入を計上しあるをもって、右両者を急速に処理して歳入を挙ぐるにあらざれば歳出見積九千三百万元を控えて如何《いかん》ともすべからざる窮地にあり。

これは要するに海関を押さえることによって阿片売買に手をつけないかぎり満州国経営は覚束《おぼつか》ないと言っているのだ。満州国で麻薬取締まりに名を借りた阿片専売制度が確立されるのはもう時間の問題だろう。そうなったとき、インド産やペルシャ産は量に限りがある。奉天省産や北満産は品質が相当落ちるらしい。どうしても熱河産が必要になって来る。

太郎は短くなった煙草を灰皿のなかで揉《も》み消した。満州の建国宣言が出されてからじぶんは明らかに変質したと思う。むかしは阿片なんかにはすさまじい嫌悪《けんお》感を覚えていた。しかし、いまはちがう。阿片によって満州国の経営が成り立つなら、それはそれでいいだろう。癮《いん》になる人間なんかどうせ役立たずだ、満州国に奉仕して鼠《ねずみ》のように死んでいくがいい。本気でそう考えるのだ。国家の創造は男の最高の浪漫。耳もとで囁《ささや》きかけて来るこの言葉がみずからの変質をすべて合理化してくれる。熱河を盗《と》れ！　熱河を盗れ！　瞼《まぶた》を伏せると、脳裏でそんな声が響く。太郎は思わず頰を歪《ゆが》めて苦笑いした。

満州国に阿片専売制度が設けられると、ジュネーブ国際阿片条約に違反することになる。しかし、蔣介石が戦費を青幇《チンパン》の阿片収入に頼っているのはもう周知のことだし、イギリスやフランスは過去もいまも阿片と無縁じゃない。国際連盟が満州国と関東軍だけに厳しい制裁決議を行なうことはないだろう。

戸口の扉が叩《たた》かれ、参事官補の古賀哲春がはいって来たのは新しい煙草を取りだそうとしたときだった。まっすぐ眼のまえに突き進んで来て言った。

「石本権四郎《いしもとごんしろう》はやはり拉致《らち》されたようです」

「どこで？」

「朝陽《ちょうよう》らしいんですが」

「張学良麾下《きか》の兵匪《へいひ》にかね？」

「たぶんそうです、まだ断定はできませんが」

大連市長の弟・石本権四郎は日露戦争に従軍し、旅順口攻略戦の東鶏冠山《とうけいかんざん》第一保塁爆破の際に重傷を受けて乃木希典《のぎまれすけ》中将指揮の第三軍観戦記者からその勇猛ぶりを称讃された男だった。その後、兄に呼ばれて渡満し、阿片の売り捌《さば》きを手伝う傍らで、奉天特務機関とともに蒙古の宗社党《そうしやとう》に関する情報収集に当たった。年齢は五十二歳。現在は熱河の北票《ほくひよう》に住んでいる。そこは京奉線錦州《きんしゆう》駅から分岐した北票線の終点で、炭鉱の町なのだ。肩書は関東軍北票連絡所員。この石本権四郎は熱河都統・湯玉麟ときわめて昵懇《じつこん》だった。

湯玉麟は都統就任とともに芥子《けし》の栽培面積を拡大しつづけ、阿片の販路拡張に努めて来た。その収入は莫大《ばくだい》で、湯玉麟が満州国参議府副議長を務めていても、熱河地方は独立王国の様相を呈しているらしい。その湯玉麟に張学良が急接近し反満抗日を呼び掛けたのだ。湯玉麟が何を考えているかまだ不明だが、熱河産阿片の満州流入はぴたりと熄《や》んでいた。

石本権四郎は関東軍の指示で湯玉麟の真意を探るべく動きまわっていたのだ。その消息が二日まえにぷっつりと途絶えた。関東軍特務が行方を捜しまわっている。

「石本権四郎は朝陽で湯玉麟と逢《あ》う予定だったそうです。で、北票から朝陽まで向かった」北票線は錦州から北票までのあいだに朝陽と南嶺《なんれい》のふたつの駅しかない。この分岐線は主として石炭輸送のために作られたのだ。「石本権四郎は南嶺駅停車中に約三百名の匪賊に襲われて拉致されました。三百名は他の乗客には見向きもせず、石本権四郎だけを連行していったそうです」

「匪賊を率いてたのは？」

「張瑞光《ちょうずいこう》という名まえだと聞きました」

「その張瑞光は東北抗日義勇軍に？」

「そうは名乗ってなかったようです」

太郎は引き抜きかけた煙草を押し戻した。

哲春が眼のまえに突っ立ったままつづけた。

「総領事館にはまだ届いていませんが、東京朝日新聞がこの件をすっぱ抜いた。外務省は蜂《はち》の巣を突ついたような騒ぎになってます。紙面には石本権四郎が阿片取引交渉のために湯玉麟に会おうとしていたと書かれてたらしいんです。この事実は関東軍と満州国財政部しか知らないことでしたしね。外務省はジュネーブ国際阿片条約との対応に追われることになります」

「湯玉麟は何と言ってるんだね？」

「関与を完全に否定してます」

「謀略だと思うかね、この拉致は関東軍の？」

「はっきりしたことは言えませんが、いまのところその疑いはない。四月に駐箚《ちゅうさつ》となった弘前の第八師団参謀・吉岡安直《よしおかやすなお》少佐が指揮して中隊を派遣するそうです。しかし、関東軍としては穏便《おんびん》に済まさせたいらしい。荒立てれば、当分のあいだ熱河産の阿片ははいって来ませんからね」

太郎は包みのなかにいったん押し戻した煙草をふたたび引き抜いた。それを銜《くわ》えて火を点《つ》け、そのけむりを大きく吸い込んだ。

「ただ大連市長の石本鏆太郎《いしもとかんたろう》が強硬に弟の救出を要求してます」石本鏆太郎はペルシャ産阿片を関東州から奉天省や北満に流して財を成し、大連市長の椅子《いす》を買い取ったことで知られている。今年七十歳になったはずだ。「何せ、関東軍と阿片の関係を裏の裏まで知り抜いてる男ですからね、黙過するわけにはいかない」

「穏便に済まさないほうがいい」

「何ですって？」

「石本権四郎は穏便に救出しないほうがいい」

「どういうことです、それは？」

「好機だよ、まさに」

「何のです？」

「これを機に張学良麾下の抗日義勇軍を叩き潰《つぶ》し、湯玉麟の手から熱河地方全体を掻《か》っ払《ぱら》うんだよ。そうすりゃ満州国の経済基盤は固まって来る」

「参事官」

「何だね？」

「似て来ましたね」

「え？」

「参事官は満州事変当時の関東軍の参謀たちにそっくりになって来た。むかしは関東軍の暴走をあれだけ苦々しく思ってらっしゃったのに」

第三章 炎《ほむら》立ちつづき

I

八月の奉天は日中は暑く、歩いただけでも汗が流れるが、陽が落ちるとそれまでの不快感は嘘《うそ》のようだった。敷島三郎《しきしまさぶろう》は小料理屋・於雪《おゆき》の小あがりで、もうすぐ義兄となるかつての上官で独立守備隊大尉《たいい》・熊谷誠六《くまがいせいろく》と酒を飲んでいた。時刻はもうすぐ八時半になろうとしている。三郎は於雪に着くとすぐに誠六から九月十八日の奈津《なつ》との祝言《しゅうげん》後の披露宴の場所を瀋陽館《しんようかん》に決めたと言われた。異存はまったくなかった。瀋陽館は板垣征四郎《いたがきせいしろう》高級参謀や石原莞爾《いしわらかんじ》参謀が柳条溝爆破を巡って謀議を重ねたところだ。そこで披露宴を挙げられると思うと誇らしげな気になる。於雪の椅子《いす》席では三人の中年の日本人が飲んでいた。

「嬉《うれ》しいぞ、嬉しい。おぬしの義理の兄になれるんだからな」誠六が上機嫌な声で言った。「おぬしはいまや憲兵隊の花形だ。任務が任務だからどんな仕事をして来たかは聞けんが、奉天分隊が奉天憲兵隊に格上げされても、満州じゅうの憲兵の羨望《せんぼう》の的だと聞いてるぞ」

「よしてくださいよ、大尉殿、憲兵隊の任務は派手なものじゃない。くたばっても靖《やす》国《くに》神社にも祀《まつ》られないんです」

「肚《はら》が座わってるんだよ、おぬしは。だからこそ、暗闇《くらやみ》での任務をちゃんとこなせるんだ、義兄としておれは誇りに思う」

三郎は苦笑いしながら誠六に酒を勧めた。八月の陸軍省定期異動で関東軍の首脳部は交替した。本庄繁《ほんじようしげる》関東軍司令官と入れ替わるのは教育総監だった武藤信義《むとうのぶよし》大将で、関東軍司令官はこれからは駐満特命全権大使と関東庁長官を兼ねることになっている。誠六が徳利をこっちの猪口《ちよこ》にも向けて来た。三郎はその酒を受けながら言った。

「あと一カ月ちょっとですね、日満議定書が交わされるのは。関東軍の責任はますます重くなります」

「どんな議定書が交わされるんだろう？」

「湯崗子《とうこうし》温泉の対翠閣《たいすいかく》で本庄司令官が溥儀《ふぎ》と協議したこととほぼ同じです。議定書にはふたつの項目しか書き込まれません」

「喋《しゃべ》っていいのかね、おぬし、そんなことをこのおれに？」

「どうせ一ヵ月後には発表されることですから。まず、日本国または日本国臣民が日支間の諸取り決めおよび公私の契約によって従来から有する一切の権利利益を満州国が確認し尊重すること。次に、両国が共同防衛を約し、そのために日本軍が満州国に駐屯すること。議定書に書かれるのはその二点だけです。しかし、これには秘密往復文書が付属することになってます」

「どんな？」

「それはわたくしにもまだわかっておりません」

誠六が満足そうに猪口の酒を飲み干した。こういう情報は憲兵将校や特務将校以外にはいって来ることはないのだ。じぶんが特別な存在に思えるのだろう。三郎は徳利の口を差し向けた。誠六がその酒を受けながら話題を変えた。

「ところで、おぬし、新京には移らんのか？」旅順に置かれていた関東軍司令部は満州事変中は奉天に一時移り、満州国建国後は新京に移動した。関東憲兵隊司令部もそれに伴なって本部を新京に移した。誠六はそのことを言っているのだ。「新京の関東軍司令部庁舎はいつごろできあがるんだろう？」

「わかりません、国都計画はまだ緒についたばかりですし。とにかく、いまのところこのわたくしに新京への転出命令は出ておりません」

椅子席で飲んでいる三人の日本人のうちのひとりがこっちに声を向けたのはそれから四、五分後だ。三人とも五十前後の中肉中背だった。相当酔っ払っている。眼鏡を掛けたひとりがこう言ったのだ。

「なああ、軍人さんがたよ、熱河《ねっか》はどうなってるんだよ？　石本権四郎《いしもとごんしろう》はこのまま見捨てられるのかよ？」

三郎はこの言葉を無視しようとした。

張瑞光《ちょうずいこう》が率いる匪賊《ひぞく》集団に拉致《らち》された石本権四郎の生存はすでに確認されているが、どこに閉じ込められているのかはまだ判明していなかった。それに、張瑞光はいまも東北抗日義勇軍を名乗っていない。第八師団参謀の吉岡安直《よしおかやすなお》少佐は釈放を要求しつづけているが、熱河都統・湯玉麟《とうぎょくりん》は関与してないの一点張りだった。

「みすみすこの好機を逃がすのかよ、なあ軍人さん、いったい何をぐずぐずしてるんだい？ 早く盗《と》っちまえよ、熱河を！」

内地の新聞各紙もいま熱河侵攻の絶好の口実ができたと書き立てている。だが、錦《きん》州《しゅう》に師団司令部を置く第八師団は動こうとはしなかった。当面は粘り強く石本権四郎釈放と熱河産阿片《アヘン》買い取りだけを交渉せよと板垣前高級参謀から命じられていたからだ。とにかく、満州から朝鮮半島経由で東京に向かい斎藤実《まこと》首相や内田《うちだ》康哉《こうさい》外相と会見したあと北平に滞在しているリットン調査団が満州建国についてどんな方針で国際連盟に報告するのか判断できない。日満議定書調印日もほぼ一カ月後に迫っている。それを考慮して吉岡安直少佐は前高級参謀の命令を守りつづけていた。しかし、世論はそろそろ痺《しび》れを切らしつつある。

「満州事変のときはあれほど電光石火だったじゃないか、軍人さんよ。しかも熱河なんて湯玉麟てえやつがちんけな軍隊を持ってるだけなんだろ。何を畏《おそ》れてるんだよ？やっぱり板垣高級参謀と石原参謀がいねえと、関東軍は何もできないのかい？」

三郎は誠六が表情を変えはじめたのがわかった。誠六は直情型の男なのだ、むかしじぶんがそうだったように。民間人を殴りつける可能性も否めない。三郎は関心を酔客から他に向けるために低声で誠六に言った。

「東宮鉄男《とうみやかねお》大尉が満州国軍政部顧問として関東軍司令部附から出向して来たことは御

存じですよね。朗報があります」

「どんな？」

「東宮大尉は今年の五月、掃匪戦のために松花江を下りました。しかし、目的は掃匪だけじゃありません。石原前参謀に北満の調査を命じられてます」

「それが？」

「北満調査は移民計画のためです。犬養《いぬかい》内閣のときは高橋是清《たかはしこれきよ》蔵相が財政難を理由に徹頭徹尾反対しましたが、五・一五事件で風が変わりました。情勢一変です」

「どういうことだね？」

「斎藤実内閣が成立し永井柳太郎《ながいりゅうたろう》が拓務相に就任したでしょう、暗礁《あんしょう》に乗りあげてた満蒙《まんもう》移民計画は一気に解決となりました。まだ公表されてませんがね、今年の十月に第一次武装移民が東京を出発します。東宮大尉が調査して来た北満のチャムス近くに向けてね。第二次第三次とこれがつづきます。要するに、農村の過剰人口が満蒙の大地に吸収されるんです。同時に、武装してますから対ソ防衛の役割を果すことになる。満州国軍はまだ嬰児《えいじ》の状態ですが、満州を軍事的に固めるのは関東軍だけじゃなく、武装移民がその一端を担《にな》うことになります」

2

東京に着いてから二十日が経《た》とうとしている。きょうは八月十五日、旧盆なのだ。うだるように暑い。じっとしていても、顔から汗がぽたぽたと落ちて来る。

敷島四郎《しろう》は東京に着いてから品川駅近くの商人宿・水野屋《みずのや》旅館にずっと逗留《とうりゅう》しつづけていた。ここでは朝食だけが出される。白飯と味噌汁《みそしる》、小魚の佃煮《つくだに》と沢庵漬《たくあんづけ》。これが毎日だ。昼飯と晩飯は外食となる。四郎は毎日毎日ごろりごろりと暮した。やらなきゃならないことは何もないのだ。六畳間の押入れには大連から持ち込んだ荷物が押し込まれている。その鞄《かばん》のなかには酒井《さかい》一茂《かずしげ》いや室田《むろた》一茂から強引に押しつけられたブローニング拳銃《けんじゅう》もそのまま押し込んであった。四郎は昼飯を食いに品川駅まえに出向いたときに買い入れた東京日日新聞を拡《ひろ》げていた。

紙面には熱河の朝陽《ちょうよう》で拉致された石本権四郎救出を巡る駐箚《ちゅうさつ》第八師団の情報が躍っている。交渉がつづいているようだが、兵力はまだ動いていない。しかし、記事はすぐにでも軍事行動が開始されるような書きかただった。そして、拉致連行した張瑞光の匪賊集団は抗日義勇軍とすでに決め込んでいる。

ヨーロッパではドイツのヒンデンブルグ大統領がナチスのヒットラーに入閣を要請したが、ヒットラーは首相でなければ受け入れないと拒否したと書かれていた。アジアだけじゃないのだ、世界全体が揺れているらしい。リットン調査団がどのような報告を行なうのか判断できないが、新聞の紙面は何か激烈な事態が発生するのを期待しているようだった。

三日まえまで隣り部屋に泊まっていた名古屋から来た雑貨を扱う商人は朝食のときにこう語った。戦争のたびに日本の経済は大きくなっていくのだ。財閥というものは戦《いく》さによって産みだされる。三菱財閥を見よ、征台《せいたい》の役と西南戦争で海運業を育てあげたではないか。日清戦争では軍服と包帯製造のために繊維産業は不動のものになった。日露戦争で財閥が儲《もう》けた額はもう想像もできない。これまで戦争に反対して来た言論界もこのことに気づいた。わずか二十万の発行部数だった讀賣《よみうり》新聞は柳条溝事件を持ちあげて対支強硬論を唱えることによって部数を伸ばし、いまや大新聞となった。東京日日新聞は満蒙領有論者・松岡洋右《まつおかようすけ》を全面支持し、満州事変を東京日日後援・関東軍主催と自負している。東京朝日新聞も暴支膺懲《ぼうしようちょう》を叫んで部数を伸ばしつづけた。要するに、戦争は儲かるんだよ、汗水垂らして働く百姓を除いてね。名古屋から来たその商人は滔々《とうとう》とそんなことを喋《しゃべ》った。

日満議定書が調印されるのは一カ月後だ。それによって何がどう動くのかは見当もつかない。四郎は新聞を折り畳んで畳のうえに仰向けになった。体重がかなり増えているかも知れない。何もせずに毎日ごろごろしているからだ。腕時計に眼をやると、針は三時四十七分を指している。四郎はゆっくりと体を起こし、部屋を出た。階段を降りて玄関に出た。履物入れから靴を取りだし、それに右足を突っ込んだ。

背後で水野屋旅館の経営者の声がした。

「珍しいですね、お出掛けですか？」

「ええ、ちょっと」

「どちらに？」

「そこらをぶらぶらするだけです、何せ運動不足だから」

柘榴坂《ざくろざか》から二本榎通り《にほんえのきどお》にはいったところで全身はもう汗まみれだった。下着はもう何の意味もなさなかった。白い開襟《かいきん》シャツの木綿地はぴたりと背なかに貼《は》りついている。午後の陽光はますます強烈になって来るような気がした。

それでも四郎は歩きつづけた。晩飯まではこうやって汗だくになるつもりだ。そうでないと、体がなまってしまう。東京は燭光座《しょっこうざ》にいたころとさしたる変わりはない。上海《シャンハイ》の洗練と猥雑《わいざつ》さが交錯する混沌《こんとん》もなければ大連の泥臭い活気もなかった。これが日本なのだ、抱えている矛盾を海の向こうに掃きだそうとする日本の首都の光景なのだ。そう思いながら歩を進めた。

体内から流れだす汗が心地よかった。

それは上海での記憶を洗い落としてくれるようだった。

足を停めたのは一時間ばかり歩きつづけてからだった。その気があったわけじゃない、だが、いつの間にか霊南坂《れいなんざか》に足を踏み入れていた。四郎は額をべとべとに濡《ぬ》らす汗を右手の甲で拭《ぬぐ》い取った。眼のまえには上海に向かうためにここを出たときとまったく同じ風景が拡《ひろ》がっている。五十米《メートル》先に生家が見えた。その佇《たたず》まいも変わりはなかった。

懐《なつか》しさが急速に胸の裡《うち》で膨んで来た。

四郎はそっちに向かってふたたび歩きだした。きょうは旧盆なのだ、だれもがそれに備え家にいるのだろう、霊南坂に人通りはなかった。四郎は生家の門扉のまえで立ち停まった。

しかし、それを押し開ける勇気はなかった。どんな顔をして義母の真沙子《まさこ》に逢《あ》えと言うのだ？　断ち切ったはずの未練をいまさらどうしろと？　喉《のど》が勝手にごくごく鳴った。どうして霊南坂に来てしまったのだ？　いったい、何がじぶんをここに吸い寄せた？　そう自問した。だが、答えは出て来なかった。いや、それは嘘《うそ》だ。じぶん自身をごまかしている。東京に着いてから、ときどき真沙子のことを想《おも》った。そのたびに絶対に逢《お》うてはならないとじぶんに言い聞かせて来たのだ。その縛りがこの暑さで消えた。そうとしか説明がつかなかった。

四郎は踵《きびす》をかえそうとした。そのとき何かが囁《ささや》いた。遠くから姿を見るだけならいいだろう？　向かいあって眼と眼を合わさなければ？　一言も口を利《き》かなければ？

四郎は静かに渇ききった唇を舐《な》めた。

霊南坂のこの生家には裏木戸がある。ふだんそこは使われていない。上海に向かうまえにその裏木戸の腐蝕《ふしよく》した刺込み錠を取り替えようとして、そのままになっている。

四郎は隣家との境界の小《こ》径《みち》に足を踏み入れた。その小径は突き当たりに小さな祠《ほこら》があるために作られていた。裏木戸に歩み寄った。その引戸に手をやった。ぐいと引いた。木戸の向こうで鈍い音がした。腐蝕した錠が外れたのだ。引戸がそのまま開いた。四郎はそれを潜《くぐ》り抜けた。

亡父の義晴《よしはる》は日本式の庭を嫌った。なるべく自然のままがいい。それが病いで臥《ふ》せるまえの口癖だったのだ。そのせいで、生家を囲む塀のそばには雑木が生え、居間に面しては芝生《しばふ》の拡がりを残して躑躅《つつじ》や石楠花《しゃくなげ》が囲んでいた。

四郎は腰を屈《かが》めてその低木種と雑木のあいだを進んだ。居間の様子が見渡せるところで足を停め、ゆっくりと腰をあげた。一瞬、心臓がどきんと鳴ったような気がした。四郎は突っ立ったまま眼を瞠《みひら》きつづけた。

居間の硝子《ガラス》戸は開け放たれている。

長椅子《いす》に白い開襟シャツと鼠《ねずみ》色のズボン姿の男が座っていた。その膝《ひざ》のうえに浴衣《ゆかた》の女が腰を下ろしている。男は女を抱き、口を吸っていた。その手が浴衣の衽《おくみ》のあいだから食《は》みだした豊かな乳房を揉《も》みしだいている。帯はいまにもほどけそうだった。浴衣の裾《すそ》が割れ、そこから右の太股《ふともも》が覗いている。男と女がだれなのかはすぐにわかった。真沙子と特高刑事の奥山貞雄《おくやまさだお》が居間で抱きあっていた。

四郎はいま全身に強烈な電流が走り抜けているような気がしていた。

真沙子の乳房を揉んでいた貞雄の左手がそこを離れ、それが太股に移った。浴衣がさらにめくれた。貞雄の左手が太股からずりあがるようにして臀部《でんぶ》に向かおうとした。焦《じ》らすように真沙子の右手が貞雄の手を摑《つか》んでその動きを制した。それとともに重なりあっていた唇が離れた。真沙子が首を左右に振った。拗《す》ねて甘える仕草だった。貞雄の手が浴衣のなかから引き抜かれ、ほどけ掛かっている帯にまわった。それとともに真沙子の顔が庭のほうに向いた。

こっちと視線が合ったのはそのときだ。

真沙子の眼が大きく瞠かれた。

四郎は身動《みじろ》ぎもしなかった。できなかったのだ。居間に差し込む夕陽が真沙子の驚《きょう》愕《がく》の表情を映しだしている。四郎はその場に突っ立っているだけだった。貞雄の右手が真沙子の頭を摑むようにして引き寄せた。ふたたび唇と唇が重ね合わさった。だが、今度は真沙子の体が硬くなっているのがわかる。それでも貞雄はその口を強く吸いはじめた。

四郎はそれとともに腰を落とした。中腰のまま躑躅と石楠花の植込みのそばを進んで裏木戸に向かった。そこを抜けて祠につづく小径に出た。霊南坂まで進んでから汐《しお》見坂《みざか》に向かって大地を蹴《け》った。

夕陽が東京の大気を黄色く染めている。

四郎は霊南坂を走りつづけた。うだるような暑さのはずなのに、胸の裡は妙に冷えきっている。

3

陽はとっくに昇っていたが、敷島次郎《じろう》は肉づきの薄い項麗鈴《こうれいれい》の素っ裸の体を抱き竦《すく》めたまま寝床台から起きあがろうとはしなかった。通化《つうか》に辿《たど》り着いて十日が経《た》った。包頭《ほうとう》から綏遠《すいえん》、張家口を通り、熱河の承徳や錦州、営口を経由して来たのだ。飯店に泊まることもあったし、野営で済ますこともあった。麗鈴は蒙古《もうこ》馬の背に揺られつづけても愚痴ひとつ零《こぼ》さなかった。十九歳のこの娘はこれまでの苦労に較《くら》べれば、そんなことは何でもないのだろう。旅のあいだはずっと抱いて眠った。麗鈴は気立てがいいだけじゃなく、肌が吸いつくようだった。敦化《とんか》の朴美姫《ぼくみき》とですら、これほど長く褥《しとね》をともにしつづけたことはない。次郎は唇を合わせたまま痩《や》せたその背なかに両腕をまわしていた。小ぶりだが弾力のある乳房が胸のうえで息づいている。昨夜は眠るまえに二度営んだ。しかし、股間《こかん》がまた熱を帯びはじめている。唇を離して体を入れ替えた。麗鈴はナラヤン・アリに小間使い兼接客用慰安婦として購入された女だが、寝床台のうえではただ体を開くだけだった。それでも次郎は満足だった。麗鈴のなかにはいって、その腹のうえをまた泳ぎはじめた。

開け放たれた窓からは南からの風がはいり込んで来ている。

どこかで鴉《からす》が啼《な》く声がした。

次郎は精を放ってから体を離した。寝床台を下りると、床に寝そべっていた猪八戒《ちょはっかい》がこっちを見あげた。腕時計に眼をやると、針は七時五十三分を指している。麗鈴は寝床台で仰向けに横たわったままだった。次郎は褲子《クーズ》に右足を突っ込みながら言った。

「身仕度をしろよ、腹が減ったろ、朝飯を食おう」

麗鈴が黙って頷《うなず》き、ゆっくりと身を起こした。窓から差し込んで来る朝の陽差しに白い裸体が一段と白く輝いた。次郎は褲子を穿《は》き終え、肩窄児《チエンチアル》を引っ掛けた。麗鈴が寝床台を下りて身繕《みづくろ》いをはじめた。

ふたりで猪八戒を連れて客房から足を踏みだした。

通化に来たときはいつも常宿にしていたこの水宮旅荘《すいきゅうりょそう》はむかしは餐庁《さんちょう》は設けられていなかった。しかし、満州建国後にそれが作られたのだ。通化は木材の集積地だけではない。満鉄は通化から長白山麓《さんろく》をぶっちぎって鴨緑江《おうりょくこう》を渡り、朝鮮の満浦鎮《まんぽちん》に繋《つな》げる鉄路建設を予定している。日本人も朝鮮人もその特需を見込んで雪崩《なだ》れ込んで来ているのだ。支那《しな》人たちも長城線を越えてどっとはいり込んで来ていた。流入して来た支那人たちは満州に腰を落ちつけると満人と呼ばれるのだが、いずれにせよ、この急速な人口増加に水宮旅荘の経営者・洛稼祥《らくかしよう》は餐庁を急遽《きゆうきよ》設置したのだ。だが、庖丁《ほうちよう》を握る厨師《ちゆうし》の腕には明らかに問題がある、出される料理は決してうまいとは言えなかった。

水宮旅荘のできたての餐庁には十二の食卓が置かれ、七十人近くが収容できる。そのだだっ広い餐庁にいまは一組の客しかいなかった。宿泊客さえ料理のまずさに敬遠するのだろう。それ以外の客を呼ぶにはまず厨師を取り替えなければなるまい。

次郎は麗鈴とともに窓辺の席に着いた。猪八戒が足もとに踞《うずくま》った。齢《とし》老《お》いた給仕が近づいて来て、いつもの朝食ですねと念を押した。ここでの朝は高粱粥《コーリヤンがゆ》と豚肉野菜炒《いた》めと決めている。麗鈴も朝昼晩とまったくこっちと同じものを食べるのだ。猪八戒には毎日茹《ゆ》でた豚肉を与えている。次郎は無言のまま頷きながら煙草《たばこ》を取りだした。

「訊《き》いていいですか、青龍攬把《せいりゆうらんば》、お答えにならなくても結構ですけど」給仕が食卓を離れると、麗鈴がおずおずとそう言った。「ずっとこの水宮旅荘に居つづけるんですか、あたしたち？」

「嫌いか、通化は？」

「そんなことはありません。包頭以外なら、あたしはどんなところでも満足です」

次郎はその眼を見ながら煙草を引き抜いて銜《くわ》えた。

麗鈴は通化に着くまでこっちを何と呼んでいいのかわからないようだった。敷島さんとも次郎さんとも口にしなかった。ましてや、もうナラヤン・アリの私邸で小間使いを兼ねた接客をしているわけじゃないのだ、命令されて次郎の寝室に来たときのようにお客さんとは言わなかった。しかし、水宮旅荘に着いてからようやくぴったりとした呼び名を見つけたようだった。ここの経営者・洛稼祥が青龍攬把と呼び掛けて来たのだ。麗鈴はそれを真似《まね》るようになった。その呼び名がしっくりするらしい。次郎は好きなように呼ばせることにした。もう緑林の徒を率いているわけじゃない。そういうふうに制しはしなかった。麗鈴が燐寸《マッチ》を擦って、その炎をこっちに向けながらつづけた。

「けど、いつまでもここでじっと？」

「九時になったら出掛ける」

「どこに？」

「東昌路」

「何かあるんですか、東昌路で？」

「行けばわかるよ、すぐに」次郎はそう言って煙草のけむりを吸い込んだ。「たぶん、驚くだろうぜ。そのときのおまえの顔が見たい」

九時になって次郎は麗鈴とともに猪八戒を連れ、水宮旅荘を抜けだした。陽はすでに高く、気温はぐんぐん上昇しつつある。正午を過ぎれば、陽光はぎらぎらと燃えるようになるだろう。通化の目抜き通り、東昌路に出た。料亭。妓楼《ぎろう》。薬局。雑貨。銭荘。浴池。剪髪《せんぱつ》。八卦《はっけ》。煙館。あらゆる店が犇《ひし》き合うこの通りは建国まえに較《くら》べてずっと人通りが増えている。日本語もあちこちで飛び交った。通化は東辺道《とうへんどう》の中心地のひとつなのだ、当然、東北抗日義勇軍の破壊対象になっている。そのために関東軍がここに分屯地を置いて警備に当たっていたが、満州国国警が整備されれば、これまでの奉天省巡警部隊から任務を受け継ぐことになっているのだ。次郎は麗鈴と肩を並べて銭荘の向かいの店舗に近づいた。

その店舗のまえに写真館を経営する樋口吉三郎《ひぐちきちさぶろう》と小料理屋・真砂《まさご》の成瀬初子梅子《なるせはつこうめこ》姉妹が立っている。次郎はすでにこの三人に麗鈴を紹介していた。通化であたし以外の女ができたら殺すよ。初子はむかしそう言ったが、いまは三井物産の通化駐在員と深い仲になっている。

次郎は店舗のなかを覗《のぞ》いてみた。

単独客用の櫃台処《きだいしょ》が長く伸び、その向かいの棚には酒瓶がずらりと並んでいる。白酒。老酒。日本酒。葡萄酒《ぶどうしゅ》。ウィスキー。ブランデー。置かれてないのはビールだけだ。このあたりでビールを飲む客はまずいない。厨房は櫃台処の突当たりに設けられていた。ふたり掛け用の椅子《いす》席は四つだった。四つを組み合わせればちょっとした宴会もできる。

「ほぼ完成だね、突貫工事だったけど」吉三郎が腕組みをしながら言った。「酒類も揃《そろ》ってるし、商売はいつでもはじめられるよ」

「お世話になりました」

「二階の家具類も揃えておいた」

次郎はふたたび軽く頭を下げた。この店舗兼住宅は仏具商を営む朝鮮人の所有物だった。それを吉三郎の斡旋《あっせん》で相場の半額近い価格で購入した。内部の改装も吉三郎の仲介によるものだ。店舗のなかではいま四人の職人が働いている。次郎はそっちに向かって北京《ペキン》語を投げ掛けた。

「看板を掛けてくれ」

店舗のなかからふたりの職人が出て来た。ひとりは大きな板を抱えている。店舗の外に梯子《はしご》が掛けられた。ひとりがそれを押さえ、もうひとりが大判の板を抱えてその梯子を昇った。

店舗の出入り口の真うえに看板が掛けられた。その看板には墨痕《ぼっこん》鮮やかに麗鈴亭と書かれている。成瀬初子梅子姉妹が拍手をはじめた。

次郎は麗鈴に視線を向けた。麗鈴は表情を引きつらせて看板を見あげている。

「どうした、なぜそんな怖い顔をしてる？」

「な、何なんです、これ？」

「働くんだよ、おまえはここで」

次郎はその場に崩れ落ちそうになった麗鈴を左腕で支えた。吉三郎が訝《いぶか》しげな表情をしている。成瀬姉妹も麗鈴に何が起きたか見当もつかないようだった。次郎は三人に眼で会釈《えしやく》をして麗鈴の痩せた背なかに左腕をまわしたまま踵《きびす》をかえした。東昌路を行き交う男女はだれもが咎《とが》めるような眼差しを向ける。それを無視して次郎は麗鈴を水宮旅荘の客房に連れ帰った。

麗鈴は寝床台に腰を下ろすと両手で顔を蔽《おお》った。背なかが浮き沈みしている。泣いているのだ。声は出さなかったが、背なかの動きはしだいに大きくなっていった。

「何で泣く、何がどうだと言うんだ？」

「また売られるんですね、あたし」

「何だと？」

「やっぱり、これがあたしの宿命《さだめ》なんだ」

「どういうことだ、それ？」

「あたしは売られるんでしょ、写真館のあの日本の老人に？」

次郎は床に突っ立ったまま煙草を取りだした。燐寸《マッチ》を擦ってそれに火を点《つ》けた。麗鈴が何を想像したかようやくわかった。次郎は吸い込んだけむりを吐きだして言った。

「だれがおまえを売る？　このおれがおまえを？　おれは女衒《ぜげん》じゃない。あの店はおまえのために買った。写真館の老人はそれを手伝ってくれただけだ。つまらんことを想像するな」

「けど」

「看板を見たろ、麗鈴亭と書かせた」

「青龍攬把」

「何だ？」

「あたしと一緒に通化で酒房を？」

「酒房の経営なんて、おれには似合わないし、そういう才覚もない。おまえがやるんだ。だから麗鈴亭と名づけたんだよ」

麗鈴が蔽っていた両手を顔から離した。頬は涙に濡《ぬ》れていたが、もう泣いてはいなかった。その眼がじっとこっちを見あげている。麗鈴は何か言いたそうだったが、言葉は出て来なかった。

次郎はその傍らに腰を落として肩窄児《チエンチアル》の衣嚢《いのう》から封筒を取りだした。なかには朝鮮銀行券で百円はいっている。それを麗鈴の手に押しつけて言った。

「これは当面の運転資金だ。あの店は買い取ったものだから家賃を払う必要はない。二階は住居になってる。寝具やら何やらみな揃えさせた。今夜からここを出てあの二階で暮せ。野営したとき、おれはおまえの料理を食った。料理の腕はたいしたもんだ。通化にはこれからますます人が集まって来る。満鉄が路線を伸ばすからな。麗鈴亭で酒と料理を出せば流行《はや》ること請け合いだ。働けば働くほど金銭《かね》になる。その金銭はみなおまえのものだ。だれからも搾《しぼ》り取られることはない。金銭を貯《た》めろ。金銭を貯めて、どんどん店を拡げていくといい」

「どうするんです、青龍攪把は？」

「消える」

「え？」

「通化から消える」

「ど、どこに行くんです？」

「まだ決めてない。しかし、おれはひとっところにじっとしてられない性質《たち》だ。べつに何の当てもないが、もう飽きた、通化の空気を吸いつづけるのはな」

「い、厭《いや》だ！」麗鈴が弾《はじ》かれたように言った。「行っちゃ厭だ！」

次郎は右腕でその細い肩を抱き寄せた。左手で涙に濡れている頰を撫《な》でまわした。顔を近づけ、唇を合わせた。麗鈴は全身を強《こわ》ばらせている。次郎は唇を離し、立ちあがりながら言った。

「別れだ、麗鈴、達者で暮せ」

「ま、待ってください」

次郎は振りかえらずに客房を出た。猪八戒が尾《つ》いて来る。そのまま中庭に向かった。

麗鈴が追って来るのがわかる。次郎は柵《さく》に繋《つな》いでいた風神《ふうじん》の手綱をほどいた。その背に跨《また》がり進路を渾江《こんこう》に向けた。

「店なんか要らない！」背後で麗鈴の声が響いた。「あたしは青龍攬把と一緒にいたい、いつまでも！」

次郎は風神の脚を速めさせた。吉林《きつりん》お静《しず》と呼ばれた古賀《こが》静子の肉体がばらばらに刻まれて捨てられた渾江が見えて来た。正午まえの陽光に水面がきらきら輝いている。

次郎はその河沿いを進んでいった。

「戻って来てよ、青龍攬把、お願いだから！」

次郎は風神の脚をさらに速めさせた。

聞こえて来る麗鈴の声はもうかなり遠かった。

「待ってるからね、青龍攬把、あたしはずっとずうっと。青龍攬把が戻って来るまで、あたし、他の男には指一本触わらせない！」

4

敷島四郎は午後九時過ぎにすべての支払いを終えて水野屋旅館の玄関から抜けだし

た。夜空には青い月影が浮かんでいる。品川駅前広場につづく花街の路地に足を踏み入れた。どこかで新内《しんない》流しの三味線《しゃみせん》の音が聴こえた。赤や青のネオンのなかで酔客の群れが動いている。農村ではまだ娘の身売りがつづいているが、満州建国で一部の景気はうわ向いて来ているらしい。だが、そんなことはどうでもよかった。四郎の頭のなかは五日まえの霊南坂での光景だけで占められていた。

真沙子の眼ははっきりとこっちの表情を捉《とら》えていた。それまで特高刑事・奥山貞雄に示していた媚態《びたい》。ふたりはいつからああいう関係になっていたのか？　上海行きを告げたとき、真沙子はさめざめと泣いた。あの涙は何だったのか？　上海でのじぶんの苦悶《くもん》はどんな意味があったのか？　真沙子の媚態はそれらの問いの一切が無駄だったことを示していた。

四郎は花街の雑踏を抜け駅前広場に出た。しかし、駅舎には向かわなかった。高架橋のしたを潜《くぐ》って東京湾に突き進んでいった。

霊南坂から抜けだしたあとのふたりの動きは何度も想像してみた。真沙子は庭先にいるじぶんを目撃したことを貞雄に喋《しゃべ》っただろうか？　どう考えても、それはないように思う。何も言わずに貞雄の求めに応じて体を開いたにちがいない。亡父の霊が戻って来るとされる盂蘭盆《うらぼん》のその日に。いや、それは責められない。このじぶんは父が生きていたときに真沙子と肌を合わせたのだ。それにしても、ああ、ふたりはいつから関係を持ったのだ？　胸にあるのは嫉妬《しっと》ではなかった。はっきりとした憎悪《ぞうお》だった。貞雄は真沙子の熟れた肉をものにするためにこのじぶんを上海に送りだしたのか？　この問いを繰りかえしているうちにそれが既成事実のように思えて来た。

四郎は三日まえに警視庁宛《あて》に投書していた。八月二十日午後十一時に元燭光座《しょっこうざ》劇団員が品川伊号《いごう》倉庫裏で無政府主義者三名と会合を持つ予定。筆跡を隠すために左手でそう書いたのだ。燭光座と聞けば、貞雄が出張って来るだろう。そう考えた。貞雄ではなく他の特高刑事が来た場合は予定を変えればいい。品川の倉庫街はすでに下見を繰りかえしている。四郎はそっちに向かって歩きつづけた。

波止場に着いたのは九時四十分ごろだった。

青い月影が港に浮かぶ貨物船を映しだしている。

あたりに人影はまったくなかった。

四郎は伊号倉庫に足を向けた。

風はなく、八月下旬の夜はねっとりと暑い。だが、汗は出て来なかった。こころが冷えきっているからだろう、そう思う。

近づいて来る靴音に四郎はちらりと腕時計を眺めやった。針は十時五十三分を指している。右手にはすでに室田一茂から無理やりに買わされたブローニング拳銃《けんじゅう》を握りしめていた。扱いについては上海事変のとき清風荘の経営者・草地大道《くさちだいどう》から教わっている。靴音がさらに近づいて来た。ひとりだ。四郎は伊号倉庫の陰から顔を覗《のぞ》かせた。

予定していたとおりだった、奥山貞雄がこっちに向かって近づきつつあった。その距離が五米《メートル》ほどになったとき、四郎は伊号倉庫からコンクリート床の路面にゆっくりと身を乗りだした。貞雄の足がそこで停まった。

四郎はブローニングの銃口をその胸に向けたまま口を開いた。じぶんの声がここまで冷静だとは思わなかった。

「久しぶりだな、奥山貞雄」

「お、おまえ」

「何を驚いてる？」

「戻って来てたのか、上海から？」

「聞かなかったのか？」

「何をだれから？」

「真沙子は何も言わなかったのか？」

貞雄は無言のままだった。月影がその表情を照らしている。白い開襟《かいきん》シャツに鼠色《ねずみ》のズボン。霊南坂で見たときと同じ恰好《かっこう》をしている。黙りこくっていたが、貞雄は明らかに落ち着きを取り戻しつつあった。

四郎は新橋の小料理屋で逢《あ》ったときの貞雄の口ぶりを真似《まね》て言った。

「どうなんだい、真沙子の体は？」

「最高だ、たまらねえ。おまえが溺《おぼ》れたのもよくわかるぜ。あれほど抱き心地のいい女はめったにいねえ」

「いつからだ、関係は？」

「おまえが上海に行った一カ月後だ。おまえから手紙が来てるかどうかを調べに霊南坂に行った。ついでにおまえの死んだ親父《おやじ》に線香をあげさせてもらった」

「で？」

「そのとき真沙子の体からはむんむんするような牝《めす》の臭《にお》いがしてた。たまらなくなっておれは押し倒した。真沙子はほとんど抵抗しなかったぜ。それからだよ。おれも女房子供がある身なんでな、毎日ってわけにはいかねえが、週に一度は抱いてる」

四郎は静かに唇を舐《な》めた。貞雄の口ぶりは実に得意そうだった。おそらく、こっちが握りしめている拳銃の引鉄《ひきがね》が引かれることはないと決め込んでいるのだろう。四郎は体の芯《しん》がますます冷えて来るような気がした。

「どうしたんだよ、そんな玩具《おもちゃ》を持って？　そんなものでおれを脅せると思ってやがんのか？」

「殺すまえに訊《き》いておきたいことがある」

「おれを殺す？　坊ちゃん育ちのおまえにそんなことができるのかよ？　笑わせるな。引鉄が引けるなら、さっさと引け」

「どんな関係だ、おまえと間垣徳蔵《まがきとくぞう》は？」

「又従兄弟《またいとこ》だよ、それがどうした？」

「何でふたり掛かりでぼくにつき纏《まと》う？」

「うるせえや。拳銃を引っ込めろ。おまえは警視庁に投書して、おれを誘《おび》き出し真沙子との関係を確かめた。おれははっきり喋ったろ、それだけで充分じゃねえか。寄越《よこ》せ、拳銃を。不法所持は見逃してやる」

「奥山貞雄」

「呼び棄《す》てにされる覚えはねえ」

「死ぬんだよ、おまえは」

月光を浴びるその表情が一瞬変わった。

四郎はブローニングの引鉄を引いた。

炸裂音《さくれつおん》とともに貞雄の体がくるりとまわった。血しぶきがどす黒く見えた。その体がコンクリート床に転がった。四郎はふたたび引鉄を引いた。貞雄の体がわずかに浮きあがった。

四郎は硝煙の臭いを嗅《か》ぎながらそこに歩み寄った。グエン・チ・ティンのときは阿片《アヘン》のために殺害の記憶がなかった。あとで綿貫昭之《わたぬきあきゆき》にそれを知らされただけだ。上海事変のときはすさまじい死体を見たが、この手を血に染めたわけじゃない。しかし、今度は明確な殺意のもとに引鉄を引いたのだ。四郎は貞雄を眺め下ろした。

貞雄はまだ絶命してはいなかった。銃弾は左肩と腹部に命中していた。腹部から流れ出た夥《おびただ》しい血液のなかで貞雄は身を捩《よ》じらせながらこっちを見ている。四郎はブローニングの銃口をその額に向けた。そのとき、貞雄が喘《あえ》ぐように言った。

「あ、会津若松で」

四郎はゆっくりと引鉄を絞り込んだ。乾いた炸裂音が今度はやけに遠くで響いたように感じられる。月影に照らされた貞雄の頭部が砕けるのが見えた。もう死を確かめる必要はなかった。四郎はその場を離れて波止場に足を向けた。

倉庫街は品川の街からかなり離れている。三発の銃声はおそらく聴こえてはいまい。四郎は波止場まで歩いて、手にしているブローニングを冥《くら》い海に投げ棄てた。貞雄は血溜《ちだ》まりのなかで身を捩じらせながら最期《さいご》の言葉を洩《も》らした。会津若松で、と。四郎はそれが何を意味するのか考えたくもなかった。

風のない夜の大気が粘ついている。

冷えきっていた体の芯がようやく暖《あたた》まって来た。

5

吉岡安直少佐の指揮する第八師団第三十一歩兵連隊は一週間まえについに熱河地方で軍事行動を開始した。石本権四郎を拉致《らち》連行した張瑞光の匪賊《ひぞく》集団がついに旗幟《きし》を鮮明にしたのだ。東北抗日義勇軍。これに合わせて張学良《ちようがくりようき》麾下《か》の直属部隊が陸続として熱河入りしていった。熱河都統・湯玉麟はこれを拒否しなかった。それを満州国への反感のためだと決めつけるのはまだ早過ぎる。むしろ拒否できなかったと考えるほうが自然かも知れない。何しろ湯玉麟軍はあまりにも規模が小さ過ぎた。いずれにせよ、熱河では戦闘が起こっている。南嶺《なんれい》でも朝陽でも。しかし、吉岡少佐は殲滅《せんめつ》戦は採らなかった。戦闘は中隊規模で行なわれている。石本権四郎はまだ生きているという情報が特務から流れているのだ。それに、日満議定書の調印を二週間後に控えている。関東軍としても全面的な熱河攻略はまだ時期尚早だと判断しているらしかった。それでも、東京から送られて来る新聞各紙は一刻も早く熱河全体を押さえろという論調で占められている。満州事変での電撃性が忘れられないらしい。

敷島太郎は参事官室で日満議定書に附随して確認される本庄繁前関東軍司令官と溥儀のあいだで交わされた秘密往復文書に眼を通していた。それにはこう書かれていた。

満州国は国防と治安維持を日本に委託し、それに必要な一切の経費を負担する。国防上必要な運輸施設の管理と新設を日本に委託する。日本人を満州国の官吏に任用し、その任免は関東軍司令官が指示する。

これは日満議定書の本文二項目によって決定する満州の属国化を具体的に示すものだった。東北抗日義勇軍が満州を偽国と呼ぶのも当然だった。この秘密往復文書が表《おもて》沙汰《ざた》になれば抗日活動はさらに燃えあがるだろう。それはそれでしようがないと太郎は思った。満人にはいまのところ自治能力がないのだ。それが育つまでは日系官吏は不可欠だろう。五族協和の王道楽土建設のためには時間が掛かる。それまでのあいだは国際法上の疑義があったとしてもそれはしようがない。そう思いながら秘密往復文書の写しを閉じた。

太郎は煙草を取りだして火を点《つ》けた。

新しい国家の創造にはいろんな曲折が生じるだろう。もちろん、じぶんの考えと異なる点も多々出て来るにちがいない。しかし、それを乗り越えてこそ理想は実現できる。

日満議定書が調印されるとともに、日本は満州国を承認するという手続を行なう。これに何カ国ぐらいが倣《なら》うかいまのところ見当もつかない。すべてがリットン調査団の報告書しだいなのだ。日本国内でも満州国承認は国際情勢を判断してからのほうがいいという声もあがっている。

太郎は銜《くわ》え煙草のまま時局匡救《きょうきゅう》帝国議会と称された衆議院での内田康哉外相の答弁を憶《おも》いだした。政友会の森恪《もりかく》が満州国承認が国際社会に与える影響はどうかという質問をする。内田康哉はこう答えた。

むろん承認の暁《あかつき》には多少の議論はありましょう。けれどもわが行動の公正にして適法であるというのは、これは何人《なんぴと》も争わないところであろうと思う。いわんや、わが国民はこの問題にはいわゆる挙国一致、国を焦土《しょうど》としてもこの主張を徹すことにおいては一歩も譲らないという決心を持っていると言わなければならぬ。

新聞各紙はこれを焦土外交と呼んで喝采《かっさい》を送った。内田康哉は各国公使を歴任したあと、西園寺公望《さいおんじきんもち》内閣のときに外相に就任した。原敬《はらたかし》内閣のときも外相を務め、満鉄総裁を経た後、今度の斎藤実内閣で五度目の外相となった。外交の巧みさでは定評がある。内田康哉は満州での調査を終えて再来日したリットン調査団に逢《あ》っていた。そのとき、リットン調査団は満州調査時に二千通の手紙が寄せられ、満州国は日本が勝手に押しつけて誕生させたものだという内容だったと言った。これにたいして内田康哉はこう答えている。満蒙には三千万以上の人間が住んでいる、二千通が新国家誕生に不満を持っていたということはわずか一万五千人にひとりが新国家に反対しているという証明でしかない。これは明らかに詭弁《きべん》だったが、新聞各紙はそれさえも称讃《しょうさん》した。議会での質問者・森恪は同じ政友会でありながら犬養毅《つよし》との関係は最悪の状況だった。犬養首相が射殺されたとき、にたっと笑ったという証言がいくつもあるらしい。一説では五・一五事件の黒幕説すら囁《ささや》かれている。議会での質問は内田康哉の焦土外交発言を引きだすための馴《な》れあいだったのだ。新聞各紙はそれに喝采を送ったのだ。

もうすべての勢いが止められなくなっている。日満議定書調印と日本の満州国承認の日は九月十五日だ。その三日後には三郎が熊谷誠六の妹・奈津と祝言《しゅうげん》をあげる。めまぐるしい。だが、体調はいまのところどこも不都合はなかった。

太郎は正午まえに総領事館を出て奉天ヤマトホテルに向かった。新京領事館の松永《まつなが》信義《のぶよし》参事官が奉天に出向いて来ているのだ。一緒に昼食を摂《と》ることになっている。顔を合わせるのは満州事変まえに起こった万宝山《まんぽうざん》事件以来だ。駐満特命全権大使及び関東庁長官は関東軍司令官が兼務することはすでに決まっていた。そのために新京領事館はいま在満特派全権事務所と改称され、今年の十二月には在満日本大使館となる。ホテルの食堂に足を踏み入れると、窓辺の席にいる信義が右手をあげた。太郎はその向かいに腰を下ろした。ふたりでビーフシチュウを注文した。太郎は硝子《ガラス》コップの水を舐《な》めてから言った。

「どんな具合です、新京は？　もうあちこちを掘りかえしはじめてるんですか？」

「まだまだです。国都計画は机上の段階でね、フランスのシンジケート団からの融資額についても揉《も》めてるし、具体的には何も手についてない状態だ」

「すべて日満議定書調印後ですね」

「そういうことです、しかしね」

「何です？」

「わたしは心配してる。三井や三菱が一千万ずつ出すと言ってるけど、その程度の金銭じゃ満州国はとても財政的に成り立ちませんよ。憶《おぼ》えてますか、先月軍事参議官に転出していった本庄さんの指示を？」

太郎は無言のまま頷《うなず》いてみせた。本庄繁前関東軍司令官は満州を去るにあたってひとつの指示を残していった。それには石原莞爾元参謀の意思が色濃く反映されている。

太郎はその文言を憶いだした。


下士官兵は日露戦争当時と異《こと》なり労働運動ないしは農民運動を経過し来たりしもの多数を占む。ゆえに彼ら凱旋《がいせん》の後、その郷里の経済状況が出征まえよりなお悲惨なるものあるを認め、ただ満州の諸事業が資本家利権屋ないしは政党者流によって壟断《ろうだん》せられたりとの感を与うるときは彼らは省《かえり》みて何のために奮闘殉難《ふんとうじゅんなん》なりしやを云々《うんぬん》するに至るなきを保《ほ》せず。

この言葉は明らかに五・一五事件の再発を危惧《きぐ》しているのだ。海軍蹶起《けっき》将校たちの犬養首相殺害理由と呼応している。あのとき、将校たちは現場に檄文《げきぶん》のビラを撒《ま》いた。政権党利に盲《めし》いたる政党と、これに結託して民衆の膏血《こうけつ》を搾《しぼ》る財閥と、さらにこれを擁護して圧制日に長ずる官憲と、軟弱外交と、堕落せる教育と、腐敗せる軍部と、悪化せる思想を打破すべくわれらは前衛として起《た》った！　本庄前関東軍司令官の指示はこういう動きを未然に防ぐために出されたのだ。

「あの指示は要するに財閥の満州上陸を認めないと言ってるんでしょう？」信義が腕組みをしながら言った。「新国家は官僚や軍人の力だけで創《つく》れるもんじゃない。どうしても、財閥の資本と技術が要る。それを拒否して何ができるんです？　いま満州にあるのは満鉄コンツェルンだけだ。満鉄はもとを正せば国策会社なんですよ。経営に行き詰まれば、どんどん国費を投入すればいい。しかし、そんなことが長つづきしますか？」

太郎は何も答えなかった。

信義があたりをちらりと眺めやってつづけた。

「軍人は機関銃をぶっ放しゃそれでかたがつくと思ってる。官僚は機構さえがっちり築けばあとは何とかなると考えてる。大まちがいですよ。満蒙には三千万以上の人間が暮してる。食うためには金銭《かね》が要るんです。考えてもみてください。日本から渡満して来て一所懸命働いたとしても、小銭を稼げるだけだ。阿片《アヘン》だって経済的な波及効果はない。財閥がやって来て、どかんと投資すりゃ、お零《こぼ》れに与《あず》かれる連中がいっぱい出て来る。そりゃ、財閥は投資した額以上のものをかならず手に入れるでしょうよ。苛酷《かこく》な労働を強いられて泣く連中もかならず現われる。しかし、それが何だと言うんです？　どこの国の歴史もある意味ではみな血と涙の歴史です。その結果、国家は発展していく。それは必然だ。その必然を無視して財閥の満州上陸を拒否する。こんな馬鹿《ばか》な話がどこにあります？」

料理が運ばれて来たのはそれからすぐだった。

太郎はその皿を引き寄せながら話題を変えた。

「執政府のなかの動きはどんな塩梅《あんばい》です？」

「国務総理の鄭孝胥《ていこうしょ》がごねてる。もうすぐ溥儀に辞意を伝えるとほざいてます」

「何でごねてるんです？」

「総務長官の駒井《こまい》徳三《とくぞう》と揉めてるんですよ。国務総理はただの飾り物に過ぎないとわかって肚《はら》の虫が収まらないらしい。実権を握る駒井徳三は歯に衣《きぬ》を着せない性格だし、満人を無能呼ばわりしてますからね」

「鄭孝胥はほんとうに辞表を出すつもりなんですかね？」

「出されちゃ困りますよ、関東軍としては。少くとも日満議定書が調印され、日本が満州国を承認するまではね。そうでないと、国際社会の嗤《わら》いものですよ」

「どうするんですか、関東軍は？」

「岡村寧次《おかむらやすじ》関東軍参謀副長が鄭孝胥を説得中です。まあ、辞表は提出されないでしょう。鄭孝胥だって関東軍に楯突《たてつ》く度胸はないだろうしね。それより、問題は婉容《えんよう》です」

「どうかしたんですか、婉容が？」

「阿片漬になってる。無理もありませんよ、婉容は溥儀から女として扱われてないんですから。褥《しとね》も一緒にしようとしない」

「どうするつもりなんですかねえ、溥儀は阿片漬になった婉容を？」

「いまのところ完全に無視してる。わたしは明治維新まえの公卿《くげ》連中がああだったんじゃないかと思う。臆病《おくびょう》なくせに嫉妬《しっと》深く冷酷だ。頭のなかにあるのは保身だけです。清朝が婉容が女として満たされない苦しみの果てに阿片に逃げ込んでも知らん顔だ。

ぶっ潰《つぶ》れた理由がよくわかる。あれほど貧弱な精神の持主はいませんよ」

ビーフシチュウを食い終えて、太郎は信義とともに珈琲《コーヒー》を注文した。それが来た。珈琲を啜《すす》ってから煙草《たばこ》を取りだした。太郎は燐寸《マッチ》を擦って言った。

「どんな具合です、新京周辺の土匪《どひ》の動きは？」

「日本人にはほとんど被害が出てません。しかし、満州国に協力的な満人の村々が襲われてる。反満抗日を唱えながら、襲うのはもっぱら同胞の満人です。情ないですな、東北抗日義勇軍も」

太郎は無言のまま煙草のけむりを大きく吸い込んだ。

信義が珈琲を飲み干してつづけた。

「それにしても、関東軍の計算ちがいは酷《ひど》い。関東軍は一年以内に土匪を制圧すると言ってたが、東北抗日義勇軍は増加の一途を辿《たど》ってる。満人の村々を襲って恐怖を与え、若い連中を強引に支配下に置き、反満抗日に駆り立ててるんですからな」

「急ぐしかありませんね」

「何を？」

「満州国軍と満州国国警の育成をですよ。それで満人の若い連中を吸収し、抗日土匪に対抗させる。関東軍の主目的はソ連の南下を食い止めるためですから土匪制圧に全力を傾注することはできない」

信義が頷いて、ふたたび食堂のなかを眺めまわした。客は四組だけだ。どれも日本人だった。それでも信義は声を落として言った。

「これはまだ在満特派全権事務所のなかでしか明らかになってない話しですがね、日満議定書調印のまえに制定されます」

「何がです？」

「暫行懲治盗匪法《ざんこうちょうちとうひほう》」

「何なんです、それ？」

「匪賊討伐権を強化した法律です。国民政府も同じ法律を制定してる。だから、国際法上の問題はない。この暫行懲治盗匪法の七条と八条に臨陣格殺《りんじんかくさつ》という権限が盛り込まれてる。これは状況により逮捕拘禁なんて面倒なことをせず、その場で殺害できるという権限ですよ。関東軍はこの臨陣格殺権を徹底して利用することになるでしょう」

そのとき、奉天ヤマトホテルの副支配人がこっちに近づいて来た。信義に軽く会釈《えしやく》をして、低い声を向けて来た。

「お電話が掛かって来てます」

「だれから？」

「奥さまからだと思います」

太郎は椅子《いす》から腰をあげ、信義に失礼と言ってそこを離れた。食堂を抜けだし、受付の電話に近づいた。太郎は受話器を右耳に宛《あて》がって、もしもしと言うと、あなたと桂子の狼狽《うろた》えた声がした。太郎は受話器を握る手に力を込めて言った。

「急なことでも起きたのか？」

「いま奉天満鉄医院にいます」

「な、何で？」

「明満《あきみつ》が急に高熱を出して。意識は混濁状態です」

「病名は？」

「お医者さんはまだわからないと言ってる」

「すぐに奉天医院に向かう」

6

奈津との祝言《しゅうげん》を十一日後に控えている。

仲人《なこうど》もすでに決定していた。錦州《きんしゅう》に司令部を置く駐箚《ちゅうさつ》第八師団の歩兵第五連隊の河《かわ》口勝弘《ぐちかつひろ》が媒酌の労を執る。この中佐は陸軍士官学校時代の教官だった。

奈津は明後日に奉天に来る。

祝言まではヤマトホテルに泊まる。

敷島三郎は営口駅を降りて、渤海飯店《ぼっかいはんてん》に向かった。

熱河での動きはいま小康状態にある。

だが、営口でのっぴきならない事件が発生した。営口に本拠を置くイギリスのアジア石油副支配人マッキントッシュとその妻ポーレーが東北抗日義勇軍に誘拐されたのだ。ふたりは新婚二カ月だった。ポーレーの父フィリップは営口で医師をしている。ふたりは馬に乗り小台子《しょうだいし》附近を散策中拉致《らち》された。

監禁されている場所もわかっている。ふたりは営口から十二粁《キロ》離れた台安《たいあん》の山中にいるのだ。監禁している土匪の名まえも判明している。北覇天《ほくはてん》という男だった。生命に別条はないらしい。

営口警備司令・王殿忠《おうでんちゅう》は抗日義勇軍と解放のための折衝を行なっているが、うまく運んではいない。日満議定書調印が迫っているのだ、関東軍は武力救出を主張した。しかし、奉天のイギリス総領事館はそれを拒否した。そんなことをすれば自国民の生命を危険に曝《さら》すことになるというのがその理由だったが、本音はふたりが関東軍によって救出されればリットン調査団の国際連盟への報告に影響を与えると考えたからだろう。

東北抗日義勇軍の狙《ねら》いははっきりしている。新婚間もないふたりのイギリス人を誘拐することによって日本のイギリスとの関係を悪化させる。それしかない。現に、欧米の新聞は一斉に満州国の治安紊乱《びんらん》を書き立てていた。イギリスの『デイリー・テレグラフ』紙はふたりを安全に救出したものには一万ポンドの賞金を出すと発表している。

そして、イギリスはいま営口に軍艦を入港させていた。

これにたいして関東軍は東北抗日義勇軍司令を名乗る尚旭東《しょうきょくとう》つまり小日向白朗《こひなたはくろう》にふたりの釈放交渉を依頼した。韓太太《かんたいたい》と呼ばれて満人のあいだで評価の高い中島成子《なかじましげこ》も説得工作に加わっている。釈放後の受け入れ体制は新京から駆けつけた関東憲兵隊司令部が整えつつあった。

救出についてはかなりいい感触を得ているようだった。問題はただひとつなのだ。ふたりのイギリス人を誘拐した土匪集団のなかで柳孫芳《りゅうそんぽう》という男が釈放反対を強硬に唱えている。救出のためにはこの孫芳の除去が不可欠だった。

三郎は渤海飯店に着き、旅装を解いた。

関東憲兵隊大連分隊の副西和政《ふくにしかずまさ》曹長が部屋の扉を叩《たた》いたのはそれからすぐだった。三郎はそれを迎え入れた。四十過ぎの叩きあげのこの下士官に逢《あ》うのはもちろんはじめてだ。手には大きな風呂敷《ふろしき》包みを持っている。和政は部屋のなかに足を踏み入れ、その風呂敷包みを床に置いて敬礼した。敬礼を返した。和政がうわずった声で言った。

「実に名誉なことであります、じぶんが中尉《ちゅうい》殿と一緒に任務をこなすことになろうとは想像もしておりませんでした」

「買い被《かぶ》らないでくれ」

「中尉殿は憲兵隊の誇りであります」

「よしてくれ、もう」

「じぶんは中尉殿の弟さんと大連でお逢いしました」

「四郎と？」

「そうであります」

「四郎が憲兵隊から取調べを？」

「単なる証人です。大連の潜りのダンスホールで瑞金《ずいきん》から来た共産党員が射殺されました。その場に居合わせただけであります」

「そうしゃっちょこばらずに楽にしてくれ」

和政が伸ばしていた背すじを緩めた。

三郎は煙草《たばこ》を取りだしながら言った。

「その風呂敷のなかにはいってるんだな、支那の便衣が？」

「そうであります、中尉殿とじぶんのぶん、ふたりぶんが。支那の鞋《くつ》もはいっております」

「江羅漢《こうらかん》は？」

「中庭で待たせてあります。蒙古《もうこ》馬も用意させました」

江羅漢は関東軍が買収した柳孫芳麾《き》下《か》の土匪だった。孫芳がどこに潜んでいるか知っている。そこに手引きする役割を負っていた。

「軽機関銃は？」

「蒙古馬の鞍嚢《あんのう》に括《くく》りつけてあります」

「おれの満語はまだ不充分だ。聞き取りはできるが、流暢《りゆうちよう》には喋《しやべ》れない。何かのときは通訳を頼む」

「お委《まか》せください。じぶんはもう満州に十四年おります」

煙草を喫《す》い終えて、三郎は軍服を便衣に着替え、十四年式を収めた拳銃嚢《けんじゆうのう》を左胸に吊《つる》した。和政も便衣姿になった。ふたりで部屋を出た。任務を終えたあとはまたこの渤海飯店に戻って来る。三郎は和政とともに中庭に出た。柵《さく》に三頭の蒙古馬が繋《つな》がれ、そのそばに五尺ぐらいしか身長のない小男が立っている。左胸にモーゼルを収めた拳銃嚢を吊している。三郎は低い声を和政に向けた。

「あれかね、あれが江羅漢？」

「そうであります」

「凶相だな」

「金銭で仲間を売るぐらいのやつですから」

三郎は柵に近づき一頭の蒙古馬の手綱をほどいた。鞍嚢には毛布に包まれた細長い荷が括りつけられている。手配させた軽機関銃がくるまれているのだ。三郎は蒙古馬に跨《また》がり、顎《あご》をしゃくって行こうとふたりを促した。

三人で渤海飯店の中庭から抜けだした。

腕時計を眺めやると、針は三時二十七分を指している。

九月にはいったのに営口の暑さはいっこうに緩む気配がない。太陽がぎらぎらと輝いていた。ただ、渤海からの海風がわずかに頬を撫《な》でる。

すぐに営口の街並みから離れた。

道路はもう舗装はされていなかった。

前方を羅漢の背なかが進んでいる。

三郎は傍らの和政に声を掛けた。

「羅漢はもう喋ってるのか？」

「何をでありますか？」

「柳孫芳が潜んでるところ」

「ここをまっすぐ進むと、どんどん登り勾配《こうばい》になり、突き当たりで三常屯《さんじょうとん》という小さな村落にぶち当たるそうです。そこからはちゃんとした道はもうありません。柳孫芳が潜んでるのはその先です。樹々《きぎ》のあいだを抜けて小一時間進んだ三常峰の山中に潜んでいると聞きました」

「ここから三常屯までの距離は？」

「二十支里ぐらいらしいです。粁《キロ》にすれば十粁程度」

三郎は頷《うなず》いて蒙古馬の背に揺られつづけた。

十分近く無言のままだったが、和政が意を決したように言った。

「何を考えてらっしゃるんです、中尉殿、教えていただけませんか」

「馬は三常屯に繋いでおかなきゃなるまい」

「そうでしょうね。柳孫芳に近づくとき嘶《いなな》かれちゃかなわない」

「三常屯の住人に話をつけてくれ。絶対に金銭《かね》を惜しむな。預り料は言いなりに払え。関東軍に協力すりゃ得だと思わせなきゃならん」

「わかりました」

「おれは柳孫芳の写真を持ってる。孫芳が吉林の写真館で撮らせたものだ。三常屯に着いたら、それを羅漢に見せろ。再確認しときたい」

「承知しました」

「どれぐらいの土匪が孫芳のしたに集まってると聞いた？」

「流動的だそうであります。柳孫芳麾下はだいたい四十名程度だけど、出たりはいったりしてるんで、日によって人数がちがう。きょうは何人が集まっているのかはわかりません」

「孫芳の処理は夜を待って電撃的に行なう。確実に仕留めなきゃならん。そうすれば、おのずとふたりは釈放される。関東軍司令部はそう読んでいる」

「可能だと思われますか、たったふたりで？」

「結果を想像するな。やるべきことをやる。それだけだ。他のことは何も考えるな」

三郎は橅《ぶな》の樹のそばから眼下を眺め下ろしていた。三常峰は小さな山塊だった。標高は四百米《メートル》もないだろう。樹々のあいだから岩が見え、小川がひとつ流れている。その小川のそばで夕餉《ゆうげ》の仕度が行なわれていた。目算でその数は二十人ほどだった。柳孫芳が率いる土匪集団のうち半分だけがいまここにいるのだ。三頭の蒙古馬は三常屯の村落に預けてある。孫芳の写真も羅漢に確かめさせてあった。小川の向こうには七軒の小屋が並んでいた。屋根は藁葺《わらぶ》きじゃなかった。刈り取った高粱《コーリヤン》の細長い葉が使われているのだ。壁には土が使われている。おそらくたった一日か二日でこの七軒を完成させたのだろう。陽はすでに落ちている。だが、西の空はまだ燃えるように赤かった。そのなかで夕餉の仕度が終わり、二十人ほどが河原に腰を下ろして晩飯を食いはじめた。三郎は橅の樹のそばで胡座《あぐら》をかき、それを眺めつづけていた。和政と羅漢もすぐ近くにいる。

やがて晩飯が終わり、二十ほどの人影が河原から立ちあがった。陽光の余韻はもうどこにも残っていなかった。替わりに、澄みきった夜空には大きな月影が浮かんでいた。

眼下の人影がばらばらと七軒の小屋のなかに吸い込まれていった。七軒の小屋はどれも窓がなかった。冬は扉を閉めるのだろうが、戸口は開けっ放しになっている。そこからぼんやりした灯かりがぽつりぽつりと洩《も》れはじめた。洋灯を使っているのか、蠟燭《ろうそく》なのかはわからない。しかし、眠りに就くにはまだ早過ぎる。小屋のなかで銃の手入れでもするのだろう。小川の向こうは静まりかえっていた。

和政がわずかに動く気配がした。

三郎は首を捻《ひね》ってそっちに視線を向けた。樹々のあいだに差し込む月光に和政が煙草を銜《くわ》えているのが見て取れた。三郎は低い声で言った。

「煙草は喫うな。九分九厘《くぶくりん》安全だと思っても、残りの一厘を考えろ。川の向こうの連中に火を見られたら、どうする？」

「申しわけありません」

「いま川の向こうの小屋からは灯が洩れてる。寝るときはあの灯を消す。灯が消えてから一時間後に行動する。寝入った直後は眠りが深い。そしたら、予定どおりに任務を遂行する。そのことを羅漢に伝えろ」

七つの小屋の灯が消えてからほぼ一時間が過ぎた。

三郎はくるんでいた毛布を引き剝《は》がし、十一年式軽機関銃を取りだした。兵器発明家の南部麒次郎《なんぶきじろう》中将が開発したもので三、四年後には相当の改良が行なわれると聞いている。あらためて薄明かりのなかで装塡架《そうてんか》についている挿弾子《そうだんし》六個を確認した。合計で三十発の実包がはいっている。三郎は予備の挿弾子を便衣の衣嚢に捩《ね》じ込んで軽機関銃を支える前脚を引きだし、その発条《ばね》の具合を確かめてふたたび畳み込んだ。和政も同じ作業をしているらしい。叩きあげの憲兵曹長なのだ、いちいち確かめる必要もないだろう。

三郎は羅漢のほうに視線を向けた。

かつて柳孫芳のしたにいたこの土匪は鞍囊を開き、そこから水筒を取りだしていた。なかには灯油がはいっている。つづいて空缶を取りだした。三郎は和政にぜんぶで十個用意させたが、抗日義勇軍を名乗る匪賊はいま二十人前後しかいないのだ、空缶は五個あればいい。それは七軒の小屋の灯が消えてからすぐに伝えてあった。羅漢がその五個の空缶に綿を一摑《つか》みずつちぎって押し込みはじめた。

「先に行きます、中尉殿」和政がそう言って立ちあがった。「到着するまで十四、五分だと考えております」

「射ち尽したら、挿弾子を交換して河原に降りて来てくれ」

「燻《いぶ》りだしてからが楽しみであります」

三郎は頷いて左胸に吊している拳銃嚢から十四年式を引き抜き、そのしっくりさを確かめてみた。和政は谷の斜面沿いを上流に向かって進み、せせらぎを越えて七軒の小屋の背後にまわることになっている。そこで三度に分けて軽機関銃を掃射するのだ。三郎は十四年式をふたたび拳銃嚢に収めて、草叢《くさむら》にまた腰を落とした。羅漢が綿を詰め込んだ五つの空缶に水筒から灯油を注ぎ込んでいった。その作業を終えて鞍嚢のなかに仕舞い込んだ。

和政がそばを離れて十二、三分が経過した。

もういいだろう、三郎は羅漢に顎をしゃくり、軽機関銃を手にして立ちあがった。羅漢も鞍嚢を抱えて腰をあげた。ふたりで樹々のあいだを掻《か》き分けながら谷を下りていった。どこかで夜鴉《よがらす》が啼《な》いた。風はまったくない。斜面を降りて河原に出た。七つの小屋からはほぼ十米《メートル》の距離だった。小川の幅はうえから見たときよりも広い。三米《メートル》近くはあるだろう。三郎はせせらぎのそばまで歩み寄って腹這《はらば》いになった。

軽機関銃の前脚を引きだし、それを砂のなかに突き立てて固定した。銃身を左右に振ってみた。動きは完璧《かんぺき》だった。

羅漢が小川のなかを歩いた。水深は浅かった。せいぜい、脛《すね》の半分ぐらいまでなのだ。そこを渡りきり、羅漢が鞍嚢から空缶を取りだして五米《メートル》おきに並べはじめた。

どこかでまた夜鴉が啼いた。

七軒の小屋は静まりきったままだ。

羅漢が燐寸《マッチ》を擦って五米《メートル》おきに並べた空缶に次々と火を点《つ》けた。空缶のすべてから炎が立ち昇った。炎の先は黒煙となって澄みきった夜空を穢《けが》した。七軒の小屋をその炎が照らしているが、変化はまったくない。羅漢が小川を横切ってこっちに戻って来た。

それとともに小屋の背後の斜面から掃射音が響き渡った。ぜんぶで十発近くが放たれただろう。いったん、それが中断した。小屋のなかで気配が動きだしたのがわかる。ふたたび掃射音が響いた。

七つの小屋の開け放たれた戸口からいくつもの影が飛びだして来た。だれもが褲子《クーズ》だけで上半身は裸だった。蒸し暑さにその姿で寝ていたのだろう。拳銃を手にしている。土匪たちは小銃すら装備していなかったのだ。それが空缶からの炎に照らされている。再度中断した掃射音が三たび鳴り響いた。

三郎はそれとともに十一年式の引鉄《ひきがね》を引いた。

小屋から飛びだして来た影たちが踊りはじめた。炎に照らされた血液が飛び散るのが見える。三郎は軽機関銃の銃口を左から右に移動しながら掃射しつづけた。いくつもの影が踊りながら川原の白砂に転がっていった。三十発の銃弾を射ち尽したとき、影はだれも立ってはいなかった。挿弾子を交換する必要はもうない。軽機関銃から手を離し、拳銃嚢から十四年式を引き抜きながら腰をあげた。

あたりは硝煙の臭《にお》いが立ち込めていた。

小川の向こうからは呻《うめ》き声が聞こえて来る。

軽機関銃掃射によって何人が絶命したのかは見当もつかない。

三郎は十四年式を握りしめたまま小川を渡った。背後から羅漢がついて来るのがわかる。白い砂の河原はあちこちに赤い広がりができていた。空缶からの炎がそれをてかてかと照らしだしていた。何人もの土匪たちが身を捩《よ》じらせながら呻いている。被弾箇所はさまざまだった。腹、胸、首筋。拳銃から手を離している人間もいれば、まだ握りしめている者もいた。しかし、銃口をこっちに向ける力はもうだれにも残っていないらしい。倒れている肉塊はぜんぶで十八だった。三郎はその数を確かめて渇いた唇を舐《な》めた。

和政が軽機関銃を手にして小屋の裏側から飛びだして来たのはこの直後だった。興奮した声で言った。

「すさまじいですな、中尉殿、じぶんは恥ずかしながら戦闘に参加したのはこれがはじめてであります」

「小屋のなかを調べてくれ。まだ残ってるやつがいるかも知れん」

和政が踵《きびす》をかえし、砂の大地を蹴《け》って一番右側の小屋の戸口に飛び込んだ。

三郎は血腥《ちなまぐさ》さのなかを歩きだした。柳孫芳を確認するためだ。呻きながら全身を捩じらせている男もいれば、ぴくりとも動かない肉塊もあった。十歩ばかりそのあいだを進んだところで三郎は足を停めた。

歯を剥《む》きだして、ときおり大きく呼吸する大柄な肉体が横たわっていた。右肩と腹部に被弾している。腹からの流血がすさまじかった。その男は写真で見た孫芳にそっくりだった。

三郎は左腕を振りまわして羅漢を呼び、そのそばにしゃがみ込んだ。羅漢が駆けつけて来た。

「柳孫芳だな、これが？」三郎は低い声で言った。

「柳孫芳攬把《らんぱ》だ」

「まちがいないな？」

「嘘《うそ》をついて何になる？」

三郎は十四年式の銃口を孫芳の右の側頭部に突きつけた。引鉄を絞り込んだ。炸裂《さくれつ》音《おん》とともに孫芳の左の側頭部から血液やら脳漿《のうしょう》やらがどっと噴出した。孫芳の呼吸が完全に止まった。三郎はゆっくりと立ちあがった。

「おりません、中尉殿、残敵はおりません」そう言いながら和政が一番左側の小屋の戸口から飛びだして来た。「何でありますか、いまの銃声は？」

「柳孫芳を処理した」

「どうされるつもりでありますか？　息のある連中はすべて止留めを刺しますか？」

「その必要はない。生き残っても、もう土匪としちゃ使いものにならんだろう。引きあげる。渤海飯店に着くのは夜明けまえだと思う。朝飯を食ってから寝よう」

和政が頷いて抱えていた軽機関銃の銃口を大地に向けた。

ふたりで肩を並べて小川に向かいかけた。

そのとき、背後で炸裂音が跳ねかえった。振りかえると、羅漢がモーゼルを握りしめて銃口を倒れている男のひとりに向けていた。その額をぶち割ったらしい。必要はないと伝えろと三郎は和政に言った。和政が大声でそう命じた。羅漢の甲高い満語が谷間《たにあ》いに谺《こだま》した。

「あんたがたは日本人だからそんな気楽なことが言える。おれは金銭で仲間を裏切ったんだ、だれかが生き残ってそれを喋ったら、おれはかならず死体になる！　息をしてるやつは絶対に殺さなきゃならない！」

7

眼下には広大な撫順《ぶじゅん》炭鉱が拡《ひろ》がっている。ここは満州一、いやおそらく世界一の露天掘り鉱山だろう。真っ黒く拡がった巨大な盆地のなかで無数の人影が動いていた。ここに集められている満人苦力《クーリー》の数はどれぐらいなのか見当もつかない。鶴嘴《つるはし》が振るわれ、掘りだされた石炭が手押し車に抛《ほう》り込まれる。その石炭が軽便軌条の四輪台車に運ばれて集積場に向かう。作業は遅々としているように見えるが、これだけの苦力がいるし延々とつづくのだ、産出量は莫大《ばくだい》なものになるにちがいない。満蒙は日本の生命線という言葉をはじめて使ったとみずから豪語し、満鉄理事や副社長を歴任した松岡洋右《まつおかようすけ》が撫順炭鉱から油母頁岩《ゆぼけつがん》、英語ではオイルシェールと呼ぶらしいが、それを掘りだして不足している石油を搾《しぼ》りだせと指示したという噂《うわさ》が流れている。しかし、それが現実化したという話はまだ聞いたことがない。

敷島次郎はその広大な撫順炭鉱を眺めながら風神を進めていた。前方を猪八戒が行く。昨夜はここから五十数粁《キロ》北の鉄嶺《てつれい》の町に泊まった。べつにそこに用があったわけじゃない。通化を出てからはただ風まかせでぶらぶらと放浪しつづけて来たのだ。撫順まで南下したのも理由なんかなかった。次郎は南からの微風を頬に受けながら煙草《たばこ》に火を点《つ》けた。

昨夜泊まった鉄嶺の旅館は日本人の経営だった。そこには十日ぶんの満州日報が保管されていた。時間潰《つぶ》しに隅から隅まで眼を通した。

五日から四日まえにかけての満州日報の一面には営口で東北抗日義勇軍に誘拐されたふたりのイギリス人の救出劇が躍っていた。記事は救出の裏工作に動いたのは尚旭東つまり小日向白朗だとでかでかと書き立てていた。東北抗日義勇軍司令を名乗るこの日本人が英雄扱いされている。次郎はその記事にさしたる興味はなかった。ただはっきりしているのは小日向白朗はもう抗日義勇軍への影響力を完全に失なったということだ。それだけじゃない、今後は反満抗日の満人たちから確実に命を狙《ねら》われることになる。これからは関東軍特務の要請を受けて秘《ひそ》かに破壊工作に携わるしかないのだ。満州日報はそのことには触れず、ふたりのイギリス人救出に関し、イギリス陸軍参謀総長ミルンが閑院宮載仁《かんいんのみやことひと》陸軍参謀総長に絶大な謝意を表したと誇らしげに書かれていた。

そして、昨日《きのう》九月十五日、新京では関東軍司令官兼駐満特命全権大使・武藤信義と国務総理・鄭孝胥のあいだで日満議定書が調印された。それと同時に日本国が満州国を承認することになった。

次郎はそんなことはどうでもよかった。これからじぶんは何をするのか？　青龍《せいりゅう》同盟を率いていたころはこんな自問はしたことがない。柳絮《りゅうじょ》みたいに生きると間垣徳蔵に吐いたが、あのころは自覚しなくてもまず第一に配下を食わせなければならなかった。辛雨広《しんうこう》や項麗鈴と動いていたころはそういう義務感めいたものが消えていた。胸の裡《うち》からこころの芯《しん》のようなものが失《う》せている。それは日本を飛びだし大陸各地をぶらついていたころの感覚に似ていた。結局、絶対に何かに縛られたくはないが、無聊《ぶりょう》もまた苦痛を伴なう。それは退屈以外の何ものでもない。そう思いながら次郎は風神の背で揺られつづけた。

煙草を喫《す》い終え、それを大地に投げ棄《す》てたときだった。突然、蹄《ひづめ》の響きが聴こえて来た。前方のなだらかな丘陵の樹々《きぎ》のあいだから馬上の人影が飛びだして来た。

次郎は風神の歩みを停めさせた。

樹々のあいだから飛びだして来た影はひとつじゃなかった。それは三十人ほどいる。だれもが肩窄児《チエンチアル》を纏《まと》っている。乗っているのは蒙古馬じゃない、大馬《ターマー》だった。その一団が一列になって蹄の音を響かせながらこっちに近づいて来た。

次郎は南からの微風を受けながらそれを眺めつづけた。

大馬に跨《また》がったその集団はこっちに注意を向けようともしなかった。そのまますさまじい勢いでそばを通り過ぎていった。次郎は一瞬、胸がどきんと鳴ったような気がした。通過していった一団の最後尾近くにいたのだ、辛雨広が！　それは断じて錯覚じゃない。雨広が加わっているということはこの集団が東北抗日義勇軍に属していると判断しなきゃならない。蹄の音が急速に遠ざかっていき、その影がやがて視界から消えていった。

次郎は風神の両腹を踵《かかと》で軽く小突き、進路を消えていった集団が抜けだして来た樹々のあいだに向けた。あの連中はなぜあれほど急いでいたのだ？　雨広はこっちの存在に眼もくれようとしなかった。樹々に蔽《おお》われたなだらかな丘陵を越えようとしたときだった。前方を進む猪八戒が脚を止め、呻《うな》り声を発した。次郎はそのそばまで風神を進めた。

丘陵のしたから軍馬に跨った関東軍兵士たちが見えた。一個小隊四十人ほどだった。その動きはさっきの集団ほど速くはない。次郎は風神を停め、その小隊が接近して来るのを待った。馬上の兵士たちが小銃をこっちに向けた。

次郎は無言のままそれを眺めつづけた。

襟に中尉《ちゅうい》の階級章をつけた二十五、六の日本人が片言の北京《ペキン》語で言った。そこで何をしているのか？　それはようやく意味が理解できるほどの拙《つた》なさだった。

「日本語で言え」

「おまえは日本人か？」

「言葉を聞きゃわかるだろう？」

「大陸浪人か？」

「そう思いたきゃ思え」

「反満抗日の土匪を追ってる。三十人ほどだ。見掛けなかったか？」

「さっき擦れちがった」

「ど、どこで？」

「この先を下りきってすぐだ」

「どっちに向かった？」

「南だ」

中尉が右手を振って小隊を動かそうとした。

次郎はそれを制するように声を強めて言った。

「無駄だ、もう追いつけん」

「何だと？」

「あの連中はすさまじい速さで遠ざかっていった。樹々のあいだを抜けて平場《ひらば》に出るまでは十五分以上掛かる。距離はもう十粁《キロ》近く離れてると思え」

中尉の表情に戸惑いの色が浮かんだ。

次郎は風神を進めようとした。

「待ってくれ」

「何だ？」

「できるな？」

「何が？」

「大陸浪人ならぺらぺらだろう、満語が？」

「それがどうした？」

「通訳を頼みたい。もちろん金銭《かね》は払う」

「どういうことだ？」

「土匪どもは撫順炭鉱の苦力《クーリー》どもを煽動《せんどう》して反満抗日に駆り立てようとした」

「で？」

「この先の平頂山《へいちょうざん》というところに苦力どもの家族を通匪の嫌疑で集めてある。これから、そいつらを訊問《じんもん》しなきゃならん。その通訳を頼む。おれは撫順守備隊の井上清一《いのうえせいいち》中尉だ。大陸浪人とは言え、おまえも日本人だ、祖国のためにすこしは仕事をしろ」

　平頂山はなだらかな山塊で、その谷間いに無数の人間が集められていた。正確な数は判定できなかった。四百以上としか言いようがない。老若男女《ろうにゃくなんにょ》のほとんどが跪《ひざまず》かされている。幼児たちは女に抱かれていた。五歳以上と思える子供だけがそのまわりを歩きまわっている。井上清一の説明では反満抗日を叫ぶ土匪の逃走経路にある平頂山と千金堡《せんきんほ》の住人をすべてここに集めたそうだ。それを軽機関銃を手にした撫順守備隊一個中隊百五十近くが囲んでいた。

次郎は風神の背からゆっくりと降りた。

中隊を指揮しているのは三十過ぎの大尉の襟章をつけているがっちりした体格の男だった。その眼は妙な輝きを帯びていた。

清一が跪かされている満人のひとりの後ろ襟を摑《つか》んで引き起こした。五十過ぎの痩《や》せた男だった。その満人を引きずるようにしてこっちに歩かせた。次郎は無言のままそれを眺めていた。清一が強《こわ》ばった声で言った。

「こいつに訊《き》いてくれ、何で土匪どもを匿《かくま》ったかをな」

「証拠でもあるのか？」

「何だと？」

「この満人が連中を匿ったという証拠が？」

「よけいなことを訊くな！　おれの質問をそのまま通訳すりゃいいんだ」

「断わる、そんな通訳は」

清一が弾帯に括《くく》りつけてある拳銃嚢《けんじゅうのう》から十四年式を引き抜いた。その銃口をこっちに向けながら冷え冷えとした声で言った。

「果してもらうぞ、日本人としての義務をな。あの土匪どもは日満議定書調印という輝かしい日を台なしにするために苦力どもを煽動し、何かをやらかそうとしたんだ。日本人ならそんなことが赦《ゆる》せるわけがないだろう？」

次郎は引き立てられて来た満人にゆっくりと視線を向けた。その視線は怯《おび》えきっている。次郎は静かに言った。

「名まえは？」

「曹誠功《そうせいこう》」

「どこに住んでる？」

「ここ、平頂山」

「仕事は？」

「炭鉱で働いてる。きょうは一カ月ぶりの休みだった」

「東北抗日義勇軍はいつ来た？」

「何なんです、それ？」

「反満抗日を叫んでる連中」

「知らないけど、拳銃を持った匪賊が平頂山に来た。銃を向けて食料を出せと言うからしかたなしに出した。それだけです」

次郎は頷《うなず》いて、聞いたことを清一に通訳した。

清一が唇を歪《ゆが》めて笑い、嘲《あざ》けるような声で言った。

「甘いな、おまえも」

「どういう意味だ？」

「大陸浪人のくせに満人の嘘《うそ》を見抜けんのか？」

次郎はその眼を睨《にら》みつけた。

清一の握りしめている十四年式の銃口が突然動いた。炸裂音《さくれつおん》が跳ねかえった。曹誠功の右の側頭部から真っ赤なしぶきが噴きあがった。その血液がこっちに降り掛かって来た。誠功の痩せた体が大地に転がった。

「銃撃！」一声が響いた、大尉のものだろう。

軽機関銃の掃射音が鳴りつづいた。

跪いている人影が浮き沈みした。男も女も、老いも若きも、無数の影が上下左右に動きつづけた。硝煙が南からの微風にそれを包む。すべての動きは色彩が抜け落ちているように見えた。

掃射音がやがて鳴り熄《や》んだ。

硝煙の向こうに無数の肉塊が転がっている。ぴくりとも動かない者もいれば、全身を捩《よ》じらせている人間もいた。どこかで赤ん坊の泣く声が聞こえて来る。次郎は呆然《ぼうぜん》とそれを眺めていた。硝煙がやがて消えていった。それとともに大地に転がる肉塊が色彩を取り戻した。次郎は清一に向けて怒声を発した。

「どういうことだ、これは？」

「昨日は日満議定書調印の記念すべき日だった」

「それがどうした？」

「その記念すべき日の夜、土匪が撫順炭鉱事務所を襲った。こいつらはそういう土匪どもを匿った。通匪だよ、通匪！　赦しちゃおけん。死をもって報いさせなきゃならん。当然だろう！」

8

敷島太郎は桂子とともに瀋陽館《しんようかん》で行なわれた三郎と奈津の祝言《しゅうげん》の披露宴に出席していた。この旅館は板垣征四郎前高級参謀と石原莞爾前参謀が満州事変の謀議を重ねたところだ。床の間を背にして憲兵隊の正装に身を固めた三郎と文金島田の髪を結った奈津が正座している。ふたりの隣りには仲人《なこうど》の駐箚《ちゆうさつ》第八師団歩兵中佐・河口勝弘とその夫人が座っていた。花嫁側には熊谷誠六と日本から列席した奈津の兄たちがいた。みんな軍人だという。花婿《はなむこ》側の肉親はじぶんだけだ。次郎や四郎とは連絡が取れない。霊南坂の義母・真沙子には招待状を出したと三郎は言っていたが、渡満して来てはいなかった。披露宴の招待客は奉天憲兵隊や独立守備隊など関東軍関係者ばかりだった。そのなかには間垣徳蔵も混じっている。眼のまえには朱色の漆塗りの祝い膳《ぜん》が並べられていた。そのうえには尾頭《おかしら》つきの鯛《たい》の塩焼も載っているのだ。酒の酌は呼び寄せた芸者衆が行なっている。媒酌《ばいしやく》の口上はとっくに終わり、いまは雑談が大広間で交わされていた。太郎は芸者衆から酒を注がれてもかたちだけしか盃《さかずき》に口をつけなかった。

二週間まえに高熱を発して奉天満鉄医院に運ばれた明満は自宅に置いて来た。いまは平熱に下がっているが、ぐったりしたままだ。満鉄医院の医師はいずれ回復して跳ねまわるようになると言うが、横たわっている期間があまりにも長過ぎる。もしかしたら、大連の専門医に診てもらわなきゃならないのかも知れない。きょうは阿媽《あまか》の夏邦祥《ほうしよう》に世話をさせて三郎のために出席したが、明満のことが気掛かりで酒を飲む気にはならなかった。

桂子が披露宴を愉《たの》しまないのもそのためだった。奈津にお綺麗《きれい》なことと言ったが、その口ぶりが儀礼的だったのはしかたあるまい。とにかく明満が心配だった。生まれて七カ月になる智子《ともこ》はきょうは臨時の乳母の乳を飲んでいる。桂子はそのことも気になるらしかった。

「どこへ行くんだよ、きさま、新婚旅行は？」招待客のなかの若い軍人が言った。口ぶりから察するに、陸軍士官学校時代の同期生だろう。「まさか任務が忙しいから取りやめにするなんて言うんじゃないだろうな」

「披露宴が終わったら大連に向かう」

「大連ヤマトホテルか？」

「ああ」

「旅順にも？」

「いや、大連から大阪に向かう。奈津は東京をまだ見てないんだ、皇国の帝都をな。だから、おれが案内する」

「おれもきさまにあやかりたい。あやかってそういう別嬪《べっぴん》を娶《めと》りたい」

大広間のなかでどっと笑いが巻き起こった。

三郎も白い歯を見せて笑った。

奈津が俯向《うつむ》いたが、頰が緩んでいる。

太郎は満州事変勃発《ぼっぱつ》直後、三郎が銃口を向けて脅したことを憶《おも》いだした。兄たることのじぶんを敷島参事官と呼び、わたくし憲兵中尉《ちゅうい》・敷島三郎は兄弟という血の絆《きずな》よりも大日本帝国臣民としての責務を選びます。そう言ったのだ。あのときは腸《はらわた》が煮えくりかえった。だが、いまは三郎のああいう行動も理解できる。時代が炸裂《さくれつ》するとき、どのような関係もまた引き裂かれるのだ。そうでなかったら、新国家なんか産みだせるわけがない。だが、三郎にたいするわだかまりが完全に消えているわけじゃなかった。太郎は突きつけられた拳銃《けんじゅう》のことを憶いだしながら祝い膳のうえの鯛の塩焼に箸《はし》をつけた。

低い唄声《うたごえ》が聞こえて来たのはそれからすぐだった。高砂《たかさご》や、この浦、舟に帆を上げて。婚礼の席ではかならず唄われる世阿弥《ぜあみ》の小謡《こうたい》が流れはじめた。唄っているのは間垣徳蔵だった。特務機関のこの将校は他の軍人たちがそれぞれの正装を身に纏《まと》っているのに紋付羽織姿だった。それが終わると、芸者衆が拍手をした。あらたまった声で徳蔵が言った。

「わたしはこれまで新郎と何度か一緒に任務をこなして来た。どういう任務かは軍事機密で口にはできないが、新郎はそのたびに勇猛果敢に行動したことをここに証言する。したがって、わたしは新郎新婦が新婚旅行を終えて新居に戻って来た暁には特別な新婚祝いを進呈することを約束する」

瀋陽館での披露宴は三時過ぎに終わり、太郎は桂子とともに自宅に戻った。阿媽の夏邦祥が玄関間に出て来た。すぐに気になっている明満の容態を訊《き》いた。横になられたままですという答えが戻って来た。居間にはいると桂子がすぐに臨時に傭《やと》った乳母から智子を抱き取った。太郎は二階にあがって明満の部屋を覗《のぞ》いた。

明満は寝台のうえに仰向けに横たわっている。

「どうだ、明満、どんな具合だ？」

「ちょっとだるい」

「痛いところはないか？」

「ううん」

「飯は？」

「炒飯《チャーハン》を食べた」

太郎は明満の額に掌を宛《あ》てがってみた。熱はないようだった。そのとき、智子を抱いた桂子が部屋にはいって来た。太郎は智子を抱き取った。桂子も明満の額に右手を宛てがった。同時に智子が泣きはじめた。太郎はそれをあやしながら言った。

「熱はない。昨日《きのう》と変わらん」

「何なんでしょうね、いったい？」桂子がおろおろした声で言った。「やっぱり大連の満鉄病院に行かなきゃ駄目なのかも知れない」

智子の泣き声が激しくなった。桂子が智子をふたたび抱き取った。智子の泣き声がそれで熄《や》んだ。

「眠い」

「晩御飯は何が食べたい？」

「何でもいい」

太郎はその顔をじっと眺めつづけた。突然、二日まえの光景が頭のなかに浮かびあがった。日満議定書が調印された翌日、撫順炭鉱近郊の平頂山で通匪《つうひ》した満人住民とのあいだで戦闘があったという撫順守備隊からの通報を総領事館が受けたのだ。太郎はその調査に平頂山に出掛けた。そこには何百もの死体が折り重なって斃《たお》れていた。老若男女《ろうにゃくなんにょ》の死体は死後十時間以上が経《た》ち、九月の気温にすさまじい腐臭を発しはじめていたのだ。だれもが武装していた気配すらない。戦闘とは明らかに嘘《うそ》なのだ。一カ所に集めて機関銃で掃射したことは一目瞭然《いちもくりょうぜん》だった。議定書調印の二日まえに制定された暫行懲治盗匪法《ざんこうちょうちとうひほう》の臨陣格殺権が濫用《らんよう》された結果がそこにあった。それを憶いだしながら太郎は明満の顔に視線を向けつづけた。

事情聴取に応じた井上清一中尉はこう言った。撫順炭鉱事務所が土匪の襲撃を受けたのは日満議定書が調印された記念すべき日だったんです、その翌朝にこういう反満抗日分子の抵抗を阻止できたことを光栄に思っている。この中尉は四月に駐箚となった宇都宮の第十四師団に原籍を持ち、つい最近独立守備隊と混成となって撫順の守備隊に配属されていた。宇都宮から渡満して来たとき、新婚の夫人は白装束に身を固めて自刃《じじん》している。後顧の憂《うれ》いがないようにというのがその理由だった。新聞各紙はそれを軍人の妻の鑑《かがみ》と讃《たた》えていた。その井上中尉が殺戮《さつりく》の先陣を切ったことは事情聴取で明白だった。

「ねえ、お父さん」

「何だ？」

「寝るまえに食べたいな」

「何を？」

「アイスクリーム」

「すぐに買って来てやる」

「食べたいよ、早く」

太郎はこの言葉に一瞬吐き気を催した。平頂山で折り重なる死体のなかに明満と同じぐらいの齢《とし》の男の子がいたのだ。眼を大きく瞠《みひら》いたまま陽光を浴びていた。そのときは歴史の激動期に起きた忌《いま》わしい惨劇なのだとじぶんに言い聞かせた。だが、いまあの幼い死者の表情と明満の顔が重なった。あの男の子はアイスクリームを食べたいと親にせがんだことがあるのだろうか？　いや、アイスクリームという氷菓があることすら知らなかったろう。太郎は吐き気を抑えながら言った。

「アイスクリームの他に食べたいものは？」

「他にはないよ」

「カステラも食え、カステラには栄養がある」太郎はそう言って踵《きびす》をかえした。「栄養をつけりゃ、すぐに元気になる」

明満の夕食、菠薐草《ほうれんそう》の卵《たまご》綴《と》じと豚汁を部屋に運んで、それを食い終わるのを見定めてから階下の食堂で桂子とともに晩飯を食いはじめた。九月も中旬を過ぎた奉天は陽が沈むと急に涼しくなって来る。智子はすでに二階の寝室で眠っていた。桂子はいま浴衣《ゆかた》姿だった。太郎も。入浴はもう済ませてある。明満のことはもう何も喋《しゃべ》らなかった。医師でもないのに原因を探ろうとしたところで何の意味もない。ふたりで黙黙と晩飯を終えた。夏邦祥が食卓から食器を下げた。時刻は八時になろうとしていた。

桂子がぼそりとした声で言った。

「お飲みになります、すこし？」

「ウィスキーを一杯だけな。おまえもどうだ？」

「結構です、あたしは」

太郎は煙草《たばこ》を取りだし、食後の一服を点《つ》けた。

桂子がウィスキー瓶を取りだし、硝子《ガラス》コップに三分の一ほど注いだ。太郎はけむりを吐きだして、琥珀《こはく》の液をわずかに舐《な》めた。桂子が向かいに腰を落として言った。

「三郎さんと奈津さんは満鉄のなかね。いまごろ、どのあたりかしら？」

「とうに大石橋《だいせっきょう》は過ぎたろう。大連着は十時過ぎだと言ってたから」

「新居はあたしたちと同じ附属地のなかだと聞いたけど。あたしはまだそこがどこなのか知らない」

「ここから三百米《メートル》ほど離れた官舎だと聞いた。新婚旅行から戻って来たら報告に来るだろう」

「変だと思ったでしょうね」

「何が？」

「きょうの披露宴でのあたしたちの態度」

「心配することはない。三郎も奈津さんも明満のことを知ってるんだ。わたしたちの心配はよくわかってる」

それからは何も喋らなかった。

太郎は時間をかけて硝子コップのウィスキーを飲み干し、食堂の椅子《いす》から腰をあげた。桂子も立ちあがった。ふたりで二階にあがった。簞笥《たんす》のそばの小児用寝台では智子が眠っている。太郎は浴衣を脱ぎ褌《ふんどし》ひとつになって寝台の端に腰を下ろした。

明満が高熱を発して以来、夫婦の営みは一度もない。

太郎は突っ立ったままの桂子を抱き寄せた。帯を解いて浴衣を剝《は》ぎ取り、裸にした桂子を引き寄せて寝台のうえに一緒に転がった。その口を吸いはじめた。左手で乳房を揉《も》んだ。乳首から母乳が滲《にじ》み出て肌を濡《ぬ》らした。しばらく桂子の口を吸いつづけてから、太郎は体を離して寝台から降りた。

戸口のそばのスウィッチを落とし寝室の照明を消した。窓からは月光が差し込んで来る。太郎は褌を外してふたたび寝台に戻った。

桂子の白い裸体のうえに蔽《おお》い被《かぶ》さり、両手で母乳に濡れている乳房をまさぐりながら唇をその首筋に這《は》わせた。だが、下腹はまったく熱を帯びて来なかった。脳裏には平頂山で見たあの幼い死者の表情が浮かんでいる。そして、ひとつの言葉がどこかから聞こえて来るのだ。臨陣格殺権。それが繰りかえされる。臨陣格殺権、臨陣格殺権。それを振り払うように、太郎は桂子の太股《ふともも》を開かせた。そこに割ってはいれば、何とかなるかも知れないと思ったのだ。だが、無駄だった。脳裏では陽光に照らされて眼を瞠いたあの幼児の表情がもっと鮮明に浮かびあがる。臨陣格殺権の声も聞こえつづけた。下腹はいっこうに力を持とうとしない。太郎は桂子から体を離して言った。

「ごめんよ、今夜のわたしはおかしい」

「いいんですよ、無理をなさらなくても。明満があああいう状態なんだし」

そのとき、小児用寝台で智子が泣きだした。

桂子が体を起こして寝台から降りた。

太郎はその白い背なかを眺めながら力のない溜息《ためいき》をついた。こんなことははじめての経験だった。いま胸の裡《うち》にあるのが何なのかわからなかった。男としての屈辱感なのか？　それとも、名状しがたい悲壮感なのか？　これは疲労のせいなのだ、明日《あした》はかならず回復する。太郎はじぶんにそう言い聞かせた。

9

敷島四郎はタチアナ・ブレジンスカヤの白く膨《ふく》よかな腹のうえを泳ぎつづけた。部屋のなかには薔薇《ばら》の香りが漂っている。ブレジンスカヤの好みの香水が寝台の敷布にも掛けられているのだ。ハルビンに来て三週間が経《た》っていた。東京を離れてから汽車で下関に着き、関釜《かんぷ》連絡船で釜山に渡り京城を経て会寧《かいねい》から図們江《ともんこう》を越えた。延吉《えんきつ》から延海線で海林に出向き、そこから東支鉄道東部線に乗り替え、ハルビンに辿《たど》り着いたのだ。東京から一気にここまで来たのはなるべく早く日本から遠ざかりたかったからだが、大連から大阪まで一緒だった室田一茂の影響があるかも知れない。腰を動かすたびにブレジンスカヤはおおげさな喘《あえ》ぎ声を洩《も》らした。寝台の発条《ばね》の音がせわしなくなり、四郎は一気に精を放った。

ハルビンは極東のパリと呼ばれるらしい。

人口が上海よりもはるかに少ないだけに、街並みは共同租界イギリス管轄《かんかつ》区よりもずっと整然とし、ずっと清潔だった。四郎はハルビンに着いてから昼間は当てもなく、街なかをぶらつきまわった。ここは白系ロシア人と満人が人口の八割近くを占めている。残りが日本人やイギリス人、アメリカ人やフランス人などだった。アール・ヌーボー式のハルビン駅やモデルン・ホテル。ロシア建築のニコライ大聖堂やソフィスカヤ寺院。ユダヤ教寺院や回教寺院。北の国際都市は壮観だった。

夜になると、白系ロシアの娼婦《しょうふ》を買いまくった。特高刑事・奥山貞雄を殺したことには何の悔いもない。だが、その膝《ひざ》のうえでの真沙子の媚態《びたい》はいまも瞼《まぶた》から消えてなかった。あの衝撃の強さはこれまで経験したことがなかった。上海に向かうために別れを告げたときのあの涙は何だったのだ？　四郎はハルビンに来るまで一度も女を金銭で買ったことはなかった。そういう行為を軽蔑《けいべつ》していたのだ。上海で皇軍慰安所の実験に加わらされたことも恥じている。しかし、真沙子のあの媚態に価値観が完全に変質した。埠頭区《ふとうく》のキタイスカヤ通りで白系ロシアの娼婦を買いつづけるのも、ある意味では女全体への復讐《ふくしゅう》が込められている。じぶんでもそれを認めないわけにはいかなかった。

満人や日本人娼婦ではなく、白系ロシアの女を選ぶのははっきりと異人種とわかるからだ。性の玩具《がんぐ》として扱うことに罪悪感がない。早稲田に通っていたころ同級生たちが自慢げに話していたいろんな体位を試してみた。それを要求することに何の抵抗も感じないからだ。

最初はキタイスカヤ通りの街娼を買っていた。

しかし、いまはその通りの裏手にあるエカテリナという娼館に通っている。この娼館には満鉄関係者や商社の連中、関東軍関係者らがよく来るらしい。娼婦はみな帝政ロシア時代の貴族の娘という触れ込みだった。値段は街娼よりも一行為につき二円高い。だが、娼館は造り全体が瀟洒《しょうしゃ》で、部屋はどこも薄桃色の壁と薄桃色の窓掛で統一され、寝台もよく弾む。

四郎はここ四日間、この娼館のタチアナ・ブレジンスカヤという二十一歳の女を指名しつづけて来た。日本語がかなりできるのだ。六歳のときにロシア革命が起こり、シベリアのイルクーツクという町から両親と一緒にハルビンに逃げて来たらしい。父親は聖ゲオルギー勲章という軍人対象の勲章を贈られた男爵《だんしゃく》だったという。いつか日本に行ってみたいというのが日本語を覚えた理由だとブレジンスカヤは言っていたが、おそらくそれはごまかしだろう。いまハルビンで金銭を持っているのは日本人なのだ。この娼館で気前よく札びらを切るのは日本人しかいない。日本語を覚えたのは金銭のためなのだ。四郎はそう確信していた。

体を離して避妊具を引き抜き、寝台脇《わき》の卓台に手を伸ばした。そこに置かれているウォトカの瓶を摑《つか》んだ。開栓して半身を起こし、ぐびぐびとそれを喇叭《らっぱ》飲みした。行為の後先《あとさき》のこういう強い酒は全身がすっきりする。ブレジンスカヤを抱くまえにも飲んだのだ。今夜はもうかなり酔いがまわっている。

「終わったんだから早く帰ってよ」ブレジンスカヤが寝台を降り、薄桃色の絨毯《じゅうたん》の床のうえの下着を拾いあげた。「ぐずぐずしてると、高くなるよ。いくらウォトカが無料でも時間が長くなるからね」

四郎はウォトカを飲みながらその白い裸体を眺めつづけた。やはり薄桃色のペンキで塗られた飾り棚のうえにはブレジンスカヤの十七歳のころの写真が置かれている。ロシアの民族衣裳《いしょう》に包まれたその体は柳の枝のように細い。わずか四年でたっぷり肉がついている。四郎はウォトカ瓶の口から唇を離して言った。

「来い、もう一度ここに」

「何で？」

「吸え、ここを」四郎はそう言って左手でじぶんの股間《こかん》を指差した。「吸ってここを勃《た》たせろ」

「高いよ、そんなことをさせたら」

「金銭《かね》ならある」

ブレジンスカヤがふたたび寝台にあがって来た。股間でしなだれているものを手にした。それがゆっくりと擦られた。四郎は寝台で半身を起こしたままウォトカを飲みつづけた。下腹がしだいしだいに熱を帯びて来るのがわかる。ブレジンスカヤが半勃《ぼっ》起《き》状態のそれを咥《くわ》えた。四郎はウォトカ瓶を卓台に置き、両手でその金髪を摑み、女の頭を股間で浮き沈みさせた。舌がそこに触れたり離れたりするうちに、それが急速に力を持って来た。

四郎は金髪から手を離して卓台のうえの避妊具を引き寄せた。ブレジンスカヤの顔が股間から離れた。四郎は避妊具を装着して、女に両手をつかせ腰をあげさせた。

後ろから二度目の射精を終えたが、ブレジンスカヤは今度は一度も喘ぎ声を発しなかった。四郎はその体を仰向けにして豊かな乳房を弄《もてあそ》びはじめた。それがうるさそうだった。ブレジンスカヤが大きな欠伸《あくび》をした。

「どうしたんだよ、タチアナ、何が不満だ？」

「疲れてるんだよ、今夜のあたしは」

「金銭は払うと言ってるだろう」

「なら、払ってよ、すぐに」

「払えばいいんだろ」

「十二円だよ。二回もしたし、一度は舐《な》めさせたんだからね」

四郎は寝台を降りて身仕度を整えはじめた。体がふらつく。じぶんでも相当酔っているのがわかる。ブレジンスカヤも花柄の服を纏《まと》った。四郎は上着の内ポケットから札入れを取りだした。

札入れを開いてはっとなった。なかには一円札が二枚しかはいってなかったのだ。どういうことだ？　しかし、すぐに憶いだした。昨夜、酔っ払って松花江沿いの傅家《ふか》甸《でん》満人地区の海山飯店に帰ったとき、これまでの宿泊費と朝食代を請求されて払ったのだ。それをすっかり忘れていた。札入れには十七円ほど残っていると思っていた。昼飯や晩飯は小銭入れから支払ったので、そのことをすっかり失念していた。

四郎は一円札二枚を引き抜き、それを差し向けながら言った。

「いまはこれしかない」

「どういうこと？」

「財布には二円しかはいってなかったんだ。残りはあとで払う」

「あとって、いつ？」

「たぶん、一カ月後」

「冗談じゃないよ！」

「しかし、ないものはないんだ」

ブレジンスカヤの大柄な体が飾り棚にすっと動いた。そこに置かれている大きな鈴を手にした。この娼館にはどの部屋にも飾り棚のうえに同じ物が置かれている。ブレジンスカヤがその鈴をからんからんと鳴らした。

副支配人の范紹念《はんしょうねん》が部屋に飛び込んで来たのはそれからすぐだ。四郎は鈴が置かれている意味がわかった。客とのいざこざに備えてのものなのだ。五十前後のこの満人はロシア語がぺらぺらだった。日本語もすこしは喋《しゃべ》れる。だが、こっちとの会話はいつも満語だ。ハルビンに来てからは四郎は北京語を満語と呼ぶのにすっかり慣れて来ていた。ブレジンスカヤが早口のロシア語をまくし立てた。それを聞き終えて紹念がどすの利《き》いた満語を投げ掛けて来た。

「どういうことなんです、さんざん遊んでから金銭がないとは？」

「忘れてたんだ、金銭がなかったことを」

「そんな言いわけが利くと思ってるのかね？」

「払わないと言ってるんじゃない。一カ月待ってくれれば、かならず持って来る」

紹念がじっとこっちを見据えた。四郎はその視線の鋭さに一瞬背すじの強《こわ》ばりを覚えた。ブレジンスカヤも一円札二枚を握りしめたまま視線を浴びせかけて来ている。紹念が顎《あご》をしゃくり、強ばった声で言った。

「階下《した》に来てくれ」

四郎はその背なかにつづいて部屋を出た。階段を降りて、受付のある広間に出た。玄関脇の長椅子《いす》に濃紺の背広に身を包んだ客らしき男が仰向けに横たわっている。貌《かお》に濃紺のソフト帽を被《かぶ》っているので、日本人かどうかわからない。紹念が受付に座っている中年のロシア女に顎をしゃくった。女が席を立った。紹念が入れ替わりにそこに腰を落とした。四郎はそのまえに立たされた。

背後で何かの気配がした。振り返ると、三十五、六のがっしりした体格のロシア人がふたりそこに立っていた。ブレジンスカヤの話では両方とも昼間は白系ロシア人事務局で働いている。そこではたいした稼ぎにならないのだろう、夜はこうしていざこざを起こした客に凄味《すごみ》を利かせて生活費の足しにしているのだ。ふたりの巨漢は灰青色の眼で無言のままこっちを見据えた。

「こっちを向け」紹念の声が響いた。「この始末をどうつけるつもりだ？」

「だから、一カ月後にはちゃんと支払うと言ってるんだよ。明後日《あさって》からぼくはハルビン日日新聞で働く。資料整理をやることになってるんだ、まちがいなく給料がはいる」

「話にならんな」

「ど、どういう意味だよ？」

「こういう商売はな、現金払いが鉄則だ。一ヵ月後の支払いなんて認めるわけにはいかないんだよ」

「けど、どうすりゃいいんだよ？　ないものはないんだし」

「もう支払いはいい」

「え？」

「金銭《かね》は要らん。その替わりに右腕を一本折らせてもらう。それで終わりだ。二度とこのエカテリナに近づくな」

「冗談じゃない」

紹念がふいに受付の机を拳《こぶし》でどんと叩《たた》いた。ふたりのロシア人が背後からこっちの両腕を摑んだ。紹念が声を荒らげて言った。

「何が冗談じゃないだ？　おまえは現金払いの鉄則を壊した。そんなことを見逃がしたら、娼館経営はどうなる？　客の半分が遊んだあと、支払いは一週間後とか一ヵ月後とか言いだしたらどうなる？　そんなことをさせないためには見せしめがいる。おまえには右腕を折って償なわせる、それしかない」

四郎はふたりのロシア人に引き立てられようとした。

玄関脇から罅《ひび》割れた満語がした。

「そいつを離してやれ、金銭はわたしが払う」

首を捻《ひね》って視線をそっちに向けると、長椅子に横たわっていた男が立ちあがっていた。濃紺のソフト帽は左手に握られている。それは間垣徳蔵だった。罅割れた声がさらにつづいた。

「腕から手を離させろ。言え、未払いぶんはいくらだ？　金銭は倍づけで支払ってやる」

四郎は徳蔵とともに娼館エカテリナを抜けだし、電飾に彩《いろど》られたキタイスカヤ通りに出た。あと一週間で十月になる。ハルビンの夜の大気はかなり冷たかった。酔いは完全に冷めている。四郎は何をどう言えばいいのかわからなかった。無言のまま歩きつづけた。モデルン・ホテルに近づいた。四郎は徳蔵に促されて、そのカフェに足を運んだ。ふたりで一番奥の席に着いた。給仕はみなロシア女だった。時刻はすでに十一時を過ぎている。徳蔵は苺《いちご》ジャム入りの紅茶を注文した。四郎も同じものを給仕に頼んだ。

「ずいぶんロシア女の白い肉を愉《たの》しんだらしいな」徳蔵はそう言って煙草《たばこ》に火を点《つ》けた。「もう堪能《たんのう》したろう？」

「どうしてわかったんですか、ぼくがハルビンにいることが？」

「特務機関はどこの邦字紙とも関係を持ってる。ハルビン日日新聞できみが資料整理の仕事をやるという情報は一昨日《おととい》はいった。娼館エカテリナに通ってるってこともな」

「すみません」

「何が？」

「みっともないところをお見せしました」

「謝まる必要はない。若いうちはだれでも経験することだ」銜《くわ》え煙草のままそう言って、徳蔵が濃紺の背広の内ポケットから茶封筒を取りだし、それを卓台のうえに置いた。「なかに二百円はいってる。好きなように使え。満州国はこれから本格的に国都建設に取り掛かる。それはそのまま物価の高騰《こうとう》を意味する。二百円もすぐに使い切るだろうよ」

四郎は無言のままその封筒に眼を落としつづけた。

給仕女が紅茶をふたたび運んで来た。

徳蔵がふたたび背広のポケットに右手を差し入れた。なかから紙片が引き抜かれた。

それは新聞の切り抜きだった。記事が赤鉛筆で囲んである。徳蔵がそれを封筒のそばに滑らせて言った。

「八月二十二日附けの讀賣《よみうり》新聞の切り抜きだ。読んでみろ」

四郎はその紙片を手にして眼を通した。それには特高刑事射殺さるという見出しでこう書かれていた。二十一日早朝、警視庁特高課の奥山貞雄氏の射殺死体が品川倉庫街で発見された。死体には三発の拳銃弾が射ち込まれ、即死の模様。氏は共産主義者や無政府主義者の摘発に熱心なことで名を馳《は》せ、この殺害もそのことと関連していると視《み》て、警視庁は捜査を開始した。四郎はそれを読み終えて紅茶のカップを手にした。

「おまえなんだろ、殺《や》ったのは？」

「間垣さん」

「何だね？」

「間垣さんと奥山さんは又従兄弟《またいとこ》の関係だそうですね」

「そう喋ったのか、あいつが？」

「はっきりそう言いました」

「それなら、それでいい。しかし、わたしは又従兄弟を殺されたからって、べつに恨みはしない。それも宿命のひとつだったと考えりゃ、どうってこともない」

「何をさせたいんです、このぼくに今度は？」

「張作霖《ちょうさくりん》爆殺に関わった東宮鉄男が近々、武装移民を北満に送る。それを手伝ってもらう。べつにこれからすぐというわけじゃない。こっちから連絡を入れるまでハルビン日日で働いててくれ」

四郎は何も言わず苺ジャム入りの紅茶を啜《すす》った。

徳蔵が腕組みをしながら話題を変えた。

「三郎くんが祝言《しゅうげん》を挙げたよ、満州事変の記念すべき日、九月十八日にな。相手は独立守備隊時代の中隊長・熊谷誠六大尉《たいい》の妹だ。名まえは奈津。ふたりは新婚旅行に日本を選んだ。いまごろはもう東京だろう」

10

敷島三郎は奈津とともに上野の精養軒で昼食のオムレツを食い終えた。大連から大阪商船のはるびん丸に乗って大阪に着き、京都に二日滞在した。古都を観《み》たいという奈津の希望に合わせたのだ。三郎自身、京都観光ははじめてだった。東京到着は二日まえで、昨夜は浅草を案内した。奈津は雷門《かみなりもん》から浅草寺《せんそうじ》に向かう仲見世《なかみせ》通りの雑踏に大はしゃぎだった。食後の珈琲《コーヒー》が運ばれて来た。三郎はそれを飲みながら奈津の顔をあらためて見つめなおした。

「厭《いや》だ、何見てるの？」

「新婚旅行は強行軍だった」

「だから？」

「おまえはまったく疲れを見せてない」

「だって、軍人一家に生まれてるんだもの」

三郎は珈琲を飲み終えて煙草を取りだした。

大連ヤマトホテルで初夜を迎えたとき、奈津の体は硬かった。接吻《せっぷん》を繰りかえしても体はなかなか開こうとしなかったのだ。強引に割ってはいり、はじめての営みを終えたあと、三郎は新妻を奈津と呼び棄《す》てにするようになった。義兄となった熊谷誠六の助言をようやく実行した。こう言ったのだ。結婚というのはな、最初の最初が肝腎《かんじん》だ。最初にぴしっと決めとかなきゃ、女はつけあがる。いったん、そうなったら一生尻《しり》のしたに敷かれるんだぞ。おれの妹だからと言って遠慮することはない。三郎は初夜の奈津の体の硬さを憶《おも》いだしながら銜えている煙草に火を点けた。

「ねえ、三郎さん」

「何だ？」

「好き？」

「何が？」

「オムレツみたいな料理」

「嫌いじゃない」

「あたし、作れるよ。オムレツでもコロッケでもカレーライスでも。けど、和食はあんまり得意じゃない。あれ、塩加減まちがえると大変だもの」

三郎は思わず頬を緩めた。はるびん丸に乗り込んだときから思うのだ、奈津は体の発育は日本の女の平均以上だが、こころはまだまだ半分子供だった。それが無性にかわゆく感じられる。三郎はちらりと腕時計に眼をやった。針は一時十二分を指している。

東京に着いてからは神田橋近くの洋式ホテル・芳千閣《ほうせんかく》に逗留《とうりゅう》している。そのまま霊南坂に出向いてもよかったのだが、義母のまえでは奈津も寛《くつろ》げないだろうと思ったからだ。きょうこそ新婚の挨拶《あいさつ》に行かなきゃならない。今夜霊南坂に泊まり、明日は帰満のために大阪に向かう。三郎はいま私服姿だった。足もとには憲兵隊の軍服やら十四年式を収めた拳銃嚢《けんじゅうのう》やらがはいっている大きな旅行鞄《かばん》を置いていた。そのなかには奈津の衣裳《いしょう》もはいっている。

披露宴に参加してくれた連中への土産物は大阪で買うつもりだ。それ用の鞄も購入しなければならない。三郎は短くなった煙草《たばこ》を灰皿のなかで揉《も》み消して、右手をかざした。給仕が来た。勘定を済ませた。正午まえに霊南坂に電話を入れたが、義母の真沙子は出て来なかった。買物にでも出掛けているのだろう、昼食を終えて直接足を運んだほうがいい。そう決めてここにやって来ていた。三郎は奈津を促して立ちあがり、ふたりで精養軒を出た。

大きな鞄をぶら下げて円タクを待った。

「過ごしやすいね、この気候」

「明日から十月だ、東京は五月と十月が一番いい」

「奉天なら外套《がいとう》が要る？」

「それも毛皮のな」

「高いんでしょ、毛皮なんて」

「大連に小盗児《ショートオル》市場というのがある。びっくりするような安値で売り出されてるらしい。そこで買ってやる」

霊南坂の生家のまえで円タクを降りた。父の告別式の日以来だ、四年ぶりになる。あたりは静まりかえっていた。門扉《もんぴ》は閉められたままだ。だが、亡父はそこに鍵《かぎ》を掛ける習慣はなかった。義母も同じだろう。旅行鞄を手にしてそれを引き開け、ふたりで玄関に歩み寄った。

「大きな家。三郎さんってお金持の生まれなんだね」

「それほどでもない。ただ父は義母《はは》がひとりでも暮していけるだけの遺産は残した」

「お義母《かあ》さまは桂子お義姉《ねえ》さまの実の姉なんでしょ？」

「そうだよ」

「なら、とっても素敵な女性《ひと》なんだろうね」

三郎は玄関まえに鞄を置き、呼び鈴を鳴らした。応答はなかった。二度三度と鳴らした。それでも、何の反応もない。三郎は奈津に視線を向けて言った。

「どうしたんだろうな、買物に行ったきりなんだろうかな」

「待ってましょうよ、ここでお帰りになるまで」

三郎は頷《うなず》いて煙草を取りだし、それに火を点《つ》けた。奈津が玄関まえに置かれている庭石に腰を下ろした。スカートから覗《のぞ》く脹脛《ふくらはぎ》が午後の陽光に白く輝いている。この伸びやかな四肢はじぶんだけのものなのだ。弾力に溢《あふ》れた乳房も。そう思いながら煙草を喫《す》い終えた。それから、ほぼ十五分が経過した。痺《しび》れが切れて来た。三郎は小さな空咳《からせき》をして奈津に言った。

「ちょっと待っててくれ、ここで」

「どこへ行くの？」

「裏口にまわって勝手口からはいる。茶でも飲みながら義母の帰りを待とう」

「けど」

「ここはおれが生まれ育った家なんだ、遠慮することはない」

「せっかちね、三郎さんって」

三郎は玄関まえを離れて門扉のあいだから抜けだした。小さな祠《ほこら》が突き当たりにある隣家との境界の小径《こみち》にまわった。裏木戸に歩み寄り、その引戸に手をやった。ぐいと引くと、それは何の抵抗もなく開いた。そこを潜《くぐ》り抜けて勝手口に近づいた。しかし、そこはがっちりと施錠《せじよう》されていた。三郎は居間のまえの庭に足を向けた。

全面採光の硝子戸《ガラスど》は雨戸で蔽《おお》われている。

三郎はゆっくりと唇を舐《な》めた。何かがおかしい、霊南坂で異変が起きている！ すべての感覚が新婚旅行中の夫のものではなく、憲兵中尉《ちゆうい》のそれに切り替わった。三郎はいったん勝手口に戻り、そこに置かれている庭木の手入れ用の鍬鍬《すくいぐわ》を手にした。それを持ってもう一度居間を閉め切っている雨戸に向かった。掬鍬の先端を雨戸と雨戸のあいだに差し込んだ。力まかせにそれをこねた。雨戸の一枚が剝《は》がれ、それが芝生の庭に前倒しになって転がった。三郎は硝子戸と硝子戸の向こうの居間が見えた。人の気配はまったくない。三郎は硝子戸と硝子戸の隙間《すきま》にも掬鍬の先端を捩《ね》じ込んだ。

両腕に力を込めて掬鍬をこねた。ことりという音がした。施錠が外れ、その金具が框《かまち》に落ちたのだ。硝子戸が開いた。同時に何とも言えないほど厭《いや》な臭《にお》いが鼻腔《びこう》を濡《ぬ》らした。それが腐臭だということはすぐにわかった。

三郎は靴のまま居間にあがった。

腐臭に吸い寄せられるように足を運んだ。

居間から食堂にはいって三郎は立ち竦《すく》んだ。すさまじい腐臭のなかで鴨居《かもい》にぶら下がる肉塊を見たのだ。あたりを無数の銀蠅《ぎんばえ》が飛んでいる。鴨居に腰紐《こしひも》を掛けてぶらさがっている死体はその長い黒髪でようやく女だとわかった。肉塊はすでに腐爛《ふらん》し、ところどころ白骨が食《は》みだしている。そこで蠢《うご》めいているのは蛆虫《うじむし》だった。死後もう一カ月以上経過しているだろう。死者が纏っているのは夏用の小袖《こそで》だった。それは義母の真沙子が亡父に嫁いで来たとき、実家から持って来たもののように思えたが、定《さだ》かではなかった。

三郎は嘔吐《おうと》感に耐えながら後ずさりをはじめた。食堂から居間に出た。そこで踵《きびす》をかえした。長椅子のまえの卓台のうえに封筒が置かれているのが見えた。敷島太郎様、次郎様、三郎様、四郎様。表書きにはそう書かれている。義母の筆跡だった。三郎はそこから便箋《びんせん》を引き抜き、その文面に眼を通した。

生きている資格のない女です。お先に失礼致します。御迷惑でしょうが、後始末をよろしく願います。八月二十五日。真沙子。

首を縊《くく》ったのが義母だということにもうまちがいはない。三郎は大きく深呼吸した。

まだ現実感が希薄だった。もう一度深呼吸をした。それでまず最初の決断を下した。この光景を断じて奈津に見せてはならない。

三郎は居間から玄関間に向かった。甃《いしだたみ》の三和土《たたき》に降り、玄関の扉の鍵を外した。扉を押し開けた。奈津が庭石から腰をあげるのが見えた。三郎は玄関を出て後ろ手で扉をぴしりと閉めて奈津に近づいた。

「どうしたんですか、変な顔をして？　それに何か変な臭いがする」

三郎は奈津の背なかに腕をまわし、その体を引き寄せてその口に唇を押し当てた。奈津の動揺《たじろ》ぎが背なかから強く伝わって来る。三郎は唇を離して言った。

「きょうはこのまま神田橋に戻れ。円タクを拾え。芳千閣でおれを待て」

「三郎さんは？」

「しばらくここにいる」

「ど、どうして？」

「事情はあとで説明する。とにかく、すぐに円タクを拾え。神田橋の芳千閣に戻って晩飯はあそこの食堂で食え。おれが芳千閣に戻れるのは深夜になると思う」

第四章　氷点下の町

I

敷島太郎《しきしまたろう》は東拓ビルのまえでフォード車を降りた。十月半ばの奉天の風が冷たかった。足早やに玄関のなかに体を運んだ。ここは満州事変中、関東軍の司令部が置かれたビルだ。きょうは関東軍や満鉄、満州国国務院総務庁の関係者と満州移民に関する会議が行なわれる。会議室は三階なのだ、時間に遅れてはいない、太郎はゆっくりと階段を昇っていった。

東京から三郎奈津《さぶろうなつ》夫婦と帰満してから一週間が経《た》つ。義母死す、至急帰国されたし。新婚旅行中の三郎からの電報で、太郎はすぐに関東軍の協力で奉天飛行場から軍用機で大連に飛んだ。この路線は日満議定書調印直後に設立された満航つまり満州航空株式会社が一週六往復の定期航路として十一月から受け継ぐことになっている。大連からは日本航空輸送株式会社の定期便で東京に向かった。義母の死は桂子には報《し》らせなかった。明満《あきみつ》は相変わらず寝たり起きたりだし、智子《ともこ》も乳母に預け放しというわけにはいかない。桂子には事後報告することにして、喪服も用意せず帰国したのだ。

義母・真沙子《まさこ》の遺体はすでに荼毘《だび》に付されていた。三郎から自殺だったと聞いた。赤坂警察署もそう断定している。首縊《くびく》りの発見現場は悲惨きわまりないものだったらしい。死の理由が理由だし、次郎《じろう》と四郎《しろう》に連絡が取れない。葬儀は執り行なわないことで三郎と意見が一致した。

麻布山善福寺の敷島家代々の墓に納骨し、大工や建具屋を呼んだ。霊南坂《れいなんざか》の生家の内装を一新し、真沙子の叔母夫婦にとりあえず住んでもらうことにした。

奈津は呆然《ぼうぜん》としたまま推移を眺めつづけていた。無理もない、新婚旅行がこんなふうになるとは想《おも》いもしなかったろう。しかし、義母とは面識がなかったのだ、その死に取り乱すことはなかったと三郎から聞いた。

帰満の飛行機のなかで三郎と話しあったのだが、義母の自殺の不審さは遺書にある。生きている資格のない女です。自殺理由はそれだけしか書かれてなかった。義母にいったい何があったのか？　だが、それを穿鑿《せんさく》する余裕はない。

桂子は姉の自殺の報に接すると激しく泣きじゃくったが、動揺は長つづきしなかった。明満の状態が状態なのだ、いつまでも悲嘆にくれているわけにはいかない。桂子の涙はもう乾いている。暮しそのものは帰国まえにもう戻った。

帰満すると、満州の反満抗日の動きはさらに激化していた。熱河《ねっか》では小康状態を保っているが、間島《かんとう》地方や東辺道《とうへんどう》地方ではあちこちで土匪《どひ》が跳梁跋扈《ちようりようばつこ》している。それだけじゃなかった。ハイラルと満州里《まんしゅうり》を押さえていた東支鉄道護路軍司令、蘇炳文《そへいぶん》が反満抗日を叫んで軍を出動させた。ソ連領に逃亡していた馬占山《ばせんざん》が北満に戻って来て蘇炳文を煽動《せんどう》したらしい。偽満州国を消滅させて漢奸《かんかん》を排除し、侵略者の陰険な手管《てくだ》を暴《あば》き、わが国固有の土地を回復する。蘇炳文は国民党にそう通電していた。関東軍が編成されたばかりの満州国軍黒龍江省軍四千五百の兵力とともに鎮圧に当たっていたが、順調には進んでいなかった。

蘇炳文は護路軍兵士たちに鉄血救国軍という腕章をつけさせて北満の鉄路を破壊し、満州国からの国際列車は不通になっている。北満在住の日本人三百名近くが監禁され、そのうちの何名が殺されたのかまだ判明してない。

関東軍の小磯国昭《こいそくにあき》参謀長と多田駿《ただはやお》最高顧問がいま帰順工作に乗りだしている。それに川島芳子《かわしまよしこ》が関与して来た。蘇炳文軍はチチハル近くまで接近しているのだ。多田最高顧問から安国軍《あんこくぐん》司令の称号を与えられて金壁輝《きんへきき》という名まえで満人部隊を率いる川島芳子はこう言ったという。ぼくが直接、蘇炳文に会って投降させます。軍用機を用意してください、落下傘《らっかさん》で単身敵地に降ります。川島芳子は将校服まがいの衣服で身を包み、肩にかわいがっている小猿を乗せて、じぶん自身をぼくと呼ぶらしい。韓《かん》太太《たいたい》と慕われて土匪工作を行なっている中島成子《なかじましげこ》への対抗心は強烈なものがあると聞く。だが、この落下傘での降下はいまのところ実現してない。

リットン調査団の国際連盟への報告書は太郎が帰国中に提出された。太郎は義母の納骨やら生家の改装やらの慌《あわ》ただしさのなかでそれを読んだ。それはまず日支紛争の根本的原因をなす満州での日支両国の権益を記述して歴史的背景を明らかにしていた。次いで、満州事変勃発《ぼっぱつ》前後の状況について詳述し、満州国建国を認めず、国民政府の宗主権のもとに満州に自治制度を設けるべきだとしていたのだ。だが、日本による侵略という言葉は使われていない。そこに日本にたいする配慮と調査団を構成する五カ国の事情が見え隠れしていた。つまり、どこも植民地や租界を持っているのだ、満州事変から満州建国までを表立って批難できる立場にはなかった。

太郎はこの報告書はそれほど日本にたいして攻撃的なものではないと思う。予想された最悪の事態ではないと考えている。

しかし、日本国内の世論はちがった。リットン報告書は日本に満州からの全面撤退を迫っているわけじゃない。それでも、これを国際連盟が認めるならば、即時連盟を脱退すべきだという声が挙がっている。外務省では白鳥敏夫《しらとりとしお》情報部長。陸軍では軍務局の鈴木貞一《すずきていいち》中佐、秩父宮雍仁《ちちぶのみややすひと》親王の御附武官だった本間雅晴《ほんままさはる》大佐。政界では森恪《もりかく》前内閣書記官長。そういう連中がその急先鋒《せんぽう》として動いていた。

リットン報告書を審議する国際連盟総会には日本の首席代表として満鉄で理事や副社長を務めて来た松岡洋右《まつおかようすけ》がジュネーブに乗り込むことになっている。これに石原莞爾《いしわらかんじ》前参謀が随行するのだ。一行は一週間後に敦賀《つるが》から天草丸で出帆し、ウラジオストックに上陸してシベリア鉄道でモスクワに向かう。それからポーランド、ドイツ、フランス経由で目的地に到着する予定になっている。

太郎は三階に昇って会議室の扉を開けた。

じぶんが一番早く着いたと勝手に決め込んでいたが、会議室にはふたつの影があった。ひとりは新京の在満特派全権事務所の参事官・松永信義《まつながのぶよし》だった。特派全権事務所はまだ大使館と改称してない。それは今年の十二月になるらしい。もうひとりは満鉄庶務部庶務課長の村瀬草平《むらせそうへい》だった。大連本社から出向いて来ているらしい。一度だけだが、面識がある。ふたりはがらんとした会議室で所在なさげに煙草《たばこ》を喫《す》っていた。

太郎は会釈《えしやく》して信義の傍らの椅子《いす》に腰を下ろした。

「もう聞いてるでしょう？」信義が低い声で言った。「明日《あした》の上海の国民党系の新聞にはでかでかと載る」

「何がです？」

「平頂山《へいちようざん》事件ですよ」

太郎は無言のままその眼を見つめた。日満議定書が調印されたその翌日に撫順《ぶじゆん》炭鉱近くで起こった撫順守備隊による住民惨殺《ざんさつ》事件はハンターというアメリカの奉天特派記者によって発信された。だが、この記者はインターナショナル・ニュースというハースト系新聞に属していたのだ。ハースト系新聞はアメリカの日系移民排斥を声高に叫ぶことで急速に部数を伸ばして来た。奉天在住の外国人記者のだれもがそれを知っていた。そのためにハンターの発信はハーストの悪意に充《み》ちた与太記事として扱われたのだ。太郎は胸ポケットから煙草を取りだして火を点《つ》けた。

「おそらく、国民党系新聞は書き立てますよ。平頂山惨案とか撫順炭鉱の大虐殺《ぎやくさつ》とか、おおげさな見出しでね。リットン報告書が国際連盟に提出されたあとだけに政治的効果は絶大ですしね」

「しかし、どうしていまごろハンターの記事が？」

「アメリカのAP通信があれを取りあげたんですよ。同時に平頂山事件に怯《おび》えた満人鉱夫や苦力《クーリー》が争うように撫順から逃げだした。その連中が山海関を越えて平頂山で何が起きたかを喋《しゃべ》りまくった。それで、ハンターの記事がにわかに信憑性《しんぴょうせい》を帯びた」

「何人の満人が殺されたと言ってるんです？　関東軍はあの件について奉天総領事館にも殺害数を秘匿《ひとく》してるけど」

「一番少ない数は四百。多い数は三千」

「どういうことです？」

「撫順から逃げだした満人の証言によって殺害数がまちまちなんです。だれも死体の数を数えたわけじゃないから、この差はしょうがないでしょう。ただ殺された満人のなかに何人もの幼い子供が混じってたことだけはだれもが同じ証言をしてるらしい」

太郎は煙草のけむりを大きく吸い込んだ。頭のなかでふたたびあの言葉が跳ねかえりはじめた。臨陣格殺《りんじんかくさつ》権、臨陣格殺権。帰満してからも桂子とは夜の営みをしていない。抱き寄せても、あの言葉が脳裏を駆けまわり股間《こかん》が力を持とうとしないのだ。煙草がうまくなかった。半分も喫ってないそれを太郎は灰皿のなかで押し潰《つぶ》した。

「どうかしましたか、顔色がお悪いようですが」

「べ、べつに」

「一昨日《おととい》、新京を覗《のぞ》きに来ましたよ、在仏大使館の一等書記官・宮部英蔵《みやべえいぞう》くんが」

「で？」

「リットン調査団は報告書作成に当たって相当揉《も》めたそうです。とくにイギリスとフランスが。当然でしょうな、フランスは満州に融資して儲《もう》けたがってるんだし。フランス代表のクローデル委員は調査団のなかで何度もこう言ったらしい。満州国は私生児であることにまちがいはないが、生まれた以上、それを嫡出子《ちゃくしゅつし》にする必要がある。これは関東軍がフランスのシンジケート団の融資提案を排除できなかったせいですよ。日本外交にとっちゃいわば僥倖《ぎょうこう》に等しい」

　会議室に全員が揃《そろ》ったのは定刻の三時ちょうどだった。出席者は太郎を含めて九人。司会を兼ねたのは関東軍参謀部第三課の円地幸夫《えんじゆきお》後方支援班長だった。四十前後のこの少佐は司会というよりもひとりで喋りまくった。だが、その内容は会議室に集まったただれもが知っていることでしかない。茨城にある日本国民高等学校の校長で皇国農民の養成に努めて来た加藤完治《かとうかんじ》が送り込んだ四百余名の武装移民がすでに渡満して来ている。満州国軍政部顧問の東宮鉄男大尉《とうみやかねおたいい》はその移住先を黒龍江省チャムスの南東に決定した。移民は皇国の過剰な農村人口を解消すると同時に、対ソ防衛に向けたものだ。屯墾軍基幹部隊の編成は石原莞爾前参謀も諒解《りようかい》済みで、関東軍としては一刻も早くこれを成就《じようじゆ》させなければならない。そういうことを得々と喋ったあとで、幸夫があらたまった口調で言った。

「みなさんがたも御承知のとおり、いま満州では各地に土匪が跳梁跋扈しております。馬占山や蘇炳文麾下《きか》の兵匪もおれば、大刀会《だいとうかい》やら紅槍会《こうそうかい》やらの淫祀邪教《いんしじやきよう》の宗匪もおる。それだけじゃない。反満抗日を叫ぶ鮮匪も動いておるんです、共産主義に気触《かぶ》れた不逞《てい》鮮人どもの群れがね。今度北満に向かう移民は一応武装しておりますが、まともな訓練を受けてるわけじゃない。したがって、土匪の襲撃を受けると生命の危機に曝《さら》される危険が常にあると言わねばなりません。かと言って、関東軍がたえず移民たちに貼《は》りついておるというわけにもいかんのです。駐箚《ちゆうさつ》部隊は四個師団となりましたが、兵力をそういう辺境に割きつづけるわけにはいきませんからな」

他のだれもが無言のままだった。

幸夫が声を強めてつづけた。

「そこで関東軍参謀部第三課では後方支援班が中心となって、鉄路自警村という構想を打ち出しました。これは東宮大尉の屯墾軍基幹部隊編成の端緒となるものです。この鉄路自警村には関東軍独立守備隊の満期除隊兵で農民出身者を充《あ》てる。もちろん、すぐにというわけにはいかない。関東軍としては昭和十年を目途《もくと》にとりあえず六カ村を予定しております。何か御意見はありますか？」

　だれも何も言おうとしなかった。

　幸夫が腕組みをしながら一段と声を強めた。

「この鉄路自警村は対ソ防衛だけでなく、土匪や共匪どもの鉄路破壊にも備えることになる。だからこそ鉄路自警村と名づけたんです。しかし、この構想を円滑に進めるためには関東軍だけじゃ無理なんです。みなさんがたの協力が不可欠だ。日満一体となってこれを押し進めることが五族協和の王道楽土を建設することになる」

　太郎は他の連中と同じように黙ってそれを聞きつづけた。

　幸夫の演説は当分終わりそうにもない。

　傍らの信義が欠伸《あくび》を噛《か》み殺す気配がした。

　その直後に会議室の扉が叩《たた》かれ、小柄な東拓の社員がはいって来た。そのままっすぐこっちに近づいて来て低声で総領事館からお電話ですと言った。

　太郎は幸夫に向かってちょっと失礼しますと言葉を投げ掛けてから立ちあがった。

会議室を抜けだすと、二十四、五の東拓社員が電話は二階の総務課で受けてください と言った。ふたりで階段を降り、総務課に足を踏み入れた。なかでは二十人ほどの社員が事務を執っている。一番手まえの机のうえの電話の受話器が外れている。それを指差されて太郎は電話に出た。

受話器の向こうから響いて来たのは参事官補・古賀《こが》哲春《てつはる》の声だった。

「通電がありました、新京の関東軍司令部から」

「どんな？」

「ソ連がチチハル―満州里間の東支鉄道を無条件開放するそうです。この通電を受けて総領事代理は新京に向かいました」

太郎は受話器を置いて総務課の部屋を出た。蘇炳文が指揮する東支鉄道護路軍の制圧は難行している。この開放で関東軍の兵士や兵器の輸送はきわめて円滑に進むのだ。農作物の不作でソ連はいま深刻な食料不足がつづいている。在モスクワの日本大使館も食料割当て制を強いられているのだ。ソ連としてはこういう時期に関東軍と揉めたくないからだろう。太郎は会議室に戻ってみんなに言った。

「朗報があります。ソ連が東支鉄道チチハル―満州里間を無条件開放しました」

会議室のなかがどっと沸いた。

大連本社から出張して来た満鉄庶務課の村瀬草平が興奮して言った。

「これで東支鉄道全体の買収交渉が本格化しますな。ソ連の食料不足がつづけばつづくほど、買い叩けます。わたしにはスターリンの苦々しげな表情が想《おも》い浮かぶ」

2

まだ五時過ぎだというのに、奉天は暮れきっている。そろそろ小雪が舞うかも知れない。敷島三郎は風呂敷《ふろしき》包みを抱えて兄の官舎に向かった。もうすぐ蘇炳文軍掃討部隊の背後監視任務が命じられるだろう。

風呂敷包みのなかには兎《うさぎ》皮の外套《がいとう》がはいっている。これは浪速《なにわ》通りの満蒙《まんもう》百貨店で購入した。大連の小盗児市場で買えば三分の一以下の値段だったろうが、義母の死でそういう時間的な余裕はどこにもなかった。兄とともに慌《あわ》ただしく奉天に引きあげて来た。風呂敷包みのなかには菓子折りもはいっている。これは甥《おい》の明満のために買った。喜んでくれるといい。

三郎は兄の官舎の玄関の扉を叩いた。

姪《めい》の智子を抱いた嫂《あによめ》の桂子が出て来た。表情はやつれきっている。当然だろう、実の姉があんなことになったのだから。それでも桂子は明るそうな声で言った。

「お久しぶりです、三郎さん、寒いでしょう、おあがりなさいな」

「すみません、帰満してすぐに伺えなくて」

「いいんですよ、そんなこと」

三郎は失礼しますと言って三和土《たたき》で靴を脱いだ。桂子が智子を抱いたまま居間に向かった。その背なかを追った。厨房《ちゅうぼう》では庖丁《ほうちょう》で俎板《まないた》を叩く音がしている。阿媽《あま》の夏邦祥《かほうしょう》が晩飯の用意をしているのだろう。三郎は桂子とは義母の死について一切喋《しゃべ》らないことにしていた。話せば、よけいな苦しみをさらに与えることになるだけだ。三郎は長椅子《いす》に座るように促されたが、突っ立ったまま風呂敷包みのなかから菓子折りを取りだし、それを卓台のうえに置いた。

「まだ帰って来てないんです、主人は」

「忙しいんだと思います、ソ連が東支鉄道の一部を無条件開放することになりましたから」

「すぐにお茶を淹《い》れます」

「いいんです、義姉《ねえ》さん、わたしは明満くんの顔を見たらそのまま帰ります。どんな塩梅《あんばい》です、明満くんは？」

「良くもなし悪くもなしといったところです」

「好きでしたね、明満くんは最中《もなか》？」

「大好物です」

「明満くんは二階の寝室に？」

「ええ」

「勝手にあがらせてもらいます」

桂子は無言のまま頷《うなず》いた。

三郎は菓子折りを手にして二階にあがった。明満の寝室の扉を軽く叩き、そのなかに足を踏み入れた。明満が寝台に横たわり、蒲団《ふとん》のなかからこっちを見ている。三郎はそこに歩み寄って言った。

「元気そうじゃないか」

「うん」

「最中を持って来たぞ」

「ほんと？」

三郎は菓子折りの包装をほどき、そのなかから最中をひとつ取りだした。明満が蒲団のなかから細い右手を差しだした。その掌に最中を渡した。明満がそれを食べはじめた。三郎はその表情を眺め下ろしながら言った。

「ちゃんとお母さんの言うことを聞くんだぞ」

「うん」

「栄養をいっぱい摂《と》れば、すぐに外に出られる。満州はもうじき冬だ。冬になって風が強くなれば一緒に凧揚《たこあ》げをしよう」

「ねえ、叔父ちゃん」

「何だい？」

「ぼく、大きくなったら、叔父ちゃんみたいになるよ」

「どういう意味だい？」

「叔父ちゃんみたいに軍人さんになる」

三郎は思わず頰を緩めた。

桂子がそのとき寝室にはいって来た。智子を抱いてはいない。阿媽に預けたのだろう。盆を抱えている。紅茶のカップがふたつ載っていた。そのうちのひとつを明満に差しだしながら言った。

「あら、おいしそう。明満の大好物だもんね。これ、紅茶。砂糖と粉ミルクをたっぷり入れてあるからね」

「うん」

「よかったね、叔父さんに御見舞に来てもらって」

「うん」

桂子がもうひとつの紅茶をこっちに勧めた。

三郎はそれを手にしながら言った。

「明満くんが外に出られるようになったら、一家でわが家に晩飯を食いに来てください。歩いても十分ぐらいの距離ですし」

「ぜひそうさせていただきたいわ」

「奈津はまだ洋食しか作れません。オムレツだとかコロッケだとか。義姉さんに仕込んでもらうとありがたいです。鹿尾菜《ひじき》の煮付けとか茶碗蒸《ちゃわんむ》しとか、そういう料理を」

三郎は街灯に照らされる満鉄附属地を歩いて自宅に戻った。ここは関東軍が将校用宿舎として満鉄から借り受けているもので兄の官舎より一部屋少ない。だが、夫婦ふたりには広過ぎるぐらいだ。奈津が玄関に出て来て、お帰りなさいと言った。義母の死には呆然《ぼうぜん》としつづけていたが、帰満してからはもとの溌剌《はつらつ》さを取り戻している。三郎は居間にはいって風呂敷包みを開け、兎皮の外套を取りだして奈津に押しつけた。

「これ、あたしに？」

「大連の小盗児市場に行けなかったからな」

「高いんでしょ、この外套？」

「それほどでもない。もっと高級な毛皮も買えたが、軍人の妻が派手な恰好《かっこう》をしてたら、何を言われるかわからん」

「着てみていい？」

「もちろんだ」

奈津が外套を羽織って首を捻《ひね》り、白い歯を見せて笑った。そして、その外套の裾《すそ》を左右に振りながら言った。

「似合う？」

「ああ」

「御礼しなきゃあ」

「何だって？」

奈津が近づいて来て両腕をこっちの首にまわした。その腕に力がはいった。奈津が頬に笑みを滲《にじ》ませたまま言った。

「御礼に接吻《せっぷん》したげる」

「よせよ」

「照れないでってば」

三郎はぐいぐいと首を引っ張られた。唇が合わさった。奈津はいい匂《にお》いがする。三郎はその背なかに両腕をまわした。

しばらく口を吸いあったあと、奈津が唇を離して言った。

「贈り物が届いた」

「だれから？」

「間垣徳蔵《まがきとくぞう》さん。披露宴で高砂《たかさご》やを唄《うた》ってくれた男性《ひと》でしょ？　もう箱から取りだしてある。綺麗《きれい》よ。飾り棚のうえに飾ってある」

三郎はそっちに視線を向けた。

そこに飾られているのは電気スタンドだった。その傘に極彩色の牡丹《ぼたん》が咲いている。三郎はその飾り棚に近づいた。奈津も一緒に歩み寄った。この牡丹の花は見憶《みおぼ》えがあるような気がするが、どこで見たのかは憶えていなかった。

奈津が電気スタンドのスウィッチを押した。電球が点《つ》いた。牡丹の花がより鮮やかになった。奈津がその傘に指で触れながら言った。

「ね、綺麗でしょ？　これ、革よ。革に彫ってる。けど、何の革なんだろ？」

三郎は急速にじぶんの顔が強《こわ》ばっていくのがわかった。中村震太郎大尉《なかむらしんたろうたいい》捜索のために昂々渓《こうこうけい》の昂栄館に泊まったときの風呂場《ふろば》での光景が脳裏に現われた。あのとき、同行させた峰岸容造《みねぎしようぞう》が左肩から二の腕にかけての刺青《いれずみ》を見せながらこう言ったのだ。支那《しな》の女はね、この刺青を見ると興奮するんですよ。とくに阿片《アヘン》を飲《や》ってる女は嬉《うれ》しがる。牡丹の花に抱かれるようだと言ってね。その直後にあの叫びが頭のなかを跳ねまわった。見殺しにするんですか、中尉、このおれを！　どういうことなんだ、同じ日本人なのに！　電気スタンドの傘が容造の皮膚で作られているのはもうまちがいなかった。三郎は強烈な嘔吐《おうと》感を覚えた。

「どうなさったんです、顔色が変」

「持って来てくれ」

「え？」

「庖丁を持って来い」

「どういうこと？」

「黙って台所から庖丁を持って来るんだ」

奈津が慌てて踵《きびす》をかえし台所に向かった。

三郎は渇ききった唇を舐《な》めた。ようやく嘔吐感が収まって来た。いったい、何を考えているのだ、間垣徳蔵は！ 三郎はもう一度ゆっくりと唇を舐めた。

奈津が厨房から庖丁を持って来た。

三郎はその柄を握りしめて切先を電気スタンドの傘にぐいと刺し込んだ。奈津が小さな悲鳴をあげた。三郎は傘を引き裂きはじめた。容造の皮膚でできたその傘を。牡丹の刺青の記憶を掻《か》き消すように。呼吸《いき》が荒くなっているのがじぶんでもわかる。スタンドの傘を切り刻み終えた。なかから裸電球の光が眼を突き刺して来る。三郎は呆然としている奈津に低い声を向けた。

「何にも訊《き》かないでくれ。憲兵隊には女房にも話しちゃならない任務がある。おれは男としてはずっとおまえに誠実であることを誓う。しかし、任務については何も訊かないで欲しい」

3

敷島次郎は風神《ふうじん》の背に跨《また》がり、猪八戒《ちょはっかい》を連れて吉林《きつりん》から松花江支流沿いの土塊《つちく》れの道を進んでいた。粉雪が舞っているわけではない。しかし、十一月の満州の風は肌を突き刺すようだった。大掛児《ターコオル》に身を包み熊皮帽《くまがわぼう》を被《かぶ》っていたが、体の深奥《しんおう》までがしんしんと冷えて来る。吐く息は真っ白だった。時刻はそろそろ正午になろうとしている。土塊れの道の勾配《こうばい》はしだいに激しくなりつつあった。次郎はそこをゆっくりと風神を進めていった。

松花江支流を上流に向かったのは吉林で反満抗日を叫ぶ土匪《どひ》の群れがふたたび敦化《とんか》を襲い妓楼《ぎろう》で働く朝鮮の若い女を掻《か》っ攫《さら》っていったという噂《うわさ》を耳にしたからだ。朴美姫《ぼくみき》は脚を切断しなければならないかも知れないと言った。もしかしたら、それを免がれてまた寒月梅《かんげつばい》で客を取りはじめた可能性もある。そのことを確かめたくて早朝宿を離れた。鞍嚢《あんのう》には二日ぶんの食料がはいっている。

水の都と謂《いわ》れる吉林は松花江沿いに拡《ひろ》がり、いくつもの運河と貯水池ができあがり、その古い佇《たたず》まいから日本人のあいだでは満州の京都と呼ばれていた。吉林省の総攬把《そうらんば》・葉文光《ようぶんこう》が生きていたころは次郎も近づかなかったが、満州事変で関東軍が出兵してからは緑林の徒は町からは完全に一掃されていた。

上空は朝から鉛色の雲に蔽《おお》われている。

道路の前方は右に大きく折れ曲がっていた。川沿いに屹立《きつりつ》する巨岩を迂回《うかい》して白樺《しらかば》の樹々《きぎ》のあいだに吸い込まれていた。

次郎はその樹々のあいだに風神を進めていった。

突然、まえを行く猪八戒が脚を止めた。

眼のまえに小銃をかまえた関東軍兵士たちが待ち受けていた。軍馬も集まっている。兵士の数は二十名ほどだ。二個分隊がそこで待ち受けていた。

「止まれ」兵士のひとりが拙々《たどたど》しい北京《ペキン》語で言った。「両腕をあげろ」

次郎は手綱を離して両腕をかざした。兵士たちはだれもが軍馬を降りていた。まわりには缶詰類が散らばっている。そこで昼食を摂《と》っていたらしい。兵士たちのなかにぶ厚い鼠《ねずみ》色の防寒服に身を包んだ五十前後の民間人らしき男も混じっていた。次郎は両腕をかざしたまま日本語で言った。

「一休みしたいと思ってたところだ、馬を下りてもいいかね？」

「大陸浪人か？」

「そう考えてくれてもいい」

「馬から下りろ」

次郎は風神の背から離れた。その手綱を曳《ひ》きながら兵士たちに近づき、大掛児の内側から煙草《たばこ》を取りだした。それに火を点《つ》けて、あらためて兵士たちを眺めまわした。

「どこに何しに向かうつもりだ？」その兵士の襟章の階級は軍曹だった。二個分隊のうちの一個を率いているのだ。「これから先は土匪が盤踞《ばんきょ》してるぞ」

「ある女の消息を知りたくてね」

「どんな女だ？」

「敦化の妓楼で働いてた朝鮮人だよ。拉致《らち》されてこっちに連行されたという噂を聞いたんでね」

「その娼妓《しょうぎ》とおまえの関係は？」

「そういう個人的なことを説明する気はない」

兵士たちがにたにたと笑いはじめた。たかだか娼妓のためにそんな酔狂をやらかすのかといった侮蔑《ぶべつ》の笑いだった。

次郎はそれを無視して煙草を喫《す》いつづけた。

民間人らしき男が腰をあげてこっちに近づいて来た。実に知的な表情をしている。眼鏡の奥から発せられる光は満州在住の日本人のものではなかった。その男が静かな口ぶりで言った。

「大陸浪人でいらっしゃる？」

「似たようなもんです」

「なら、満州はあちこちまわっていらっしゃる？」

「吉林近くを除いてはね。内地からお越しとお見受けしますが」

「東北帝大で地学を教えてる外岡靖春《とのおかやすはる》という者です。満鉄の依頼で、このあたりの地形や地質を調査してます。土匪の跳梁《ちょうりょう》でこうして関東軍の兵隊さんに警護されてね」

「地学の教授がわざわざ?」

「わたしだけではありません。地学の専門家がいま満州中をまわってます。黒龍江《こくりゅうこう》、鴨緑江《おうりょくこう》、牡丹江《ぼたんこう》、渾江《こんこう》とね」

「何のためです?」

「治水即治国《ちすいそくちこく》という言葉を御存じでしょう。満州国経営のためには水の管理は必須《ひっす》です。松花江では数年おきに大洪水が起こる。これを何とかするためにはダムが必要です、巨大なダムがね。治水と利水のためだけじゃない。国都が建設されれば、大規模な電力需要が見込まれる。そのためにもダムは不可欠なんです」

「いつごろ取り掛かるんです、そのダム建設に?」

「さあね、ダム建設には膨大な費用が掛かる。それを満州国が負担できるかどうかです。わたしたちはそのための前段階調査をやってる。実際にダムが建設されるかどうかはべつとして、ここは地形と言い、地質と言い、あらゆる条件が整ってます。岩質はホルンフェルスと称する堅牢《けんろう》な変質火成岩《へんしつかせいがん》で、走向傾斜も安定してる。つまりね、完成すればコロラド河を締切るボルダーダムに匹敵する多目的ダムとなりますよ」

次郎は煙草を喫い終えてふたたび風神の背に跨った。土匪に殺されても知らんぞという声を背なかで聞きながら松花江支流をふたたび遡《さかのぼ》りはじめた。風が強くなって来ていた。体の芯《しん》がさらに冷え込んで来る。一時間ほど経《た》ったところで小雪が舞いだした。それを頬に受けながら次郎は風神の背で揺られつづけた。ぶ厚い雲の向こうの陽光が急速に弱まって来たとき、前方に八つの影が見えた。大《ター》馬《マー》に跨り大掛児を羽織っている。次郎はそのままそこに近づいていった。八つの人影のうちのひとりが声を掛けて来た。

「青龍《せいりゆう》攬把じゃないか、憶えてるだろ、おれを？」

次郎は風神を停めて、その顔を見た。憶《おも》いだした。四年まえ老頭溝《ろうとうこう》で全承圭《ぜんしようけい》に頼まれて満族旗人《きじん》の娘・鹿容英《ろくようえい》を誘拐したとき、そこでかたちだけの警備に当たっていた宗社嶎《そうしやパン》の蘇如柏《そじよはく》だった。あのときはたがいに銃口を上空に向けて射《う》ちあった。如柏は狐皮《きつねがわ》の耐寒帽を被っていたが、そこから弁髪《べんぱつ》は這《は》いだしていなかった。次郎はその表情を眺めながら言った。

「どうした、弁髪は？」

「切った。弁髪はもう何の売り物にもならねえ」

「宗社黨という名称は？」

「変えたよ、もちろん」

「いまはどういう名まえなんだね？」

「愛国義人会《あいこくぎじんかい》」

「東北抗日義勇軍との関係は？」

「一応傘下《さんか》にははいってる。しかし、かたちだけだ。でねえと、他の馬賊連中と何かと面倒が起きるんでな。基本的におれたちは政治にゃ関係がねえんだよ。興味は金銭《かね》しかない。他のことには頭を使いたかねえ。ところで、青龍攬把、青龍同盟はどうしたんだよ？」

「潰滅《かいめつ》した」

「穏やかじゃねえな」

「しかたあるまい。生き残れるほどの力がなかった。あんたと老頭溝で出会《でくわ》したときにいた連中はみんなくたばった。いまはおれひとりで動いてる」

如柏がじっとこっちの表情を眺めている。

次郎は大掛児の内側から煙草を取りだした。それに火を点けてから言った。

「喋《しゃべ》りたくなきゃ喋らなくてもいいんだが」

「何だね、訊いてくれ」

「最近、敦化を荒らしたか？」

「いいや。おれたちは黒龍江省から戻って来たばかりだ。吉林から南には一歩も足を踏み入れてねえ。けど、何でそんなことを訊く？」

「吉林の町で噂を聞いたんだ」

「どんな？」

「敦化の妓楼から朝鮮人の女が連れ去られ、松花江支流の上流に向かったとな」

「で？」

「その女がおれの知ってる女かどうかを確かめたい」

「もしかして崔青淑《さいせいしゅく》のことかな」

「どんな女なんだね、それ？」

「おれたちはいま東北反帝同盟って朝鮮人連中と一緒に動いてる。そいつらが敦化から連れて来てるんだよ、崔青淑って二十二、三の女をな」

「脚を引きずってるか、その女？」

「いいや」

「東北反帝同盟はいまどこに？」

「おれたちと一緒に近くの洞窟《どうくつ》で暮してる。青淑って女もな。どうだ、青龍攬把、一緒に晩飯を食わないか。酒もあるし」

次郎は銜《くわ》え煙草のまま頷《うなず》き、如柏の背なかにつづいた。でっぷりと太ったこの男の率いる愛国義人会と改称したかつての宗社党はじぶんが日本人だということを知らない。年齢や脚に異常がないという事実から崔青淑という女が朴美姫とは別人だということはもう判明した。しかし、松花江支流の上流ではいま何が起きているのか？　ぼんやりとそう考えながら次郎は猪八戒を連れて樹々のあいだを抜けていった。

小雪は舞いつづけてはいるが、激しくなる気配はない。あたりはもうかなり暗かった。色彩はほとんど抜け落ち、眼のまえには輪郭だけの風景が拡がっている。

彼方《かなた》にやがて焚火《たきび》の炎が見えて来た。

如柏が大馬を風神に寄せて来て言った。

「今夜の晩飯の用意は反帝同盟の番なんだよ。おれたちと一日交代でやってる。また野兎《のうさぎ》だろう。ここのところ、食い物は野兎ばかりだ、もう飽き飽きしてる」

焚火のまわりを八つの人影が動きまわっていた。そのうちのひとりが若い女だった。これが敦化から連れて来られた崔青淑なのだ。だれもがてきぱきと晩飯の仕度に励んでいる。青淑の態度には拉致されて来たという悲壮感はどこにもなかった。風神を降りると、二十七、八の精悍《せいかん》そうな表情をした男が近づいて来た。如柏が紹介した。それが東北反帝同盟を率いる李永九《りえいきゅう》だった。次郎は晩飯の野兎の肉の一部を猪八戒に与えてくれるように頼んだ。永九が頷き、焚火のまわりで動いている連中に命じた。それは朝鮮語だった。

次郎は如柏に促されて晩飯ができあがるまで洞窟のなかで待つことにした。そこは戦車が四、五輛《りよう》収容できるほどの広さがあった。その中央で火が焚かれている。次郎は大掛児《ターコオル》を脱いで焚火のそばで胡座《あぐら》をかいた。

「おれみたいに齢《とし》を食うと、火が一番の御馳走《ごちそう》だ」如柏もそう言って大掛児を脱ぎ、炎の向こうに腰を落とした。「こういう稼業《かぎよう》は五十を過ぎると疲れる。ときどき、女房子供のところに帰りたいって誘惑に駆られる」

「妻子がいたのか？」

「済南近くにいまも住んでるはずだ。しかし、もう二十五年、いや二十六年間も戻ってねえ。餓鬼は三人いる。一番うえは娘でな、もう三十を過ぎてる。おれにはたぶん孫が何人かいるんだよ」

「どうして帰らない、済南に？」

「帰るためには相当額の金銭《かね》を持ち帰らなきゃならねえ。そうでなきゃ、どの面下《つら》げてのこのこ女房子供に逢《あ》える？　何とかでっかい仕事をこなして足を洗いてえ」

鉄鍋《てつなべ》を抱えて焚火のまわりにいた連中が洞窟のなかにはいって来たのはそれからすぐだった。豆板醤《トウバンジャン》の香りがぷんぷんと漂って来た。洞窟のなかのあちこちで蠟燭《ろうそく》の火が点《とも》された。野兎の肉汁をぶっ掛けた稗飯《ひえめし》がアルマイトの深皿に盛られて配られはじめた。

炎のまわりに永九と女、それに他のふたりが腰を下ろした。だれもが無言のままそそくさと晩飯を食い終えた。如柏が立ちあがって洞窟の隅に向かった。戻って来たとき、手には大きな革嚢《かわぶくろ》をぶら下げている。その口の栓を開き、ごくごくと喉《のど》を鳴らしたあと、それをこっちに投げ渡した。

次郎もその革嚢に口をつけた。喉を通ったのは焼けつくほどの強烈な度数の白酒だった。次郎は傍らで胡座をかいている永九に革嚢を差し向けながら言った。

「蘇如柏の奢《おご》りらしい。どうだ、あんたも」

「せっかくだが、われわれの組織は酒を厳禁にしてる。愛国義人会もできれば酒をやめて欲しいんだが、強制はできん」

「どうして一緒になったんだね、東北反帝同盟は愛国義人会と？」

「反満抗日という目的を共有してる」

次郎はそのとき炎の向こうで如柏が左眼をつぶるのを見た。洞窟に向かうまえに喋ったことは口にするなと言っているのだ。次郎は白酒の革嚢の栓を閉め、如柏に投げ返して永九に言った。

「たったこれだけの人数でどうやって関東軍に対抗する？」

「そういう考えかたが敗北的なんだよ。さっき蘇如柏同志に紹介されたが、あんたも青龍同盟という反帝国主義組織を率いてたんだろ、団結しさえすれば関東軍は粉砕できる。どうしてそういうふうに考えない？」

次郎は煙草を取りだして火を点《つ》けた。

永九が腕組みをしながらつづけた。

「あんたは組織を失なったそうだが、たったひとりでもいい、われわれの戦いに合流して欲しい」

「おれに東北抗日義勇軍にはいれと？」

「誤解しないで欲しい。これは蘇如柏同志にも話したことだが、東北抗日義勇軍は完全に化けの皮が剝《は》がれた。営口で起こったイギリス人ふたりの誘拐事件を知ってるかね？　本来ならば、あれを徹底利用して日本帝国主義を揺さぶるべきだった。それなのに、東北抗日義勇軍の司令・尚旭東が簡単にふたりを釈放した。なぜだか、わかるかね？　尚旭東は本名・小日向白朗という日本人なんだよ。つまり、抗日義勇軍司令は最初から日本帝国主義の秘密工作員だった。あいつだけは絶対に処刑しなきゃならない。それにね、東北抗日義勇軍はもともと千山無量観の葛月潭《かつげつたん》老師の号令によって発足したものだ。帝国主義の何たるかを理解していない。組織には最初から限界があった」

「東北反帝同盟は抗日義勇軍とは関係ないのかね？」

「いまはとりあえずの目的を共有してるから連帯してる。だが、本質的には無関係と断言してもいいだろう。東北抗日義勇軍は国民革命軍支援の方向で動いてる。だが」

「反帝同盟は瑞金《ずいきん》の指令を受けてるのかね？」

「よくわかったね、われわれはこの瞬間からあんたを同志と呼びたい」永九の声は実に満足そうだった。「われわれ反帝同盟は共産党の絶大な支持のもとに活動してる。

それも、毛沢東《もうたくとう》同志ではなく王明《おうめい》同志の路線に基いてね。要するに、コミンテルンの指導下できっちり活動してるってことだよ。もっとも、日本の帝国主義者どもはわれわれのことを鮮匪と呼んでるらしいんだがね。不逞《ふてい》鮮人の匪賊だと。まあ、そういうふうに考えてくれるとありがたい。いずれ、コミンテルンの指導下にあるわれわれが帝国主義を包囲したとき、後悔するのはあいつらだ。そのときこそ、われわれは容赦をしない」

　次郎は短くなった煙草を炎のなかに投げ込んだ。永九がじっとこっちの横顔を見つめているのがわかる。それが鬱陶《うっとう》しかった。次郎は低い声で言った。

「おれはあんたと似たような科白《せりふ》を投げ掛けて来た朝鮮人を知ってる」

「だれだね、それ？」

「崔玄洋《さいげんよう》という朝鮮人だ。間島地方の延吉《えんきつ》近くで逢った。そのときは抗日救国義勇軍を名乗ってた」

　傍らで永九が緊張するのがわかった。

　その向こうに座る女も動揺したように思う。

「わたしはむかし崔玄洋と一緒に活動してたことがある」永九が低い声で言った。「しかし、玄洋とわたしでは思想的にどうしても埋まらない溝があった」

「どういうことだね？」

「玄洋は朝鮮独立をまず第一に考えた。つまり、民族意識を最優先させてた。わたしはちがう。階級意識こそ活動の精神的基盤とすべきだと主張しつづけて来た。玄洋はそれに耳を貸さなかった。中国共産党の李立三《りりつさん》の極左冒険主義の路線に乗っかり、五・三〇上海起義を記念するかたちで朝鮮独立を叫んで二年まえに武装蜂起《ほうき》した。案の定、敦化で日本帝国主義の手に掛かって殺された。玄洋の死を考えれば、階級意識に基いたコミンテルンの方針こそつくづく正しいと思う」

炎の向こうから如柏がまた革嚢を投げて寄越した。

次郎はその栓を開けて白酒を飲み、声を永九の向こうの女に向けた。

「敦化の妓楼から朝鮮人の女が攫《さら》われていったという噂を聞いた。その女があんたなんだろう？」

女は何も言おうとしなかった。

次郎は革嚢を如柏に投げ返してつづけた。

「おれは敦化の寒月梅という妓楼にいた朴美姫を知ってる。攫われたのが美姫じゃないかと思って松花江支流を遡って来た」

「朴美姫は死にました」女の北京語は拙々《たどたど》しかった。「脚の切断手術に失敗して出血多量で死にました。あたしは日本の医者がわざと失敗したんじゃないかと思う」

次郎はその言葉を聞いて新たな煙草を取りだした。

永九が重々しい声で言った。

「崔青淑同志はね、隣りに座っているのは崔青淑という名まえなんだ、青淑同志は殺された崔玄洋の末の妹だよ。朝鮮に婚約者がいたが、その制止を振り切ってコミンテルンの方針どおりに動いてくれた。敦化で娼妓となり、日本帝国者どもを客に取って情報を集めてくれたんだよ。階級意識にきちんと眼醒《めざ》めなきゃ、儒教の伝統が強烈に残る朝鮮出身者でそんなことはなかなかできるもんじゃない。崔青淑同志はその任務を終えたんで、われわれと一緒に行動しはじめただけだ。べつに攫われて来たわけじゃない」

次郎はこの言葉を聞き終えてゆっくりと腰をあげた。

永九の声が飛んで来た。

「どこへ行く？」

「小便だよ」

炎の向こうで如柏も立ちあがった。

洞窟を抜けると、外の雪が激しくなっている。

そのなかでふたり並び、放尿をはじめた。

如柏が笑いを含んだ声で言った。

「聞いたろ、永九はおれのことを蘇如柏同志と呼びやがった。あんたのことも同志とな。薄気味悪くてしょうがねえや。それに、民族意識だの階級意識だのわけのわからねえことをほざきやがる。そんなことで腹がくちくなるかよ！」

次郎は何も言わずに放尿をつづけた。

如柏が腹立たしそうに言葉を継いだ。

「崔青淑が任務を終えたと言ったろ、あの女がここで何をしてるか知ってるか？　反帝同盟の連中ひとりひとりと夜になると乳繰りあうんだよ。連帯意識を強めるとか何とか難しい言葉を使ってな。何が階級意識だ、何がコミンテルンの方針だ！」

放尿を終えたが、次郎はそのまま立ちつづけた。

如柏が放尿を終えて腰を振りながら声を落とした。

「おれたちは近々あの朝鮮人どもと別れる。あいつらの世迷《よま》い言にこれ以上つきあっちゃいられねえ。がたがた言いやがるんなら、みな殺しにしてもいい。そのときはあの崔青淑って女をみんなで輪姦《まわ》す。こっちだって溜《た》まりに溜まってるんだ、あいつらだけにいい思いはさせねえ」

「どうするんだ、反帝同盟と別れて？」

「北満に向かう。東辺道じゃ関東軍がどんどん警備を強化しつつあるって聞くからな」

次郎は踵《きびす》をかえして洞窟に戻ろうとした。

背なかに如柏の声が降りかかって来た。

「なあ、青龍攬把、考えてくれないか」

「何を？」

「おれと組もうじゃねえか」

「あんたの搬舵《バントウ》になるのか、このおれが？」

「一緒になりゃ、でっかい仕事ができる」

「せっかくだが、御免を蒙《こうむ》る。いまのおれには組織とともに動ける力はない。金銭《かね》に困りゃ、個人で引き受けられる程度の仕事をこなすだけだ。おれはもうむかしのおれじゃないと思ってくれ」

4

敷島四郎は資料整理を終えてハルビン日日新聞社の社屋を出た。時刻は四時半を過ぎたばかりだが、陽光の名残りは完全に消え失《う》せている。冥《くら》い夜空からは粉雪が舞い落ちて来ていた。路面はすでにごちごちに凍っている。ハルビンに着いてから間垣徳蔵に逢《あ》うまでは昼間は埠頭区《ふとうく》をほっつき歩き、夜は娼婦《しょうふ》を相手にするだけの日々がつづいていたが、ハルビン日日新聞で働くようになってからはこの街をじっくり観察するようになった。ここには三万前後の白系ロシア人が住んでいる。帝政ロシア時代の貴族もいれば、農奴《のうど》だった連中もいた。白系ロシア人たちが暮しているのはキタイスカヤ通りを中心とする埠頭区で、満州建国後、満人と呼ばれるようになった支那《しな》人は傅家甸《ふかでん》に住んでいる。日本人は新市街として帝政ロシア時代に建設された秦家崗《しんかこう》に集まっていた。ハルビン日日新聞社の三角塔を持つ社屋もここにある。松花江の中洲《なかす》は太陽島と呼ばれ、白系ロシア人のなかの富裕層の別荘が建ち並んでいる。ソ連がこの北満の中心地をどうしたいのかはまだはっきりしていない。しかし、ハルビンが上海《シャンハイ》と同じく謀略渦巻く街と化すのは眼に見えている。四郎は舞いかかる粉雪のなかを傳家甸から霽虹橋《せいこうばし》を渡って埠頭区に向かって歩きつづけた。瓦斯《ガス》灯に照らされた甃《いしだたみ》の通りをロシア風の馬車がかたかたと音を立てながら通り過ぎる。ときおり、関東軍の軍用車輛《しゃりょう》のヘッドライトが北満の凍りついた街を動く。

四郎は埠頭区のキタイスカヤ通りに足を踏み入れ、モデルン・ホテルに向かった。待ち合わせの時刻は五時半なのだ。まだ十分近く余裕がある。そのカフェにはいった。客は立て込んではいなかった。窓辺の席について苺《いちご》ジャム入りの紅茶を頼んだ。ハルビン日日新聞に間垣徳蔵から連絡がはいったのは昨日《きのう》の午後だ。明日の午後五時半にモデルン・ホテルのカフェで拓務省《たくむしょう》の役人と会え。そういう指令だった。四郎は運ばれて来た紅茶をゆっくりと飲みはじめた。

徳蔵を眼のまえにしたり声を掛けられたりすると、じぶんはまったく抗《あらが》えなくなる。まるで蜘蛛《くも》の巣に掛かった紋白蝶《もんしろちょう》のようだ。いったい、なぜなのだろう？　奥山貞雄は徳蔵と又従兄弟《またいとこ》だと言った。そして、死の直前に喘《あえ》ぐような声で確かこう洩《も》らしたのだ。会津若松で。あれは何を意味している？　会津若松がどうだと言うのだ？　考えれば考えるほど混乱して来る。

五時半ぴったりにふたりの日本人がカフェに現われ、まっすぐこっちに近づいて来た。四郎は立ちあがって会釈《えしやく》をした。ひとりは三十二、三歳で濃紺の背広に身を包んでいる。外套《がいとう》を手にしていないところを見ると、このモデルン・ホテルに宿泊しているのだろう。大判の紙封筒を持っているだけだった。もうひとりは三十五、六で、茶褐色の背広を纏《まと》い、ぶ厚い毛皮の外套を抱えていた。

ふたりは向かいの椅子《いす》に並んで腰を下ろすと、すぐに給仕を呼んで珈琲《コーヒー》を注文した。濃紺の背広の男が煙草《たばこ》を取りだしながら言った。

「わたしは拓務省庶務課の細木安雄《ほそきやすお》です」拓務省は植民地統治事務や海外移植民行政事務を統轄《とうかつ》するために内閣拓殖局として設置された機関が田中義一《たなかぎいち》内閣のときに省として昇格したものだ。安雄がわずかに傍らに顎《あご》をしゃくってつづけた。「こちらはハルビン特務機関の首藤照久《しゅどうてるひさ》曹長。奥さんはロシア人とさっき聞いた」

「ぼくは」

「間垣さんからだいたいのことは聞いてます。奉天総領事館の敷島参事官の弟さんだそうですね。わたしは太郎くんとは東京帝大の同期なんですよ。大学時代はべつに親しくはなかったが、同じ官僚の道を歩むことになったんで一度新橋で飲み明かしたことがあります。ま、わたしは内務畑、太郎くんは外務畑と畑はちがいますがね」

四郎は何をどう言っていいかわからなかった。

照久が腕組みをしながら口を開いた。

「じぶんはあんたのすぐうえの兄・敷島中尉《ちゅうい》殿と同じ任務についたことがある、黒河とハルビンでね。腹の座った憲兵中尉だ、惚《ほ》れ惚《ぼ》れする」

四郎はこれにもどう反応していいかわからなかった。

安雄が煙草を取りだしながら言った。

「昨夜はね、この首藤特務曹長に案内されて、はじめて白人の女を抱いてみましたよ。この近くのエカテリナという娼館でね、敵娼《あいかた》はタチアナ・ブレジンスカヤという女でしたが、日本語がかなり話せるんですよ。それにね、寝台のうえでの動きが何しろ激しい。昨夜はくたくたになりましたよ。白人の女ってのはみなあんなふうなんですかねえ？」

四郎は女の名まえを聞いて不快感を禁じえなかった。金銭《かね》がないと知ってブレジンスカヤが鳴らした鈴の音がからんからんと脳裏で響いたような気がしたのだ。こっちの表情の変化に気づいたのだろう、安雄はもうその話題には触れようとしなかった。おそらく、猥談《わいだん》を好まない性質《たち》だと判断したのだろう。沈黙がしばらくつづいた。四郎はそれに耐えかねて口を開いた。

「間垣さんから満州開拓移民に協力するように言われてます。ぼくは具体的には何をしたらいいんでしょう？」

「チャムス近くの永豊鎮《えいほうちん》に第一次武装移民の先遣隊が視察にはいりました。そこを弥栄村《いやさかむら》と名づけるそうです。時期が時期だけに、いますぐには耕作には掛かれない。木工班《もっこうはん》とか鍛工班《たんこうはん》を組織して木材の伐採や煉瓦《れんが》作りに励むことになる。北満は土匪《どひ》の跳梁《ちょうりょう》が激しい。だから、もちろん関東軍が警備に当たってる。歩兵四個中隊に砲兵隊や機関銃隊が一緒に永豊鎮にはいった」

「で？」

「第一次武装移民先遣隊の安全はまず確保されたと言ってもいい。しかし、満州移民は単に国内の農村余剰人口を解決するためだけじゃない。ソ連にたいする防衛の任務も帯びてる。要するに、屯墾軍として活動してもらわなきゃ困る。武装移民のためにいちいち関東軍が警備に当たるんじゃ何の意味もない」

このとき、珈琲が運ばれて来た。

安雄がそのカップを持ちあげながらつづけた。

「関東軍は近々日本移民実施要綱を策定します。とりあえず十五カ年十一万戸入植計画をね。斎藤実《さいとうまこと》内閣は財政難を理由にこれに反対するでしょう。しかし、結局は押し切られる。そうなると、実務を引き受けるのは結局拓務省です。関東軍の要求をすべてこなさなきゃならなくなる。つまり、武装移民の自立が条件となって来る」

「それで、ぼくに何をしろと？」

「武装移民は加藤完治の国民高等学校で農業訓練を受けてる。関東軍の命令で多少の軍事訓練もね。しかし、言葉が話せないんです。日本人だけで開拓村を作るわけですから満語を覚えろと言っても無理だ。しかし、満人との接触なしに生きていけるわけもない。どうしても、満語の喋《しゃべ》れる人間が必要になって来る」

「ぼくに通訳をしろと？」

「通訳だけでなくしばらく武装移民と一緒に暮して欲しいんです。あなたは上海で皇軍慰安所建設に関わったことがあるそうですね。おそらく開拓村ではいろんなことが起こる。それも解決してもらわなきゃならない。それにね、報告書を提出してもらいたいんです」

「どんな？」

「武装移民のあいだからは数々の不満が噴出して来ることは眼に見えてる。何しろ、ほとんど何もない荒野に抛《ほう》り出される屯墾軍ですからね。ふつうの人間じゃ耐えられないことも強要される。しかし、拓務省としては何としてでも武装移民を成功させなきゃならない。成功の第一条件は武装移民の不満をできるだけ解消することです。何をどうすれば、その不満を解決できるか？　武装移民と一緒に暮し、それを報告してもらいたいんです」

四郎は何も言わずにその眼を眺めつづけた。

安雄が珈琲を一舐《な》めしてふたたび口を開いた。

「第二次武装移民の入植計画は来年の七月の予定です。決まってるのはやはりチャムスの近くということだけでね、具体案はまだ策定されてない。あなたにはその第二次武装移民と一緒に動いてもらいたい」

「それまではずっとハルビン日日で？」

「ハルビン日日には間垣さんがもう話をつけた、同じ月給だが、仕事量はぐんと減る」安雄がそう言って大判の封筒を開いた。なかから取り出されたのはふたつの冊子と二冊の辞書だった。辞書は『日露・露日辞典』と『日露会話辞典』だった。「冊子二冊は加藤完治が拓務省に提出した上申書の写しです。拓務省も関東軍もこの線に沿って移民計画を進めますから、ぜひとも眼を通しておいてください。二冊の辞書はロシア語を学んで欲しいからです。両方とも日露協会学校の生徒たちが使ってたものでね、東亜同文書院に籍を置いてたあなたにはぴったりだろう。日露協会学校は今年四月に校名をハルビン学院と変えましたがね」

「何のためにロシア語を？」

「北満じゃコミンテルンが活発に動いてます。白系ロシア人がその工作を受けてソ連側に寝返る可能性も大いにある。武装移民と一緒に暮してれば、かならず白系ロシア人と接触することになる。そのとき、相手が仲間同士で喋るロシア語を聞き洩《も》らさないで欲しいんですよ」

四郎は無言のまま頷《うなず》いた。

それまで黙っていた照久が急に伝法な口調になって言った。

「さっき聞いたろ、おれの女房はロシア人だ。本で覚えるだけじゃ実際には役に立たんはずだ。実践が肝腎《かんじん》だよ。おれの女房のところにロシア語会話を習いに来てくれ。家は埠頭区だ、満人区の傅家甸とは道路ひとつを隔てたアパートに住んでる」

5

兵士や軍用車輛《しゃりょう》を運ぶ東支鉄道の列車は興安嶺《こうあんれい》を抜ける長い隧道《ずいどう》にはいった。落下傘《らっかさん》で降下し、蘇炳文を説得すると公言した金璧輝安国軍司令つまり川島芳子は結局それを実行に移しはしなかった。上海事変のとき呉淞《ごしよう》砲台に潜入して情報を入手して来ると言ったのと同じだ、ただ注目を浴びたいための法螺《ほら》に過ぎなかったのだ。関東軍は東支鉄道護路軍を東北民衆救国軍と改称した蘇炳文掃討に踏みきった。駐箚《ちゆうさつ》第十四師団は零下三十度の酷寒のなかで一斉攻撃を開始して興安隧道を制圧、蘇炳文が戦闘の本拠地と設定したハイラルの街を空爆した。おそらく東北民衆救国軍はもうがたがたになっただろう。それでも関東軍が興安嶺の向こうに兵力を投入するのは徹底した殲滅《せんめつ》作戦のためだった。

　敷島三郎は列車の室内灯だけの薄明かりのなかで煙草《たばこ》を取りだした。乗客はもちろんすべて関東軍の将校や兵士たちで、通路には一等兵や二等兵が胡座《あぐら》をかいて座っている。車外の寒さは凍《い》てつくようだろうが、列車のなかは人いきれでむんむんしていた。向かいに座っている二十七、八歳の兵士が燐寸《マッチ》を擦って、その炎をこっちに差し向けた。襟章の階級は軍曹だった。三郎は煙草を銜《くわ》えて炎に顔を近づけ、けむりを大きく吸い込んだ。

「すごいところだとじぶんは聞いております、中尉《ちゆうい》殿、ハイラルは」

「どういう意味で？」

「興安嶺を越えると、気候がまったく変わるそうであります。ハイラルは夏は四十度、冬は氷点下五十度まで下がることもあるらしいです。じぶんは宇都宮の第十四師団でありますから、寒さには慣れてるつもりでしたが、氷点下五十度というのは想像もできません」

三郎は無言のまま煙草を喫《す》いつづけた。

向かいの軍曹が声を落として話題を変えた。

「何を考えておるんでありましょうか、中尉殿、満人どもは？」

「遠慮は要らん、ずばりと訊《き》いてくれ」

「東部の満ソ国境地帯でもすさまじい抗日活動が開始されてると聞いております。どうして満人どもは五族協和という高邁《こうまい》な精神がわからんのでありますか？　王道楽土の何が不満なのでありますか？」

三郎は銜え煙草のままゆっくりと腕組みをした。この軍曹は綏芬河《すいふんが》近くで蜂起《ほうき》した丁超《ていちよう》軍のことを言っているのだ。丁超は国民政府が満州国を無視して勝手に吉林省主席代理に任命した満人だったが、満州建国に際しては関東軍に協力している。叛旗《はんき》を翻《ひるがえ》したのは馬占山の影響らしい。三郎はじぶんでも嘘《うそ》だとわかっていながら言った。

「満人がすべて五族協和に反対してるわけじゃない。兵匪《へいひ》さえ殲滅すれば、満州はこれまで人類が経験したことのない理想国家となる」

このとき、窓から白い光がさっとはいって来た。列車が興安隧道を抜けたのだ。三郎は窓の向こうに眼を向けた。隧道にはいるまえとは風景が一変していた。草原がなだらかに波打っている。その全面が粉雪に蔽《おお》われ、ときおりの強風に真っ白い地吹雪《じふぶき》となって舞いあがった。彼方《かなた》に羊の群れを連れた蒙古馬《もうこ》に乗ったいくつもの人影が見える。蒙古族だろう。ここが海抜六百米《メートル》のホロンバイル高原なのだ。その風景は満州の他の地域とはまったくちがっていた。

「ハイラルははじめてでありますか？」

「一度も行ったことはない」

「じぶんはハイラルに何度も商売に出向いた日本人から聞いたことがあります。ハイラルに住んでるのは満人だけじゃない、ロシア人や朝鮮人がいっぱいだそうであります。妓楼《ぎろう》に行けば、そういう女も抱けるそうです。一刻も早く蘇炳文を殺し、妓楼にあがりたいと思っております」

三郎はこの言葉を無視した。奉天を出発したときから繰りかえし胸の裡《うち》に浮かんでは消えた願望がまたぶりかえして来る。馬占山が蘇炳文と行動をともにしていることはすでに判明済みなのだ。生きていて欲しい、戦死せずに生きたまま拘束されて欲しい。関東軍としては考えうるかぎり最高の地位を馬占山に与えた。それなのに、なぜこうも頑強に抵抗しつづけるのか？　ぜひとも、そのことをじかに訊問《じんもん》してみたい。
そうでなければ死んだチチハル特務機関の鳥飼耕作《とりかいこうさく》中尉の霊に申しわけない。三郎は
そう考えながら短くなった煙草を車窓のしたの灰皿に押し込んだ。
「満州に駐箚になってからじぶんはまだ一度も女と姦《や》っておりません」向かいの軍曹
がまた口を開いた。「ほとんど毎日が土匪掃討、兵匪掃討で、そんな暇がないんであ
ります。これだけ長いあいだ女に触れないと、体がおかしくなってしまいます」
「結婚は？」
「しております、子供もひとり。しかし」
「何だね？」
「じぶんの郷里の習慣では、兄が戦死すると、その嫁は弟と再婚することになってお
ります。弟はじぶんとちがって見掛けがいいんです。嫁はときどき弟を妙な眼で見る
んです。内心、じぶんが早く戦死すればいいと考えてるにちがいありません。それを
想《おも》うと夜も眠れないときがあります。こういうことは中尉殿にはわからんと思います
が、嫁の弟を見る眼を憶いだすと、じぶんは気が狂いそうになる。それを忘れるため
にも女の肌が恋しいんであります」

ハイラル駅に着いたのは午後二時半過ぎだった。雪は降ってはいなかったが、頬を打つ風が痛かった。気温は零下どれぐらいなのか見当もつかない。列車からは第十四師団の兵士たちが次々と降りて来る。軍用車輛《しゃりょう》は最後に搬出されるのだろう。三郎は帝政ロシア時代に建てられたと思《おぼ》しき駅舎から抜けだした。駅舎まえ広場にハーレー・ダビッドソンが駐《と》められ、そのそばにぶ厚い防寒服に身を包んだ小太りの兵士が立っている。それがハイラルでのこっちの雑用をこなしてくれる鮎沢幸治《あゆさわこうじ》曹長にまずまちがいあるまい。そっちに足を向けた。

「敷島憲兵中尉殿でありますか？」三十四、五のその男が敬礼してそう言った。「じぶんは第十四師団第二連隊の鮎沢曹長であります。ハイラルでのお世話を命じられております」

「戦況はどんな具合だ？」

「蘇炳文は満州里に向かって逃走中であります。第十四師団の二個連隊が追走しております」

「馬占山は？」

「蘇炳文と行動をともにしていると思われます」

「わが軍の被害は？」

「微少であります。戦死者は出ておりません。やはり事前の空爆が効いたようであります。しかし、凍傷に罹《か》かった人間がわが皇軍にも多数出ております」

「ハイラル残留部隊はどこを宿舎としてる？」

「東支鉄道護路軍の元兵舎であります」

「まずそこに連れていってくれ」

幸治がふたたび敬礼して自動二輪車に跨《また》がった。三郎はその側車に乗り込んだ。エンジンが始動され、ばりばりっという音が響いた。ハーレー・ダビッドソンが動きはじめた。

ハイラルの町はあちこちに空爆の傷跡が見えた。二階建てのロシア風の家屋があちこちで半壊し、道路沿いには死体が散らばっている。それは護路軍の兵士だけじゃなかった。女もいれば子供もいた。死体はかたづけられようともしていない。蘇炳文が死者を放置して逃走したのは明らかだった。

支那風の家屋の軒からは簾《すだれ》状になって氷柱《つらら》が伸びている。空爆による熱風で屋根に積っていた雪が溶け、それが軒から垂れ落ちながら固まったのだろう。

通りにはハイラルの住人らしき人影はどこにも見えなかった。家のなかで呼吸《いき》を殺すように成り行きを見守っているのだろう。辻々《つじつじ》で防寒服に膨れあがった関東軍兵士が小銃を手にしたまま歩哨《ほしよう》として立っているだけだった。

ハーレー・ダビッドソンはそこをばりばりと音を立てながら進んでいった。

前方に学舎のような建物が見えて来た。左端が破壊されている。空爆によるものだろう。そこが護路軍の兵舎だということは明白だった。

幸治がその門柱のまえで自動二輪車を停めた。そこには立哨がふたりいた。三郎は側車を降りた。兵舎を取り囲むコンクリート塀のそばに二台の荷車があり、そこにふたつの肉塊が転がっていた。それは蒙古馬より小さかった。驢馬《ろば》が二頭、斃《たお》れている。空爆で死んだのか、護路軍と第十四師団との戦闘中に銃弾を浴びたのかは判断のしようもなかった。

三郎は立哨ふたりの敬礼に応《こた》えて門柱のあいだを通り抜けた。前庭には石川島自動車製作所で製造されたウーズレイCP型装甲車がずらりと並んでいる。戦車はなかった。走行速度が遅過ぎたせいだろう。三郎は幸治と肩を並べて兵舎のなかに足を踏み入れた。

廊下に面していくつもの扉がある。

そのうちのひとつを押し開いた。

蚕棚《かいこだな》がずらりと並んでいたが、兵士たちはそこに横たわっているわけではなかった。壁際《かべぎわ》に大きな鋳物《いもの》の薪《まき》ストーブが設けられ、そのまわりを取り囲むようにして胡座《あぐら》をかき、両手を差しだして暖を採っていた。だれもがこっちを見ると、慌《あわ》ただしく立ちあがって敬礼をした。

三郎は敬礼をかえして傍らの幸治に言った。

「将校連中はどこに？」

「福松《ふくまつ》です」

「何だって？」

「この近くに福松という割烹《かっぽう》があります。蘇炳文が叛旗を翻したんで、経営者も板前も芸者も日本人はみな逃げだした旅館であります。護路軍の兵舎が狭過ぎるんで、そこが将校用仮宿舎となりました」

三郎は幸治の運転するハーレー・ダビッドソンの側車に乗り、その福松に着いた。時刻は三時半になろうとしている。ぶ厚い雲に隠れてはいたが、陽光の鈍い明かりは大きく西に傾いている。あと小一時間であたりは闇《やみ》に包まれるだろう。福松は黒塀に囲まれた二階建ての純和風の旅館だった。三郎はその玄関先で側車を降り、幸治にここで待っていてくれと言って引戸を開けた。だだっ広い三和土《たたき》にはいくつもの軍靴《ぐんか》が並んでいた。

奥からは笑い声が聞こえて来る。

三郎は軍靴を脱いで竹林のあいだで吼《ほ》える虎《とら》の絵が描かれた屏風《びょうぶ》の置かれている玄関間にあがった。そのまま笑い声のほうに向かって歩いた。

襖《ふすま》を開けると、そこは大広間だった。そこで八人の将校たちが盃《さかずき》を傾けていた。和服を着た五人の女が酌をしている。なかはむんむんするほど暑かった。大広間に炭火を熾《おこ》した十二もの火鉢が置かれていたのだ。なかに足を踏み入れ敬礼して言った。

「奉天から派遣された敷島憲兵中尉です」

床の間を背にした四十がらみの大柄な男がこっちを見た。膨んだ頬には笑みが滲《にじ》んでいる。傍らで和服を着ているのは二十三、四の金髪の女だった。大柄なその男が実に機嫌よさそうな声で言った。

「御苦労、御苦労。奉天憲兵隊からだれかがこっちに来るという話は聞いてた。おれは駐箚第十四師団参謀部の坪井《つぼい》少佐だ。さあ、こっちに来て飲めよ」

三郎はそのまままっすぐそのまえに近づき、そこに腰を下ろした。この少佐のことはもちろん奉天を出るまえに調べてある。坪井隆也《たかや》。明治二十五年奈良生まれ。陸大卒後ずっと参謀畑を歩いて来ている。隆也が盃を差し向けて来た。三郎は無言のままそれを受け取った。

金髪の女が徳利をそこに傾けた。

三郎は黙ってその酒を受けた。

「どうだ、この女はロシア人なんだよ。日本の芸者がみんな逃げだしたんで、箪笥《たんす》から和服を出して着させてみたんだ。結構似合うだろ。そっちの金髪もハイラルに住んでるロシア人。あっちは朝鮮人。その向こうは蒙古女だ。和服を着させりゃ、着こなしが悪いだけ日本の女より妙に色っぽい。そうは思わんかね？」

三郎は手にしている盃を口に近づけようとはしなかった。肚《はら》のなかがぐつぐつ煮えはじめている。五族協和や王道楽土の建設を阻害しているのは馬占山や蘇炳文なんかじゃない。眼のまえにいるこいつなのだ！　ここで笑いあっていたこの連中なのだ！　こいつらが理想国家の建設を台なしにしようとしている！　三郎は盃を正座の膝《ひざ》もとの畳のうえに置いた。

「どうした、敷島中尉、何が不満だ？」

「なぜこんなときにここで宴会を？」

「べつに宴会じゃない、次なる戦いのためにすこし酒を飲んで英気《えいき》を養ってるだけだ」

「なら、何でハイラルに住んでる女を集めて芸者の真似《まね》をさせてるんです？」

「硬いことを言うなよ」

「満州里に向かった兵士たちは戦場で凍《こご》えてる。護路軍兵舎にはいった残留部隊も薪ストーブひとつです。それなのに、ここでは十二もの火鉢が置かれ暑いぐらいだ。そのなかでロシア女に芸者の真似をさせ宴会とは何ごとです？　戦場の兵士たちがどんな苛酷《かこく》な状況に置かれてるのかを考えないんですか？」

「おもしろいな、敷島中尉、実におもしろいことを言う。石原前参謀も同じような意見だったらしいな。その物真似かね？」

「少佐殿」

「何だ？」

「わたくしは憲兵中尉です」

「それがどうした？」

「報告書を書くのも任務のひとつです」

「何を言いたいんだ、いったい？」

「憲兵隊からの報告書によって予備役にまわされた将校は何人もいる」

「脅すつもりか、おぬし、このおれを！」

「どうとでもお考えください」そう言って三郎は腰をあげた。踵《きびす》をかえしながらつづけた。「酒ぐらいは大目に見ます。しかし、女に芸者の真似をさせるのはおやめなさい。すぐに家に帰すべきです」

「どこに行くつもりだ？」

「兵舎に戻ります。兵士と一緒に凍えながら眠りに就く」


朝六時まえに眼を醒《さ》まし、手探りで蠟燭《ろうそく》に火を点《とも》した。空爆によって電線が破壊され、旧護路軍兵舎は電灯が点《つ》かないのだ。蠟燭の炎がぼうっとあたりを照らしだした。蚕棚では兵士たちが鼾《いびき》をかいている。起床喇叭《きしようらつぱ》はまだ鳴っていない。三郎は防寒服を身に纏《まと》い、兵舎から抜けだした。門柱のそばにカンテラの明かりが見える。ぴりぴりと皮膚を強《こわ》ばらせる冷気のなかをそっちに向かって歩きだした。

門柱のそばでは幸治がハーレー・ダビッドソンのエンジンを始動させたまま待っていた。昨日《きのう》、福松から出て来て打合わせ済みなのだ、夜明けまえにハイラルを出発し満州里に向かう。途中の食料や水も用意させていた。幸治が敬礼した。カンテラを下げたふたりの立哨も。三郎は無言のまま返礼して側車に歩み寄った。幸治が兵舎を囲むコンクリート塀のそばの荷車を指差しながら言った。

「御覧ください、中尉殿、あれを」

三郎はそっちに視線を向けた。

兵士のひとりがそこにカンテラを近づけた。

昨日観《み》た二頭の驢馬の死骸《しがい》が妙に痩《や》せ細って見えた。三郎は三歩ほどそっちに近づいた。二頭とも皮が大きくめくられている。白骨も覗《のぞ》いていた。

「どうしたんだ、この驢馬は？」

「深夜三時過ぎにハイラルの住人が集まって来たそうであります。満人も朝鮮人もロシア人も。そして、ああやって皮を剝《は》ぎ、肉や内臓を切り取って持ち帰ったそうです。蘇炳文との戦闘がはじまってから完全に物資の流れが止まってるんです、ハイラルじゃ食料不足が深刻なんで死んだ驢馬の肉でも貴重なようで」

三郎は頷《うなず》いて防寒服の内側から煙草を取りだした。

カンテラを近づけた兵士が低い声で言った。

「屍肉《しにく》をもらってもいいかという住人たちの要求をじぶんが許可しました。まずかったでありますか？」

「受け入れるのが当然だ、何を気にする？」

「じぶんは軍法会議を覚悟しております。じぶんは青森の出身であります。飢饉《ききん》を経験しております。食べる物がないというのがどれほど苦しいか身に沁《し》みてわかってるんです。満人でも朝鮮人でもロシア人でもそれは同じだと思い許可しました」

三郎はこの言葉に独立守備隊時代の部下・藤里《ふじさと》多助《たすけ》を憶《おも》いだした。奉天の兵営から脱走し、満蒙領有に反対だと言ったあの二等兵も青森出身だった。あいつはいまごろどこで何をしているだろう？　そう思いながら三郎は燐寸を擦って銜《くわ》えている煙草に火を点けた。

　起床喇叭が鳴り響いたのはそのときだ。

　三郎は煙草のけむりを吐きだして幸治に声を向けた。

「ハイラルから満州里までの距離は？」

「直線で百五十粁《キロ》ちょっとであります」

「保《も》つな、揮発油はそれぐらいなら」

「もちろんであります」

「満州里に行った経験は？」

「ありません。しかし、鉄路沿いに進めば、迷うことはまずないと思います。道路を使わなくても、大地はのっぺりしてるし、がちがちに凍りついております。時速三十五、六粁平均だとしても確実に正午まえには着けるはずであります」

陽光は相変わらずぶ厚い雲に蔽《おお》われていた。何輛ものウーズレイCP型装甲車のあいだを軍馬に跨《また》がった第十四師団の将校たちが動きまわっている。三郎は幸治の言葉どおり正午まえに満州里に着いた。途中、乾パンと豚肉の腸詰を食ったが、水は飲んでない。水筒のなかが完全に凍っていたのだ。満州里での戦闘はすでに終わっていた。蘇炳文の東北民衆救国軍兵士たちの死体が道路脇《わき》に積み重ねられている。硝煙の臭《にお》いは消えていたが、満州里は町全体が焦《こ》げ臭さに蔽われていた。それだけでどれだけの砲弾がここに射ち込まれたかが想像できる。ところどころから黒煙が立ち昇っていた。

三郎は側車を降りて町のなかを歩きはじめた。商店の看板は日本語や漢字だけじゃなかった。読めない文字も多い。しかし、それはロシア人が使うキリル文字でもない。満州里は蒙古人との交易で成り立つ町だと聞いている、おそらく蒙古文字だろう。前方にまた積みあげられた救国軍兵士たちの死体が見える。そこを通り過ぎると、蒙古の老婆《ろうば》が白いけむりを立ち昇らせながら路傍《ろぼう》で茶を売っていた。第十四師団の兵士たちが集まってブリキのカップを手にしている。三郎もそこに歩み寄って老婆に手真似《てまね》で同じ物をと頼み、防寒服の衣嚢《いのう》から小銭を摑《つか》みだした。

老婆が十銭硬貨一枚を引き抜き、炭火のうえに掛けられている薬缶《やかん》を取りあげた。その口から白い液体をブリキのカップに注ぎ、それをこっちに差し向けた。

舐《な》めると、粘っこく塩辛い味がする。これが蒙古人の好む乳酪茶《にゅうらくちゃ》なのだろう。牛乳が原料だと聞いている。半分しか飲めなかった。どうにも馴《な》じめない。

第十四師団の兵士たちがどっと笑った。その表情に緊張感はまったくなかった。それは蘇炳文の反撃の畏《おそ》れがまったくないことを意味している。三郎は防寒服の襟を開き、軍服の襟の階級章を見せた。兵士たちが笑うのをやめた。

「戦闘詳報をつけてるのは？」

「第二連隊の地宮《ちみや》中尉であります」兵士のひとりが言った。「地宮一夫《かずお》中尉殿が戦闘詳報の任にあたられております」

「いまどこに？」

「ここから五十米《メートル》先のラマ教寺院におられます」

三郎はその場を離れてそっちに向かった。道路脇にはいくつもの蒙古馬の死骸が散らばっている。関東軍はふつう軍馬補充部で調教した軍馬を使用する。蒙古馬の死骸は明らかに救国軍のものだった。曲がりくねる凍りついた道の向こうに小さな仏閣が見えた。蒙古人はチベット人とともにラマ教を信奉していると聞く。やはり、この満州里はかなりの割合いで蒙古人が住んでいるのだろう。三郎はそのラマ教寺院の本堂にはいった。

防寒服で身を包んだじぶんとほぼ同年齢の日本人が三人の蒙古服の男たちと机を挟んで茶を飲んでいた。これが戦闘詳報を担当する地宮一夫なのだろう。その表情は勝ち誇っているように見えた。

三郎がそこに近づいて言った。

「地宮中尉ですね？　奉天から派遣された敷島憲兵中尉です」

この言葉に蒙古人たちが牀机《しょうぎ》から立ちあがった。三人はそのまま本堂から出ていった。

一夫が蒙古人たちが座っていた牀机を指差し、そこを勧めた。三郎はその牀机に腰を落とした。薬缶から焦茶色の茶が茶碗に注がれた。烏龍茶《ウーロンちゃ》だろう。一夫がそれをこっちに差しだしながら言った。

「よろしかったら、どうぞ。おれは烏龍茶の淹《い》れかたを知らないんで麦茶の要領で淹れただけだ。味のほうは保証しかねます」

「ありがたい。喉《のど》が渇いてたところです。さっき乳酪茶らしきものを飲んだが、あれは口に合わない」

「おれもですよ、粘っこくてね」

三郎は生温い烏龍茶をごくごくと飲んだ。

一夫が煙草を取りだしながら言った。

「いつ来られた、満州里に？」

「ついさっき。六時過ぎにハイラルを発《た》った、ハーレー・ダビッドソンでね」

「おみごと！　さすがは憲兵中尉だ、並みの動きじゃない。ハイラルに集結した増援部隊が列車で満州里入りするのは二時間後の予定ですよ。もう増援なんて意味がありませんがね」

「どんな具合だったんです、戦闘は？」

「簡単でした。第十四師団はひとりも戦死者を出していない。負傷者も数のうちにははいらない。なぜだと思います？　救国軍側と一緒に組むことになってた蒙古の部隊がこっちに寝返ってくれたんです。それを機に救国軍は総崩れになった」

「さっき一緒に茶を飲んでた三人の蒙古人は？」

「蒙古部隊の指揮官と副指揮官ふたりです。たがいに片言の満語で喋《しゃべ》りあってみたんですがね、あの指揮官は徳王《とくおう》に心酔してる。徳王は関東軍と組んで蒙古を独立させたいと考えてるんで、救国軍を撃つべきだと考えた。あの指揮官はそう言ったんです」

三郎も防寒服の内側の衣嚢から煙草を取りだした。それを銜えて火を点け、銜え煙草のまま言った。

「ずいぶん死体の山を見ましたが、あのなかに蘇炳文は？」

「残念なことにいません。戦闘は今朝八時過ぎに日昇とともに開始したんですがね、満州里に残っていたのは団長以下の連中ばかりだった。蒙古部隊の寝返りだけじゃなく、戦意の低さもこっちの被害を最小限にした」

「どこに行ったんです、蘇炳文は？」

「捕虜から聞きだしたんですがね、蘇炳文は昨夜満州里発の列車でソ連領内に逃亡した。第十四師団はそれを追うわけにはいかない。満州事変のときの朝鮮軍越境の例はあるにしても、そんなことをすれば、陸軍刑法の規定する擅権《せんけん》の罪に当たる」

「摑めてますか、馬占山の動きは？」

「蘇炳文と一緒にソ連領内に逃亡したそうです」

「馬占山は蘇炳文と一緒だった？」

「何をそんなに興奮してるんです？」

「馬占山が蘇炳文をソ連領内に逃亡させた！　これまでもそうだ。馬占山は形勢不利となると、すぐにソ連領内に引き籠《こ》もり、皇軍が気を緩めるとまた反撃に転じて来る。あの執拗《しつよう》な抗日活動はソ連という後背地を持ってるからなんだ。気をつけなきゃならない、馬占山はかならずまたどこかで強烈な反撃を開始します！」

6

降り積もった雪に眼のまえは真っ白だった。色彩は完全に抜け落ち、すべての輪郭は白と黒とだけでかたち作られている。敷島太郎は宋雷雨《そうらいう》の運転するフォードの助手席で腕組みをしていた。奉天満鉄医院からの帰りなのだ。後部座席には桂子と明満が座っている。一週間まえ大連の満鉄病院から専門医が奉天に来て、明満を診てもらった。その結果がきょう出たのだ。診断は紫斑病《しはんびょう》だった。専門医の説明では、これは伝染病ではなく、特異体質によるものらしい。血の凝結力がきわめて弱く、すぐに内出血を起こす可能性があるという。特効薬は開発されていない。怪我《けが》をすると医師が三日も四日も付きっ切りで止血注射を打たなきゃならないので、跳んだり跳ねたりさせることは厳禁です。専門医はそう警告した。そんな業病《ごうびょう》で明満は何歳まで生きられるのか？　考えれば考えるほど気が重くなる。フォードが自宅まえに停まった。太郎はここで待っているようにと言い残して助手席の扉を押し開けた。

桂子が明満を抱いてフォードの後部座席から降りた。

「離してよ」明満が大声をあげた。「ひとりで歩けるんだから、ぼく」

「わかってる、わかってる」桂子がそう宥《なだ》めながら玄関に向かった。「お家《うち》のなかにはいったら、離してあげるから」

太郎は玄関の扉を開いて三和土《たたき》に足を踏み入れた。桂子と明満もはいって来た。阿《あ》媽《ま》の夏邦祥と智子を抱いた臨時傭《やと》いの満人の乳母が迎えに出て来た。太郎は低い声を邦祥に向けた。

「できてるか、昼飯は？」

「すぐに召しあがりますか？」

「並べてくれ、食卓に」

桂子が明満を玄関間に下ろした。

三人で居間に向かって歩いた。

邦祥が食堂で昼飯を並べはじめた。

太郎は居間の長椅子《いす》に腰を下ろし、煙草《たばこ》を喫《す》いはじめた。時刻は一時になろうとしている。きょうは総領事館には午後になって向かうと伝えてあるのだ。食卓の準備が終わったようだった。太郎は三分の一も喫ってない煙草を灰皿のなかで揉《も》み消し立ちあがった。

食卓のうえには酢豚《すぶた》と野菜炒《いた》め、それに溶き卵入りの澄まし汁が並べられている。どれも明満の好物だ。

太郎は桂子や明満とともに食卓を囲んだ。

桂子が明満に箸《はし》を渡しながら太郎に言った。

「ねえ、あなた」

「何だね？」

「休めないんですか、きょうぐらい」

「無理だ」

「けど」

「いつか埋め合わせはする。しかし、こんなときに休めば、総領事館は機能しなくなる」そう言って大皿のなかの酢豚を小皿に取り分けた。「おまえには苦労をかける。もし気が休まらないんなら、もうひとり阿媽を傭ってもいい」

太郎は昼飯を食い終えて門扉《もんぴ》の向こうで待っている雷雨のフォード車に乗り込んだ。満州国はいま岐路に差し掛かっている。ジュネーブに乗り込んだ松岡洋右首席代表は国際連盟加盟諸国にたいする必死の裏工作をつづけているのだ。総会決議は来年の二月二十四日に行なわれる。それによって満州国は今後どのような方向に進むのかがほぼ決定されるだろう。太郎は二十日まえの松岡洋右の国際連盟での演説の一節を憶《おも》いだした。

たとえ世界の世論がある人びとの断言するように、日本に絶対反対であったとしても、その世論たるや永久に固執されて変化しないものであると諸君は確信できようか？　人類はかつて二千年まえナザレのイエスを十字架に懸けた。しかも今日《こんにち》いかんであるか？　諸君はいわゆる世界の世論とせられるものが誤っていないとはたして保証できようか？　われわれ日本人は現に試練に遭遇しつつあるのを覚悟している。ヨーロッパやアメリカのある人びとはいま二十世紀における日本を十字架に懸けんと欲しているではないか？　諸君！　日本はまさに十字架に懸けられようとしているのだ。しかし、われわれは信ずる。確《かた》く確く信ずる。僅《わず》かに数年ならずして世界の世論は変わるであろう。而《しこう》してナザレのイエスがついに世界に理解されたごとく、われわれもまた世界によって理解されるであろう。

　この演説が草稿なしに行なわれたことはすでに判明している。松岡洋右はわずか十三歳でアメリカに留学しているのだ。英語は日本語とほぼ同様に喋《しゃべ》れることで知られていた。アメリカではすさまじい人種差別を経験している。それが大アジア主義へと傾倒させたと本人は述懐しているらしい。この演説が国際連盟加盟国にどれほどの影響を与えるかはわからない。しかし、リットン報告書へのまっこうからの反撃として受け止められることだけはまちがいないだろう。

　いずれにせよ、リットン報告書をめぐって国際連盟の加盟国とは今後も猛烈な駆引きが行なわれることは眼に見えている。国民政府の顧維鈞《こいきん》代表は満州事変の不当性を騒ぎ立てただけじゃない。建国記念式典翌日に起きた撫順炭鉱近くの平頂山の住民殺害事件の死者数を三千人以上と発表して日本の残虐《ざんぎゃく》性を強調した。アメリカは非加盟国にもかかわらず、李承晩《りしょうばん》という朝鮮人を大韓民国臨時政府大統領の名まえでジュネーブに派遣し、日本がいかに卑劣なかたちで韓国を併合したかを喚《わめ》き立てさせている。

状況はまったく予断を許さない。

フォードが総領事館の前庭に滑り込んでいった。

太郎は後部座席から降りて参事官室に向かった。

総領事館のなかはぴりぴりとした雰囲気に包まれている。抗日義勇軍に合流した張《ちよう》瑞光《ずいこう》の土匪《どひ》集団に拉致《らち》連行された石本権四郎《いしもとごんしろう》の死体が二週間まえに朝陽の北にある大《だい》凌河《りようが》左岸で発見されたのだ。銃殺されて埋められていた。これについて関東軍は箝口《かんこう》令《れい》を敷いている。いずれ、熱河作戦を開始するのだ、そのときの国際世論を押さえる口実に使うつもりだろう。満州と河北省の境界たる山海関でも小競《こぜ》りあいがつづいていた。これもそのうち熱河作戦展開の端緒として利用するにちがいないのだ。昭和七年もそろそろ終わりだというのに、総領事館のなかは正月を迎えるための準備は何もしていない。

太郎は参事官室の椅子に腰を下ろし、机に積みあげられている資料に眼を通しはじめた。最初に開いたのは関東軍特務部内に設けられた移民部作成の日本移民実施要綱の草案だった。これは来春策定されることになっている。そのなかに用地買収の予定価格が記されていた。既耕地は一反当たり安くて二円四十三銭、高くて三十一円九十二銭。未墾地は八十三銭から二十五円五十四銭。値段は場所によってまるでちがうのは当然だろう。義母の死で帰国したとき、煙草は一箱五銭だった。つまり、北満の奥地に入植すると、未墾地は煙草二十箱以下で買えるのだ。あまりにも安過ぎるが、日本人の移民なしに満州という国家の基盤は作れない、しかたないだろう。そう思いながら太郎は煙草を取りだそうとした。

戸口の扉が叩《たた》かれたのはそのときだった。どうぞと声を掛けた。参事官補の古賀哲春がはいって来て言った。

「ソ連領内に逃亡した蘇炳文と馬占山のことですが、さっき情報がはいりました」このふたりについてはモスクワの天羽英二《あもうえいじ》代理が日満側への引渡しを求めて来たが、ソ連外務部はそれを拒否して出国査証を与えていた。「ふたりはソ連を出ました。蘇炳文と馬占山はヨーロッパのどこかから上海に向かうらしい。支那に戻ってくれば、ふたりは歓呼の声で迎えられるでしょう。英雄化は確実です。とくに馬占山はね。一時期、廃棄された馬占山銘柄の煙草がまた飛ぶように売れます」

「綏芬河近くで暴れてる丁超のほうは？」

「明日《あした》、姫路からの駐箚《ちゅうさつ》第十師団が本格的な掃討作戦に取り掛かるそうです。丁超軍は蘇炳文のようにソ連領内に逃げ込むか、投降すると考えられてます。ただ、後者のほうが可能性が強い。丁超は馬占山ほど支那人からの人望がない。極東ソ連軍としては保護に値しないと判断すると思います」

太郎は頷《うなず》きながら煙草を引き抜き、それに火を点けた。

哲春が踵《きびす》をかえそうとして、その動きを中断して言った。

「それから、もうひとつ。べつにどうでもいいことですがね」

「何だね？」

「吉林近くの松花江支流で、八つの死体が発見されました。どれも胸に銃弾を射ち込まれてた。死体はみな朝鮮人です。洞窟《どうくつ》のなかで殺されてたんですが、そこに東北反帝同盟と書かれた文書のはいった鞍嚢《あんのう》が発見され、その文書には朝鮮文字が書き込まれてました」

「鮮匪かね？」

「みたいです。関東軍がこの掃討に加わったことはないそうです。分派闘争の結果だと断ずるしかありません。死体のなかには女がひとりいた。下半身剝《む》きだしで、輪姦《りんかん》された形跡がありありだったそうです。女の死因だけが扼殺《やくさつ》だったらしい」

7

雪に蔽《おお》い尽された平原はときおり北からの強風が吹き荒れ、地吹雪《じふぶき》が舞いあがる。前方に馬橇《ばそり》の一群が現われた。首につけた鈴がちりんちりん鳴りながら近づいて来る。敷島次郎は風神の背に揺られながら猪八戒を連れて包頭《ほうとう》に向かっていた。大掛児《ターコオル》の内側には狼《おおかみ》の皮を縫いつけてある。だが、体の芯《しん》は冷えきっていた。吉林の投宿先・松下旅荘にパラス・ジャフルが訪ねて来たのは一週間まえだ。次郎はなぜここにいるとわかったとは訊《き》かなかった。間垣徳蔵が介在していることはわかりきっている。ジャフルは包頭のナラヤン・アリの仕事を引き受けて欲しいと言って、その場で朝鮮銀行券を三百円ほど切った。懐《ふとこ》ろ具合が淋《さび》しくなっていたのだ、次郎はその金銭《かね》を受け取って吉林を離れた。

前方から来る馬橇の一群と擦れちがった。

支那人たちは声を掛けて来ようとはしなかった。

次郎も黙りこくって風神を進めつづけた。

凍《い》てつくような冷気にたがいに口を開けるのも億劫《おっくう》だったのだ。

彼方《かなた》に包頭の町が見えて来た。

地吹雪がまた北から南へ流れた。

次郎は砂粒のような凍った白い粉のなかを進みつづけた。包頭の町のなかにはいったのはそれからほぼ三十分後だった。これほどの寒さなのだ、通りには人影ひとつなかった。ナラヤン・アリの亜州羊毛公司も店舗を閉めていた。次郎は風神の背から降り、その手綱を曳《ひ》いて包頭塩務稽核処《えんむけいかくしょ》とのあいだの小径《こみち》に足を踏み入れた。

中庭にふたりの男が立っているのが見えた。両方とも黒い熊皮帽《くまがわぼう》を被《かぶ》り、蒙古服に身を包んでいる。内側に羊皮が貼《は》られているのがその膨みでわかった。ふたりともモーゼルを握りしめ、銃口をこっちに向けていた。

猪八戒が唸《うな》り声をあげはじめた。次郎はぴっと口笛を鳴らした。唸り声がそれで熄《や》んだ。

蒙古人のうちのひとりは石嘴山《せきしざん》北西のバタインジャラン沙漠《さばく》で新疆《しんきょう》ウルムチからの隊商を一緒に襲ったニマオトソルだった。女犯《にょぼん》の罪を犯して還俗《げんぞく》したかつてのラマ教僧侶《そうりょ》はにっと笑って銃口を大地に向けながら拙々《たどたど》しい北京語で言った。

「待ってたよ、そろそろ到着するころだと聞いてた」

「ナラヤン・アリは？」

「家のなかにいる」

「まだアリのもとで働いてるんだろう？」

「もちろんだ。しかし、冬はウルムチからの隊商は来ない。おれたちは包頭でただぶらぶらしてるだけだ。金銭はくれるが、こんなことじゃ体がなまる」

「馬に飼葉《かいば》をやってくれ」次郎は風神を中庭の柵《さく》に繫《つな》ぎながら言った。「それから、この犬には豚肉を食わせてくれ。丸一日餌《えさ》を与えてない」

次郎は居間の長椅子《いす》にアリと向かいあって座った。暖炉では薪《まき》が燃えさかっている。深奥《しんおう》まで冷えきっていた体がしだいに暖まって来る。窓の向こうは翳《かげ》りはじめていた。時刻はそろそろ三時半になろうとしている。アリが煙草《たばこ》を向けて来た。次郎は一本引き抜いて銜《くわ》えた。

「気に障《さわ》りますか？」

「何が？」

「この煙草の銘柄、馬占山ですよ」

「それがどうした？」

「馬占山はいまや抗日の英雄だ、日本人のあなたの気分を害するんじゃないかと思いましてね」

「おれには何の関係もない」

アリが燐寸《マッチ》を擦って、その炎をこっちに向けて来た。

次郎は煙草のけむりを大きく吸い込んだ。

「包頭でも支那人たちが噂《うわさ》してます。満州里からソ連領内に逃げ込んだ馬占山と蘇炳文はヨーロッパに出て上海に向かうらしい。戻って来たら、支那全体が大騒ぎになるでしょう。いまや馬占山は蔣介石《しょうかいせき》や毛沢東よりずっと人気がある。満州建国に協力して一時唾《つば》を吐き掛けられたこの銘柄もまた支那人たちが競って喫《す》うようになる。あと二日で新年だ。年を越したら、馬占山と蘇炳文は上海行きの船に乗り込むでしょうよ」

「そんなことはどうでもいい。それより、腹が減ってる」

「いま用意させてる、四時には食べられます」

次郎はその眼を見つめながら煙草を喫いつづけた。

アリが脚を組み替えながら話題を変えた。

「麗鈴《れいれい》はどうしてます？」

「通化《つうか》にいる」

「売ったんですか、麗鈴を通化で？」

「おれは女衒《ぜげん》じゃない」

「どうなったんです、麗鈴は？」

「通化で店を開いたはずだ、酒と肴《さかな》を出す麗鈴亭といううちっちゃな店をな。結構、料理の腕はいい。流行《はや》るだろう」

「また持って行きますか？」

「何を？」

「ここで働いてる若い女」

「もうそんな余裕はない」次郎はそう言って眼のまえの卓台のうえに置かれている紅茶のカップを持ちあげた。「世間話をしに来たわけじゃない、仕事について聞きたい」

「新疆からの羊毛はだいたい亜州羊毛公司で独占できるようになりました。しかし、華北貿易公司の沈宣永《ちんせんえい》が必死の反撃を開始した」

「どんな反撃を？」

「阿片《アヘン》です」

次郎は紅茶を飲み干し、喫いかけの煙草をふたたび銜えた。そのけむりを吸い込みながらアリの新たな言葉を待った。

「沈宣永は阿片売買で財政を立て直し、張学良《ちようがくりよう》軍から零《こぼ》れ落ちた兵匪《へいひ》を集めて亜州羊毛公司に攻撃を掛ける気です。むかしみたいに新疆からの羊毛を華北貿易公司の手に取り戻すつもりだ。わたしとしちゃ大いに計算が狂った」

「どういう意味だね？」

「わたしはもっと早く関東軍が熱河へ侵攻すると思ってた。それなのに妙にぐずぐずしてる。国際世論を慮《おもんぱか》ってだろうが、わたしは苛々《いらいら》してる」

「阿片は熱河から？」

「沈宣永は熱河都統の湯玉麟《とうぎよくりん》と話をつけた。熱河産の阿片の煙膏《えんこう》、生阿片に水を加えて煮詰めたものを包頭に運び、それを天津に持っていくことをね」

「湯玉麟はなぜそんな面倒なことをさせる？　熱河からそのまま天津に持っていったほうがはるかに速いだろう。どうしていったん包頭に運ぶ？」

「関東軍を刺戟《しげき》したくないんでしょうよ。表《おもて》立って阿片を動かしたくない。包頭で玉突きをして関東軍の眼をごまかすつもりになったんだと思う。そこで沈宣永の話に乗った。ここは新疆のトルファンやウルムチからの中継地です。熱河産阿片は満州産よりずっと品質が高いが、それでもトルコ産には劣る。沈宣永は熱河産阿片を新疆経由ではいって来たトルコ産と偽って天津で売るつもりなんだ。天津で煙膏をモルヒネに変えてしまえば、絶対にわかりませんからね」

「で？」

「華北貿易公司の倉庫はずっとがらがらに空いてました。ウルムチから羊毛が途絶えましたからね。沈宣永はそこにせっせと熱河からの煙膏を溜《た》め込んでる」

「その倉庫を襲えと？」

「煙膏をすべて燃やしてもらいたい」

「倉庫の警備は？」

「張学良軍あがりの兵匪が六人」

「ここの蒙古人は使えるのかね？」

「もちろんです。こんな時期ですから包頭にいるのは五人だけですがね」

「おれはパラス・ジャフルから三百円を受け取ってる」

「わかってます」

「いくらだ、成功報酬は？」

「七百円でどうでしょう？　物価も満州建国後鰻昇《うなぎのぼ》りだし、まえみたいに五百という わけにはいかない。もちろん、この額には蒙古人への支払いぶんは含まれていません」

若い女が御食事の用意ができましたと呼びに来たのはそれからすぐだった。麗鈴と一緒に働いていた支那人で、まえに来たときよりやつれて見える。次郎はアリとともに立ちあがって居間を出た。食堂に足を踏み入れると、香辛料の香りが強く漂っている。円卓にはワイングラスがふたつ置かれていた。食堂ではもうひとりの若い女がいる。麗鈴が消えたのでアリが買い入れたのだろう。次郎はアリと向かいあって円卓についた。若い女が葡萄酒《ぶどうしゅ》の瓶を持って来た。

次郎は無言のまま首を左右に振った。

「飲まないんですか？」

「仕事のまえは飲《や》らないことにしてる」

「今夜取り掛かるんですか？」

「こういうことは早いほうがいい。灯油を用意しといてくれ。深夜十一時に行動を起こす。蒙古人たちにもそう伝えて欲しい」

「わかりました」

「仕事が終わったあと、女は要らない。ひとりでぐっすり眠る」

銀の皿に白飯とカレーが盛られた。

次郎は大匙《おおさじ》でそれを掬《すく》って食いはじめた。

アリが羊肉を口に含んだまま言った。

「関東軍が熱河を押さえたら、わたしは阿片を扱うことにします。あれは羊毛なんかよりずっと儲《もう》けが大きい。おもしろいように金銭《かね》がはいって来る」

「その金銭でどんどん支那の女を買い込むのかね？」

「からかわないでください。金銭はすべてインド独立のために使う。マレーやビルマに住んでるインド人に闘争資金として送らなきゃならない」

「どうやってその連中に資金を渡す？」

「方法はいくらでもあります。わたしたちインド人は支那人と同じで、流通経路なんかそれこそ無数に持ってる」

次郎はすぐにカレーを食い終えた。

給仕の女が厨房《ちゆうぼう》口に向かい、深皿を抱えて戻って来た。カレーが銀製の柄杓《ひしやく》で注ぎ足された。

次郎は大匙でそれを掬いながら言った。

「まえ来たときに言ってたよな、インド独立後はヒンドゥ教徒と回教徒がうまくやっていけるとは思わないと」

「それがどうしました？」

「阿片で稼いだ金銭をマレーやビルマに住んでるインド人に送るとき、ヒンドゥ教徒か回教徒かを考慮に入れるのかね？」

アリはすぐには答えなかった。給仕にじぶんの皿にもカレーを注ぎ足すように仕草で促した。銀皿に柄杓でそれが注がれた。アリがその皿に視線を落としたまま言った。

「そんなことは考えませんよ、いまはイギリスからの独立だけを目標にしてる」この声には明らかに無理が感じられた。「いまはヒンドゥ教徒とか回教徒とかを問題にしてる場合じゃない。しかし、どうしてそんなことを訊《き》くんです？」

「ただ単純に知りたかっただけだ、インド人が何を考えてるかをね」

「まさか頼まれたんじゃないでしょうね？」

「だれから何を？」

「パラス・ジャフルからわたしが何を考えてるかを探って欲しいと」

次郎は思わず声をあげて笑いだした。

アリが訝《いぶか》しげな声で言った。

「何がおかしいんです？」

「心配しないでもらいたい。おれが売るのは暴力だけだ。情報は営業品目のなかにははいってはいない」


次郎は十一時きっかりに行動を起こした。

包頭の町は北風が強くなっている。漆黒の闇《やみ》のなかでは粉雪が舞い狂っていた。先頭に立つのはニマオトソルで、灯油缶を手にした四人の蒙古人がそれにつづいている。次郎は猪八戒とともに最後尾にいた。沈宣永の華北貿易公司は亜州羊毛公司から徒歩で七分の南昌路にあると聞いている。

聴こえるのはびゅうびゅうと吹き抜ける風の音と路面に積もる雪を踏みしめる六人の鞋音《くつおと》だけだった。それが包頭の町の静けさを際立《きわだ》たせた。

窓から明かりが洩《も》れているのはわずかに三軒で、それで降りしきる粉雪の量がどれぐらいなのかがわかる。他の住人たちは炕《カン》のうえで眠りこけているのだろう。

先頭のニマオトソルが足を停めた。

次郎はそこに近づいて言った。

「ここが南昌路との辻《つじ》か？」

「そうだ、あれを見てくれ」

次郎は指差されたほうに視線を向けた。ごくごく小さな火が粉雪のなかで滲《にじ》み出ては薄れていく。それが煙草の火だということはすぐにわかった。そこに警護のひとりが立っているらしい。次郎は低い声をニマオトソルに向けた。

「あそこが華北貿易公司か？」

「店舗のすぐまえだ」

「沈宣永はどこで寝起きしてる？」

「二階が住居だ、家族五人で暮してる」

「倉庫は？」

「亜州羊毛公司と同じだ、店舗のそばに路地がある。そこを突き抜けると中庭に出る。倉庫はその中庭に面してる」

「中庭につづく路地は店舗のそばだけか？」

「裏側からの路地がもうひとつある」

「そこにも警護が立ってるはずだ」

「と思う」

次郎はゆっくりと瞼《まぶた》を革手袋の甲で拭《ぬぐ》った。冷気に睫《まつげ》毛が凍りつきそうだった。よほどの不測事態が発生しないかぎり、この仕事は失敗《しくじ》ることはないだろう。次郎は大掛児の内側から匕首《あいくち》を引き抜いて言った。

「アリが言ってた、沈宣永は六人の兵匪を傭ってるとな。裏側の路地にひとり警護を立てるとしたら、倉庫を固めてるのは四人だ。おれは店舗のそばのあいつを殺《や》る。あんたはふたり連れて裏側にまわってくれ。そこの警備を殺し、中庭にはいって来い」

「使っちゃいけないのか、そいつを殺すとき拳銃《けんじゅう》は？」

「刀子《とうし》に頼ることはない。ただし、銃弾は一発だけだ」

闇のなかでニマオトソルが頷く気配がした。

次郎は声を落としたまままつづけた。

「風音がすさまじい。銃声が銃声だとだれもすぐには気がつかん。包頭の巡警部隊が駆けつけて来るのは炎があがってからだろう」

「おれもそう考えてた」

「五分だ」

「何が？」

「中庭にはいって倉庫まえの四人をかたづけ、なかに火を放って逃走する。その間、五分だ。五分で仕事をこなしゃ、巡警部隊が駆けつけて来ても、形跡を辿《たど》られることはない。アリのところに戻って知らん顔ができる。そのことをみんなに伝えてくれ」

ニマオトソルが低声の蒙古語で喋《しゃべ》りはじめた。

四人の蒙古人のだれもが頷いたようだった。

次郎は匕首の柄を握りなおして言った。

「裏側にまわってくれ。一分経《た》ってから、おれは店舗まえの警護を始末する」

ニマオトソルがふたりを連れてそばを離れた。

腕時計を確かめたわけじゃないが、一分が経過したろう、次郎は店舗に向かって歩きだした。煙草の火はもう消えていた。店舗との距離が五、六米《メートル》になったと思う。ぽっと小さな炎があがった。燐寸《マッチ》が擦られたのだ。また煙草を喫うつもりらしい。燐寸の炎で、その警護が拳銃を手にしていないことがわかった。小銃を左肩にぶら下げている。次郎はぴっと口笛を吹いた。

猪八戒が雪の大地を蹴《け》る気配がした。

小さな炎が飛んだ、警備の支那人と猪八戒が縺《もつ》れあって大地に転がるのがわかった。

次郎はそこに飛び込んだ。猪八戒が肩に咬《か》みついたまま引きずりまわしている。次郎は匕首の切先を警備の首筋に突き刺した。生暖かいものがこっちの顔を濡《ぬ》らした。

次郎は立ちあがって匕首を大掛児の内側の鞘《さや》に収め、替わりに拳銃嚢《のう》のモーゼルを引き抜き店舗脇《わき》の路地に足を踏み入れた。背後からふたりの蒙古人が灯油缶を手にして率《つ》いて来る。喉《のど》がごくりと鳴った。前方に炎が見えたのだ。中庭で焚火《たきび》が行なわれていたのだ。四つの影が倉庫の扉のまえで暖を取っている。仕事はこれでますますこなしやすくなった。四つの影はこっちの接近にまったく気づいてないようだった。焚火に両手を宛《あて》がって談笑している。次郎は立ち停まってそれを眺めた。

びゅうびゅうという風音のなかで銃声が一発聴こえた。ニマオトソルたちが裏側の警備を処理したのがわかった。焚火のまえで腰を落としていた四つの影が一斉に立ちあがり、銃声のほうを向きながら左肩にぶら下げている小銃を慌《あわ》ただしく外した。

次郎は路地を蹴って距離を詰め、モーゼルをかまえた。四つの影がこっちを向いた。四人の小銃の銃口も。次郎は引鉄《ひきがね》を引いた。四つの影のうちのひとつが倉庫の扉に叩《たた》きつけられた。背後からの炸裂音《さくれつおん》も響いた。焚火の炎に照らされたひとりが転がった。小銃の銃口からの閃光《せんこう》も見えた。次郎は第二弾を放った。背後からの二発目も。焚火のそばで真っ赤なしぶきがあがった。同時に、裏側の路地からニマオトソルたち三人が中庭に飛び込んで来た。次郎もそこに駆け込んだ。

ニマオトソルたちが大地に転がる四人の警護の頭部に銃口を向けた。その炸裂音のなかで次郎は倉庫の扉のまえに近づいた。扉には大きな南京錠《ナンキンじょう》が掛けられていた。次郎はモーゼルの銃口をそこに向けた。引鉄を引いた。南京錠が吹き飛んだ。

次郎は倉庫の扉を力まかせに引っ張り開けた。

焚火の炎になかが映しだされた。もともと羊毛の集積用に作られた倉庫なのだ、床は板張りだった。そこにいくつもの布袋が積まれている。なかにはもちろん熱河産阿片の煙膏が詰められているはずだ。布袋の他には何もなかった。

次郎は大声でニマオトソルに言った。

「灯油をぶち撒《ま》けろ！　ぶち撒いて火を点《つ》けろ！」

ニマオトソルがそれを蒙古語で命じた。

灯油缶を手にした蒙古人たちが倉庫のなかに飛び込んだ。布袋だけじゃない、板張りの床や壁にも油がぶち撒かれた。その直後に華北貿易公司の二階の窓の向こうの照明が点灯された。そこは沈宣永の住居なのだ、銃声に気づいて宣永か家族のだれかが部屋の明かりを点けたのだろう。次郎はその窓に向かって引鉄を引いた。硝子《ガラス》が砕け散り、照明が落とされた。それとともに蒙古人たちが倉庫から飛びだして来た。

ニマオトソルが焚火のなかから火のついている薪を引き抜いて、それを倉庫のなかに投げ込んだ。炎がめらめらと倉庫の床を這《は》いずりはじめた。

「引きあげるぞ！」次郎は大声で言った。「もう五分は経った！」

みんなで店舗脇の路地に向かった。

そこに肉塊がひとつ転がっている。それは次郎の背後からつづいて来た蒙古人ふたりのうちのひとりだった。その肉塊はぴくりとも動こうとしない。

「ここに残しちゃおけない」次郎は怒鳴るように言った。「だれか担《かつ》いでやれ、一緒にアリのところに引きあげる！」


亜州羊毛公司に辿り着いたとき、南昌路では粉雪のなかを黄色い炎が湧《わ》きあがっていた。巡警部隊が駆けつけるのはこれからだろう。それを確かめてから次郎は猪八戒とともに中庭に足を踏み入れた。蒙古人たちも背後からつづいて来た。

住居棟の玄関まえにアリが立っていた。

蒙古人たちが路地に横たわっていた肉塊を中庭に横たえた。

次郎はアリに声を向けた。

「カンテラを持って来てくれ」

「よけいなことは訊かずに、カンテラを！」

「どうしたんです？」

アリが玄関の扉を開けて奥に引っ込んだ。

次郎は革手袋を脱いで中庭に横たわる肉塊の鼻先に掌を近づけてみた。呼吸はしてない。すでに心臓は停止しているのだ。アリがカンテラに灯を点して玄関から出て来た。その明かりに死者の蒙古服の左胸に銃痕《じゅうこん》があるのが見えた。次郎はニマオトソルに言った。

「おれと一緒に動いたもうひとりに訊いてみてくれ。倉庫まえに近づいたとき、背後からの銃声は二発だけだった。その銃声はだれが発したのかを？」

ニマオトソルがそれを蒙古語で質問した。答えが戻って来た。次郎はその蒙古語を聞きながら死者のそばから腰をあげた。ニマオトソルがぼそりと言った。

「二発ともじぶんだと答えた」

「死んだ蒙古人は気遅れする性質《たち》か？」

「そんなことはない。だれよりも早くまえに出たがるほうだ」

「死者の持ってた拳銃は回収したか？」

「おれが持ち帰った」ニマオトソルがそう言ってモーゼルをこっちに差しだした。

「これだ、何か問題があるのか？」

次郎はその拳銃を受け取って弾倉を引き抜こうとした。動こうとしなかった。次郎はアリにカンテラを近づけてくれと言った。それが手もと近くに来た。次郎は拳銃をしばらくカンテラの火にかざしつづけた。気配でだれもが訝しげに思っているのがわかる。次郎はふたたびモーゼルの弾倉を力まかせに引いた。ぎりりっという音にそれが引き抜かれた。弾倉のなかに氷がくっついていた。次郎はその弾倉をニマオトソルに向けながら言った。

「なぜおれの背後からは二発しか銃声が聴こえなかったか、これでわかったろう？拳銃が凍りついてたんだ。これじゃ引鉄を引こうにも、引けるわけがない」

ニマオトソルは呆然《ぼうぜん》としているようだった。

次郎はモーゼルをその手に返しながらつづけた。

「あんたは徳王が蒙古独立運動をおっぱじめたら、それに参加するつもりだろう？」

「もちろんだ」

「そのときは一部隊を指揮することになる」

「そう願いたい」

「そのときは部下を厳しく鍛えなきゃならない。とくに武器の取り扱いについちゃ充分に気を使うように指導しろ。武器は兵士の命だ、手入れを怠たるなとな。そうでなきゃ、今度また拳銃が使えなくなるほど凍らせてしまうと思え」

8

冷え冷えとした北風が吹き抜けているが、雪が舞っているわけではない。雲間から覗《のぞ》く陽光に無数の人影が動いている。ぶ厚い外套《がいとう》に身を膨ませた日本人の老若男女《ろうにゃくなんにょ》が山海関から秦皇島《しんこうとう》方面に慌《あわ》ただしく向かいつつあった。昭和八年一月一日を迎えたというのに正月気分はどこにも感じられない。

敷島三郎は天津憲兵隊山海関分遣隊の棚橋紀男《たなはしのりお》中尉《ちゅうい》とともに露店で売られていた饅《まん》頭《じゅう》を食いながらその日本人の流れを眺めていた。山海関には義和団議定書によって支那駐屯軍の守備隊三百名が駐屯している。万里の長城の東端に位置するこの要衝には張学良直系の第九旅も拠点を築いていた。三郎は昨夜遅く奉天からここに着いた。正月にはかならず何かが起こる。それが出張命令の理由だった。紀男に聞いた話では、一月一日のきょうの午前中に天津憲兵隊が山海関在住の日本人にこの日を期して支那駐屯軍守備隊と国民革命軍第九旅のあいだで激突が起こるという噂《うわさ》を流したらしい。

それはある意味では避難命令に近かった。無数の日本人が動いているのはそのせいなのだ。三郎は饅頭の最後の切れはしを嚥《の》み込んで紀男に言った。

「ほんとうに激突は起こるんですか？」

「起こさなきゃならないでしょう。何かが起こらないと国内世論が保《も》たない」

三郎は頷《うなず》きながら煙草《たばこ》を取りだした。確かに東京から送られて来る新聞各紙に眼を通すかぎり、国内世論は急激に沸騰《ふっとう》しはじめている。ひとつはリットン報告書をめぐる国際連盟の態度に臣民の怒りが渦巻き、連盟なんか脱退してしまえという声があちこちであがっているのだ。次に、石本権四郎の死体発見にさっさと熱河を盗《と》れという気運が高まりつつあった。だが、国際連盟総会が来月の二十四日に迫っているのだ、外務省はその声を必死に抑えているし、天皇の允裁《いんさい》が下りていない。最後に、五・一五事件の論告求刑が去年の年末に行なわれた。海軍側被告には十年から十五年の禁錮《きんこ》、陸軍側は全員禁錮四年、民間人は大川周明《おおかわしゅうめい》が懲役十五年、愛郷塾《あいきょう》の農本主義者・橘《たちばな》孝三郎《こうざぶろう》が無期懲役。この軍法会議には全国から七十万通を越える減刑嘆願書が寄せられていた。政府や軍中央の思惑を乗り越えて行動することが期待されているのは明白だった。つまり、日本の臣民はだれもが第二の満州事変を望んでいるのだ。三郎は銜《くわ》えている煙草に火を点《つ》けて紀男に言った。

「いつ起こります、激突は？」

「日本人が避難し終えてからです」

「それは何時ごろ？」

「たぶん、今夜九時」

三郎は煙草のけむりを大きく吸い込んで長城の壁を眺めやった。これは秦の始皇帝が二千百年ほどむかし北方の匈奴《きょうど》の侵入を防ぐために山海関から甘粛省《かんしゅくしょう》嘉峪関《かよくかん》まで築いたものだ。その総距離は二千四百粁《キロ》に及ぶらしい。支那人は途方もないことをやるとつくづく思う。しかし、いまは大和民族の指導なしには欧米の白色人種に蹂躙《じゅうりん》されるだけなのだ。三郎はじぶんにそう言い聞かせながら煙草を喫《す》いつづけた。

「国民革命軍第九旅の旅長・何柱国《かちゅうこく》はいま北平にいるそうです」紀男が低い声で言った。「隊長はそれが狙《ねら》いだと思う、何柱国が戻って来るまえに決着をつけたい」天津の支那駐屯軍山海関守備隊長は落合甚九郎《おちあいじんくろう》少佐だ。「ま、何もかもがうまく運ぶでしょう。柳条溝のときみたいにね。落合少佐はおそらく石原莞爾前関東軍参謀のような気分でしょうな」

三郎は八時半にふたたびここで落ちあうことにして紀男と別れ、宿舎の大観荘に戻った。純和風のこの旅館の経営者に晩飯は六時に頼むと言って二階にあがった。八畳間で軍服を脱ぎ、背広に着替えて炬燵《こたつ》に両脚を突っ込んだ。腕時計に眼をやると、三時二十三分を指している。戸口の襖《ふすま》が叩《たた》かれたのはそれから七、八分後だった。三郎はどうぞと声を掛けた。

襖が引き開けられ、戸口に現われたのは間垣徳蔵だった。三郎は強い緊張を覚えた。新婚祝いに贈られた峰岸容造の刺青《いれずみ》の皮膚で傘を張られた電気スタンドを憶《おも》いだしたのだ。あの極彩色の牡丹の花！　徳蔵が炬燵の向かいに腰を落として言った。

「脅しあげたらしいな、ハイラルの割烹《かっぽう》で坪井隆也少佐を。かんかんに怒ってるらしい。今後は気をつけることだな。あまりうるさく言い過ぎると、関東軍内の反感を買う」

「わたくしには赦《ゆる》せなかった、前線の兵士は酷寒に曝《さら》されてるのに、ロシア女に芸者の真似《まね》ごとをさせて酒を飲むなんてね」

「相変わらず律義《りちぎ》だな」

「関東軍はどうするんです、これから起こる山海関事件を？」

「事件の展開しだいだ。司令部では甲案と乙案に分けて考えてる」

「甲案とは？」

「激突が小規模な場合は無視して、満州内の土匪《どひ》掃討に専念する」

「乙案は？」

「駐箚《ちゅうさつ》第八師団が動く。兵力は激突の規模によって決定される」

襖がそのとき叩かれて引き開けられ、旅館の経営者が盆に茶を載せてはいって来た。五十過ぎのでっぷり太ったこの男は炬燵台のうえにふたつの湯呑《ゆの》みを置いて言った。

「女中も女房も娘もみんな避難しました。残ってるのはわたしと板前たちだけです。むさくるしくてすみません」

三郎は湯呑みに右手を伸ばした。熱くてまだ飲めそうもなかった。経営者が部屋を出ていってから三郎は徳蔵に言った。

「どうして新婚祝いにあんなものを？」

「気に入らなかったのかね？」

「あんなものを気に入る人間がどこにいます？」三郎は語気を荒らげた。「わたくしは見殺しにした日本人の皮膚を愉《たの》しむほど悪趣味じゃない！」

「怒るな、よかれと思って贈ったんだ」

「どういう意味です？」

「きみは中村震太郎事件で憲兵将校として一流になったんだ。そのことを忘れてもらいたくない。たえず、あのときのことを憶いだして欲しい。そう願ってあれを贈った。興安屯墾軍の上校が隠し持ってたあの電気スタンドを入手するには相当の金銭《かね》を使った。とにかく、初心を忘れて欲しくない。狎《な》れと経験はちがう。経験は財産だが、狎れは不注意の最大要因だ。たえず初心に戻って皇国のために奮励努力して欲しい。そう思って贈っただけだ、妙な勘ぐりだけはやめてくれ」

三郎は無言のままもう一度湯呑みに右手を伸ばした。もう熱くはなかった。それを手にして唇に近づけた。ふうっと息を吐き掛けて三郎はその番茶を飲みはじめた。

徳蔵が煙草を取りだして火を点け、そのけむりを吐きだしてから話題を変えた。

「斎藤実内閣は財政難を理由に時期尚早を唱えているが、熱河侵攻はある意味じゃ関東軍の義務だ。熱河を満州国に組み入れて、はじめて満州事変は完結するんだからな」

「わかってます」

「熱河侵攻は熱河産阿片《アヘン》を独占するためだけじゃない。長城線の南に張りめぐらされてる国民革命軍の陣営をさらに南に押し下げる効果がある。いまは天皇が反対なさっているが、既成事実さえ作ってしまえば結局はお認めになるだろう。山海関での激突はその前哨戦《ぜんしょうせん》なんだよ。ここには義和団議定書で欧米の連中が何人も暮らしてる。不祥事は絶対に赦されない。この寒さだから、まあ、支那人の家に押し入って強姦《ごうかん》するような兵士はいないだろうが、後方から軍規違反は厳しく監視してくれ」

三郎は晩飯を食い終えて大観荘を抜けだし、紀男との約束の場所へ急いだ。冬の月光が夜空で冴《さ》え渡っている。饅頭を売っていた露天商の姿はもうなかった。そこに紀男がひとりでぽつんと立っていた。三郎はそのそばに歩み寄って言った。

「激突のきっかけはどこで？」

「山海関駅」

「九時きっかりに？」

「二カ所でやるそうです、憲兵分遣隊裏庭と守備隊兵営まえで」

「一般兵士は？」

「もちろん何も知らない。落合少佐は関係者には箝口令《かんこうれい》を敷いてる」紀男はそう言って歩きだした。「そろそろ現場で待機しましょう。歴史的な瞬間をこの眼でしっかりと見ておきたい」

三郎はその背なかを追った。

山海関の街はいま静まりかえっている。陽が落ちるまえにあれほど動いていた日本人の群れはどこにも見えない。

山海関駅に着いたのはそれから七、八分後だった。月光が冷え冷えとした満州国国鉄の鉄路を照らしだしている。あたりに人影はどこにもなかった。

「そこが天津憲兵隊の山海関分遣隊の裏庭ですよ」紀男が樹々《きぎ》に囲まれた平べったい拡《ひろ》がりを指差した。このあたりは栗《くり》の産地なのだ。収穫されたのは天津甘栗として売られる。「あっちが山海関守備隊の兵営。鉄路に面してる」

「ここを通過する列車は？」

「明朝まではない。奉天に向から列車も、北平行きの列車も」

三郎は腕時計に眼をやった。月光に照らされた針は八時五十三分を指している。紀男が駅舎に足を向けた。三郎は歩調を合わせて無人の構内にはいった。

紀男が煙草を取りだして火を点けた。

三郎はゆっくりと腕組みをした。

三つの影が月光のなかに現われたのはその直後だった。ひとつが分遣隊の裏庭にまわった。残りのふたつは兵営まえの鉄路沿いを動いた。

最初の炸裂音《さくれつおん》は裏庭で響いた。手榴弾《しゅりゅうだん》が投げ込まれたのだ。黄色い閃光《せんこう》とともに白煙が立ち昇った。つづいて、満州国国鉄の鉄路で炸裂音がした。音の大きさから察するに鉄路破壊までには至ってないだろう。いずれにせよ、謀略の手口は柳条溝のときとまったく同じなのだ。これを指揮した落合甚九郎少佐が石原前関東軍作戦主任参謀の方法をそのまま踏襲したのは明らかだった。

憲兵隊裏庭と守備隊兵営からぱらぱらと人影が飛びだして来た。だれもが小銃を手にしている。怒声とともに兵士たちが手榴弾の爆裂場所を取り囲んだ。

「終わりましたな、第一段階が」紀男が銜え煙草のまま言った。「あとは国民革命軍第九旅の反応しだいだ」

「旅長の何柱国はいま北平なんでしょう？」

「戻って来るまえに落合少佐は行動を開始します。まず山海関城の南門に守備隊が向かう。激突が起こるのは明日《あした》の十時か十一時だろう。その時間に山海関南門に来てください」

三郎は大観荘で朝飯を食い終え、九時過ぎに山海関城南門に向かった。街には人の渦が動いている。馬車や荷車が山海関から離れようとしているのだ。山海関守備隊と国民革命軍第九旅の激突が迫っているという噂が支那人たちのあいだにも流れたらしい。家財道具を積んで逃げだしはじめている。三郎はその混雑のなかを縫いながら南門に近づいた。

そこには山海関守備隊が結集していた。八九式中戦車もいれば騎兵用重装甲車も待機していた。戦車は五十七粍《ミリ》戦車砲を搭載し、重装甲車は十三粍機関銃が備えられている。両方とも満州事変で実戦配備済みだった。

三郎はそれを眺めながらゆっくりと顎《あご》を撫《な》でまわした。落合甚九郎少佐が直接指揮しているかぎり、山海関守備隊の統制は取れている。軍規違反の心配はない。傍らに気配を感じた。そこに紀男が立っていた。三郎は低い声で言った。

「このまま対峙《たいじ》しつづけるんですか？」

「結論はもうすぐ出ます。昨夜遅く、守備隊は憲兵隊裏庭と兵営まえの鉄路破壊の犯人捜査のために南門を皇軍の管理下に置くようにと第九旅に要求した。それが拒否されたんです。守備隊はいま兵力を結集して再要求してる」

「何柱国は？」

「いまごろ北平からこっちに向かってるはずです」

そのときだった、山海関南門から銃声が響いた。

八九式の戦車砲が轟音《ごうおん》を轟《とどろ》かせたのはその直後だった。砲弾が南門のあいだを突き抜けるのがわかった。山海関の城内で白煙があがった。重装甲車の機関銃もばりばりと音を立てはじめた。南門からも機関銃や小銃の響きがせわしなく聴こえて来る。本格的な戦闘はそうやって開始された。八九式中戦車が動きだした。騎兵用重装甲車も南門に向かって進んだ。それを遮蔽物《しゃへいぶつ》にして三百名近くの山海関守備隊の兵士たちが城内に向かって突き進んでいった。

その光景を眺めながら三郎は煙草を取りだして火を点けた。落合甚九郎少佐の謀略は完全に成功したと言っていいだろう。使用武器に格段の差があるとは言え、山海関の城内には国民革命軍第九旅の三千名近くが待ち受けているのだ、関東軍駐箚《ちゅうさつ》第八師団の出動はこれで必至だった。しかし、三郎は張作霖《ちょうさくりん》爆殺や柳条溝事件のときに感じた歴史的一瞬に立ちあっているのだという身悶《みもだ》えするような気分を味わってはいなかった。

「読みどおりだ、落合少佐の計算どおりに進んでる！」傍らで紀男が興奮した声を発した。「これで山海関は完全にわが皇軍の手に陥《お》ちる、第二の柳条溝事件が勃発《ぼっぱつ》した！」
三郎は銜え煙草のままその言葉を聞いていた。昨夜、間垣徳蔵はこう言った。狎《な》れと経験はちがう、経験は財産だが狎れは不注意の最大要因だ。もしかしたら、じぶんはこういうことに狎れてしまったのかも知れない。そう思いながら三郎は山海関南門近くでの攻防を眺めつづけていた。

9

敷島太郎は山海関で何が起きているかを天津総領事館からの通電で知った。それは午後五時過ぎのことだ。支那駐屯軍山海関守備隊と国民革命軍第九旅が交戦中。第九旅側の最初の発砲により山海関守備隊の児玉利雄《こだまとしお》中尉《ちゅうい》が戦死、兵士二名が負傷。第九旅旅長・何柱国が北平より戻り和平交渉を開始したが、落合甚九郎少佐は戦闘継続の予定。太郎はこの通電に戦闘は謀略によって開始されたと直感した。だが、満州事変のときのような軍部の独走にたいする憤《いきどお》りは湧《わ》いては来なかった。むしろ、これは遅過ぎたとさえ感じたのだ。熱河侵攻もできるだけ早く敢行してもらいたいとも思う。軍事的懸案はさっさとかたづけて満州のきちんとした国家作りに本格的に取り掛かりたい。じぶんは変わったのか？　変わったのなら変わったでいい、もういちいち義憤を感じるような齢《とし》じゃないのだ。じっくりと与えられた仕事をこなしたい。太郎は六時近くになって自宅に電話を入れ、桂子に言った。

「今夜は帰れなくなった、わたしの食事は作らなくてもいい」

「何か起きたんですか？」

「山海関で戦闘がはじまった。帰趨《きすう》がはっきりするまで総領事館に泊まり込むことになる」

「第二の満州事変なんですか、それ？」

「女子供が口を出すことじゃない。それより、明満の具合はどうだ？」

「昨日《きのう》と同じだけど」

「絶対に怪我《けが》をさせるな。医者が言ってたろう、紫斑病《しはんびょう》は内出血が一番怖い。くれぐれも注意してくれ」

桂子がわかってるわよと言って電話を切った。

太郎は受話器を戻して机上の大判封筒を引き寄せた。なかには武装移民計画関係の資料がはいっている。その封筒を開けようとしたとき、参事官室の扉が叩《たた》かれた。太郎はどうぞと声を掛けた。

参事官補の古賀哲春がはいって来て言った。

「関東軍司令部が駐箚第八師団に山海関への出撃を発令しました。第八師団は第四旅団のうち第五連隊を山海関に向かわせてます」

「決着がつくな、明日中には」

「と思います。帝国海軍も第二遣外艦隊から巡洋艦・平戸《ひらど》を山海関に向かわせました。先の欧州大戦で南遣支隊に所属してオーストラリアに向かったあの巡洋艦です。それに駆逐艦・朝顔《あさがお》と芙蓉《ふよう》を随行させてる。もちろん名目は日本人居留民保護です」

太郎は頷《うなず》きながらゆっくりと腕組みをした。

哲春が小脇《こわき》に挟んでいた大判封筒を引き抜き、それを机のうえに差しだして言った。

「これは朝鮮総督が大晦日《おおみそか》に新聞記者を集めて講話したときの写しです。奉天総領事館の全員が眼を通しておくようにとの総領事代理の指示が出ています」

太郎は哲春が参事官室を出ていくと、その大判封筒を開いて講話録を読みはじめた。

朝鮮総督は陸軍士官学校第一期卒の宇垣一成《うがきかずしげ》で、清浦奎吾《きようらけいご》内閣の陸相時代、四個師団の兵員を削減する一方、戦車隊新設や飛行隊増設などの陸軍近代化を図った。これは俗に宇垣軍縮と呼ばれ、解雇された兵士たちの恨みを買ったが、三月事件のときは橋《はし》本欣五郎《もときんごろう》らの桜会《さくらかい》によって首相に担《かつ》ぎだされようとしたこともある。本人は岡山の出身だが、死んだ田中義一に師事していたために準長州閥と見做《みな》されていた。朝鮮総督に赴任してからは南綿北羊という農業振興策を熱心に推し進めている。その宇垣一成の講話の一節にはこう記されていた。

満州における日本の立場を確認して支那の主権だけを認容せしめんとするリットン報告は、日本の承認以前であり、また支那がそれ以前に秩序立ちたる統一政府たりえたならば、問題視する価値もある。しかし、両者ともその機を逸したる今日においては当該報告の骨子は破れた。よってさらに新たに現実を基礎としてふたたび検討を行なう必要あり。

連盟がそのあたりに気づきしや否《いな》やは不明なるも、明春に話の進行を伸ばしたるはその道程に一歩を進めたりとも考えうる、否か。とにかく解決が明春に延ばされたるは帝国としてはあえて不利ならずと思惟《しい》する。この期を利用して外交団の活動を祈りて止《や》まぬ。

太郎はこの講話録に一瞬どきりとした。ここでは荒木《あらき》貞夫《さだお》の陸相就任以来常套《じようとう》用語となってしまった皇国という言葉が使われていない。日本と呼び帝国とだけ言っているのだ。そして、過去ではなく現時点に注目して論議することを要望し、外交努力に期待していた。これは関東軍司令部ともちがうし、参謀本部や陸軍省という省部とも意見を異にしている。ましてや、国際連盟を脱会すべきだという国内世論の喧《かまびす》しさとも無縁だった。軍人は戦争することしか考えない。勝手にそう決めつけ、その流れに身を委《まか》せようとしたじぶんは恥ずべきなのだ。外務官僚としてはまさに失格寸前だった。太郎はそう考えながら宇垣一成の講話録を封筒に収めなおした。

参事官室の窓がかたかたと鳴りはじめた。

山海関の天候がいまどうなのかは見当もつかない。だが、奉天は粉雪混じりの強風に揺さぶられはじめている。

天津総領事館からの通電は朝の九時過ぎだった。太郎はときおり参事官室の長椅子《いす》に横になるだけで眠ってはいなかった。三日払暁《ふつぎよう》関東軍飛行隊が山海関城内を空爆、巡洋艦・平戸も砲撃開始。直後に第八師団第五連隊および山海関守備隊は総攻撃に着手。第九旅は皇軍の急追に抵抗しつつ石河《せつか》の線まで後退、新防御線を構築中。太郎は哲春の口頭でのこの報告をぼんやりと聞いた。

「これでだいたい終わりましたね、山海関は」通電報告を終えた哲春が言った。「どうするつもりなんでしょうね、蔣介石は？」

「たぶん、満州事変のときと同じだ、動かんだろう」

「張学良はどうするとお考えです、第九旅は張学良の直系ですよ」

「おそらく、動かん。動こうとしても、蔣介石に封じられる」

「わたしもそう考えてました」

蔣介石は相変わらず第四次囲《い》剿《そう》に熱中している。江西省瑞金《ずいきん》の中央ソビエト区への剿共戦にもうすぐ五十万の兵力を投入するらしい。揚子江流域の赤匪の剿除なくして抗日なし。これが蔣介石の信念なのだ。軍事的な反撃の兆候はまったくなかった。抗日は国民政府代表・顧維鈞の国際連盟工作に委せて反日国際世論の形成だけに頼っているとしか言いようがない。

「熱河都統の湯玉麟は顫《ふる》えあがりますよ、山海関が制圧されたという報に接してね」哲春がそう言って空咳《からせき》をした。「熱河に侵攻しても、おそらく戦意が昂揚《こうよう》することはない。何もかもがうまく行き過ぎて、わたしは何だか怖くなる」

太郎は哲春が参事官室を出ていくと、昨夜から読みかけの武装移民関係の資料にふたたび眼を通しはじめた。眠っていないのだ、集中できなかった。もう若くはない。徹夜が利《き》かなくなって来ている。正午になって太郎は薯蕷蕎麦《とろろそば》の出前を注文した。昨夜は二箱も煙草《たばこ》を喫《す》った。胃がおかしい。脂《あぶら》っこいものは受けつけそうになかった。太郎はその出前が運ばれて来た。それを食い終わると急速に眠けが押し寄せて来た。太郎は長椅子のうえで仰向けに横たわった。

どれぐらい眠ったろう、何かが聴こえて来る。

それが電話の呼びだし音だということにようやく気づいた。

太郎は長椅子から体を起こし、事務机に近づいた。受話器を取りあげると、敷島さんですねという声が耳に飛び込んで来た。聞き憶えがある。門倉《かどくら》ですよとそれはつづいた。電話を掛けて来たのは東京帝大の二期後輩の門倉吉文《よしふみ》だった。大学時代には三度か四度上野に飲みに連れていったことがある。卒業後外務省に入省し、マドリードの大使館勤務となった。太郎は左手で瞼《まぶた》を擦《こす》ってから受話器の向こうに声を掛けた。

「奉天に来てるのかね？」

「天津からですよ。去年の十一月に天津総領事館附の参事官に任じられました。すぐに御報告しようと思ったんですけどね、何やかんやと雑事に忙殺されました。謝ります、すみません」

「そんなことはどうでもいいよ。それより大変だろう、天津総領事館はいま山海関絡《がら》みで？」

「そのことで電話したんですよ、まず敷島さんに報《し》らせたくてね」吉文の声は弾みきっている。「昭和八年一月三日。わたしはこの日を一生忘れません」

「何がどうだと言うんだね？」

「ついさっき情報がはいったんです。午後三時、山海関占領が完了しました。皇軍は戦死者十九名。負傷者百二名。第九旅の戦傷者数は完全には判明してませんが、おそらく三百を越えてるそうです」

太郎は無言のまま瞼をもう一度左手の甲で拭《ぬぐ》った。

吉文の声がますます弾んで来た。

「きょうの午後二時、山海関の城壁のうえに日章旗が翻《ひるがえ》ったんです。東端とは言え、万里の長城ですよ。こんなことが考えられましたか？　万里の長城のうえではためく日章旗。想像するだけで、わたしは胸が高鳴って来る。誇らしさで気分が昂揚して来る」

第五章　凍《こご》える銃弾

I

奉天総領事館は朝から慌《あわ》ただしく、昼食も出前で済ませるしかなかった。昨日《きのう》の二月二十三日、ついに関東軍が熱河《ねっか》侵攻を開始したのだ。すさまじい量の兵士たちがいま酷寒のなかを動いている。落合甚九郎《おちあいじんくろう》少佐率いる山海関《さんかいかん》守備隊と駐箚《ちゅうさつ》第八師団第五連隊は正月三日にいったん万里の長城に日章旗を立てたが、何柱国《かちゅうこく》指揮する国民革命軍第九旅は石河《せっか》まで後退して新防御線を構築し、蔣介石《しょうかいせき》からの増援を受けて頑強に抵抗しつづけていたのだ。内田康哉《うちだこうさい》外相は山海関事件の局地的解決を熱望し、これを機として戦局拡大の虞《おそ》れのある行動を厳に慎しむようにと関東軍に指示していた。ふだんは強硬論一点張りで知られる参謀本部の真崎甚三郎《まさきじんざぶろう》次長ですらが国際世論を考慮し欧米列国の疑惑を招くべきではないという見解を示していたのだ。だが、関東軍作戦主任参謀・遠藤三郎《えんどうさぶろう》少佐はそれを無視して熱河侵攻に踏み切った。武藤信義《むとうのぶよし》司令官は熱河制圧を宣言し、閣議もこれを追認した。何もかもが満州事変のときと同じだ。いや、それ以上だろう、あのときとは関東軍の兵力がちがう。駐箚各師団も独立守備隊も熱河へ熱河へと怒濤《どとう》のように動いていた。

敷島太郎《しきしまたろう》は戸惑いとともにかすかな安堵《あんど》感も覚えている。去年の秋から熱河を盗《と》れという声は国内に溢《あふ》れていたし、関東軍が行動を開始するのは時間の問題だったのだ。喉《のど》に引っ掛かっていたものが胃腑《いふ》に滑り落ちたような気さえする。もちろん、これは外務官僚にあるまじき発想だ。しかし、いずれ来るものならば早く来てくれたほうがいい。結果がどうあれ、満州国の基礎を固めるには生半可《なまはんか》な状態が一番の障碍《しょうがい》になる。官僚の仕事とは既成事実に対処しながら新たなものを築いていくことなのだと太郎は昨日からじぶんに言い聞かせつづけている。

東京から送られて来た新聞各紙も熱河侵攻にたいする期待で溢れかえっていた。出撃に待機する兵士たちのいくつもの写真がどの新聞にも躍っているのだ。それは侵攻開始まえのものなのだが、あたかも戦闘の合い間に撮影されたかのような写真説明がつけられている。どの新聞も満州事変のときに鼓舞する記事を掲載して部数をぐんと伸ばした。熱河侵攻を側面から支援してさらに読者を獲得したいという欲求に充《み》ち溢れていた。

現在、駐箚第八師団は朝陽《ちようよう》から承徳《しようとく》に向かっている。駐箚第六師団は通遼《つうりよう》からラオハ河を遡《さかのぼ》りつつあった。狙《ねら》いはもちろん熱河産阿片《アヘン》の最大生産地たる赤峰《せきほう》なのだ。混成第十四旅団は綏中《すいちゆう》から長城要衝の喜峰口《きほうこう》に進んでいた。駐箚第十師団から抽出された混成第三十三旅団は山海関から長城に沿って北部の兵站路《へいたんろ》確保に動いている。張宗援《ちようそうえん》を名乗る伊達順之助《だてじゆんのすけ》も東亜同盟軍という文字を染め抜いた腕章を巻いて、これに帯同しているらしい。

関東軍のこの動きが国際世論にどんな影響を与えるかは容易に想像できる。それはそれでしかたないだろう。そして、きょうリットン報告書にたいする国際連盟の決議が行なわれる。その結果は何となく想像できた。十七日まえ日比谷公会堂で対国際連盟緊急国民大会が開催された。満員の盛況のなかで強硬な宣言が採択されている。

国際連盟の態度はいよいよ出《い》でて、いよいよ錯誤に陥り毫《ごう》も誠意の認むべきものなく、まさに規約第十五条第四項をもってわれに臨《のぞ》まんとす。政府は宜《よろ》しく速やかに頑迷なる国際連盟を脱退し、ただちに公正なる声明を中外に宣言し、帝国全権をして即時撤退帰朝せしむべし。

連盟規約第十五条は紛争審査に関する条項で、その四項には当該紛争の事実を述べ公正かつ適当と認むる勧告を載せたる報告書を作成しこれを公表するとある。そして、勧告案には連盟加盟国は満州国を承認せず、満州の主権は国民政府にあると示されているのだ。これを日本が受け入れることはまず考えられない。それは今後の関東軍の動きに歯止めが掛からなくなることを意味する。

参事官補の古賀哲春《こがてつはる》が参事官室にはいって来たのは四時半過ぎだった。報告が何なのかはその表情でわかる。哲春が事務的な口ぶりで言った。

「ジュネーブからの通電です。国際連盟総会の採決結果が出ました。投票総数四十四。賛成四十二。反対一。棄権一。反対は日本、棄権はシャムです。これで勧告案は採択されました」

太郎は無言のまま頷《うなず》いた。この採択で日本の国際連盟からの脱退は決定的になった。予測されていたことだが、こうして現実に曝《さら》されると何となく身が引き締まる。太郎は哲春の眼を見つめながらゆっくりと腕組みをした。

「これで熱河侵攻は苛烈《かれつ》をきわめるでしょうね。戦闘は戦闘でいいとして、平頂山《へいちょうざん》事件のようなことは絶対に起こって欲しくない。あんな真似《まね》をされると、国際社会にたいしてどんな言いわけも利《き》かなくなる」

新聞連合の香月信彦《こうづきのぶひこ》が総領事館を訪れて来たのは六時過ぎだった。外套《がいとう》の肩に雪がついている。きょうは窓から外を一度も覗《のぞ》かなかったが、また粉雪が舞いはじめているのだ。太郎はその外套を脱いだ信彦と向かいあって長椅子《いす》に腰を下ろした。信彦が煙草《たばこ》を取りだしながら言った。

「もし国家機密なら無理にとは言わないが、関東軍参謀部第四課が熱河侵攻に関して国通に一方的に便宜を図るというのはほんとうかね？」国通とは満州国通信社の略称で、一国一通信社論に基いて去年の十二月一日に新京で発足した。満州発の情報はこの国通が請け負うのだ。「だとしたら、酷《ひど》い話だ。新聞記者を馬鹿《ばか》にするにもほどがある」

「そんな情報は何もはいってませんよ、総領事館には」

「何にも視《み》えてないんだよ、あの専務はね。関東軍への胡麻《ご》擂《ます》りの結果がこうだ」

国通つまり満州国通信社を設立させた一国一通信社論は信彦の所属する新聞連合の専務理事・岩永裕吉《いわながゆうきち》によって関東軍参謀部第四課に提案された。アメリカだけはAP通信とUP通信のふたつがあるが、ヨーロッパ列強はどこも一国一通信社制になっている。満州に一刻も早く国家的通信社を設立しなきゃならない。そうでないと、外国通信社や営利目的の通信社乱立による誤った情報が飛び交う。それが満州の国際的地位を低下させるだけじゃなく、いたずらに人心の混乱を招くことになる。この提案を受け入れて参謀部第四課は国通を設立させた。それには国内の二大通信社たる新聞連合と電通つまり日本電報通信の合体が不可欠だった。東亜同文書院卒で第四課嘱託《しょくたく》となった里見甫《さとみはじめ》がこれに奔走した。

「関東軍は満州事変のときにわたしたち記者に餌《えさ》をばら撒《ま》いた。戦場を取材させるという餌をね。新聞各紙はその餌に食いついて多少のことには眼をつぶり提灯《ちょうちん》記事を書いた。関東軍はそれでも満足できんらしい。今度は国通だけに生情報を与え、他の記者連中が関東軍に拝跪《はいき》するように仕向けて来たんだ。腹が立つ。ほんとうに腹が立つ！　しかし、こんなことは満州だからできたことだ。一国一通信社制なんて国内じゃ絶対に赦《ゆる》されん」

「ずいぶん興奮してますね、香月さん」

「おそらく里見甫と甘粕正彦《あまかすまさひこ》が第四課に入れ知恵したんだろう。里見は得体の知れんところがあるし、甘粕正彦は渡満以来人間が変わった。完全な陰謀家に変質してる」

「面識があるんですか、里見さんと？」

「あいつは『北京《ペキン》新報』や『順天時報』で記事を書きまくってた。そのころからの知合いだよ。済南《さいなん》事件のときに天津の支那《しな》駐屯軍の依頼で国民革命軍との停戦協定調印の秘密工作にあたった。それが縁で満鉄に勤務することになり、満州事変のときに第四課の嘱託辞令を受けた。何せあいつは満語がぺらぺらなんでね」

「決めつけ過ぎじゃないんですか、熱河侵攻で第四課が国通に一方的な便宜を与えるとか、それを画策したのが甘粕さんと里見さんだとか。そんな情報は総領事館にはまったくはいって来てませんよ」

「ひょっとしたら、新聞記者連中のただの噂《うわさ》かも知れん」信彦がそう言って銜《くわ》えていた煙草にようやく火を点《つ》けた。「しかし、記者連中はだれもが警戒してるよ」

「何をです？」

「甘粕正彦と里見甫の妙に深い結びつき」

太郎も煙草を取りだして火を点けた。信彦の表情はいつになく苛立《いらだ》ちに充ちている。もしかしたら、国通への一方的便宜供与はほんとうなのかも知れない。太郎は大きく喫《す》い込んだけむりを吐きだして話題を変えた。

「採択されましたよ、国際連盟の勧告案が」

「知ってる。ここに来るまえに聞いた」

「採択は関東軍の熱河侵攻への追い風となった」

「そうでもない」

「どうしてです？」

「採択があろうとなかろうと、関東軍の進撃速度は変わらんよ。何せ、国民革命軍の士気が低過ぎる。たった三日で山海関が占領されたのが効いてるんだ。湯玉麟《とうぎょくりん》はすでに私財すべてを天津に移した。すぐにでも熱河から逃げだす用意を終えた。蔣介石も関東軍が長城線を越えて南下して来るのを畏《おそ》れて、紫禁城故宮の財宝を南京あたりに移すことを考えはじめてる」

太郎はその眼を見つめながら腕組みをした。

信彦が唇から煙草を引き抜き、視線をその火先に落として低い声で呟いた。

「しかし、わたしは驚いてる」

「何にです？」

「熱河侵攻は熱河制圧だけには留まらん」

「どういう意味です、それ？」

「満州国執政顧問だった板垣征四郎《いたがきせいしろう》少将が参謀本部附になったろ？」

「それがどうだと言うんです？」

「板垣少将はいま天津に潜行してる」

「何のために？」

「特殊任務を帯びてるんだよ。任務はふたつある。まず国民革命軍第二十九軍軍長の宋哲元《そうてつげん》の蔣介石からの離反。次いで、元湖南督軍兼省長の張敬尭《ちようけいぎよう》を使っての張学良《ちようがくりよう》軍による反蔣クーデタ。板垣少将の指揮でこの謀略工作をやってるのが茂川秀和《しげかわひでかず》大尉《たいい》だよ。この男はね、中尉のときに東京外語学校の支那語科に入学して卒業後北京大学に留学してる。北京語はもちろんぺらぺらで、青幇《チンパン》や紅幇《ホンパン》といった暴力組織との関係も深い。紅卍字会《こうまんじかい》の連中とも親しいしね、謀略工作にはぴったりの人間なんだよ。板垣少将の考えてることはこうだ。張学良軍が反蔣クーデタを起こせば、宋哲元が鎮圧のために北平に入城する。関東軍がこれに乗じて居留邦人保護を名目にして北平を占領する」

「まさか、そんなことが」

「いや、本気だ。熱河を満州国に編入すると同時に、北支五省を国民政府から分離させる」北支五省とは河北省、チャハル省、綏遠省《すいえん》、山東省、山西省のことだ。「国民政府から分離した五省に親日政権を樹立させる。要するに、準満州国化だよ。熱河侵攻に合わせ、板垣少将はそれを狙ってるんだ。成功すれば、空恐《そらおそ》ろしいことになる。満州じゃ相変わらず土匪《どひ》が跳梁《ちようりよう》してるのに、今度は北支全体を巻き込むんだからね」

「しかし、何のためにそんな危険を？」

「表向き《おもてむ》は熱河を組み入れたあとの満州国の防衛だが、本音は北支の地下資源にある。確かに満州は資源の宝庫だよ。木材はいくらでもあるし、石炭は無尽蔵に近い。しかし、鉄鉱石はどうだ？　鞍山《あんざん》ぐらいしか見当たらん。それに較《くら》べりゃ北支の鉄鉱は規模がちがう。鉄はいまや国家そのものだと言っていい。欧米列強に対抗できる強力な戦争国家を完成するためには鉄こそ命だろ？　板垣少将も関東軍作戦主任参謀・遠藤三郎少佐もまさにそれを狙ってる」

2

吹きつけて来る粉雪のなかを敷島三郎《さぶろう》は軍馬の背に揺られて西へ西へと進んでいた。轡《くつわ》を並べているのはやはり奉天憲兵隊から派遣された野毛《のげ》隆之《たかゆき》憲兵少尉だった。陸軍士官学校を卒業してまだ一年も経《た》っていない。川原侃《かわはらすなお》少将指揮の駐箚《ちゆうさつ》第八師団第十六旅団はいま吹雪のなかを朝陽から承徳に向かっている。先頭には八九式中戦車十一輛《りよう》と九二式重装甲車二輛が進み、そのあとに軍馬に乗った将校や、背嚢《はいのう》を担《かつ》いで三八式歩兵銃を手にした兵士たちがつづいている。フォード社製の小型トラック二十輛も一緒に動いていた。これは横浜から上海に向けて国民革命軍に輸出されようとしていた車輛群を関東軍が強引に買いあげたもので、その一部が第十六旅団に割り当てられたのだ。傍らで隆之の上半身が前のめりになる気配がした。三郎は声を強めて言った。

「大丈夫か？」

「すみません、わたくしは宮崎育ちなもので」

「眠るんじゃないぞ」

「気をつけます」

「兵士たちはみな歩いてるんだ、これぐらいの寒さは耐え忍べ」

第十六旅団はこのところずっと睡眠不足がつづいている。その理由は百武俊吉《ひやくたけしゆんきち》大尉が指揮する戦車第一中隊の合流にあった。八九式中戦車も九二式重装甲車もフォード社製小型トラックも何度となく故障したのだ。熱河地方の二月末は零下二十度以下になる。戦車も装甲車も酷寒仕様に設計されてはいない。故障のたびに夜を徹しての修理作業が行なわれたのだ。熱河侵攻の目的のひとつに機甲部隊の実験がある。もはや日露戦争のような牧歌的な時代は終わった。近代戦は白兵戦じゃなく、戦車や重装甲車、自走砲といった機甲部隊が主力になるのだ。対ソ戦に備えては酷寒のなかでの機甲部隊の性能を試さなきゃならない。それが遠藤三郎参謀の考えなのだ。

突然、前方でどよめきがあがった。

兵士たちの動きがそれで止まった。

隆之が軍馬を走らせ、何が起きたかを調べに向かった。吹雪がさらに激しくなって来ている。隆之が戻って来て言った。

「輓馬《ばんば》が一頭斃《たお》れました、この寒さですからね。やはり、急拵《きゅうごしら》えのものには無理があるのかも知れません。いま砲弾や銃弾の積み替え作業をはじめました」

軍馬は通常三種類に分かれる。将校が使う乗馬。荷駄を背に積んで運ぶ駄馬。それに兵器を載せた轎車《きょうしゃ》を引っ張る輓馬。これらはみな軍馬補充部から支給される。満州事変のときは朝鮮補充馬廠《ばしょう》から送られて来たものが使われた。だが、今度の熱河侵攻では二個師団が動いているのだ、軍馬補充部の供給能力をはるかに越えている。

そこで関東軍は急遽《きゅうきょ》、阪田《さかた》誠盛《まさもり》という男に兵站《へいたん》のための軍馬二万頭の調達を依頼した。満人の馬丁《ばてい》の人員確保も。奉天憲兵隊にもこの人物の経歴が情報としてはいって来ている。阪田誠盛は和歌山生まれで十七歳のときに大陸に渡り、北京で苦学しながら北京語を習得。二十四歳で北京民国大学に入学し、卒業後に満鉄子会社の南満州電気に入社。その二年後に参謀本部第二部支那課嘱託となって満蒙国境の兵要地誌を調査。満州事変勃発《ぼっぱつ》後は関東軍司令部第一課の嘱託となった。このとき、当時の関東軍中枢《ちゅうすう》との知遇を得る。板垣征四郎大佐。土肥原賢二《どいはらけんじ》大佐。喜多誠一《きたせいいち》大佐。田中新一《たなかしんいち》中佐。岩畔豪雄《いわくろひでお》大尉。関東軍はかってのような謀略馬賊ではなく、こういうかたちで満州の日本人を活用することにしたのだ。阪田誠盛はこの依頼を受けて運輸土木業の阪田組を創立して軍馬二万頭の調達を請け負った。

「馬を下りろ」三郎は隆之にそう言いながら鞍《くら》から離れた。「積み替えが終わるまで馬を休ませよう」

隆之が頷《うなず》いて積雪でがちがちに固まった大地に降りた。

三郎は防寒服の内側に右手を突っ込み煙草《たばこ》を取りだした。びゅうびゅうという風音が鼓膜を顫《ふる》わせる。額や頬に粉雪が打ちつけて来る。燐寸《マッチ》を擦ったが、火はすぐに掻《か》き消された。隆之も火を点《つ》けようとした。しかし、何度やっても火は点かなかった。三郎は煙草を諦《あきら》めて隆之に声を向けた。

「実戦参加ははじめてだったな？」

「そうです」

「憲兵隊の主任務は軍事機密の保護と軍内犯罪の取締まりだが、戦場では憲兵隊と特務機関の境界線がはっきりしない場合が多い。とにかく、すべての事態にたいして臨機応変に動け」


承徳からほぼ六十粁《キロ》の地点にある永嶺《えいれい》という郷にはいったのは四時半過ぎだった。そこは二十戸あまりの人家が肩を寄せあうようにして集まっている盆地で、先遣隊が郷長と話をつけて宿営地と決めた。斜面に囲まれたその盆地は強風除《よ》けに適していた。二十戸前後の人家のまわりのだだっ広い拡《ひろ》がりは全面が雪に蔽《おお》われていたが、そのしたはたぶん畑だろう。二月ももう末なのだ、降雪は相変わらずだが、鉛色のぶ厚い雲の向こうから滲《にじ》む陽光はまだ当分沈みそうにない。第十六旅団はすぐに設営に取り掛かった。

十六枚の八九式携行天幕が繋《つな》ぎ合わされ、二十四名収容の大型幕舎が次々と完成していった。夕食は二年まえに開発された水研ぎ不用の不洗米の白飯に缶詰肉の大和煮、それに梅干しだけだ。熱河作戦が開始されてから三食ともほぼ同じ献立てがつづいている。六時半には飯盒《はんごう》や食器のかたづけも終わり、歩哨《ほしょう》当番兵を残してだれもが大型幕舎のなかにはいった。

　このなかでは火は焚《た》けない。三郎は関東軍が暖炉の設置できる携行天幕開発を進めていると聞いた。しかし、この大型幕舎は外にいるのとさしたる変わりはない。防寒服のうえから毛布を被《かぶ》せて寝るだけなのだ。暖を採るために携帯瓶にはいるウィスキーが支給される。

　三郎は折り畳んだ毛布を座蒲団《ざぶとん》替わりにして胡座《あぐら》をかき、煙草に火を点けた。就寝時刻は八時半なのだ。それまでは何をしても自由なのだが、だれも幕舎から出ようとはしなかった。酷寒のなかでの進軍に疲れきっているのだ、ところどころからもう鼾《いびき》さえ聞こえて来ている。大型幕舎のなかはカンテラひとつだけが青白い光を放っていた。三郎は向かいに腰を落としている隆之に銜え煙草のまま言った。

「奉天でじっくり話をしたことは一度もないな」

「中尉《ちゅうい》殿はあちこちを飛びまわっておられますからね」

「不満かね？」

「何がです？」

「陸士卒業後、そのまま憲兵隊に配属になったんだ、死んでも靖国《やすくに》神社に祀《まつ》られることはない」

隆之は何も言わずに煙草を取りだして火を点けた。この沈黙はやはり人事に不満があるのだろう。三郎はウィスキーの携帯瓶の栓を開けた。隆之が吸い込んだけむりを大きく吐きだした。

「憲兵隊だろうと、帝国軍人だということに変わりはない」三郎はそう言って唇から煙草を引き抜き、栓を開けた携帯瓶からウィスキーをちびちびと飲んだ。「憲兵将校はときとして汚ない仕事にも手を染めなきゃならん。しかし、それはすべて皇国のためだとじぶんに言い聞かせろ」

「わかってるつもりです」

「甘粕元憲兵大尉をどう思う？」

「そう言われましても」

「あの人は大杉栄と伊藤野枝を殺したと言われてる。そのとき、幼い甥《おい》までをも手に掛けたんじゃないかと疑われた。軍法会議で甥殺しだけは否定したが、大杉栄と伊藤野枝殺害についちゃ黙秘しつづけた」

「それがどうだとおっしゃるんです？」

「たぶん、甘粕さんは何かを喋《しゃべ》れば、それが軍の機密に触れることになると考えたんだろう。だからこそ、完全黙秘を決め込んだ。出所後、渡満して来てからの甘粕さんの活躍はすさまじい。関東軍も甘粕さんに全面協力して来た。いや、この言いかたはおかしいな、甘粕さんの能力に期待し、それを大いに利用して来た。それもこれも甘粕さんが帝国軍人としての義務を果して来たからだよ。皇軍はそういう人間を決して見棄《みす》てることはない。おれはそう信じてる」

どれぐらい眠ったろう、突然銃声を聞いた。三郎は胸の毛布を撥《は》ね除《の》けて飛び起きた。軍靴《ぐんか》も防寒服も身につけたままなのだ、十四年式の拳銃嚢《けんじゅうのう》も吊《つる》している。そのまま大型幕舎を飛びだした。銃声は南の斜面でつづいている。昨日《きのう》までの吹雪は完全に熄《や》んでいた。風もない。朝まだきなのだ、あたりの光景は薄墨色にぼっと滲《にじ》んでいる。そのなかに十一輛の八九式中戦車と二輛の九二式重装甲車の輪郭が冷え冷えと浮かんでいた。三郎は防寒服の内側に吊している拳銃嚢から十四年式を引き抜き、その安全装置を外した。

ずらりと並んだ大型幕舎のなかから次々と兵士たちが飛びだして来た。それとともに南の斜面での銃撃の音がぴたりと熄んだ。

三郎はそっちに向かって歩きだした。

ここからの距離は七百米《メートル》くらいだろう。

背後から一個小隊が追い越していった。

三百米ばかり歩いたところで登り勾配《こうばい》にはいった。斜面に生えているのは落葉松《からまつ》の群生だった。その樹々《きぎ》のあいだを抜けながら銃撃音の聴こえたほうに近づいていった。

前方に関東軍兵士たちが集まっているのが見えた。そこに歩み寄ったとき、あたりが急に明るくなった。陽が昇ったのだ。真っ白い雪。そこから伸びだしている落葉松の焦茶色《こげちゃ》の幹。すべての色彩が鮮やかになり、あらゆる輪郭がくっきりとした像を結んだ。

樹々のあいだに突っ立っている関東軍兵士たちの数は八十人ほどに増えている。追い越していった一個小隊と銃撃戦に加わった一個小隊が合流したのだ。三郎はその人だかりのあいだを掻《か》き分けた。白い雪のうえに飛び散っている真っ赤な血が眼にはいって来た。落葉松の樹々のあいだに九つの肉塊が転がっている。

それは大掛児《ターコオル》に身を包んだ死体じゃなかった。東北抗日義勇軍を名乗る土匪《どひ》じゃないのだ。どれもが国民革命軍支給の防寒服を纏《まと》っていた。銃撃戦の結果殺されたのは偵察に来た分隊だということはすぐにわかった。

三郎はその死体のひとつひとつに眼を落とした。三十過ぎのひとりを除いて、残りはみな若かった。ほとんどが十代だろう。そのうちのふたりはまだ十五、六にしか見えなかった。この若さで斥候《せっこう》任務を命じられたのだ。皇軍じゃ考えられないことだ。この分隊が張学良麾下《きか》なのか湯玉麟指揮下なのかわからない。しかし、いずれにせよ、こういう幼い連中ですらが命がけの抗日戦に参加しているのか？　十五、六の兵士の頬は血しぶきに濡《ぬ》れている。あどけなさの残るその表情にはまったく苦悶《くもん》の色が浮かんでいない。三郎はそこに視線を向けつづけた。

突然、背後から甲高い声が響いた。

「いるか、ここに戦闘詳報をつけてる将校は？」

三郎は声のほうに首をまわした。

甲高い声をあげたのはじぶんとほぼ同い齢《どし》の男だった。防寒服のあいだから見える襟章の階級は中尉で、顴骨《けんこつ》の張ったその表情はいかにも神経質そうに見える。その中尉がけたたましくつづけた。

「だれでもいい、戦闘詳報に書き込むように伝えてくれ。国民革命軍の奇襲攻撃を阻止したのはこのおれだ！　第八師団第三十一歩兵連隊の加地正行《かじまさゆき》中尉だ！　おれが一個小隊を率いて奇襲部隊を殲滅《せんめつ》した！　この事実ははっきりと戦闘詳報に記録されなきゃならない！」

兵士たちが死体を集めはじめた。

三郎は踵《きびす》をかえし落葉松の樹々のあいだを抜けていった。

朝まだきの永嶺郷を囲む斜面で何が起きたのかはだいたい想像できる。立哨の当番兵が樹々のなかでの何かの異常を発見した。斥候に来た兵士のひとりが煙草でも喫《す》ったのかも知れない。それを加地正行に報告した。正行はその報告を中隊長にあげず、勝手に小隊を率いて南の斜面に向かったのだ。そして、国民革命軍の斥候九名を射殺し、奇襲部隊殲滅を戦闘詳報に記録せよと喚《わめ》き立てた。これは第十六旅団指揮の川原侃少将からの感状欲しさ以外の何ものでもない。感状つまり最高指揮官からの表彰状は昇進を一気に早める。しかし、三郎は正行のそういう行為を咎《とが》める気はなかった。そういうことは憲兵隊の任務領域にはいってはいない。

三郎は大型幕舎に戻ったが、なかにははいらなかった。煙草を取りだして火を点けた。頬を血しぶきで染めたさっきの幼い兵士の表情が妙に脳裏にへばりついている。

それを振り払うように三郎はすぱすぱと煙草を喫いつづけた。

短くなったその煙草を雪の大地に落とし軍靴の底でそれを踏み潰《つぶ》したときだった。

隆之が表情を引きつらせて駆け寄って来た。

「拷問《ごうもん》が行なわれてます」

「どこで？」

「どうした？」

「永嶺の村のなかです」

「どういうことだ、それ？」

「永嶺の郷長が銃床で殴られてます」

「だれがそんなことを？」

「第三十一歩兵連隊の加地正行中尉です」

「案内してくれ、そこに」

隆之が踵をかえして雪の大地を蹴《け》った。三郎もそれにつづいた。陸軍士官学校を卒業してまだ一年も経《た》ってないこの憲兵少尉はおそらく憲兵隊の職域すらちゃんと理解していまい。階級を越えて軍内を取締まるという警察権を具体的にどう使用するかを教え込む必要がある。ふたりで大型幕舎のあいだを駆け抜けた。隆之が肩を寄せあうようにして建てられている人家のひとつに飛び込んだ。

三郎もその戸口の向こうに足を踏み込んだ。

そこでは子供の泣き声が渦巻いている。

泣いているのは炕《カン》のうえにいる六、七歳と三、四歳の男の子だった。その傍らに三十半ばの夫婦らしき男女がいる。女は乳児を抱いていた。

正行と兵士四人が土間に立っている。四人はさっき南の斜面で見た顔だった。この五人に取り囲まれるようにして七十前後の老人が踞《うずくま》っていた。その表情に滲み出ているのは怯《おび》えじゃない。諦《あきら》めだった。右眼のしたが膨れあがり、唇から血が流れている。

「どういうことだ、これは？」

「だれなんだね、あんた？」正行が視線をこっちに向けて言った。「襟章は憲兵隊のようだが」

「奉天憲兵隊の敷島中尉だ」

「あんたがそうなのかよ？　名まえは聞いたことがある。憲兵隊のなかじゃ有名なんだってな。しかし、おれは憲兵を軍人とは思っちゃいない。輜重輸卒《しちょうゆそつ》が兵士とは認められないようにな」

「そんなことはどうでもいい。言え、どうしてその老人を拷問した？」

「こいつは永嶺の郷長でな、名まえは博力慕《はくりきぼ》。ついさっき自白した。国民革命軍奇襲部隊と通敵したことをな」

「北京語ができるのか、あんたは？」

「何だと？」

「どうして自白したと決めつける、北京語が喋れなくて？」

「通訳がいる」

「だれだ、その通訳は？」

正行が四人の兵士のうちのひとりに顎《あご》をしゃくった。

その兵士は二十七、八で襟章の階級は上等兵だった。三郎はその眼を見据えた。兵士が狼狽《うろた》えた声を発した。

「じぶんが通訳をいたしました。確かにこの郷長は通敵を白状いたしました」

「だれに北京語を習った？」

「独学で覚えたのであります」

「おれはもう満州に来て五年近くになる。満語つまり北京語は聞き取るぶんには不自由はない。通訳してみろ。おまえはいつどうやって国民革命軍と通敵した？　これを通訳してみてくれ」

その上等兵は黙りこくったまま正行に視線を向けた。

正行が苛立《いらだ》たしそうにこっちに声を向けた。

「憲兵隊に軍の方針に嘴《くちばし》を挟む権限はない」

「だが、警察権はある」

「何だと？」

「加地中尉」

「何だ？」

「軍事上の最小戦闘単位は何だ？」

「つまらんことを訊《き》くな！」

「陸軍幼年学校の生徒でも知ってる。最小戦闘単位は中隊だ、小隊じゃない。あんたが殺害した死体は九つだ。あの連中は偵察に来たただの斥候だった。あんたはそれを急襲部隊と言い立て殲滅を戦闘詳報に記録しろと喚き立てた。そんなに感状が欲しいか？」

「だ、黙れ！」

「郷長への拷問も感状欲しさの一環か？」

正行の表情が強《こわ》ばりきった。その手が防寒服の内側に差し込まれた。十四年式が引き抜かれた。三郎もそれを引き抜いた。正行が安全装置を外し、その銃口を郷長の頭部に向けて言った。

「通敵の罪でこいつを処刑する」

途絶えていた子供の泣き声がふたたび家のなかで響き渡った。

三郎も安全装置を外して銃口を正行に向けて言った。

「処刑できるならしてみろ、この場であんたを逮捕する」

「何の罪でだ？」

「陸軍刑法第五十一条違反」これは戦時の虚偽報告禁止条項だ。七年以下の懲役が待っている。「第八十八条違反」これは戦地での住民にたいする犯罪を禁止するもので、殺害の場合は死刑または無期懲役となる。「第五十一条についちゃ感状欲しさの他愛ないものだとして見逃がしてやってもいい。しかし、第八十八条だけは絶対に赦《ゆる》さん」

「わかってないな、敷島中尉」

「何が？」

「去年の九月に暫行懲治盗匪法《ざんこうちょうちとうひほう》が制定された」

「それがどうした？」

「あの法律には臨陣格殺《りんじんかくさつ》の権限が盛り込まれてる」

「あれは満州国のなかでだけ適用される。熱河はまだ満州国に組み込まれてるわけじゃない。どれほど拡大解釈しようと、あの法律はここじゃ振りまわせない」

正行が郷長の頭部に近づけていた銃口をゆっくりとこっちに向けた。それとともに四人の兵士たちが三八式歩兵銃をかまえた。傍らで隆之が拳銃を引き抜き、その銃口を正行に向けた。子供たちの泣き声がまた熄んだ。しばらく重苦しい沈黙がつづいた。やがて、正行が唇を舐《な》めて言った。

「こんなところで皇軍相撃《そうげき》かよ」引きつった頰に歪《ゆが》んだ笑みが浮かんだ。「すぐにでも熱河を陥《お》とせるというのに馬鹿馬鹿《ばかばか》しい、やめておこう」握られていた十四年式の銃口が土間に向けられた。「しかしな、敷島中尉、おれは執念深い性質《たち》だ。部下の眼のまえで侮辱されたんだ、このことだけは絶対に忘れはせんぞ」

3

もうすぐ三月にはいるが、熱河の寒さに緩む気配はない。きょうも粉雪が舞っている。敷島次郎《じろう》は風神《ふうじん》に跨《またが》り、赤峰《せきほう》に向かって進んでいた。前方の白い平野を猪八戒《ちょはっかい》が行く。時刻は午後三時になろうとしている。

関東軍の熱河侵攻が開始されたという報に接したのは四日まえだった。熱河がどうなろうと、今後の身の振りかたにさしたる影響があるわけじゃない。しかし、満州国の将来は確実にそれに影響される。熱河侵攻がどう進捗《しんちょく》していくのかはこの眼で確かめておきたかった。

平原の向こうはなだらかな丘陵が波打っている。そこから馬橇《ばそり》の一群がこっちに向かっていた。からんからんという鈴の音が近づいて来る。馬橇の背後には駱駝《らくだ》の一群がつづいている。

関東軍の熱河侵攻の狙《ねら》いはひとえに阿片《アヘン》にあると思う。それは国民革命軍の資金源のひとつを潰《つぶ》すためだけじゃない。関東軍もまた阿片を今後想定される国民革命軍や極東ソ連軍との激突の戦費に充《あ》てるつもりなのだ。

熱河産阿片の原料たる芥子《けし》の最大の生産地は赤峰だった。芥子栽培は水捌《みずは》けのよさが決め手となる。赤峰の丘陵地はまさにそれに適していた。同時に寒暖の差が阿片の質を決める。冬は何もかもが凍りつき、夏は炎暑がつづく。夏も昼間は汗まみれになるが、夜はぶ厚い綿入りの蒲団《ふとん》と炕《カン》が必要となる。こういう寒暖の差の大きさが上質の阿片を産むのだ。赤峰はまさにそういう土地だった。

関東軍の狙いは湯玉麟が拠点を置く承徳占領だけじゃない。かならず赤峰も押さえに掛かる。

こうして風神を進めているのはそれを確かめるためだった。

馬橇の一群とやがて擦れちがいはじめた。二十台近くの馬橇には家財道具が積まれ、幼い子供たちが乗っている。その両脇《わき》を支那人の男女が歩いていた。舞い交う雪のなかで橇を引く大馬《ターマー》の体からうっすらと蒸気が立ち昇る。橇の重さに発汗しているのだ。この馬橇群のあとにやはり二十頭近い駱駝がつづく。両瘤《りょうこぶ》のあいだに大きな袋が振り分けられて運ばれていた。

次郎は駱駝の一頭の手綱を曳《ひ》く支那人のひとりに声を掛けた。

「どこへ向かうつもりだね？」

「東のほうだ、東だ。あんたはどこに？」

「赤峰」

「何しに？」

「べつにたいした理由はない」

「東北抗日義勇軍か、あんた？」

「ただの流氓《りゅうぼう》だよ」

「なら、やめたほうがいい。日本鬼子《リーベングイツ》が来るぞ、関東軍が」日本鬼子とは恐怖から生まれた日本人の蔑称《べっしょう》だ。「やつらは理由もなく殺す。赤峰には近づかんほうがいい」

「この近くにある郷は？」

「龍水屯。おれたちはそこを通って来た」

「どれぐらいの大きさだね？」

「三十軒ばかりが集まってる。芥子を栽培しながら食ってる」

「なら、菜館なんかないな？」

「そんなものがあるはずがないだろう！　とにかく、赤峰に向かうのはやめたほうがいい。おれたちと一緒に東に向かえ」

　龍水屯に着いたのは四時過ぎだった。降っていた雪はもう熄《や》んでいた。丘陵からつづく川が雪の大地を割って流れている。三十戸近い人家はそれに沿って建てられていた。この聚落《しゅうらく》は平坦地《へいたんち》で玉蜀黍《とうもろこし》を作り、丘陵地で芥子を栽培しながら暮しているのだろう。異様なのは川の右側に五層から成る塔が建てられていることだった。こんな小さな聚落には不釣合いに相当金銭が掛かっている。五層の屋根には重々しい瓦《かわら》が葺《ふ》かれ、柱や梁《はり》には透かし彫りの龍《りゅう》の紋様が刻み込まれていた。

次郎はその龍水屯に風神を乗り入れた。

三軒先の人家の玄関まえに軍用車輛《しゃりょう》が一輛駐《と》められていた。関東軍のものじゃない。それは幌《ほろ》つきのフェートン型で、アメリカ製の車輛だった。国民革命軍が使用しているのを一度見たことがあった。

次郎はそのすぐそばで風神の背から降りた。

それとともに防寒服を纏《まと》った三人の兵士が玄関口から出て来た。そのあとから大掛児《ターコオル》を羽織った六十前後の痩《や》せた男が踏みだして来た。三人の兵士はじっとこっちを見据えた。しかし、何も言おうとはしなかった。大掛児の男が両掌《りょうて》を合わせ、無言のまま兵士たちに頭を下げた。次郎は黙ってその光景を眺めつづけた。兵士たちが軍用車輛に乗り込んだ。エンジンが始動された。その車輛が後退しながら眼のまえを通過していったん停止し、進路を変えて遠ざかっていった。

次郎は風神の手綱を曳き、大掛児の男に近づいた。その表情は明らかに怯《おび》えている。眼は落ち窪《くぼ》み、頬はげっそり痩せていた。次郎は小さな空咳《からせき》をして言った。

「飯を食わせてくれるとありがたいんだがね。もちろん金銭は相場以上支払う。倍でも三倍でもいい」

「何なんだね、あんたは？」

「ただの流氓だが、土匪《どひ》じゃ断じてない。金銭は先払いでもいいんだ」

「玉蜀黍と塩漬の豚肉しかないぞ」

「結構だ」

「はいってくれ。馬はそこの柵《さく》に繋《つな》いどきゃいい」

次郎は頷《うなず》いて風神の手綱を玄関脇の柵に括《くく》りつけた。

その家のなかに猪八戒とともに足を踏み入れると、土間に五十半ばの女と十四、五の少年がいた。両方とも怯えきった表情をしている。大掛児の男が女に言った。この流氓に飯を食わせてやってくれ、それからわしらも一緒に食おう、明るいうちだと灯油が節約できる。女が頷いて土間の隅に近づいた。

土間のなかは相当広く、壁際《かべぎわ》に麻袋が積みあげられている。おそらく、なかには玉蜀黍が詰まっているのだ。女がそのひとつを開き、柄杓《ひしゃく》で鍋《なべ》に玉蜀黍を入れ、甕《かめ》から水を注いだ。それを竈《かまど》のうえに置いて焚口《たきぐち》に玉蜀黍の枯葉を押し込んだ。この竈は寝室の炕《カン》のしたに煙を送るのだ。女が燐寸《マッチ》を擦って焚口のなかに火を点《つ》けた。

「わしの名まえは孟継謙《もうけいけん》。土間で踞《うずくま》ってるのは平義《へいぎ》。女房は随秀青《ずいしゅうせい》。あんたの名まえは？」

「むかしは青龍《せいりゅう》と呼ばれてた」

「緑林の徒だったのかね？」

「そんなことをしてた時期もある。しかし、いまは当てもなく、ただぶらぶらしてるだけだ」

「どうしてるんだね、金銭は？」

「むかし稼いだぶんをちびちび使ってる。懐《ふとこ》ろにはまだ余裕があるんでね、当分は金銭稼ぎに追われることはない」

　継謙が頷きながら大掛児を脱ぎ、壁際に置かれている棚のうえに近づいた。そこに置かれている煙管《キセル》と煙草《たばこ》入れの革袋を手にしてこっちを振りかえった。煙管に煙草を詰め込み、それに火を点けて言った。

「日本鬼子が来るらしい、関東軍がな」

「さっき避難民の群れに出会《でく》わした」

「赤峰から逃げだした連中だよ、たぶんね。龍水屯からも三分の二以上の住民がいなくなった」

「逃げださないのか、あんたは？」

「わしはもうどうでもいい。日本鬼子だろうが湯玉麟だろうが張学良だろうが、わしらには何の関係もない。ただ働いて働いて、飢え死しなきゃそれでいい」

「さっき、おかしなものを見た」

「何だね？」

「川のそばに五層の塔が建ってた」

継謙の瘦せこけた頰がじわじわと緩んでいった。笑っているのだ。それは自嘲《じちよう》の笑みとしか受け取れない。継謙が煙管の吸い口から吸い込んだけむりを吐き出して言った。

「潘九告《はんきゆうこく》だよ」

「だれなんだね、それ？」

「この龍水屯の地主でね、わしらが作った芥子を湯玉麟のところに売って大儲《おおもう》けした。いまはここにはおらん。天津に越して天津城内ででっかい娼楼《しようろう》を開いた。いまもここで採れる芥子は潘九告が赤峰に持ってる集積処に収めんにゃならん」

「それと五層の塔はどんな関係があるんだね？」

「潘九告は嫉妬《しつと》深い」

「どういう意味だね、それ？」

「そばに流れてるのは雷河《らいが》という河なんだがね、その勢いを止めたがってる。なぜだかわかるかね？」

次郎は無言のまま左右に首を振った。

継謙が自嘲の笑みを滲《にじ》ませたままつづけた。

「潘九告は龍水屯出身のなかじゃ一番の成功者だ。雷河の流れが天津で娼館を開けるほどの大物に仕上げたとあいつは考えてる。それだけじゃない。龍水屯からあいつ以上の大物が出て来ることを畏《おそ》れてるんだよ。この先ずっと龍水屯一の成功者でなきゃならんと考えてるんだ。そこで雷河の流れに楔《くさび》を打ち込んだ。雷河から新しい龍が誕生して天空を泳がないようにな」

「楔なのかね、あの五層の塔は？」

「そのとおりだよ、わしら小作人から芥子を巻きあげることしか考えなかったあの吝《りん》嗇《しょく》な潘九告があの楔にだけはべらぼうな金銭を掛けた。ひとえに龍水屯一の成功者でありつづけるためにね」

玉蜀黍粥《かゆ》と塩漬の豚肉を食い終えたのは六時ちょっとまえだった。二月ももうすぐ終わるのだ、ぶ厚い雲の向こうの陽はまだ残っていた。次郎は煙草を取りだして火を点けた。吸い込んだそのけむりを吐きだして継謙に言った。

「余裕があればの話だが、犬にも豚肉を食わせてやってくれればありがたいんだがね。それに、この龍水屯で馬を飼ってる家があれば教えて欲しい」

「わしのところでも飼ってる。裏に馬小屋があるんだ、運搬用の蒙古馬《もうこ》を一頭持ってる」

「飼葉《かいば》を売ってもらえるかね？」

「いいとも、平義に玄関まえに持って来させる」
十四、五歳の少年が卓台のそばから立ちあがって出て行った。
次郎は大掛児の内側に着込んでいる肩窄児《チエンチアル》の衣嚢《いのう》から財布を取りだした。それを開きながら銜《くわ》え煙草のまま言った。

「いくら支払えばいい？　言い値を払う」

「金銭《かね》は受け取らん」

「何だって？」

「その替わりに頼みがある」

次郎は財布を手にしたままあらためてその眼を見据えなおした。

継謙が自信なさげな声でつづけた。

「虫がいい頼みだとはわかってる」

「聞こう」

「わしには五人の子供がおった。娘ふたりに倅《せがれ》三人だ。一番うえの娘は九つのときに流行《はや》り病で死んだ。倅ふたりは湯玉麟軍に無理やりに徴用されて軍隊にはいった。ここから連れて行かれたきり連絡がない。生きてるのか死んだのかさえわからん。娘のもうひとりは天津に行った。潘九告の娼楼に売られていったんだ。その娘からの連絡も途絶えとる。おそらく毎晩何人もの客を取らされとるにちがいない」

次郎は無言のまま煙草を喫《す》いつづけた。

継謙が溜息《ためいき》をついて言葉を継いだ。

「さっきあんたも見たろう、ここに兵隊が来たのを？　あれは国民革命軍の兵士どもだよ。平義の徴用に来たんだ。日本鬼子と戦わせるためにな。平義はあと三ヵ月で十五になる。わしはせめて十五になるまでは兵隊にはせんでくれと必死に頼み込んだ。賄賂《わいろ》も渡した、先祖から伝わってた象牙《ぞうげ》の箸《はし》をな。それであいつらはようやく引きあげていった」

「で？」

「三ヵ月経《た》ったら、あいつらはかならずまたやって来る。そしたら、今度こそ平義は連れて行かれるんだ。わしは胸が張り裂ける。平義のふたりの兄は死んでるか生きてるのかもわからんし、天津におる娘もこれからどうなるかわからん。平義も兵隊に取られたら、いつ死ぬか知れたもんじゃない。そうなったら、この孟家の血筋は途絶えるんだ、いったいわしは何のために生きて来た？　熱河に居座るのが湯玉麟でも日本鬼子でもどっちでもいい。わしらはただその日その日が暮していけりゃ、それでいいんだよ。平義を戦争なんかで死なせたくない」

「どうしろと言うんだね、このおれに？」

「平義を天津に連れていって欲しい」

「天津のどこに？」

「天津城内に龍水望館という娼楼がある。そこで姉の婉紅《えんこう》が働いとるんだよ。平義をそこに連れてってくれ。姉だから婉紅は平義の働き口ぐらい見つけてくれるはずだ」

「馬はどうする？」

「蒙古馬を使わせる。この家の裏に馬厩《うまや》があるんだよ。栽培した芥子はわしと女房で何とかする。平義を戦争で死なせたくない。いまのわしらの希望はそれだけだ。平義はああ見えて結構頭がいい。それほどあんたの手足纏《まと》いにゃならんはずだ。お願いするよ、何とかわしらの頼みを聞いてくれ」

4

駐箚《ちゆうさつ》第八師団第十六旅団は承徳の東四粁《キロ》の地点に到達していた。攻撃命令はまだ発せられていない。兵士たちのだれもがうずうずしているのがわかる。明けがたから雪は降ってはいなかった。南からの風がわずかに頰を撫《な》でる。敷島三郎は軍馬に跨《また》がったまま承徳の街を眺めつづけていた。三日まえの三月一日夜遅くはいった情報では、通遼からラオハ河を上流に遡《さかのぼ》った駐箚第六師団は赤峰占領を終えている。第八師団が逸《はや》るのはいわば当然だった。

承徳に来るのはこれがはじめてだったが、三郎はもちろん奉天憲兵隊作成の資料は眼を通していた。康熙帝《こうきてい》の時代に清朝の離宮の建設が始まり、乾隆帝《けんりゆうてい》の世に完成した。それは単に承徳が風光明媚《ふうこうめいび》の地という理由からだけじゃない。長城外で蒙古族と満族が協調し、清朝の防衛に当たるという政治的な意味合いのほうが大きい。蒙古族のほとんどはラマ教の信者だが、この承徳にはチベットのラサにあるポタラ宮を模した巨大なラマ教寺院が建立《こんりゆう》されている。それも清朝の蒙古族懐柔策の一環なのだ。そして、赤峰を中心として生産される熱河産阿片《アヘン》はまずこの承徳に設けられている禁煙善後管理局に集められる。それによって獲得した資金を運営するのが熱河興業銀行だった。張学良麾下《きか》の国民革命軍は熱河都統の湯玉麟への執拗《しつよう》な工作をつづけて来たが、その最大の目的はこの禁煙善後管理局と熱河興業銀行の略取にあると断じても過言ではなかった。

野毛隆之憲兵少尉《しょうい》が馬を寄せて来て言った。

「攻撃命令はいつ発せられるんでしょう？」

「待ってるんだよ」

「何をです？」

「第十六旅団は四人の満人を傭《やと》ってる、密偵としてな。その四人が報告を持ち帰るのを待ってる」

「しかし、やけに静かですね」

「ここからはそう見える。だが、承徳城内は蜂《はち》の巣を突ついたような騒ぎになってるだろうよ。皇軍がこの距離まで迫って来てるんだからな」

そのとき、待機中の兵士たちのなかからどっと笑い声があがった。満語も飛び交った。第十六旅団はこの熱河侵攻に去年創設された満州国陸軍の一部を帯同させているのだ。奉天中央陸軍訓練処で鍛えられたその連中には緊張感らしきものがまったく漂っていなかった。

参謀本部と陸軍省によって作成された満州国陸軍指導要綱は三つの項目から成り立っている。まず、満州国陸軍は在満日本陸軍指揮官の実質的把制のもとに国内治安の維持に任じ、日本国国防の補助的要素たらしめる。次に、兵力は最小限度とし、さしあたり総計約六万とする。最後に、戦闘兵種は歩兵および騎兵とし、戦車、重砲、航空機、瓦斯《ガス》資材は保有せしめない。

この指導要綱に従って関東軍は軍閥時代の弊害を取り除くことに躍起となったのだが、こういう緊張感のなさは士気の低さから来ているとしか言いようがない。熱河侵攻が終わったら、満州国陸軍をあらためて徹底的に鍛えなおさなきゃならないだろう。皇軍はいつまでも満州国防衛だけに関わってはいられないのだ。帝国海軍のなかからはすでに石油を求めての南進論も出はじめている。

いま笑っている連中は歩兵操典すらもきちんとは学んでいないにちがいない。朝陽で合流した満州国陸軍はこれまでただの一度も戦闘らしい戦闘を経験していないのだ。朝陽出発直後、国民革命軍三千と遭遇し、それを撃破したときも、この連中は後方にいてそれを目撃しただけだった。できれば、この承徳で戦闘そのものをじかに味わわせたい。実戦こそどんな理論どういう訓練にも優《まさ》る。

三郎はそう思いながら防寒服の内側から煙草《たばこ》を取りだした。承徳はいま無風状態に近かった。燐寸《マッチ》を擦った。煙草に火を点《つ》けて、そのけむりを大きく吸い込んだときだった。三郎は承徳城のほうから四騎の影が近づいて来るのを見た。戻って来る、四人の満人密偵が城内の情報を持って駆けつけて来る。

四人の満人密偵が持ち帰った情報はほぼ十分後に三郎にも届けられた。それによると、湯玉麟は昨日、残っていた私財を輸送車輛《しゃりょう》に積み込み、一族を連れて承徳から逃亡している。どうやら天津に向かったらしい。張学良麾《き》下《か》の国民革命軍も浮き足立ち、戦闘意欲は皆無に等しい状態だという。皇軍の勝利はすでに確定的だった。問題はもはや第十六旅団がいつ承徳に入城するかでしかなかった。

第八師団第三十一歩兵連隊の幸田喜一中尉が近づいて来たのは手袋を脱いでかじかんだ両手に息を吹きかけた直後だった。この中尉は戦闘詳報を担当しているのだ。三郎はそのとき、馬から降り雪の大地に腰を落としていた。喜一が苦笑いを浮かべながら言った。

「このぶんだと感状に値いするような猛者《もさ》は現われそうにもありませんな」

「いつごろになりそうです、入城は？」

「正午過ぎだと思う。入城まえに何発かの砲弾を城内にぶち込んでから敵の戦意を完全に殺《そ》ぐ。旅団が動くのはそれからですよ」

三郎は頷《うなず》きながら立ちあがった。脱いでいた手袋を嵌《は》め、大きく伸びをした。喜一が煙草を取りだして火を点けた。三郎はその眼を見つめながら言った。

「かなり出てますか、凍傷に罹《かか》った兵士たちは？」

「第十六旅団はそれほどでもない。しかし、ラオハ河を遡《さかのぼ》って赤峰を陥《おと》した第六師団には相当数の凍傷患者が出てるという情報がはいって来てます。第六師団は熊本からだ、寒さにはめっぽう弱い」

「起こってますか、赤峰で？」

「何がです？」

「住民にたいする略奪と強姦《ごうかん》」

「憲兵隊でもないかぎり、そんな情報ははいって来ない」喜一が銜《くわ》え煙草のままそう言って頬に笑みを滲《にじ》ませた。「そんなことより気をつけたほうがいい」

「何を？」

「加地正行中尉ですよ。感状欲しさに斥候処理を得意げに喚《わめ》き立てたあいつ。陸士で同期だったんだ、おれはあいつの性格をよく知ってる。蝮《まむし》みたいなやつです。沽券《こけん》を傷つけられた恨みは一生忘れない。戦闘中、背後からでも引鉄《ひきがね》を引く性質《たち》ですからね」

「そんなことを気にしてたら、憲兵は務まらない」

喜一がそばを離れてから七、八分後だった。突然、轟音《ごうおん》が鳴り響いた。八九式中戦車に搭載されている五十七粍《ミリ》砲が火を吹いたのだ。それは十一輛の八九式から次々と発射され、承徳城内のあちこちから白煙があがった。

その轟音が収まると、あたりにふたたび静寂が戻って来た。

隆之が近づいて来て言った。

「はじまるんですか、これから戦闘が？」

「戦闘はたぶん起こらん。無血入城に近いものになるだろう」

「どういう意味です、それ？」

「いまの砲撃は戦意の完全喪失を狙《ねら》ったものだ。城内にいる国民革命軍や湯玉麟軍の潰走《かいそう》を待って進撃が開始される」

「どれぐらい待ちそうです？」

「それは川原少将の判断しだいだ」

隆之が緊張した面持ちのまま無言で頷いた。

三郎はごほりと咳《せき》をしてつづけた。

「満州事変のときもそうだったが、敵軍が戦意を喪失したときがむしろ危ない」

「何がです？」

「皇軍のなかから不心得者《ふこころえもの》が出て来る。風上には絶対に置けんやつらがな。そいつらは怯《おび》えきった住民を狙う。略奪と強姦だ。皇軍の名誉にかけて、それだけは阻止しなきゃならん」

「略奪はともかく、この寒さのなかで強姦ですか？」

「家のなかじゃ炕《カン》が焚かれてる。外の寒さが嘘《うそ》のように暖《あった》かい。獣欲にも簡単に火が点く。いいか、野毛少尉、承徳じゃ何があっても陸軍刑法第八十六条は遵守《じゅんしゅ》させろ。そうでなかったら、奉天憲兵隊は嗤《わら》いものになるだけじゃない、せっかく王道楽土のために創《つく》りあげた満州国を危機に落とし込む」

八九式中戦車が一斉に動きだしたのはそれからほぼ三十分後だった。十一輛のその鉄の塊りは一列になって進んだ。九二式重装甲車二輛がそれを追った。フォード社小型トラック二十輛も兵士たちを乗せてそのあとにつづき、歩兵二個連隊が三列縦隊となって承徳城の東門に向かった。兵器や弾薬を積んだ轎車《きようしや》を引く輓馬《ばんば》や糧秣《りようまつ》の袋を背に振り分けた駄馬の群れがその手綱を曳《ひ》く満人馬丁たちと一緒に動く。四千名弱の旅団がまっすぐ東門に向かっているのだ、その光景は壮観としか言いようがなかった。三郎は隆之とともに軍馬の背に揺られながら旅団の最後尾につけていた。城内からは一発の銃声も聴こえて来ない。上空はぶ厚い雲に蔽《おお》われていたが、降雪の気配はまったくなかった。

東門まで五百米《メートル》の距離に近づいたとき、先頭の八九式中戦車が停まった。その直後にフォード社製小型トラック二輌が速度をあげて東門に吸い込まれていった。偵察として分隊が派遣されたのだ。三郎は馬を停めて、五百米先を眺めつづけた。長く待つ必要はなかった。東門に吸い込まれた小型トラックのうちの一輌がそこにまた現われた。兵士のひとりが大きく連隊旗を振りまわした。

安全が確認されたのだ、第十六旅団がふたたび動きだした。輓馬や駄馬を残して兵士たちが陸続と東門にはいっていった。

三郎も隆之とともに承徳の城内に馬を進めた。そこは静まりかえっている。左右にはいくつもの店舗が連らなっていたが、営業している気配はない。店舗の奥の暗がりのなかからは支那人たちの眼が光る。怯えたその視線は柳条溝事件直後の奉天城内の満人たちの眼差《まなざ》しに似ていた。しかし、こういう恐怖は長つづきしない。すぐにまた日常に立ち戻るだろう。それが支那人なのだ。三郎はそう思いながら城内の西に向かった。

巨大なラマ教寺院が前方に現われた。

奉天憲兵隊の資料ではラマ教寺院の南側に湯玉麟軍の兵営と阿片製造工場が拡《ひろ》がっている。熱河興業銀行は中央広場に面しているはずだ。そこに向かって進んだ。いずれにせよ、今夜は大型幕舎を建てる必要はない。川原侃少将は湯玉麟軍兵営を第十六旅団の仮宿舎として指定するだろう。

「これほどすんなり入城できるとは想像もしてませんでしたよ」隆之が馬の轡《くつわ》を並べて来て言った。「それにしても、湯玉麟軍も国民革命軍も全員承徳から逃げだしたんですかねえ？」

「もうすぐ索敵行動に取りかかるだろうよ」

「どれぐらい掛かるんでしょう、索敵行動が終わるのは？」

「便衣に着替えたとしても、兵士は眼を見りゃわかる。そんなに時間は掛からんと思う」

「要するに、終わったということですね」

「何が？」

「承徳占領」

「赤峰も陥落してるし、承徳も無血入城だ。きょう三月四日、熱河侵攻は完了したと言ってもいいだろう」

湯玉麟軍兵営を仮宿舎と決定してから第十六旅団の本格的な索敵行動が開始された。中戦車も重装甲車ももう使われはしなかった。兵士たちは徒歩で索敵に取り掛かったのだ。三郎も隆之とともに軍馬を兵営の柵《さく》に繋《つな》ぎ、歩いて中央広場に引き返した。そこに面して建つ赤煉瓦《あかれんが》造りの熱河興業銀行の玄関口から兵士たちがぞろぞろと出て来るのが見えた。

ここでは匯兌券《わいだけん》という熱河票を発行している。それが承徳や赤峰で流通しているのだ。熱河地方を満州国に組み込んだときには、その匯兌券を回収して、満州中央銀行の発券する国幣に変えなければならない。

満州国では熱河侵攻に先立ち、熱河設治工作班を組織していた。それは阿片工作班、銀行班、それに財政班に分かれる。阿片工作班は禁煙善後管理局やヘロイン工場を接収し、銀行班と財政班は熱河興業銀行の発行する匯兌券を回収することを目的として設置されたのだ。承徳を軍事的に占領したいま、熱河設治工作班が新京からやって来るのはもはや時間の問題だけとなった。

兵士たちの最後に玄関口から出て来たのは戦闘詳報を担当する歩兵中尉の幸田喜一だった。その表情から熱河興業銀行のビル内には残敵はひとりもいないことがわかる。喜一がこっちに近づいて来て言った。

「酷《ひど》いもんですな、国民革命軍も湯玉麟軍も食料やら金銭《かね》目のものを住民から巻きあげて西門から長城方面に向かって逃走していった。馬や駱駝《らくだ》もね。承徳からは半分以上の蒙古馬や駱駝が消えた。しかし、関東軍にとっちゃ、それはむしろありがたい。住民たちはそういうことに怨嗟《えんさ》の声をあげてます。承徳の住民の半分近くが蒙古族だ。占領政策さえまちがえなきゃ、関東軍はここでは感謝される」

「満州事変のときよりはましだ」

「何がです？」

「あのときは潰走する張学良の東北辺防軍が満州各地の鮮人農民たちを殺し、犯し、略奪したんです。それに較《くら》べりゃ、承徳の住民たちの被害は最小限で済んだと言わなきゃならない」

彼方《かなた》で銃声が聴こえたのはその直後だった。

それは承徳城の東門の向こうで響いたのだ。

三郎は防寒服の内側から十四年式拳銃《けんじゅう》を引き抜いた。隆之も喜一も。兵士たちが三八式歩兵銃を手にしたまま東門に向かって走りはじめた。三郎も大地を蹴《け》った。

道路の両側にはすでに露天商が饅頭《まんじゅう》や小龍包《シャオロンボウ》を売りはじめている。店舗も営業を再開していた。承徳に入城してからすでに一時間以上が経過したのだ、そのあいだに関東軍兵士が何かをしたという情報ははいって来ていない、住民たちは日常を取り戻そうとしているのだろう。

その道路を走り抜けて東門から飛びだした。

兵士たちが糧秣の袋を背に振り分けている駄馬のまわりを取り囲んでいた。兵器や弾薬を積んだ輜車を引く輓馬はすでに仮宿舎に設定された湯玉麟軍兵営に繋がれていたが、駄馬は東門の外に待機させたままなのだ。それは仮宿舎での無用な混雑を避けるためだった。

三郎は銃をかまえている兵士たちのあいだに割ってはいった。

関東軍の依頼によって阪田組を興《おこ》した阪田誠盛の調達した駄馬が二十頭ばかり少なかった。駄馬のそばに三人の関東軍の兵士の死体が転がっている。喉《のど》を掻《か》っ切られて、砂の大地に積もった雪を血で穢《けが》していた。三人のそばに歩兵銃は転がっていなかった。死体はもうひとつあった。満人馬丁のものだ。額の右半分が砕かれ、ぽっかり口を開いて絶命していた。

他の満人馬丁たちは表情を引きつらせている。そのだれの眼にもはっきりした恐怖の色が浮かんでいた。阪田誠盛に集められた満人たちはみな痩《や》せこけていたが、その細い体が大掛児《ターコオル》のなかで顫《ふる》えているのが何となくわかる。

銃口を向けている兵士たちのなかに拳銃を馬丁たちに向けている将校がいた。それは永嶺で国民革命軍の斥候たちを処理した加地正行中尉だった。三郎はゆっくりと下唇を舐《な》めた。正行が甲高い声を向けて来た。

「陸軍刑法違反とは言わせんぞ、その馬丁は刀子《とうし》を抜こうとしたんだからな。そのまえにおれがぶち殺した」

「説明してもらうぞ、加地中尉、何がどうだと言うんだ？」

「皇軍の貴重な糧秣を積んだ駄馬二十頭を連れて三人の馬丁が逃げた、そこに転がってる三名の皇軍兵士を殺してな。見ろ、刀子で喉を掻っ切られてる」

「その場に居合わせたのか？」

「他の馬丁たちから聞いた。今度はちゃんとした通訳兵を連れてる」

「で？」

「言ったろ、残ってた馬丁のひとりが刀子を抜こうとした。それでやむなく射殺した」

三郎はもう一度下唇を舐めた。正行の言葉は嘘《うそ》に決まっている。ちょっとした馬丁の動きにかこつけて引鉄を引いたのだろう。これほどの加虐癖《かぎやくへき》に充《み》ちた日本人は珍しい。だが、三郎はそれには触れずに言った。

「二十頭の駄馬はどっちに向かったと言ってるんだ、馬丁たちは？」

「西へ向かったらしい」正行がそう言って冷え冷えとした笑みを頬に滲ませた。「どうするつもりだ、敷島中尉、いったい？」

「何をだ？」

「皇軍糧秣を積んだ駄馬の監視に三人の兵士しか立てなかったのは担当官の責任だ。しかしな、憲兵隊には後方監視の任務がある。あんたはそれを怠ったんだ。怠慢の誹《そし》りは免《まぬが》れんぞ」

三郎は握りしめていた十四年式を防寒服の内側に吊《つる》した拳銃嚢《のう》に戻した。正行の言葉が理不尽なことはわかっている。しかし、この中尉と議論する気はまったくなかった。三郎は傍らにいる隆之に言った。

「軍馬を連れて来てくれ、おまえの馬も」

「どうするんです？」

「よけいな質問はするな、命令に従え」

隆之が軍馬に跨り、もう一頭の軍馬の手綱を曳いて戻って来た。満人馬丁や兵士たちの視線はこっちに集中している。正行や喜一の眼も。隆之が手綱を手渡して来た。

三郎は軍馬に跨って隆之に言った。

「ついて来い」

ふたりで駄馬を囲む群れのなかから抜けだした。

時刻はとっくに三時を過ぎている。

軍馬を西へ西へと進めていった。

承徳城が視界から消えたところで三郎は隆之に声を掛けた。

「おそらく承徳に戻るのは明けがたになる」

「何をするつもりなんです？」

「逃げた三人の満人馬丁を殺す」

「わかるんですか、どこへ逃げたか」

「風の強さで平地の雪は積りが浅い。しかし、丘陵にはいれば吹き溜《だ》まりがある。そこに蹄《ひづめ》の跡が残ってるはずだ。そうなったら、逃がしはせん」

「どこから出て来るんです、その自信は？」

「満州に来てからおれは何度も特務まがいの任務をこなして来た。他の兵科の連中とはちがう。妙な勘も身について来てる」

　丘陵地帯にはいってすぐに糧秣の袋が三つ転がっているのが見えた。その先に吹き溜まりがある。そこにいくつもの蹄の跡が残っていた。

「逃走した三人の馬丁は三頭の駄馬の荷をここで捨てたんだ」三郎は糧秣袋を指差しながら言った。「糧秣と一緒に乗ってると駄馬が保《も》たんと判断したんだろう。ここから逃走の速度はあがったと考えなきゃならん」

「どうして逃げたんでしょうね、三人の馬丁は？」

「金銭《かね》だよ」

「え？」

「阪田組で急遽《きゅうきょ》集めた馬丁のなかにはいろんなやつが混じってる。承徳までの馬丁連中の苦労は並みじゃなかった。あいつらにいくらの日給が支払われてるか、おれは知らん。しかし、これほど苦労してたったこれだけの金銭しか払われないのなら、一《いち》か八《ばち》か駄馬ごと糧秣を奪ったほうがいいというやつが現われたって何の不思議でもない」

「支那人は物資がどこから流れて来たかはまったく気にはせん。値段さえ折り合えば、何の問題もない」

「売り捌《さば》く当ては？」

ふたりで雪の吹き溜まりを越えた。

隆之が声を強めて言った。

「わかりますか、雪についてる蹄の深さでいつごろここを通過したかが？」

「そこまでは判断できん。ただ、おれはもう捉《とら》えたも同然と考えてる」

「どうしてです？」

「勘だよ、勘」

吹き溜まりを抜けて丘陵を巻くと、すぐに新しい丘陵が現われた。軍馬をその右側に向けた。これもただの勘だった。吹き溜まりがまた現われ、そこにも蹄の跡が残っていた。

「たぶん、日没まえには捉えられる」三郎はじぶんにも言い聞かせるように言った。

「おれたちは三人の馬丁の五割増しの速度で進んでる」

「どうして言い切れるんです、そんなことを？」

「駄馬として使われてるのはみな蒙古馬だ。耐久力は抜群だが、脚は遅い。おれたちが乗ってる軍馬補充部からの馬とはちがう。ひたすら荷を運ぶだけだ。それ以外の能力はほとんどない」


駄馬の群れが視界にはいったのは五時半過ぎだった。上空はぶ厚い雲に蔽われてはいたが、陽はまだ沈んではいない。ただ、南からの風が吹きはじめている。雪が薄く被《かぶ》る砂の大地を二十頭の蒙古馬が西へ向かっている。そのうちの三頭には馬丁の背なかがあった。

三郎は隆之とともに軍馬に跨って小高い丘のうえからそれを眺めていた。馬丁たちがこっちに気づいた気配はまったくない。三郎は低い声で隆之に言った。

「これまで人を殺したことは？」

「ありません」

「憲兵は軍人だが、ふつうの軍人じゃない。皇国のためには戦場外での殺害も任務のひとつだ、これからそれをおまえに経験させる」

　隆之が無言のまま大きく頷いた。

　三郎は防寒服の内側から十四年式を引き抜いた。隆之もそれに倣《なら》った。その動きは明らかに緊張しきっている。三郎は安全装置を外してつづけた。

「三人の馬丁は皇軍兵士から三八式歩兵銃を奪ってる。阪田組は輓馬や駄馬だけじゃなく馬丁の調達も請け負った。慌《あわ》ただしくて馬丁の身辺調査なんかやってる閑はなかったろう。あの三人の馬丁は旧軍閥の兵士だった可能性も否《いな》めん。小銃の扱いかたを知ってることも考えられる」

「その場合は反撃して来ますね」

「馬上からの射ち合いになりゃ、小銃より拳銃のほうがはるかに有利だ。駄馬の群れに近づいたとき、三人が蒙古馬から降りるかどうかが判断の決め手だよ。三人に軍隊経験があるかどうかのな」

　隆之が無言のままふたたび大きく頷いた。

　三郎は声を強めて言った。

「絶対に怯《ひる》むな、野毛少尉、制圧は電光石火に行なう」

「わかりました」

三郎は軍馬の腹を蹴った。軍馬が勢いよく飛びだした。隆之がこれにつづいた。ふたりで小高い丘を降りていった。南からの風が頰を打つ。日没まえには絶対に三人を処理しなきゃならない。三郎は軍馬の脚を速めていった。

駄馬群との距離が三百米《メートル》ほどになった。

三人の馬丁が蒙古馬の背から降りようとするのが見えた。その動きで三人とも旧軍閥での兵士の体験があることがわかった。満州国陸軍創設に当たって関東軍は張景恵《ちようけいけい》軍やら熙洽《きこう》軍などの旧軍閥を解体させた。それによって溢《あぶ》れた元兵士たちが阪田組の馬丁集めに応じたのだ。要するに、熱河侵攻に参加しなかったら、満州のどこかで兵匪《ひ》として生きるしかなかったろう。距離が百五十米《メートル》近くになったとき、三人が三八式歩兵銃をかまえた。

駄馬の群れはその三人を残して西へ西へと駆けていく。南からの風が強くなりはじめている。銃声が響いた。一発、二発、三発。三八式歩兵銃が火を吹いたのだ。

三郎はかまわずに軍馬を走らせた。

隆之も背後から尾いて来る。

歩兵銃の引鉄がふたたび引かれた。

耳もとをひゅんと銃弾が掠《かす》めるのがわかった。

三人の馬丁は大地に片膝《ひざ》をついて銃口をこっちに向けている。三郎は馬上から右側のひとりに十四年式の銃口を向けた。引鉄を引いた。炸裂音《さくれつおん》が跳ねかえったが、馬丁の体は崩れはしなかった。背後からの銃声も響いた。隆之も銃弾を発したのだ。馬丁はだれも倒れなかった。三郎はその三人のそばを通り抜けた。手綱の左を引き、軍馬の向きを変えた。

三人の馬丁が慌ただしくこっちを振りかえった。

三郎は十四年式の銃口を右端の馬丁の胸に向けて引鉄を引いた。その体が仰向けに大地に倒れるのが見えた。傍らで隆之が発射した。真んなかにいた馬丁が転がった。残っていた馬丁が背を向けて走りだした。三郎は銃口をその背なかに向けた。引鉄を絞り込んだ。その体がくるりとまわって大地に叩《たた》きつけられた。三郎は軍馬の背から降りながら隆之に言った。

「止留めを刺せ」

隆之も軍馬の鞍《くら》から離れた。

ふたりで手綱を曳いて大地に転がっている三人の馬丁の肉塊に近づいた。大掛児を着た馬丁は三人とも三十前後だった。まだ呼吸《いき》があるかどうかは確かめなかった。ふたりで八粍《ミリ》弾を三人の左胸にぶち込んだ。

「どうします、逃げた駄馬の群れは？」

「もうすぐ日が暮れる。駄馬までは無理だ。歩兵銃だけを回収して承徳に戻る」

隆之が頷いて十四年式を防寒服の内側の拳銃嚢に戻した。

南からの風が一段と強くなっている。

三郎は下唇をゆっくりと舐めて言った。

「馬丁たちは大掛児の内側に刀子を吊してると思う。それで三人の左耳だけを切り取ってくれ」

「どうするんです、左耳を集めて？」

「加地中尉に叩きつけてやる。感状欲しさの乞食《こじき》根性のまえに突きつけてやるんだよ、軍人というものは皇国のために粛々と任務をこなすだけなんだという証拠をな」

5

敷島四郎《しろう》はハルビン特務機関曹長の首藤照久《しゆどうてるひさ》とともに満人の操る馬橇《ばそり》に乗ってチャムスから弥栄村《いやさかむら》へ向かっていた。三月ももう終わりだが、北満の積雪はしばらくは溶けそうもない。ハルビンで拓務省庶務課から派遣された細木《ほそき》安雄《やすお》に逢《あ》ったときは第二次武装移民の入植につきあって欲しいとのことだったが、急に弥栄村と名まえを変えた永豊鎮《えいほうちん》に向かえとハルビン特務機関からの指示を受けたのだ。それは軍命令に近かった。ハルビンを発《た》ったのは一昨日《おととい》の夕刻だった。それまでのあいだ、四郎はハルビン日日新聞社から仕事らしい仕事は何も与えられなかった。昼間はその社屋で『日露・露日辞典』と『日露会話辞典』を手にしてチェーホフの『三人姉妹』や『桜の園』といった戯曲の原文を読み、午後六時からは埠頭区《ふとうく》にある照久のアパートで妻のソーニャからじかにロシア語会話を習った。混血のふたりの男の子もなついてくれた。最初は難解だと思ったが、無理に文法どおりに話そうとせずにひたすら語彙《ごい》を並べることに専念すると、何とか通じるようになった。いまではかなりのことが聞けるし、かなりのことを喋《しゃべ》れる。ひょっとしたら、じぶんは語学の才能があるのかも知れない。そう自惚《うぬぼ》れることもあった。波打つような雪の大地の丘のひとつを越えると、彼方《かなた》に人家の集まりが見えて来た。囲壁の向こうにいくつもの甍《いらか》が並んでいる。あれが弥栄村なのだ、あそこが永豊鎮から日本名へと変更した第一次武装移民の入植地なのだ。四郎はそう思いながら馬橇のうえで腕組みをした。

急遽《きゅうきょ》、弥栄村に派遣される理由をハルビン特務機関はこう説明した。第一次武装移民先遣隊の永豊鎮視察報告を受けて、四百二十三名の移民が入植したのは二月の十一日つまり紀元節当日だった。現在、武装移民は環境づくりに励んでいる。四月下旬には満州国と武装移民とのあいだで『弥栄村部落用地に関する議定書』が取り交わされる予定だ。しかし、現地の満人農民とのあいだがぎくしゃくしている。通訳に当たっている関東軍兵士の満語に問題があるらしい。それが弥栄村への派遣理由だった。

「あんたのロシア語の上達ぶりはたいしたもんらしいな」傍らに座っている照久がそう言って外套《がいとう》の内側から煙草《たばこ》と燐寸《マッチ》を取りだした。「褒めてたぜ、女房が。まさか寝たわけじゃないだろうな、おれの女房と」

「冗談言わないでください！」

「向きになるな、揶揄《からか》っただけだよ。あの敷島憲兵中尉《ちゅうい》の弟がそんなことをするわけがない。しかしな、おれがロシア語を喋れるようになったのは女房と寝るようになってからだ。語学上達のこつは女と一緒に暮すことだ。あんたのハルビンでの暮しはそういうことと縁がないように見えた。それなのに、ロシア語がどんどん上達した。みごとなもんだよ」

「ほんとうにいるんですか？」

「何が？」

「武装移民の入植地に白系ロシア人が？」

「ハルビン特務機関はかならずコミンテルンが動くと踏んでる。そのとき、白系ロシア人がそれに協力して入植地を探りに来るだろうとな」

「ぼくは共産主義というのがわからなくなってる」

「どういう意味だよ」

「上海で瑞金《ずいきん》から逃げて来た中国共産党員の証言を聞いたんです。高邁《こうまい》な理想を掲げながら内部では陰惨な粛清が行なわれてる。ソ連共産党もそうなんですかねえ？」

照久はそれには何も言おうとしなかった。燐寸を擦って銜《くわ》えている煙草に火を点《つ》けた。

弥栄村の家影のひとつひとつがはっきりして来ている。

「ぼくはいつまであそこにいなきゃならないんです？」

「ハルビン特務機関の情勢判断しだいだ。おれはあんたを弥栄村に運び入れたら、すぐにハルビンに引きあげるが、あんたを迎えに来るときもまたこのおれかも知れん」

四郎は思わず萎《な》えた笑い声を洩《も》らした。この笑いは自嘲《じちょう》以外の何ものでもない。上海の東亜同文書院に入学して以来ずっとこうだ。軍人でもないのに、特務機関の玩具《がんぐ》として使われつづけている。じぶんの意思や欲求とは無縁にすべてが進行する。しかも、じぶんはこういう運命に逆《さから》う術《すべ》を何も持っていない。一切が真沙子《まさこ》との道ならない関係からはじまったのだ。四郎は掠《かす》れた声で笑いつづけた。

「何がおかしい？」

「べつに」

「厭《いや》な笑いかただ。敷島憲兵中尉の弟とはとても思えんような弱々しさだ、そういう笑いはやめてくれ」


弥栄村つまり旧永豊鎮は百戸あまりの聚落《しゅうらく》だった。そこに吉林《きつりん》から派遣された関東軍の一個中隊が駐屯し、四百二十三名の武装移民が滞在していた。兵士たちも武装移民も満人たちの家に分散して暮しているのだ。四郎は照久からまず関東軍の神尾弥七《かみおやしち》少尉に引き合わされた。そこはこんな辺鄙《へんぴ》な地には珍しく大きな館《やかた》で、大きな講堂が中央に設けられ、そこに無数の卓台と椅子《いす》が並べられている。そのまわりにいくつもの部屋があった。

「それじゃ、おれはチャムスに引き返す」照久がそう言って案内された部屋の戸口に向かった。「陽が落ちるまえに、雪原を突っ切らなきゃ何が起こるかわからんし」

照久が部屋を出ていくと、弥七は椅子を勧めた。この部屋には寝床台が設置され、机がひとつと椅子がふたつ置かれている。なかは暖かった。炕《カン》が焚《た》かれているのだ。弥七はじぶんより齢《とし》したに見えるが、口の利《き》きかたはきわめてぞんざいだった。

「ここに来たからには泣き言は通じんぞ。あんたが軍人でも軍属でもないことはもちろんわかってる。しかし、民間人だといって甘やかしたら、この弥栄村全体を危機に陥《おと》し入れることになるんだからな」

四郎は無言のままその眼を見据えかえした。

弥七が煙草を取りだし、それに火を点けてつづけた。

「この建物はこんなところにしちゃずいぶん立派だろう？　むかしは何に使われてたかわかるかね？　ここはな、永豊鎮の紅槍会《こうそうかい》本部だったんだよ。あんたは四年近くも支那にいると聞いた。なら、わかるだろ、紅槍会ってのは白蓮教《びゃくれんきょう》の流れを汲《く》む匪賊《ひぞく》集団だよ。刀槍不入《とうそうふにゅう》って言葉を聞いたことがあるか？　神仙を祀《まつ》った神壇のまえで術士が符呪《ふじゅ》を信徒に授ける。信徒がその符呪を嚥《の》み込んで鍛練を施せば、刀や銃弾を通さない不死身の肉体を獲得できる。そう信じ込んでやがるんだよ。そいつらは銃身の先に赤い布を巻いてるからすぐにわかる。宗匪は宗匪だということを隠そうともせん」

「どうして紅槍会がこんなところに本部を？」

「この近くに駝腰子《だようし》という地区がある。そこは金鉱地でな、七千人近くが砂金採掘に従事してた。紅槍会はそのあがりを掠めてた。だから、こんな豪壮な本部をぶっ建てた」

「そこを占拠したんですか、武装移民が？」

「あの連中にそんな能力はない。それに、そんなことは先遣隊は気づきもしなかった。紀元節当日にここに入植を開始したんだがな、紅槍会がすぐさま襲って来た。武装移民は砂金なんかに何の興味もないんだが、やつらにしてみりゃ利権を掻《か》っ払《ぱら》われると思ったんだろうよ。おれはあとから派遣されたんだが、そのときは四個中隊と機関銃隊が移民の警護に当たってた。戦闘になり襲って来た紅槍会宗匪を撃破するのは簡単だった。それからはここを弥栄村の拠点としてる」

「いまも紅槍会は？」

「ときどき襲って来る。しかし、やつらが保有してる武器は貧弱だ。油断さえしなきゃそれほどの被害はない」

「いまここに住んでるのは武装移民だけですか？」

「五十人ばかりの満人が残ってる。二日まえの協議で森林地と草生地合わせて四万五千町歩の農地の買い取りは終わったが、人家の立ち退《の》きは完了してない。ごねてる満人がまだ住んでるんだ。どいつもこいつも紅槍会に属してるんだがな、銃を持ってるわけでもないし、関東軍に牙《きば》を剝《む》く気配もない。立ち退き料を欲しがってるだけで匪賊化するとも思えんので、ぶっ殺すわけにもいかないんだよ。うえからの命令は穏便に処理せよというだけだ。立ち退き料はひとりにつき五円で交渉中だが、なかなかうんと言わん。あんたは満語がぺらぺらだと聞いてる。満人どもとの交渉にあたってくれ」

四郎は何も言わずに腕組みをした。

弥七がふうっとけむりを吐きだしてつづけた。

「満人どもはかならず立ち退き料の値上げを要求する。だが、そんなことは一切受けつけるな。満州への移民は今回だけじゃない。膨大な移民が運ばれて来るんだ。いったん譲歩すりゃ、満人どもはつけあがる。足もとを見てべらぼうな立ち退き料をつけて来る。そんなことは赦《ゆる》されん」

「それにしても、見当たりませんでした」

「何が？」

「武装移民ですよ、四百二十三名が入植したと聞いたのに、この弥栄村にはいって来たとき、人影を見掛けなかった」

「軍事訓練中だ。ここから二粁《キロ》先の森林地で教練を受けてる。おれの小隊はきょうはここの警護に当たってるが、残りの小隊は移民連中を鍛えてる」

「軍事訓練は毎日ですか？」

「午後一時から四時まで毎日だ。あんたにも参加してもらうぞ。あとで三八式歩兵銃と銃弾を渡す。起床は午前六時だ。洗顔と歯磨のあと全員で整列し、皇城の方向に向かって天皇陛下万歳の三唱を行なう。あんたにもその慣行に従ってもらうぞ」

宛《あて》がわれた家は紅槍会本部だった館から歩いて三分ばかりのところにあった。なかに足を踏み入れると、土間に竈《かまど》が設《しつら》えられ水甕《みずがめ》が置かれている。寝室は一段高くなっている六畳ほどの広さだった。案内した若い兵士が歩兵銃をこっちに渡しながら言った。

「ここは弥栄村で一番小さい家です。三人が収容できる。いまはふたりしか寝起きしてません。炕《カン》があります。その竈の焚口《たきぐち》に火を焼《く》べると、けむりが寝部屋の床下にまわる。結構、暖《あった》かいですよ。しかし、景気よく燃やさないでください、ここでは薪《まき》は貴重ですから」

四郎はその兵士が出ていくと水甕に歩み寄り、食器棚から湯呑《ゆの》みを取りだして柄杓《ひしやく》で水を汲んだ。それを飲み終えて竈の焚口を覗《のぞ》いて見た。火ははいっていない。満州では炕で暖を採るということはもちろん知っていた。しかし、それを実際に見るのはこれがはじめてだ。構造はきわめて簡単そうだった。四郎はそれを確かめて奥の寝室にまわり、その床のうえに腰を落とした。

扉の蝶番《ちようつがい》の軋《きし》みが聴こえたのは四時半過ぎだった。四郎は腰を浮かして土間に向かった。ふたりの男がそこにいた。

四郎はそのうちのひとりを見て思わずあっと声をあげそうになった。それは森山宗《もりやまそう》介《すけ》だった。燭光座《しよつこうざ》で役者をしていた文選工がそこにいた。四郎は口を開きかけたが、すぐには何を言っていいかわからなかった。

宗介も驚愕《きようがく》の眼差《まなざ》しをこっちに向けつづけた。

「どうして森山さんがここに？」

「おまえこそどうしてだ？」

「ぼ、ぼくは」

「ハルビン特務機関が通訳を送り込んで来ると聞いたが、四郎、おまえがその通訳なのか？」

「え、ええ」

「何てえ奇縁だ、こんなところで顔を合わせるとはな」宗介がそう言って傍らの若い男を紹介した。「こいつは三波直也《みなみなおや》。おれと一緒に武装移民として弥栄村へやって来た」その声が直也に向けられた。「おまえは今夜の食事当番だろ？　そろそろ仕事に掛かれよ」

二十一、二歳の直也が眼でこっちに会釈《えしやく》して土間から出ていった。

宗介が顎《あご》をしゃくって寝室のほうに促した。

ふたりでそっちに移り、靴を脱いで一段高くなっている板敷の間にあがった。宗介がそこに畳まれて置かれている蒲団《ふとん》をふたつ引きだした。ふたりでそれを座蒲団替わりにして胡座《あぐら》をかいた。

「燭光座が解散して、おれはだれとも音信不通になった。他の連中がどうなったかまったくわからねえ」

四郎は里谷春行《さとやはるゆき》と多恵《たえ》のことに触れる気はなかった。ましてや、戸樫栄一《とがしえいいち》については黙りつづけるつもりだ。四郎はじぶんのことの差し障《さわ》りのない部分だけを喋ることにした。

「ぼくはあれから早稲田をやめ上海の東亜同文書院に行きました」

「すげえな、おまえがそんなに頭がいいとは思ってもなかったぞ」

「運がよかっただけですよ」

「そこで言葉を覚え、通訳になったてえわけか？」

「そんなところです。森山さんは？」

宗介が外套の内側から煙草を取りだし、こっちに差し向けた。

四郎は無言のまま首を左右に振った。

「やめたのか？」

「喫《す》う気もしなくなった」

「四郎」

「何です？」

「いくつになったんだ、おまえ？」

「二十五」

「おれは来年で三十だ、老《ふ》けたな、たがいに」

四郎は苦笑いするしかなかった。

宗介が煙草に火を点けてつづけた。

「燭光座が解散してからすぐに勤めてた印刷会社がぶっ潰《つぶ》れた。で、郷里の信州に戻った。おれは農家の次男坊なんだよ。兄貴の農作業を手伝いながら暮してたんだが、とても一家族以上が食えるような状態じゃねえ。で、加藤完治《かとうかんじ》の試験移民の呼び掛けに応じてここにやって来た」

「もう耕作の準備に取り掛かってるんですか？」

「とんでもねえ、毎日毎日が軍事訓練の連続だ。徴兵されたばかりの新兵と同様の暮しがつづいてらあな」

「ときどき宗匪が出るそうですね」

「紅槍会の連中だよ。おれたちがこの弥栄村に到着したときの光景はいまも忘れられねえ。囲壁の門柱に生首《なまくび》が曝《さら》されてたんだ。永豊鎮はもともと紅槍会の村だったんだが、日本にたいする抵抗派と恭順派に分かれたらしい。おれたちの入植の前日、抵抗派は恭順派のひとりの首を切り落とし、門柱のうえに飾ったんだよ。もちろん、それはおれたち武装移民にたいする宣戦布告を意味してる。紅槍会は鉄砲の先に赤い布を巻きつけて、はあっはあっと濁った掛け声をあげながら襲って来る。白蓮教だか何だか知らねえが、死ぬことなんか何とも思っちゃいねえ連中だ。もし関東軍の一個中隊がここに駐屯してなきゃ一《ひと》たまりもねえよ」

「砂金の採掘を邪魔されると思ってるようですね」

「それだけじゃねえよ」

「どういう意味です？」

「このあたりの土地は只《ただ》同然で買い取られたんだ。満人はみな収奪されたと考えるだろうよ。紅槍会の連中はな、おれに言わせれば邪教集団だが、満人たちのそういう気分も代弁してる。皮肉だとは思わねえか？」

「何がです？」

「おれたちは燭光座で木本《きもと》さんの薫陶《くんとう》を受けた、無政府主義のよ。日本帝国主義は唾《だ》棄《き》すべきものだとな。少くとも、おれ自身はそれを信じてた。だが、いまはどうだ？　関東軍の方針に則《のっと》り掻っ払い同然で満人から手に入れた土地で日本帝国主義の先兵として動いてる。おまえだって否定はできまい？　ハルビン特務機関から派遣されたんだからな」

四郎は何も言わなかった、言えなかった。

宗介が銜え煙草のままさらに言葉を重ねた。

「こないだ交わされた議定書じゃ四万五千町歩が弥栄村の所有となったが、そのうちには既墾地が七百町歩、熟地が五百町歩含まれてる。関東軍が発表してるように未開の地だけじゃねえんだ、すでに耕されてたり農耕作業中の土地が千二百町歩もある。そこで働いてた満人の農民はどこへ行く？　煙草代ぐらいの金銭を押しつけられて抛《ほ》っぽり出されるんだよ」

「後悔してるんですか、ここに来たことを？」

「おれはそんなふうに考えるほど上等な人間じゃねえ。だれかが生きていくためにはだれかが泣く。いまはそれだけのことだと思ってる。満人の犠牲のうえでしか生きられねえのなら、それはそれでしかたねえ。悪い星のしたに生まれたと諦《あきら》めてもらうしかねえんだよ、いくらおれの寝覚めが悪くてもな」


晩飯は紅槍会本部だった建物の講堂らしき広間で一斉にはじまった。無数の卓台や椅子はそのためのものだったのだ。蠟燭《ろうそく》があちこちに立てられている。電気はここには来ていないのだ。四郎は宗介と並んでその卓台についた。献立ては白飯と味噌《みそ》漬《づけ》の豚肉を馬鈴薯《ばれいしょ》と一緒に煮込んだ得体の知れない一品、それに福神漬だった。

その食事中に神尾弥七少尉が四十五、六の恰幅《かっぷく》のいい男を連れて近づいて来た。軍用外套を纏《まと》っている。四郎は椅子から立ちあがった。弥七が傍らに向かって言った。

「これがハルビン特務機関から派遣されて来た敷島四郎くんです」その声がこっちに向けられた。「中隊長の雨宮英夫《あまみやひでお》大尉殿だ、挨拶《あいさつ》をしろ」

四郎は無言のまま頭を下げた。

英夫が鷹揚《おうよう》な声で言った。

「よろしく頼みますよ、何しろここにいる連中はほとんど満語ができませんのでな。立ち退きについてごねてる満人連中と穏便に話をつけていただくとありがたい」

「こちらこそよろしく願います」

「食事はこんなものしかありませんが、何ぶんこういうところですから我慢してください」

ふたりがそばを離れ、食事が終わると、宗介がすぐに立ちあがった。四郎は空になったアルマイトの深皿をどうしていいかわからなかった。宗介が顎をしゃくりながら言った。

「食器は当番がかたづける。それよりも、おれは今夜は警邏《けいら》担当だ。つき合え。話し足りないことがいっぱいある」

四郎は宗介とともに紅槍会本部だった建物を離れ、ふたりで宛がわれた小さな一軒家に戻った。日はすでにとっぷりと暮れている。宗介がカンテラに火を灯し、歩兵銃を手にしながらもうひとつの歩兵銃に顎をしゃくった。四郎はそれを取りあげた。ふたりで土間から外に出ると宗介が言った。

「扱ったことがあるのか、銃は？」

「拳銃《けんじゅう》ならすこし」

「警邏は二時間だ。二時間経《た》ったら戻れる。そのころには直也が炕に火を入れてる。炕がはいりゃ信州の夜よりずっと暖かい」

暗がりのなかをふたりで肩を並べて歩きだした。夜空からは無数の星の雫《しずく》が垂れ落ちて来るようだった。北満といえども、もう雪が降ることはないのだろう。カンテラの明かりが弥栄村の路地路地を照らす。満人たちから接収に近いかたちで買いあげた弥栄村の家々の大きさはまちまちだった。貧富の差や家族数のちがいから来るものだろう。ときどき人家のなかから笑い声が響いて来た。

「一口に満州武装移民と言うがな、見かたによっちゃ意味合いはまったくちがう」宗介が歩きながら言った。「加藤完治にしてみりゃ農村の余剰人口の解消が最優先だ。しかし、関東軍の東宮鉄男《とうみやかねお》大尉にとっちゃ対ソ防衛のための屯墾隊配置をまず第一に考えてる。知ってるだろ、東宮鉄男？　燭光座の解散騒ぎのころ起きた満州某重大事件の立役者のひとりだよ。東宮鉄男が張作霖《ちょうさくりん》爆殺の現場を指揮した。目的はちがったが、ふたりの結論は同じだった。そうやってこの弥栄村ができた」

「聞いてます、そのことは」

「来月の二十日過ぎに弥栄村部落用地に関する議定書てえのが満州国と武装移民とのあいだで交わされる。それによって十二の部落に振り分けられるんだ。おれがどの部落に割り当てられるのかまだわかっちゃいねえが、そこでようやく開墾がはじまるんだ。それが何を意味するかわかるか？　もうこれまでみてえなかたちで関東軍の警護は受けられねえってことよ。自力でてめえらの防衛を考えろってえわけさ。ここでも加藤完治と東宮鉄男の結論は一致してる」

四郎は何も言わずに歩きつづけた。

どこかで夜鴉《よがらす》が啼《な》いている。それは弥栄村への闖入者《ちんにゅうしゃ》がどこにもいないことの証《あか》しなのかも知れない。

「試験的な武装移民はこれからもつづく。第二次移民の先遣隊は七月に来る。入植先は湖南営《こなんえい》というところらしい。そこは千振村《ちぶりむら》と名づけられるそうだ。第三次武装移民は小八虎力《しょうはちこりょく》という場所の予定だと聞いてる。要するに、武装移民とか屯墾隊という名を借りて、無給の日本人が対ソ防衛のために日本から送り込まれて来るんだよ」

四郎はこれにも応じる言葉がなかった。

宗介がいったん足を停めてカンテラをこっちに手渡した。外套の内側から煙草を取りだして、それに火を点けた。カンテラをふたたびこっちの手から取り戻し、銜え煙草のまま言った。

「気をつけたほうがいいぞ、おまえ」

「何をです？」

「中隊長の雨宮英夫はあの齢で大尉だ。つまり、陸軍士官学校卒じゃねえってことよ。ここを軍人としての最後の任務と考えてる。つつがなく、ここの任務をこなして予備役にまわり、あとは安楽に暮してえだろうよ。しかし、神尾弥七てえ少尉はちがう」

「どういうふうに？」

「あの若僧は陸士を卒業してすぐに関東軍として渡満して来たんだろうよ。それも熱河侵攻とか東北抗日義勇軍殲滅《せんめつ》とかの派手な作戦に従事してるわけじゃねえ。おれたち武装移民の防衛のために紅槍会の来襲に備えてるだけだ。戦闘体験のねえ軍人ほど始末に悪いものはねえ。おれは確信してる。あの若僧は戦果を挙げたくてうずうずしてるとな。つまりな、宗匪の来襲を待ち望んでやがるんだ。そのためには紅槍会を刺《し》戟《げき》することさえ辞さんだろうよ。それだけじゃねえ。やたらと軍事訓練をおれたちに押しつける。おまえも参加させられるぞ」

「逢《あ》った瞬間にそう言われた」

「弥栄村の武装移民のなかにも体力のあるやつもないやつもいる。あの若僧はそんなことはまったく配慮しねえ。体力に自信はあるか、四郎、あの若僧は泣きを入れりゃ入れるほど苛《いじ》めたがるやつだからな」

6

天津入りしてから十日が過ぎた。四月の風はもう大掛児《ターコオル》を必要としなかった。敷島次郎は赤峰近くの龍水屯から連れて来た孟平義とともに天津での常宿・鼓楼飯店《ころうはんてん》で起居していた。これだけ遅れたのは関東軍の熱河侵攻であちこちが大混乱していたからだ。食料と飼葉の確保のために何度も足停めを食らった。天津入りした翌日、平義の姉・孟婉紅が働いているという龍水望館という娼楼《しょうろう》を訪ねた。龍水屯の地主・潘九告が経営するその娼楼は日本租界の福島街《ふくしま》にあった。そこはどこからどう見ても高級娼館とは言い難かった。老朽化した支那建築のなかに二十人ばかりの娼妓《しょうぎ》が働いているだけらしい。それでも、六十半ばのでっぷりと太った九告は居丈高《いたけだか》にこう言い放った。
あの女、一カ月まえにぷいとここから消えやがった。あいつの親父《おやじ》の継謙にゃちゃんと前渡し金を払ってるし、同郷だからそれなりの面倒を看てやった。その恩義も忘れて逃《ず》らかりやがったんだ。どうせ春を売るより能がねえ女なんだ、野鶏《イエジー》としてどこかの道端に立ってるだろう。見つけだしたら二度と商売できないように耳と鼻を殺《そ》ぎ落としてやる。次郎はそれから天津の城内や租界地を夜になるとほっつき歩いた。もちろん、平義はまだ十五なのだ、同行させるわけにはいかなかった。だが、これまで婉紅らしき女とは巡り合っていない。時刻は六時半になろうとしている。ふたりで鼓楼飯店の卓台で向かいあって腰を下ろした。次郎は給仕に豚肝入りの野菜炒《いた》めと鱸《すずき》の餡《あん》掛《か》けを注文し、足もとに踞《うずく》まる猪八戒に豚肉の水煮を頼んだ。

平義の表情は冴《さ》えなかった。姉に逢えないことの不安からなのだろうが、龍水屯みたいな辺鄙《へんぴ》なところから天津のような大都市に来たというのに、ほとんど好奇心めいたものを示さない。この若さなのに妙に老成している。辛雨広《しんうこう》はじめて顔を合わせたとき、平義より二歳年長だったが、もっとぎらぎらした雰囲気を漂わせていた。

次郎は煙草《たばこ》を取りだしながら言った。

「話しとかなきゃならないことがある」

「何です？」

「おれはいつまでも天津にいるわけにはいかない」

平義があらかじめ察知してたかのように力なく頷《うなず》いた。

次郎は銜《くわ》えている煙草に火を点《つ》けてつづけた。

「八日間、おれはおまえの姉を捜しまわったが、まだ手掛かりも摑《つか》めてない。きょうと明日、捜しまわって何の情報も得られないなら、おまえの姉は天津から消えたと判断するしかない。そのときは諦《あきら》めてくれ」

平義がふたたび無言のまま頷いた。

銜え煙草のまま次郎は言葉を継いだ。

「そうなったら、おれは天津から消えるが、おまえはどうする？　龍水屯に戻るか？」

「天津で働きます」

「仕事の宛《あ》ては？」

「ありません」

そのとき、給仕が料理を運んで来た。

次郎は喫《す》いかけたばかりの煙草を灰皿のなかに揉《も》み消しながら言った。

「この鼓楼飯店の総経理とは結構古いつきあいだ。おまえがここで働けるように頼んでやる。働きながら、まだ未練があるなら姉を捜しつづけるがよかろう。そのときは龍水屯から連れて来た蒙古《もうこ》馬は必要あるまい。売れ。おれが鼓楼飯店の総経理に適正な値段で買い取るように言っておいてやる」

次郎は七時半から城内や租界内をぶらつきはじめた。辻々《つじつじ》に野鶏が立っている。しかし、孟婉紅という女を知らないかと声を掛けても、だれもが首を左右に振った。次郎は十時まえに日本租界宮島《みやじま》街の小料理屋・桔梗《ききよう》に向かった。

三日まえフランス租界のキャバレーでたまたま出会《でく》わした日本人と飲む約束をしていたのだ。その男は天津総領事館の参事官で門倉吉文《かどくらよしふみ》と名乗り、間垣徳蔵《まがきとくぞう》と一緒だった。奉天の敷島参事官の弟だよ。そう紹介された。翌日徳蔵は天津から引きあげるが、一緒に飲もうと声を掛けられたのだ。断わる理由はべつになかった。熱河侵攻後の関東軍の動きは新聞で読んでいるが、官僚にしかはいって来ない情報も何となく摑んでおきたい。

桔梗のなかに足を踏み入れると、吉文がすでに小あがりで待っていた。次郎は眼だけで会釈《えしやく》をして鞋《くつ》を脱いだ。座卓のうえには小鉢と二合徳利が置かれている。次郎はそのまえに向かいあって座った。吉文が機嫌よさそうに言った。

「まったく奇縁というものですな。わたしはあなたのお兄さんに学生時代何度か上野や浅草に飲みに連れてってもらってる。間垣さんから聞きましたよ。満州で馬賊をやってらっしゃったそうですね。敷島家からはいろんな人物が輩出するもんだ。さあ、遠慮なく、お好きな料理を注文してください。ここの板前は結構、腕がいい」

「食事は済ませてます、酒だけでいい」

吉文がぱんぱんと柏手《かしわで》を打った。女将《おかみ》が注文を取りに来た。吉文が熱燗《あつかん》を頼んだ。それが来た。吉文がこっちに徳利を差し向けながら言った。

「かなり頑強に抵抗してるようですな、国民革命軍は」

これは関東軍の灤東《らんとう》侵攻作戦のことを言っているのだ。熱河を占領した第六師団と第八師団を基幹とする関東軍は長城線の古北口《こほくこう》や喜峰口《きほうこう》などを押さえたが、武藤信義司令官は先月の終わりに長城線を越えて河北省東北部への侵攻を下命した。張学良は熱河侵攻を食い止められなかった責任を取って国民政府軍事委員会北平分会代理委員長を辞職して下野するが、何応欽《かおうきん》上将が指揮する国民革命軍は関東軍の関内進軍を阻止するために灤河《らんが》左岸で懸命に戦っているらしい。

「しかし、関東軍が関内に入るのはもう時間の問題ですよ。板垣征四郎少将の工作でできあがった李際春《りさいしゅん》の救国遊撃軍六千の兵力が関東軍に追随してるんです。支那人に支那人を撃たせる。おもしろいですな」

次郎は何も言わず熱燗をちびちびと舐《な》めつづけた。

吉文が腕組みをして言葉を継いだ。

「それにしても、奉天にいる兄上もずいぶん苦労されたと思いますよ」

「どんな？」

「承徳占領後、錦州《きんしゅう》からの兵站《へいたん》が停まったんです。満州国建国第二軍を詐称《さしょう》する満人連中が北票《ほくひょう》一帯を勝手に荒らしまくった。ちょうど春窮期でね、もともと食糧が不足してたところを満州国建国第二軍が略奪行為をおっぱじめたんですよ。その騒ぎは鎮圧しましたがね、承徳へ向かうはずの食糧が圧倒的に不足した」

「それで？」

「奉天の敷島参事官は承徳に進駐した第十六旅団への食糧補給に駆けずりまわったでしょう。しかし、もっと厄介な問題が持ちあがったんです」

「何です、それは？」

「第十六旅団の兵士たちは兵站欠乏の煽《あお》りを受けて、食糧の現地調達に走りまわったんです。そのとき、あちこちで強姦《ごうかん》事件が発生した。それで、遠藤三郎作戦主任参謀は満州国にたいして娘子軍《じょうしぐん》五百名を前線に送れと打電したんですよ。おわかりでしょう、この場合の娘子軍とは維新のときに会津若松で官軍と戦った会津藩の武士の娘なんかじゃない、ずばり商売女だ。満州国だけじゃそういう女を集めるのは到底無理ですから奉天総領事館もその任に当たった。外務官僚はそんなことには慣れてませんからね、敷島参事官も大変だったと思いますよ」

「それで送られたんですか、五百名の娘子軍は承徳に？」

「もちろんですよ。満州国だけじゃない、日本の命運が掛かってるんです。先月の二十七日に日本は正式に国際連盟から脱退したでしょう、こんなときに強姦事件の頻発を食い止められなかったら国際世論から轟然《ごうぜん》たる批難を受ける。満州国国務院も奉天総領事館も必死になった。その結果、何とか五百名の醜業婦を錦州に集めて列車で北票に運び、そこから関東軍差しまわしのトラックで承徳に送り込んだ」

次郎は無言のまま猪口《ちょこ》を座卓のうえに置いた。肩窄児《チエンチアル》の衣嚢《いのう》から煙草を取りだした。吉文の顔がかなり赤味を帯びてきている。酒は強くないらしい。次郎はその眼を眺めながら燐寸《マッチ》を擦って火を点けた。

「そう言えば、弟さんの敷島憲兵中尉も熱河侵攻作戦に従事されたそうですね。いまや満州の憲兵隊のなかじゃ有名な存在だと聞いてる。敷島家の御兄弟はみな御国のためにがんばっておられますな」

次郎は何も言わずに吸い込んだけむりをゆるゆると吐きだした。

吉文が一段と機嫌のいい声になってつづけた。

「間垣さんから聞きましたよ。末弟の四郎くんも弥栄村でがんばっておられるそうですな。満州武装移民の通訳としてチャムスの南東で奪闘されてる」

「四郎が？」

「御存じなかった？」

「渡満してるんですか、四郎が？」

「上海の東亜同文書院で北京語を学んだあと、満州でがんばってると聞きました。北満は匪賊の跋扈《ばつこ》で有名な地域だ。弥栄村は紅槍会という宗匪にたえず狙《ねら》われてるらしい。宗匪は紅槍会だけじゃない。大刀会《だいとうかい》という宗匪も跳梁《ちようりよう》してると聞いてます。両方とも白蓮教の流れを汲《く》む淫祀邪教《いんしじやきよう》集団ですよ。そんなところに飛び込んだんですからね、逢ったことはないけど、四郎くんという若者もたいした度胸の持主だ、感心する」

六十二、三歳のでっぷり太った男がはいって来て吉文に会釈し、小あがりにあがり込んで来たのはそれからすぐだった。毛髪は大きく後退してほぼ禿頭《とくとう》に近く、肌はてかてかと輝いている。相当血圧が高いのだろう。その男は吉文の傍らで胡座《あぐら》をかき、こっちに向かってどうもと言った。

「紹介しておきましょう。この人は扇谷圭一《おうぎやけいいち》さんとおっしゃってね、最近天津で薬屋を開業されたかたです」その声が圭一に向けられた。「こちらは敷島次郎さん。わたしの先輩でいま奉天総領事館の参事官をしてる人の弟さんです」

「間垣さんから聞きましたよ。むかし青龍《せいりゅう》同盟という馬賊集団を率いて満州で相当暴れられたそうですな。御眼に掛かれて光栄です」

次郎は無言のまま苦笑いした。

圭一が弾んだ声でつづけた。

「今夜あなたが門倉さんと会食されると聞きましたんでね、ぜひとも同席させて欲しいと頼み込んだんですよ。いろいろお話を伺いたいと思いましてな。ここはわたしの奢《おご》りです。じゃんじゃん料理を頼んでください」

「食事は結構です、酒だけをいただく」

圭一がぱんぱんと手を打ち、女将を呼んで酒の追加を頼んだ。次郎は黙って煙草を喫いつづけた。酒が来た。圭一が徳利を差し向けながら言った。

「天津はこれからずっとずっとよくなりますよ。もしかしたら、上海以上のでっかい国際都市に発展するかも知れない。わたしはそれに賭《か》けた。熊本の店を女房と子供にくれてやり、離婚して天津に来たんです」

次郎は熱燗を受けた猪口を口に運んだ。

圭一が一段と興奮した声で言葉を継いだ。

「わたしは茂川機関とは太い繋《つな》がりを持ってる。茂川機関は御存じ？　板垣征四郎少将の命を受けて国民革命軍第二十九軍軍長の宋哲元の寝返りと元湖南督軍兼省長の張《ちょう》敬尭《けいぎょう》の反蔣クーデタを受け持った茂川秀和大尉《たいい》の謀略機関ですよ。本拠は日本租界の淡路《あわじ》街にあります。天津高等女学校の真んまえです。それにね、阪田組との関係もばっちりなんです」

「何なんです、阪田組というのは？」

「熱河侵攻作戦で兵站を請け負った阪田誠盛が興《おこ》した運輸土木会社ですよ。赤峰も承徳も占領済みなんだ、これからの阪田組の事業が何になるかはおわかりでしょう？」

「何になるんです？」

「熱河産阿片《アヘン》の天津への輸送ですよ！」

次郎はこの言葉を聞いてすぐに包頭のナラヤン・アリを憶《おも》いだした。熱河産阿片を包頭に運び、新疆《しんきょう》経由ではいって来たトルコ産と偽って売る。そう言ったのだ。阪田組とやらが熱河産阿片を直接天津に輸送すれば、あの計画は潰《つぶ》れたに等しい。次郎はそう思いながら圭一の眼を見据えなおした。

「熱河産阿片を天津で売り捌《さば》きゃどうなります？　熱河は省となって満州国に組み入れられるんです。それはそのまま満州国の収入となる。それだけじゃない。熱河産阿片は天津を拠点にして支那全体に行き渡る。そのことが意味するものはもうおわかりでしょう。蔣介石は青幇《チンパン》を介してはいって来る阿片収入を戦費としてる。けどね、青幇が扱ってるのは甘粛省や四川省の阿片だ。熱河産とはものがちがう。天津から熱河産を流せば、だれも甘粛省産や四川省産には見向きもしなくなる。つまりね、これは蔣介石の資金源を断つことになるんです」

次郎はこの言葉を聞きながら短くなった煙草を灰皿のなかで揉み消した。

圭一が一段と声を強めて言った。

「この計画は皇国の参謀本部も認めてるんです。板垣少将の謀略費用は関東軍の機密費からだけじゃ賄《まかな》い切れない。参謀本部第二部長の永田《ながた》鉄山《てつざん》少将も陸軍省の機密費をやりくりさせて分担捻出《ねんしゅつ》してるんです。いわば国策だ。わたしはね、いまは松島《まつしま》街で薬屋の看板をあげてるが、これは表向きです。裏で熱河産阿片を扱ってかならず大儲《おおもう》けする」

「それで？」

「いかに国策に則《のっと》ったものとは言え、阿片商売にはそれなりの危険がつき纏います。天津にいる青幇や紅幇《ホンパン》の連中もそのまま黙っちゃいないだろうしね。そこで肚《はら》の座った日本人を抱えておきたいんです。あなたのように満州で馬賊集団を率いて暴れまくったような日本人をね」

「一緒に阿片商売をやれと？」

「月にいくら支払えば、お引き受けくださる？　絶対に後悔はさせませんよ。いくら満州国を王道楽土にすると言っても、時間が掛かり過ぎる。その点、天津は歴史があります。すでに何でも揃《そろ》ってる。このわたしを見てください。毎晩が極楽ですよ。十九歳のぴちぴちした女を抱いたまま眠るんですよ。そりゃあね、言葉は通じない。しかし、この齢《とし》になると、そんなものは重要じゃないんだ。すべすべした肌、弾力のある乳房。それが一番です。別れた女房とは五年以上も同衾《どうきん》したことがなかったが、いまは毎晩それに触れながらぐっすり眠れる。その支那の女は龍水望館という娼楼から引っこ抜いて来たんです」

「龍水望館から？」

「福島街にある娼楼ですよ」

「名まえは孟婉紅？」

「ど、どうして御存じで？」

「おれは赤峰近くの龍水屯というところに住む老人から頼まれた。孟平義という十五歳の少年を天津で働いてる婉紅という姉に逢わせてやってくれとね」

　圭一がぽかんとした表情になった。

　次郎は手にしている猪口を座卓のうえに置いてつづけた。

「その平義という少年をあなたのところで傭《やと》って欲しい。姉と一緒なら龍水屯の親も安心だろう。平義にはちゃんと言って聞かせておきます。どんな仕事でも手を抜くなと」

「そんなことをいきなり言われてもね」

「龍水望館の潘九告という経営者は黙って消えた婉紅を絶対に赦《ゆる》さないと言ってた。見つけしだい耳と鼻を殺ぎ落とすとおれに宣言した。あれはおそらく本気だ。あなたは落籍《らくせき》料を払ってないでしょう。阿片商売をはじめれば唸《うな》るような金銭《かね》がはいって来るのに、どうしてそんなことを吝嗇《けち》るんです？　婉紅の耳や鼻が殺ぎ落とされてもいいんですか？」

「ど、どうすりゃいいんです？」

「まず平義を傭って欲しい。そしたら、おれが潘九告に話をつけます。落籍料をいくら支払えば、婉紅に手を出さないかを決めさせる。法外な額は通用しないことをきちんと教え込んでね」

「よ、よろしく願います。それであなたはお決めになりましたか？」

「何をです？」

「わたしと一緒に働くという話をですよ」

「お断わりする。他を当たってください」

「どうしてです？」

「おれはね、一ヵ所に落ちつくことができない性分なんですよ。天津にどれほど物が溢《あふ》れてようと、満州の大地をぶらついてるほうがいい」

7

何度も口を吸い何度も乳房をまさぐったが、股間《こかん》はいっこうに力を持とうとはしなかった。敷島太郎は諦《あきら》めて桂子の裸体から離れた。じぶんはほんとうに男性機能を失ったのだろうか？　これは怯《おび》えに似た自問だった。臨陣格殺権の声が脳裏で響いてから、ただの一度も桂子とは交合《まぐわ》えていない。太郎は寝室の薄暗がりのなかで深い溜息《ためいき》をついた。

「いいんですよ、あなた、あれだけお忙しかったんですから」

「慰めは言わなくていい」

「だって熱河侵攻以来、兵隊さんたちはお蒲団《ふとん》のうえで眠ることさえできなかったんだろうし。こうして一緒に寝台のうえにいられるだけでも贅沢《ぜいたく》と思わなくちゃあ」

太郎は黙って体を起こした。窓からは月光が差し込んで来ている。簞笥《たんす》のそばの小児用寝台では智子《ともこ》が眠っているし、明満《あきみつ》の容態はよくも悪くもなっていなかった。太郎は寝台を降りて下穿《したば》きをつけ、浴衣《ゆかた》を纏《まと》ってから蒲団を剝《は》いだ。月光に桂子の白い裸身がぼうっと浮かびあがった。ふたりの子供を産んだのに、その体の線はまったく崩れていない。どうして股間はこれに反応しないのだ？　自責の念からもう一度口づけをして太郎は低く言った。

「階下《した》でウィスキーを飲んで来る」

「深酒はしないで」

「わかってる、明日《あした》は新京だしな」

「ねえ、あなた」

「何だ？」

「ほんとうに気になさらなくてもいいのよ」

太郎はこの念押しに屈辱を感じながら桂子の裸体のうえに蒲団を掛け、浴衣のうえから羽織を引っ掛けて寝室を出た。手探りで階段を降り、居間の照明を点灯した。厨《ちゆう》房《ぼう》にはいり硝子《ガラス》コップを取りだして居間に戻り、飾り棚のなかのスコッチ瓶に手を伸ばした。そのとき住込みの阿媽《あま》の夏邦祥《かほうしよう》が部屋から出て来た。太郎は長椅子《いす》に腰を落としながら声を向けた。

「どうした？」

「音がしたもので」

「寝酒を飲むだけだ」

「何か作りましょうか、肴《さかな》を」

「要らない」

「でも」

「要らないと言ってるんだ！」

邦祥が怯《おび》えたように引き下がった。

太郎はじぶんでも神経がささくれ立っているのがわかる。その理由ははっきりしていた。桂子を抱いてやれないからだ。それを過剰に気にするじぶん自身が情けない。

このやりきれなさをもっとも弱い立場にある邦祥にしかぶっつけられないことにも滅《め》入《い》ってしまう。

琥珀《こはく》の液のはいった硝子コップを静かに口に近づけた。

五月も半ばにはいったのだ、もう寒くはない。

関東軍の承徳占領以来、奉天総領事館の忙しさはまた格別だった。遠藤三郎作戦主任参謀の娘子軍《じょうしぐん》を送れという通電に太郎も奉天中の売春斡旋《あっせん》業者を駆けずりまわった。その結果、何とか日本人や満人、それに朝鮮人の商売女を集めて北票に送り込めた。外務官僚が女衒《ぜげん》の真似《まね》ごとをさせられたのだ。つづいて国際連盟からの正式脱退通告。これについての国内世論の分析が終わらないうちに関東軍は長城線以南の北支へと進攻した。

真崎甚三郎参謀次長は天皇の侵攻反対の意向を受けて関外への撤退を強く求めたが、武藤信義関東軍司令官は関内侵攻を下命した。関東軍はさらに敵に鉄槌《てっつい》的打撃を加え、その挑発的意思を挫折《ざせつ》せしめる。これが関内侵攻の口実だった。それを受けて第六師団の混成第十四旅団は喜峰口から第二十八旅団は山海関から建昌営《けんしょうえい》に集結して灤河を渡っていった。第八師団も南下して密雲《みつうん》攻略に向かった。

一方、板垣征四郎少将の天津での謀略は完全に失敗したと言っていいだろう。反蔣クーデタ工作に当たった張敬尭が北平の六国飯店で暗殺されたのだ。これは蔣介石の藍衣社《らんいしゃ》が行なったものと見てまずまちがいなかろう。宋哲元の寝返り工作もまったく成功していない。

だが、天皇の意向を無視した関東軍の進攻はいまもつづいている。第八師団は何応欽指揮する国民革命軍を灤河左岸で撃破して北平近郊まで進軍している。

太郎はちびちびとウィスキーを舐《な》めつづけた。

いまは何をどう考えていいかわからない。

時刻はそろそろ午前零時になろうとしている。

新京駅に着いたのは午後三時過ぎだった。蒙古風に乗って黄沙《こうさ》が街を蔽《おお》っている。太郎はすぐに長春ヤマトホテルに向かった。在満日本大使館の参事官・松永信義《まつながのぶよし》と逢うのは五時だが、満州国の国都の建設がどの程度進んでいるのかこの眼で確かめておきたかった。ホテルで旅装を解くと、国務院総務庁から迎えの車輌《くるま》が来た。太郎は部屋を出てロビーに降りていった。

そこに二十三、四の長身の若者が待っていた。その顔は何となく見憶えがあるような気がする。だが、どこで逢ったのかはまったく記憶にない。若者がやけに親しみのこもる声で言った。

「新京を御案内するためにお迎えにまいりました。車寄せにリンカーンを待たせてあります」

「どこかで逢ったことがあるかね？」

「もちろん憶えてはいらっしゃらないでしょうね、敷島さん、わたしがかわいがってもらったのはもう十五年以上まえですから」

「きみは？」

「野中正文《のなかまさふみ》の息子の秀文《ひでふみ》です。総務庁総務処第一課の主任を命じられてます」

太郎はまじまじとその顔を見つめた。野中正文は霊南坂《れいなんざか》で亡父の最後の癌《がん》治療に当たってくれた医師だ。秀文はその末っ子で、七、八歳のころときどきキャッチボールの相手をしてやったことがある。それがいまこれほど大きくなって満州国の若手官僚として眼のまえに立っているのだ。ぞくぞくするような感慨を覚えながら太郎は言った。

「大同学院を出たのかね？」

「そうです。わたしは石原莞爾《いしわらかんじ》前参謀の理想に共鳴してます。王道楽土の建設に参加すべく、明治大学を卒業してすぐに大同学院の応募に馳《は》せ参じました。建設中の国都を御案内します、どうぞ」
太郎は頷《うなず》いて秀文と肩を並べ、ロビーから抜けだした。満州青年連盟系と大雄峯会《だいゆうほうかい》系の水面下のぶつかりあいの結果、資政局が解散して大同学院が満州国官僚の育成機関となったが、秀文はその第一期生となって新京の南嶺で寄宿舎生活を送ったらしい。太郎は去年の十月に行なわれたその卒業式で衛藤利夫《えとうとしお》講師が贈った壮行の辞の一節をはっきりと憶えていた。

むかしバイロンその曠世《こうせい》の詩筆を投じ、身を挺《てい》してギリシア独立の義に赴《おもむ》く。真に俠骨《きょうこつ》一世を蓋《おお》うもの、史家伝えて稀《まれ》に見るの佳話《かわ》となす。きょう南嶺の健児が所定の業を終わり、これより満州建国の大業に与《あずか》りその熱となり力となり命とならんとするに当たり、われらはここに九十七人のバイロンを見る。豈壮《あにさか》んならずとせんや。さわれ健児の前途を想うに、鴨緑江、黒龍江の流るるところ、興安嶺、長白山の聳《そび》ゆるところ、風雲地に接して陰《かげ》り、波浪天を兼ねて湧《わ》く。道は遠くして且つ嶮《けわし》きなり。風蕭々《しょうしょう》とし易水《えきすい》寒き夕べならねど、壮士《そうし》一度去ってまた相見《あいまみ》ゆる日のありやなしや。

あの送辞は大同学院第一期生のこころ意気を充分にくすぐるものだったろうと思いながら太郎は秀文とともに車寄せに駐《と》められているリンカーンの後部座席に乗り込んだ。運転手は四十半ばの満人だった。まず大同広場へと秀文が言った。日本語が通じるのだ。リンカーンが動きだした。太郎は車窓の向こうに視線を向けつづけた。

黄沙に蔽われた新京の街はあちこちがすさまじい勢いで掘りかえされていた。無数の苦力《クーリー》たちが鍬《くわ》や鋤《すき》を振るい、畚《もっこ》を担《かつ》いで動きまわっている。国都建設のために河北省から夥《おびただ》しい量の支那人が雪崩《なだ》れ込んで来ているのだ。この連中はいずれ満人となって満州に住みつくのだろう。それを取り仕切っているのは民政部警務司長の甘粕正彦なのだ。黄沙のなかでは苦力たちの輪郭は朧《おぼろ》で、その動きは蜃気楼《しんきろう》に映しだされているように見えた。

「工事現場はずっとこんな具合なのかね？」

「四月にはいってからです、工事が順調に進みはじめたのは」秀文がてきぱきとした口調で言った。「それまでは何しろ寒くて現場監督がいくら発破《はっぱ》を掛けても、苦力たちの動きもかなり緩慢だったそうです。それに、フランスのシンジケート団の融資を関東軍が歓迎しなかったことも響いてると思います。フランスからの借款《しゃっかん》導入は官衙《かんが》営繕《えいぜん》に留まりましたから」

「国務院の第一庁舎はすでに竣工《しゅんこう》したんだろ？」

「興亜式の帝冠建築の評判は上々です。第二庁舎も第三庁舎も興亜式で進行してます。満州の五族協和に基く建築はああでなきゃならないとわたしは思ってます。関東軍司令部はその極みを尽したものになるはずです」

「昭和十二年ごろになるらしいね」

「何がです？」

「新京の国都としての景観がだいたい整うのは」

「今年の暮れからは民間からの投資が活発化しますからね。四年後には見ちがえるような大都市になってると思います。現在の新京の人口は約十八万ですが、五年後には確実に倍増する。満州国の最終目標は百万です。東京市がいま五百万でしょう、新京はその五分の一の規模になる予定です。すごいと思われませんか？　想像するだけで、わたしはぞくぞくします」

国都建設の進捗《しんちょく》状況をこの眼で確かめてから、太郎は松永信義から指定されている満州《ます》やに着いた。ここは新京でもっとも有名な割烹《かっぽう》で、関東軍首脳や満州国日系官吏がしょっちゅう利用していると聞いた。純和風建築のその玄関の引戸を開けると、すぐに年配の仲居から紅葉《もみじ》と名づけられた八畳間に案内された。信義がすでにそこで待っていた。太郎は無言のまま会釈《えしやく》をして座卓に向かいあって座った。

「料理はすでに注文してあります、お嫌いなものは？」

「ありません」

「きょうは鯛《たい》と鮃《ひらめ》のいいのがはいってるそうです。大連から輸送されて来たらしい」

信義はそう言って、その声を仲居に向けた。「食事は六時からでいい。そのまえに酒だ。酢の物か何かと熱燗《あつかん》を持って来てくれ、二合徳利を二本」

仲居が承知しましたと言って紅葉の間から出ていった。

信義が座卓のうえの湯呑《ゆの》みを手にして、それを弄《もてあそ》びながら言った。

「大変だったでしょう、娘子軍送れというあの通電。わたしも女衒の真似ごとをさせられたのは生まれてはじめてだ。往生《おうじよう》しましたよ」

「わたしもだ」

「それにしても、熱河侵攻は完全に成功した。やれやれです、まったく」

太郎は頷きながら煙草《たばこ》を取りだした。男性機能不全の恐怖に怯えて睡眠不足だった昨夜の憂鬱《ゆううつ》は吹っ飛んでいる。野中秀文の溌剌《はつらつ》さに救われたような気がしていた。こうやって信義と向かいあっていても、昨夜のことはもう何も憶いださない。太郎は銜えた煙草に火を点けて言った。

「満州国自体に特別な変化はありますか？　熱河侵攻成功によって熱河が満州国に編入されることは確実ですが、それが満州国に与える影響を在満大使館はどう視てます？」

「いよいよ内側です、内側」

「どういうことです、それ？」

「匪賊《ひぞく》の跳梁《ちょうりょう》が収まる気配がない。とくに通化《つうか》を中心とする東辺道《とうへんどう》がね。張学良の下野によって東北抗日義勇軍は事実上潰滅《かいめつ》したも同然ですが、替わりに宗匪が暴れまくってる。北満は紅槍会が中心ですがね、ここ吉林省じゃやはり白蓮教系の大刀会が中心です。これを徹底して封じ込めなきゃならない」

「で？」

「熱河が編入されるんで、満州国は相当額の阿片《アヘン》収入を見込める。甘粕さんはそれを使って満州国の軍警を徹底して育てあげるつもりです。憲兵大尉《たいい》でしたからね、あの人はそういうことには慣れてる。来月には治安維持会が発足する。討匪の障碍《しょうがい》となってるのは土匪と良民の区別がつかないことです。それを弁別するために治安維持会が戸口《ここう》調査をやる。内地でいう戸籍調べですよ。それには軍警だけじゃなく関東軍も協力します」

　そのとき襖《ふすま》が開いて年配の仲居がはいって来た。座卓のうえに酢の物の小鉢と二合徳利が置かれた。太郎は煙草の火を灰皿に揉《も》み消して盃《さかずき》を手にした。仲居が一度だけ酌をして無言のまま出ていった。

「鄭孝胥《ていこうしょ》にだだをこねられて駒井《こまい》さんが辞任させられたあと星野《ほしの》さんが継いだでしょう」関東軍財務顧問だった駒井徳三《とくぞう》は日満議定書調印直後に初代国務院総務長官を退き、そのあとを大蔵省営繕管財局から派遣された星野直樹《なおき》が実質的に引き継いだ。しかし、肩書は財政部次長のままだった。総務長官の椅子には内務省から派遣された遠《えん》藤柳作《どうりゅうさく》が座っている。「星野さんの熱河侵攻での活躍はすさまじかった。やはり、大蔵畑はちがいますね、外務畑のわたしたちとは発想がまるでちがってる」

「どういうふうに？」

「きわめて実務的なんです。盗《と》るものは盗る。それが徹底してる。熱河での匯兌券《わいだけん》の回収、禁煙善後管理局の接収、阿片税半減の布告。やることがとにかく素早い。相当な能吏ですよ、星野さんはね」

「東支鉄道買収の件はどういうふうに進行してます？」

「ソ連の食料不足が終熄《しゅうそく》してないいまが好機なんですがね、何しろ参謀本部のなかがあれほど揉めてるでしょう。満鉄はすぐには動けませんよ」

太郎は無言のまま頷いて盃を空にした。

参謀本部のなかは東支鉄道買収に関して賛否両論に分かれていた。反対派は参謀本部第三部長の小畑敏四郎《おばたとしろう》で、シベリアを攻略すれば自然に手中にできるのだから、この際資金を投じて実質的にソ連の五カ年計画を支援する必要はないと主張しているのだ。この論法に参謀次長の真崎甚三郎と陸相の荒木貞夫《あらきさだお》が加わった。それにたいして、まずは北支鉄道を買収して満州国の財政基盤を作りあげることだという賛同派の代表が参謀本部第二部長の永田鉄山だった。欧州大戦後、バーデンバーデンで長州閥解体と総力戦体制の構築をめざして誓約を交わした陸士第十六期の英才三人のうち小畑敏四郎と永田鉄山のふたりはいまや完全に対立関係にあった。

「東支鉄道買収の成否はまだ予断を許さないが、それより満鉄は満州事変以後完全に変質したと言ってもいいと思うんだよ、わたしは。事変のとき兵站《へいたん》を引き受けたのは満鉄理事の十河信二《そごうしんじ》だが、満鉄調査部はいまはそれ以上のことをやってます。宮崎正義《みやざきまさよし》という男を知ってますか？　ロシア革命のときペテルスブルグ大学を卒業し、革命の実態をじっくり観察して満鉄にはいった。この男が石原莞爾前参謀と昵懇《じっこん》なんです」

「で？」

「宮崎正義は石原前参謀の命を受けて、満鉄調査部のなかに満鉄経済調査会という組織を作った。宮崎正義はね、満州国の工業化をめざす五カ年計画というものを立案中です。ソ連型でもなくアメリカ型でもない経済体制を創《つく》る。それが理想らしい。わたしはじかに逢ったわけじゃない。しかし、又聞きによれば、重工業や軍需工業は国家統制のもとに置き、軽工業や商業部門は自由経済の流れに委《まか》せる。宮崎正義はそう考えてるふしがあります」

太郎は徳利を持ちあげて、信義の盃に向けた。

信義がその熱燗を受けてつづけた。

「経済調査会は満州だけに眼を向けてるわけじゃない。熱河侵攻後は北支も視野にはいってる。わたしはね、何だか空恐《そらおそ》ろしさを感じてしまう」

「松永さん」

「何です？」

「在満大使館の特命全権大使は関東軍司令官を兼ねてる。だから、他の大使館や総領事館には流れない情報もはいって来てると思う」

「で？」

「国際連盟も正式に脱退したし、熱河侵攻も成功裡《り》に終わった。日本はもう欧米列強にも国民政府にも遠慮する必要がなくなった。関東軍はこれから満州国をどうするつもりなんです？」

「おそらく満州帝国と改称する。溥儀を執政じゃなく皇帝に仕立てあげ、子供騙《だま》しの金ぴかの服を着せて操ることになるでしょう」

「それはいつです？」

「おそらく、来春。今年中はまだそういう環境が整わない。関東軍は熱河侵攻で疲れてる。それに、天皇の允裁《いんさい》も必要でしょうしね」

8

浪速通りで買物を済ませ、敷島三郎は奈津《なつ》を伴い午後三時過ぎに兄の自宅に向かった。きょうと明日は休暇なのだ。午前中は奉天神社に参拝し、昼食は奉天の老舗《しにせ》・出雲《いずも》で天麩羅蕎麦《てんぷらそば》を食った。六月にはいったのだ、黄沙《こうさ》はぴたりと熄《や》んでいる。奈津には撫順炭鉱《ぶじゅん》の広大な露天掘りの風景などを見せてやりたいが、奉天を離れるとまだ土《ど》匪《ひ》の跳梁《ちょうりょう》がつづいていた。それに平頂山事件のこともあるのだ、女連れは危険過ぎる。兄の自宅を訪れると、玄関間に智子を抱いた桂子が出て来た。三郎は後ろ手で玄関の扉を閉めて言った。

「御無沙汰《ごぶさた》してます」

「おあがんなさいな、嬉《うれ》しい、奈津さんも御一緒だなんて」

ふたりで居間に通された。

奈津が風呂敷《ふろしき》包みを卓台に置いて桂子に言った。

「抱かせてもらってもいいですか、智子ちゃんを」

「どうぞ、どうぞ」

奈津が智子を抱き取ってあやしはじめた。そろそろ一歳半になる智子が笑った。三郎はその頬にそっと触れてみた。奈津が屈託のない声で言った。

「あたしも早くこんなかわいい赤ちゃん欲しいな」

阿媽の夏邦祥が茶を運んで来た。

三郎は長椅子《いす》に腰を下ろして桂子に言った。

「どうなんですか、最近兄の帰りは？」

「毎晩深夜近くになります」

三郎は頷《うなず》きながら煙草《たばこ》を取りだした。

二日まえの五月三十一日、北平近くまで進撃した関東軍は国民革命軍の申し入れによって天津を流れる白河の河口で停戦協定を結んだ。これは塘沽《タンクー》停戦協定と呼ばれる。協定文書に署名したのは関東軍参謀副長の岡村寧次《おかむらやすじ》少将と国民党軍事委員会北平分会総参議の熊斌《ゆうひん》中将だ。この塘沽停戦協定締結により国民革命軍は河北省北部から撤退する。その撤退を確認のうえ、関東軍は長城線の北へと兵を下げる。つまり、塘沽停戦協定は河北省北部に広大な軍事的空白地帯を作ることを意味するのだ。奉天総領事館はこの協定の効果と将来予測について徹底した調査と分析をつづけているにちがいなかった。

三郎は煙草に火を点《つ》けて腕組みをした。

そのとき、奈津に抱かれていた智子が急にべそをかきはじめた。

桂子が智子を抱き取って、あやしながら言った。

「塘沽停戦協定の結果がどうなるのか、女のあたしにはさっぱりわかりませんが、主人は二週間まえに新京に出張しました。新京じゃいまあっちこっちが掘りかえされてるそうです。いったい、どんな街ができあがるんでしょうね？」

奈津が傍らに腰を落とし、卓台のうえの風呂敷包みを引き寄せた。その結び目を解き、なかから新聞紙にくるまれた包みと菓子折りを取りだして桂子に言った。

「これ、お肉です。浪速通りのお肉屋さんから買って来ました。それから、これ、明満くんの好きな最中《もなか》です」

「まあ、ありがとうございます。けど、今後はこんなお気遣いはなさらないで。気楽にふらっと遊びに来てください」

三郎は火を点けたばかりの煙草を灰皿のなかに揉《も》み消して菓子折りを引き寄せた。奈津が訝《いぶか》しげな眼をした。三郎は菓子折りを手にして立ちあがりながら桂子に言った。

「ちょっと明満くんの顔を見て来ます」

桂子が無言のまま頷いた。

三郎は居間からつづく階段を昇った。明満の部屋の扉を軽く叩《たた》いて、なかにはいった。寝台のうえに横たわる明満はまえより痩《や》せて見えた。しかし、こっちを見る眼が輝いたのがはっきりわかった。三郎はそこに近づいて言った。

「最中を持って来たぞ」

「ありがと。けど、いまは食べたくない」

「具合が悪いのかい？」

「ううん」

「お腹《なか》がいっぱいなんだな」

「うん」

「それじゃあ最中はお母さんに預けておくからな」

「ねえ、叔父《おじ》ちゃん」

「何だい？」

「ぼく、はいってないんだ、お父さんと」

「何に？」

「お風呂《ふろ》。まえはいつも一緒にはいってたのに」

「お父さんは最近忙しいんだ、帰りも遅い」

「お母さんもそう言ってた」

「これから一緒にはいるか、叔父さんと？」

「ほんと？」

三郎は蒲団《ふとん》を剝《は》ぎ、明満を腕のなかに抱き取った。四歳になろうとする男の子の平均体重がどれぐらいなのか知らない。だが、軽過ぎるような気がした。三郎は明満を抱いたまま居間に降り、桂子に言った。

「すみませんが、風呂を沸かしてくれませんか。明満くんと一緒に風呂にはいりたい」

桂子が表情を輝かせ、智子を抱いたまま厨房《ちゅうぼう》に向かった。邦祥に風呂を沸かすように命じて戻って来た。奈津はぽかんとした表情をしていた。智子がまたべそをかきはじめた。桂子があやしながら言った。

「明満が無理を言ったんでしょう、ごめんなさい。けど、一緒にはいってくれると助かります。明満は母親より父親と入浴するほうが好きなんです」

「病気のことはわかってます、掠《かす》り傷もさせません。慎重に体を洗ってやります、御安心ください」

「ねえ、三郎さん」

「何です？」

「もしよろしかったら、夕食は奈津さんとここで一緒になさいません？　主人はきょうも遅いと思いますから、帰りを待つ必要はないんです」

「ありがたいお話ですが」

「無理？」

「今夜は自宅で義兄《あに》と一緒に晩飯を食いながら飲む約束があるんです」

熊谷誠六《くまがいせいろく》が自宅に来たのは約束の六時半ぴったりだった。三郎は奈津とともに鋤焼《すきやき》の用意をして待っていた。食堂ではなく、居間のそばの和室に七輪を置いていたのだ。炭はもう熾《おこ》っている。誠六をそこに迎え入れた。奈津が燗酒《かんざけ》を運んで来た。三郎は鉄《てつ》鍋《なべ》のうえに牛脂を乗せた。それが溶けだしたところで、薄切りの牛肉を敷き、割下《わりした》を注《そそ》いだ。白いけむりが鉄鍋からふわっと立ち昇った。誠六が奈津から猪口《ちょこ》に熱燗を受けながら言った。

「どうだ、奈津、奉天の六月はいいだろう、黄沙もぴたっと収まったし」

「うん、ほんとに気持がいい」

「励んどるか？」

「え？」

「励んどるかと聞いてるんだ」

「だから、何をよ？」

「ここには舅《しゅうと》も姑《しゅうとめ》もおらん。そういうところへ嫁《か》して来た若妻が励むと言ったら、決まっとるだろう、夜だよ、夜」

「厭《いや》らしいこと言わないの！」

三郎は苦笑いするしかなかった。濼河左岸での何応欽が指揮する国民革命軍との激戦のあと、奉天に戻って来てから一晩も欠かさず奈津を抱いた。健《すこ》やかに伸びた肢体、吸いつくような肌。それに触れるだけでも硝煙の臭《にお》いを忘れさせてくれる。鉄鍋のなかの牛肉の色から赤味が消えていった。三郎はもう食べごろですよというふうに右手で誠六を促した。

「三郎くんはな、いまや憲兵隊の花形なんだ、おまえにはわからんだろうがな」誠六が牛肉を小鉢の溶き卵のなかで掻《か》きまわしながら言った。「だから、充分に腰を捩《よ》じらせて三郎くんの種を腰のなかに吸い込め。嫁して三年、子なきは去る。わかっとるか？」

「変態！　それでも帝国軍人ですか！」

誠六がこっちを見てげらげらと笑った。

三郎もその笑いにつきあった。

誠六は熱河侵攻には参加していない。少佐に昇進して奉天兵器廠《へいきしょう》附となっていた。陸大卒つまり天保銭組じゃないのだ、関東軍参謀部にまわることはまずありえない。それに、性格的にも謀略なんかには向いてなかった。思考形式が一直線なのだ。ほんとうは戦場に立つのが一番似合っている。兵器厰附の事務仕事は苦手だろう。

「東支鉄道買収の件で、参謀本部内が揉めてるようだが、おぬし、どう思う？」誠六が話題を変えて声をこっちに向けた。「永田少将の言うように、やはりソ連から買うべきかね？　それとも小畑少将や真崎参謀次長のソ連五ヵ年計画を背後から支援する真似《まね》はやめるべきだという意見に賛成かね？」

「まったくわかりません、わたくしには。奉天憲兵隊にはいって来てる情報はソ連国内の食料不足がまだつづいているということだけです。五ヵ年計画の進捗《しんちょく》状況を把握してませんから」

「フランス軍の諺《ことわざ》を聞いたことがある」

「どんな諺です？」

「尉官《いかん》時代は大親友、佐官時代は競争相手、将官時代は不倶戴天《ふぐたいてん》の敵」

欧州大戦の戦後処理のためにドイツに渡った陸士第十六期卒のバーデンバーデンの誓約のことを謂《い》っているのだ。岡村寧次少将はいまのところ無縁だが、永田鉄山少将と小畑敏四郎少将が参謀本部内で抜き差しならない対立関係に陥っている。

三郎は鉄鍋のうえに新たな牛肉を載せた。

奈津が割下を注ぎ足しながら言った。

「お豆腐とかお野菜も入れますか？」

「白滝《しらたき》も入れてくれ、鋤焼には何と言っても白滝だ」

「蒟蒻《こんにやく》はあと！　お肉が硬くなります」

三郎は齢《とし》の離れた妹に叱《しか》られる義兄を眺めながら猪口の酒を呑《の》み干した。奈津が傍らから徳利を差し向けて来た。三郎はその燗酒を受けてから箸《はし》を鉄鍋に伸ばした。

「忘れてた」誠六がそう言って猪口を大きく持ちあげた。「塘沽停戦協定に乾杯だ」

三郎は七輪越しに猪口を合わせた。

誠六が猪口を干してつづけた。

「想《おも》えば短いようで長かった。昭和六年九月十八日の柳条溝事件から昭和八年五月三十一日の塘沽停戦協定まで二年。ようやく満州事変のかたがついた、やれやれだよ」

三郎は無言のまま頷いてみせるしかなかった。誠六は熱河侵攻の傍ら、板垣征四郎少将が天津でどんな謀略を進めていたかまったく気づいていないのだ。それはいまのところ水泡に帰している。しかし、塘沽停戦協定の結果、河北省北部が軍事的空白地帯となったが、それがそのままつづくはずがない。関東軍はかならずまた新たな行動を起こす。だが、そのことを誠六に報《し》らせる必要はないだろう。三郎は猪口を傍らに置き、溶き卵のなかの牛肉を口に運んだ。

「ところで、熱河侵攻のとき関東軍は国軍も帯同させたんだよな」誠六が奈津から燗酒を受けながら言った。満州国陸軍は最近、国軍と称されるようになっている。ちょうど、満州国警察が国警と呼ばれるように。「おぬし、どう思う、国軍を？」

「話になりません」

「と言うと？」

「おそらく歩兵操典ですらちゃんとは理解していない」

「そんなに酷《ひど》いのか？」

「あれじゃ対国民革命軍はもとより土匪《どひ》掃討も覚束《おぼつか》ないでしょう」

「やっぱりな」

「どうかされたんですか？」

「これはまだ内定の段階だがな、おれは国軍に派遣されることになった」

「ほんとうですか？」

「甘粕警務司長がびしびし国警を鍛えてるように、おれも一刻も早く国軍を一人前《いちにん》前に育てあげなきゃならん。見ててくれ、雑兵《ぞうひょう》どもに軍人魂を叩き込む」

「奉天中央陸軍訓練処に？」

「おれには教官なんか似合わんよ」

「新京へ引っ越されるんですか？」

「国軍の顧問として現場の指揮を執る」

「御家族も御一緒に？」

「ほんとうは単身赴任を願いたいんだが、そうはいくまい」

9

立て！　という声に体を起こして大地を蹴《け》った。伏せ！　という怒号に眼のまえに倒れ込んだ。射《う》て！　という命令に三八式歩兵銃の引鉄《ひきがね》を引いた。

こんな訓練が毎日毎日繰りかえされているのだ。

七月の北満の大気は澄みきっている。

敷島四郎はへとへとになって弥栄村の宿舎に戻って来た。弥栄村部落用地に関する議定書が交わされてから第一次武装移民は十二の部落に割り当てられ、それぞれの用地に向かってこの本拠地から去っていった。木材の伐《き》りだしも終わり、いまごろはどの部落でも家屋だけは建てられたはずだ。既耕地や熟地はもちろん、未耕地にも鍬《くわ》や鋤《すき》がはいりはじめているだろう。四郎は土間の壁に三八式歩兵銃を立て掛け、甕《かめ》から水を汲《く》んでそれを飲んだ。

弥栄村に残っていた五十人ほどの満人にはひとりにつき五円の立《た》ち退《の》き料を支払って出ていってもらった。満人たちは金額にはあからさまな不満を洩《も》らした。当然だろう、この金額でこれまでの棲《す》み家《か》を追われるのだ。だが、神尾弥七少尉は断固として値上げに応じなかった。四郎は後ろめたさを覚えながらも根気強く説得をつづけた。その結果、満人たちはみな恨み言葉を残して弥栄村から消えていった。

第一次武装移民が各部落に散り、満人たちが去っていったが、ここが空になったわけじゃない。第二次武装移民四百五十五名が千振村《ちぶりむら》と名づけられる予定の湖南営《こなんえい》周辺に入植するまえの中継地として七月十九日に混成一個中隊とともに弥栄村にはいって来ているのだ。さっきの訓練も第二次武装移民たちとともに行なわれた。移民のなかにはへばりきった連中も出て来ている。

六月半ばまではしょっちゅう紅槍会《こうそうかい》の匪賊が現われていた。だが、出没するだけで襲撃して来るわけではなかった。宗匪に不安を掻《か》き立てられたのは五月だった。黄沙《こうさ》のなかで四十数頭の馬上の人影が動く。その輪郭は朧《おぼろ》で、距離感がまったく摑《つか》めなかったのだ。蒙古風の強弱でその影は淡くなったり濃くなったりする。それにたいして中隊長の雨宮英夫大尉《たいい》は一度も攻撃命令を発しなかった。そんな発令は蜃気楼《しんきろう》に向かって進撃するに等しかった。

四郎は腕時計に眼を落としてみた。

針は四時三十二分を指している。晩飯は紅槍会本部だった建物の講堂で行なわれるのはいまも変わっていない。それまで一時間半ばかりある。

四郎は寝室のほうに向かおうとした。しばらく、横になりたかったのだ。だが、近づいて来る足音に戸口を振りかえった。

はいって来た男がだれなのかはすぐにはわからなかった。纏《まと》っている衣服はあちこちが綻《ほころ》び破れ、汚れきっている。蓬髪《ほうはつ》に髯面《ひげづら》で、右手に歩兵銃を握り、左手に風呂敷《ふろしき》包みをぶら下げていた。四郎はその眼をじっと見た。はいって来たのは弥栄村の信濃《しなの》部落に向かった元燭光座《しょっこうざ》の森山宗介だった。

「どうしたんです、森山さん、いったい？」

「チャムスに出掛けての戻りだ、鍬やら鋤やら農具が足りなくなってな。信濃部落から馬車を仕立てて四人で出掛けてたんだよ。チャムスはまるで死の街だよ。土匪や宗匪の襲来を怖《おそ》れて静まりかえってやがる」

「その恰好《かっこう》は？」

「これに驚いてたのか？　毎日毎日、土を掘りかえしてる。あとはくたくたになって寝るだけだ。水も貴重でな、とてもじゃねえが風呂なんか沸かせねえよ。物資もはいって来ねえから着たきり雀《すずめ》よ。臭うか？」

「しかし、髯ぐらい」

「剃《そ》ったらどうだと言うのかよ？　女はひとりもいねえんだぞ。めかし込んで何の役に立つ？　おまえは拓務省に移民に関する報告書を提出することになってただろ？　だったら、これだけは書いておけ。試験的なおれたち武装移民はまだいい。けどな、本格的な移民を国策として進めるなら、どうしても女が要る。女がいなきゃ移民は絶対に根づかねえ。なぜだか、わかるか？　働いて働いて疲れきり、食い物が少ねえとなると、逆に性欲が昂進《こうしん》するんだ。それなのに、女がいねえ。このおれを見ろ。いい齢《とし》をして、せんずりで処理するんだぞ。情けないったら、ありゃあしねえ」

四郎は何をどう言っていいのかわからなかった。

宗介が歩兵銃を股《また》のあいだに挟み、汚れきった服の胸ポケットから煙草《たばこ》を取りだした。それに火を点《つ》けてからつづけた。

「おれはな、チャムスに住んでる日本人連中からおもしれえことを聞いた。おれたち武装移民が何と呼ばれてるか、想像してみろよ」

「どう呼ばれてるんです？」

「屯匪《とんぴ》だよ、屯匪。おれたち武装移民は屯墾隊とも呼ばれてるだろ。だから、屯匪なんだとよ。兵匪や土匪や宗匪に屯匪が加わった。みごとに匪賊の仲間入りだあね。この恰好をしてりゃあ屯匪と呼ばれても無理はねえ」

四郎はその眼を見つめながら静かに下唇を舐《な》めた。

宗介が銜《くわ》え煙草のまま言葉を継いだ。

「チャムスで聞いたんだがな、東亜《とうあ》勧業《かんぎょう》てえ会社がハルビン近くの阿什河《あじゅうがわ》左岸の土地を買い占めてるそうだ。そこへ入植するのは武装移民じゃねえ。どういう連中だと思う？　天理教だよ。天理教青年会が入植する。そこを天理村と名づけるらしい。こういう民間の満州開拓移民がいまどんどん増えると聞いた。忘れるな、四郎、移民が成功するためにはまず女だ。そういう報告書を拓務省に出せ」

「森山さん」

「何だ？」

「晩飯はここで食っていくんでしょう？」

「これからそのまま信濃部落に戻る。みんな待ってるからな。まえにこの家で何日か一緒に寝起きしてた若いのを憶えてるか？」

「三波直也くん？」

「そうだ、あの直也がいま中隊長のところにチャムスの状況を報告に行ってる。それが済みしだい四人で信濃部落に戻らなきゃならねえ。だが、燭光座の仲間だった誼《よし》みで報《し》らせておきてえことがある」

「何をです？」

「おれは抜ける」

「何から？」

「武装移民なんかやっちゃいられねえ。くたくたになるまで働いたあげくが屯匪呼ばわりだ。こんな馬鹿馬鹿《ばかばか》しいことにつきあってられるかよ！　逃《ず》らかるぜ。明日《あした》にも逃らかってみせる」

「帰国するんですか？」

「いまさら日本には戻れねえよ。満州は広い。北満はこりごりだが、新京か奉天に行きゃ何とか仕事にありつけるだろう。少くとも屯匪呼ばわりされるよりはずっとましだしな」

晩飯はふだんどおり午後六時ぴったりに元紅槍会本部の講堂ではじまった。献立は豚肉のカレーライスと福神漬だった。食事がはじまったが、講堂のなかが妙にざわついている。昨日《きのう》も一昨日《おととい》もこんなことはなかった。だれもがカレーライスを食いながら何かこそこそと喋《しゃべ》りあっているのだ。何が第二次武装移民たちをこういうふうにさせているのか見当もつかなかった。

四郎は晩飯を食い終わると、当番兵を通じて神尾弥七少尉に呼ばれた。すぐにその部屋に向かった。扉を叩くと、はいれという声がした。なかに足を踏み入れた。弥七は机の向こうに腰を下ろした。机のまえにはもうひとつの椅子《いす》が置かれている。四郎はその眼を見据えながら言った。

「何か用でも？」

「そこに座われ」

四郎はこの言いかたにむっとしたが、机のまえの椅子に腰を落とした。

弥七が腕組みをして言った。

「動揺してたろう、飯を食いながら第二次武装移民たちが。いったい、何があったと思う？」

「神尾少尉」

「ぼくは民間人なんだ、あなたの部下じゃない。そんな言いかたはないでしょう！　口の利《き》きかたには気をつけてもらいます」

「何だ？」

弥七の眼がこの言葉にぎらっとした光を放った。きさま、帝国軍人に楯突くのか！　そう怒鳴りたかったのだろう。だが、それを抑えるように腕組みを解き、机のうえに置かれている藁半紙《わらばんし》をこっちに滑らせながら言った。

「こんなものが第二次移民たちに配られていた。読んでみろ」

四郎はその藁半紙を引き寄せて眼を通しはじめた。

それは謄写版《とうしゃばん》刷りで、こう書かれている。


第二次武装移民諸君！　諸君らはいったい何しにこの北満にやって来た？　ここで農業ができると思うのか？　諸君らは拓務省に騙《だま》されたのだ。ここでは間断なく匪賊に狙《ねら》われる。諸君らはわれわれと同様、屯墾隊という別名を持つが、匪賊との戦闘で死んだところで靖国《やすくに》神社に祀《まつ》られることはありえない。つまり、ただの犬死《いぬじに》を意味する。それだけじゃない。諸君らは知っているだろうか、われわれ武装移民がチャムスの同胞たちから屯匪と呼ばれていることを！　国策に沿って汗を流したあげくが蔑視《べっし》の対象となっているのだ。われわれはもう耐えきれない。諸君らも同じ運命が待ち受けている。忠告する。即刻決断し、中継地弥栄村から退去せよ！

第一次武装移民有志。

四郎はこれをだれが書いたかすぐにわかった。文選工だった森山宗介は燭光座の演劇内容のビラの謄写版刷りも担当していたのだ。この藁半紙に書かれているのは宗介の筆跡だった。宗介は風呂敷包みをぶら下げていた。包みのなかにはこのビラがはいっていたのだろう。そう思いながら四郎は藁半紙を弥七に押しかえした。

「だれが書いたと思う、これを？」

「わかりません」

「おれにはわかってる。きょうチャムスに出向いた信濃部落の四人のうちのひとりだ。チャムス以外に謄写版なんかないからな」

「それで？」

「明朝、部下に逮捕させる。おまえもそれにつきあってもらうぞ」

「ぼ、ぼくは憲兵じゃない！」

「ハルビン特務機関を通じて派遣されて来てるんだ、いまさら民間人民間人と言い立てる権利はない。おれの命令に従うしかないんだよ、おまえはこの弥栄村ではな！」

信濃部落は弥栄村本拠地から北に十五粁《キロ》の地点にある。

大気はきょうも澄みきっていた。

四郎は朝食を終えると蒙古馬に跨《また》がって風間《かざま》征治《まさはる》曹長率いる十人の分隊とともに信濃部落に向かった。馬の乗りかたは歩兵銃の扱い同様、弥栄村に来てから習った。分隊の兵士たちが乗っているのは蒙古馬じゃなく、ふつうの大きさの馬だったが、それは軍馬補充部からまわされたものじゃない。満人たちが農耕馬として使っていたものを買いあげて調教し直したそうだ。分隊を率いる三十後半の征治は温厚そうな常識人で、弥七とはちがい、こっちにも丁寧な口の利きかたをした。北満の大地はなだらかなうねりを持つ草原が拡《ひろ》がっている。そこを轍《わだち》が北へ向かっていた。宗介たちの馬車が通っていったのだ。四郎は分隊とともにそれに沿って馬を進めつづけた。

信濃部落に着いたのは十時過ぎだった。議定書に基いて分かれた十二の部落のどこにも一度も訪れたことはない。信濃部落には十四、五戸の家屋が作られていた。どれもにわか造りの建物だということは一眼でわかる。伐り出した材木を柱に、高粱《コーリヤン》の葉を屋根として葺いていた。壁は土壁で相当厚そうだった。厳冬期に備えているのだ。建設に当たっては弥栄村に駐屯する一個中隊が満人の苦力《クーリー》を集めて協力させたと弥七から聞いている。信濃部落はまわりをぐるりと柵《さく》で囲まれ、その入口には弥栄村信濃部落と墨書された看板が立てられていた。

柵には十頭近い蒙古馬が繫《つな》がれ、広場には馬を外された馬車が置かれている。そこを七、八匹の豚と四匹の犬が往《い》き来していた。これもみな中隊が調達したものなのだろう。信濃部落の向こうには丘陵が拡がり、そこに樹々《きぎ》がまっすぐ伸びている。白樺《しらかば》だと思う。部落と丘陵のあいだが開墾地らしかった。そこで三十五、六の人影が働いているのが見える。

四郎は分隊とともにいったん部落のなかにはいった。だれかいないか？　征治が大声でそう言った。反応は何もなかった。だれもが開墾地で働いているらしい。征治がそっちに行こうと部下たちを促した。四郎も蒙古馬の首をかえして柵のなかから出ていった。

開墾地で鍬や鋤を振るっている連中の恰好は昨日の宗介よりもっと酷《ひど》かった。だれもが蓬髪と頰髯は伸び放題で、纏っている服も綻び破れ汚れきっているのだ。しかも、傍らに歩兵銃を置いていた。それは屯匪と呼ばれてもしかたがないような恰好だった。

そのうちのひとりの三十半ばの男が鍬を振るう手を休めて馬を停めた征治を見あげた。征治が馬を降りた。分隊の他の連中も四郎も。その男が訝《いぶか》しげな声で征治に言った。

「何か急用ですか？」

「昨日、この部落から四人がチャムスに出向きましたね？」

「それが何か？」

「その四人をここに呼んでもらいたい」

「いまはふたりしかいませんが」

「どういうことです、それ？」

「残りのふたりは朝食まえに出て行きました。蒙古馬に乗ってね」

征治がちらりとこっちを見た。四郎は何も言わなかった。何が起きたかは容易に想像できる。征治が声を強《こわ》ばらせて言った。

「そのふたりとは？」

「森山宗介と三波直也ですが」

「どこへ行くと言ってた？」

「弥栄村の本部」

「朝食まえに出ていったと言ったな」

「そうです」

「それは何時ごろ？」

「五時半ごろだったと思います。残りのふたりはいまここで働いてますが、呼びますか？」

征治は首を左右に振って軍服の衣嚢《いのう》から煙草を取りだした。それをその男に勧めた。一本引き抜かれた。征治は燐寸《マッチ》を擦ってその男とじぶんの煙草に火を点けて言った。

「最近、現われるかね？」

「何がです？」

「紅槍会」

「もう二カ月以上現われてません。おれたちが金鉱目当てにここに入植したんじゃないことをようやくわかってくれたんでしょう」

「けど、油断しないで欲しい」

「え、ええ」

「いまはいい、ただ懸命に働いてるだけですからね。ただ、実りの秋となると、あの連中は何を考えるか知れたもんじゃない」

征治は信濃部落から逃亡した宗介と直也を追う気はまったくないらしい、馬をかえして弥栄村本部へと進路を向けた。第二次武装移民に配られたビラも見せようとしなかった。四郎は征治とともに轡《くつわ》を並べて平原を進んでいった。爽《さわ》やかな風が南から静かに流れて来る。征治がごほりと咳《せき》をして言った。

「ふたりが逃げてくれて助かったよ」

「どうしてです？」

「おれは憲兵隊の真似《まね》ごとをするのは好きじゃない。それにふたりを逮捕したら、弥栄村で面倒なことになる」

「どういう意味です？」

「神尾少尉の性格ですよ。あの若い少尉は何をしでかすか知れたもんじゃない。おそらく、ふたりを徹底して痛めつける。弥栄村には営倉なんかないのに、そんなものまで作るかも知れん。それが武装移民にどういう影響を与えると思います？　見たでしょう、連中のあの恰好を？　逃げだしたくなるのは当然だ。それを屯墾地に縛りつけるために恐怖心を利用するんですか？　おれはそんなことには反対だ。関東軍は宗匪や土匪の襲撃から武装移民を防衛するだけでいい」

四郎は頷《うなず》きながら蒙古馬を進めつづけた。

信濃部落を離れて小一時間経《た》ったころだ、大地がゆるやかにうねりはじめた。そのなだらかな丘を登りきったときだった。前方に馬車を連ねた列が見えた。兵士たちが肩に掛けていた歩兵銃を外す気配がした。

四郎は分隊とともに馬を停めてその列を眺めた。

馬車はぜんぶで七台動いていた。どれも三頭立てで、そのそばを警護するように馬上の七、八人が進んでいる。その一群は明らかに宗匪や土匪ではなかった。匪賊が移動に手間の掛かる馬車なんか使うはずもないのだ。それが南へ南へと進んでいた。

「何なんだろう、あいつら？」征治が低い声で言った。「紅槍会じゃないことだけは確かだが」

馬車群もこっちに気づいたらしい、その動きが停まった。

征治がふたたび馬を進めはじめた。分隊とともに四郎もその馬車群に向かった。南からの風がわずかに強まっている。みんなでその馬車群に近づいた。

三頭立ての馬車はどれも幌《ほろ》つきだったが、風を通すためだろう、その幌がめくられ、なかに家財道具や女子供が乗っている。御者台の男も馬上の男もみな白人だった。四郎はロシア人だと思った。だれもが怯《おび》えた表情でこっちを見ている。

「ロシア人らしいですな、こいつら」征治が戸惑いの声をあげた。「こいつらに満語は通じない、どうしたらいいんだ？」

「すこしできます、ぼくはロシア語が」

「訊《き》いてみてください、こんなところで何をしてるのかを」

四郎は蒙古馬をすこし進め、三番目の馬車の御者台に近づいた。手綱を握っているのは四十半ばの白人だった。四郎はゆっくりとロシア語で言った。

「何をしてるんです、ここで？」

「わ、わしらは」

「どこへ行くつもりです？」

その白人は怯えた眼差《まなざ》しのまま答えようとしなかった。

四郎はじぶんのロシア語が通じないのかと思った。

北京語が飛んで来たのはそのときだった。

「驚いたな、いつの間にロシア語を喋れるようになったんです？」

四郎はそっちに首をまわした。馬上の男が近づいて来た。四郎ははっとなった。やけに頭部が大きく鉤鼻《かぎばな》のその男はシャンハイ・ウィークリー・ニュースの記者ジョセフ・フリーマンだった。四郎は北京語に切り替えて言った。

「どういうことなんです、これは？」

「この連中はロシア人であってロシア人じゃない」

「何の謎《なぞ》掛けです、それ？」

「黒龍江省はソ連のユダヤ自治州に面してる。この連中はそこから来たユダヤの避難民です。国籍はソ連だが血はユダヤ人だ、わたしの国籍はイギリスでも血がユダヤ人のようにね。十二家族四十人が避難してる」

「何で避難を？」

「カリーニンという名まえを聞いたことがありますか、ミハイル・カリーニン。ユダヤ自治州は共産党機関紙『プラウダ』を創刊したあの政治局員がヨーロッパやアメリカのユダヤ資本から資金を集めるためにでっちあげた自治州なんですよ。ちょうど先の大戦でイギリスのバルフォア外相がユダヤ人の金銭を掻き集めるためにパレスチナでのイスラエル建国を約束したようにね。すべては嘘《うそ》でできあがった。そして、スターリンは徹底したユダヤ人嫌いなんです。自治州と名づけられていても、自治なんか完全に無視されてる。ちょっとでも共産党のやりかたに異議を唱えると、それはそのまま死を意味するんです。それに、ユダヤ自治州じゃ飢餓が深刻な問題になってる。

だれだって逃げだしたい」

「フリーマンさんがその支援を？」

「当然でしょう、同胞の辛苦を見て見ないふりをするほど、わたしは薄情じゃない」

「ソ連から逃げてどこへ行くつもりです？」

「ハルビン」

「しかし」

「わかってます、避難民は不法越境をしたんだ、何らかの罰則が待ち受けてるのは覚悟のうえです。だが、それを帳消しにするような土産を持ち込んでる」

「何です、それは？」

「ソ連極東軍に関する情報ですよ。関東軍にとっちゃこれ以上貴重なものはないでしょう。とくにハルビン特務機関は大悦《おおよろこ》びする。ここであなたに逢《あ》えるなんて想《おも》いもしなかった。まさに奇遇としか言いようがない。ぜひともそのように関東軍に取り継いでくださいよ、これは人道問題なんです」

敷島太郎は昨日《きのう》も一昨日《おととい》も仕事を休んだ。四日まえ、明満が朝食時に椅子《いす》から転げ落ち左肘《ひじ》を骨折したのだ。それはちょっと眼を離した一瞬の隙《すき》に起きた。骨折自体はさして重要なことじゃない。問題はそれに伴う内出血だった。紫斑病《しはんびょう》は血液の凝結力が弱く、内出血だけは厳重に避けるようにと大連から来た医師に注意されている。すぐに満鉄医院に入院させた。太郎の眼から見ても、明満の容態は明らかに悪化しつつある。だが、三日もつづけて休むわけにはいかなかった。満鉄医院での介護は桂子に委《まか》せて三日ぶりに奉天総領事館に出勤して来たが、眼を通さなきゃならない資料は山積していた。太郎は朝からずっとそれを読みつづけていた。

ドイツでは二カ月まえに新政党の結成が禁止され、ナチスが唯一《ゆいいつ》の政党となっている。そして、コンコルダートと呼ばれる政教協約をローマ法皇庁と結んだ。これは聖職者の政治活動を禁止するかわりに、ドイツでの信仰とカトリック教会の奉仕活動の自由を保障したものだ。アドルフ・ヒットラーへの権力集中は加速度的に進み、それが今後のヨーロッパに何を齎《もたら》すかが注目の的となっている。

日本では治安維持法がますます強化されつつある。京都帝大の教授だった河上肇《かわかみはじめ》に治安維持法違反で懲役五年の判決が下ったし、日本労農弁護士団の弁護士十七名もその嫌疑で警視庁に検挙された。プロレタリア作家として売りだした連中の転向声明も相次いでいる。特高刑事があちこちをうろつきまわる様子が眼に浮かぶようだ。内務省はちょっとでも国策に沿わない言動をする連中を徹底して取り締まるつもりだろう。

拓務省からまわって来た報告書も注目に価《あたい》する。試験的に北満に投入された第一次第二次武装移民は概《おおむ》ね成功だが、今後想定される大規模移民のためにはどうしても女性問題を解決する必要がある。そうでなければ、農村の余剰人口解消のために行なうこの大事業は頓挫《とんざ》する可能性がある。そう記されていた。だが、いまも宗匪《しゅうひ》や土匪が跳梁《ちょうりょう》するこの満州の大地にどうやって日本女性を定住させることができるのか？それについては一切触れられていない。

外務省にも大きな変化があった。

明満が満鉄医院に入院したその日に焦土外交を唱えて国内世論の喝采《かっさい》を浴びた内田康哉が病気を理由に外相を辞任したのだ。確かに高齢だったが、執務できないほどの病気を抱えていたわけじゃない。外務省は国際連盟脱退後に陸軍省との関係が急速にぎくしゃくしはじめていた。辞任の真の理由は内田康哉がそのことに辟易《へきえき》としたからだと思う。

後任には駐ソ大使だった広田《ひろた》弘毅《こうき》が任命された。太郎は面識があるわけじゃない。だが、福岡出身で頭山満《とうやまみつる》の玄洋社《げんようしゃ》の一員だった広田弘毅は外柔内剛で知られている。

新しい外相によって日本の外交がどう変わっていくのかはまだわからない。しかし、広田弘毅はモスクワに長く滞在していたのだ。東支鉄道はいまは満州でも日本国内でも北満鉄道と呼ばれている。広田弘毅は駐ソ大使時代に築いたモスクワの人脈を通じて積極的に北満鉄道買収に乗りだすだろう。それは必然的に参謀本部内での永田鉄山路線を推し進めることを意味していた。

塘沽停戦協定のあと、国民政府がどんな方向に転じるかはだいたい想像がつく。蔣介石から軍事委員会北平分会代理委員長を解任された張学良はヨーロッパに赴き、ハイラルや満州里ですさまじい戦闘を繰りかえしてソ連領内に逃亡した馬占山《ばせんざん》と蘇炳文《そへいぶん》にローマで逢っている。張学良に絶讃されたふたりは抗日英雄として支那に戻って来るのだ。しかし、蔣介石はすぐには抗日戦を再開する気はなさそうに見える。河北省の北部はいま妙な落着きを取り戻しているのだ、その安定を前提に第五次囲剿《いそうせん》戦に踏み切ることは眼に見えている。

太郎は読んでいた資料を閉じて煙草《たばこ》を取りだした。それに火を点《つ》けてそのけむりを大きく吸い込んでからふうっと吐きだした。

いくつもの資料に眼を通したが、その内容がちゃんと頭のなかに残っているかどうか自信がない。脳裏を占めているのは明満のことだ。まだ四歳になったばかりというのに、その顔は実に蒼白《あおじろ》かった。あの内出血はこれからどうなっていくのだ？　何度も繰りかえしたこの問いがいままたぶり返して来る。

新聞連合の香月信彦が訪ねて来たのは午後五時過ぎだった。近くに立ち寄ったものでねと言って応接の長椅子に腰を落とし、煙草を取りだして火を点けた。太郎はその向かいに座った。信彦がけむりを吐きだして言った。

「何だか顔色が冴《さ》えんね、何かあったのかい？」

「べ、べつに」

「忙しいんだろうな、新外相誕生で奉天総領事館も。おれたち新聞記者も広田弘毅が北満鉄道買収にどんな手腕を見せてくれるか興味津々《しんしん》だよ」

太郎は何も言わずに煙草を取りだした。

信彦が脚を組んで銜《くわ》え煙草のままつづけた。

「昨日《きのう》までおれは天津にいた。いま天津の賑《にぎ》わいはすさまじい。城内も租界も。いま内地じゃ『東京音頭』が大流行だ、西条八十《さいじょうやそ》作詞・中山晋平《なかやましんぺい》作曲のあの唄《うた》がね。だれもかれもが狂ったように歌い踊ってる、幕末のええじゃないか騒ぎみたいにね。天津も同じだよ。日本人はみな『東京音頭』に浮かれてる。理性なんかどこかにすっ飛んだ。少々のことは『東京音頭』が忘れさせてくれるんだ。なぜだかわかるかね？　麻薬だよ、麻薬。塘沽停戦協定で本格的に熱河産阿片《アヘン》が天津に流入しはじめてる。その運搬に当たっているのが阪田組だ。熱河侵攻の兵站《へいたん》を関東軍から請け負った阪田誠盛が興《おこ》した運輸土木会社だよ。阪田組は阿片運搬の効率を高めるために、来年の夏に本社を北平に移しアメリカ製の大型トラックを何輛《りょう》か買い入れるらしい。とにかく、熱河産阿片の流入で天津の景気はまったく衰えそうもない」

「阻止する気はないんですかね、国民政府は天津への阿片流入を？」

「蔣介石は第五次囲剿戦のことしか頭にないよ。阪田組の存在は青幇《チンパン》に大打撃を与えてるはずなのに、まったく手を打つ気配がない」

　国民政府は塘沽停戦協定の結果、軍事的空白地域となった河北省北部を東西に分けた。東部は唐山《とうざん》に灤楡《らんゆ》区行政督察専員公署を置き、その長官に陶尚銘《とうしょうめい》を当てた。西部は通州《つうしゅう》に薊密区行政督察専員公署を置いて殷汝耕《いんじょこう》を長官に任命した。ふたりとも浙江《せっこう》省の出身で日本への留学経験を持っている。早稲田大学の同窓なのだ。両方とも北平政務整理委員会の会員で、国民政府が塘沽停戦協定後に軍事的空白地域にたいして取った措置《そち》はただそれだけだった。

「板垣少将が試みた謀略工作は完全に失敗したが、関東軍はまだ河北省北部を諦《あきら》めてはいない。謀略の現場指揮を行なった茂川秀和大尉《たいい》がまだ天津に残ってるんだ、日本租界の淡路街に拠点を置いてね。そこは通称・茂川公館と呼ばれてる」

「それで？」

「茂川大尉はいま薊密区行政督察専員公署の殷汝耕に猛接近してる。殷汝耕は井上恵《いのうえけい》子《こ》という日本人と結婚してるんだ、親日派として取り込めると考えてるんだろう」

「取り込んで何をするつもりなんです？」

「そこまではわからん。しかし、関東軍はかならずまた何かをやらかす。そのとき、利用できる支那人として確保しておきたいんだろうよ」

太郎は取りだした煙草にようやく火を点けた。

信彦が短くなった煙草を灰皿のなかに揉《も》み消して話題を変えた。

「眼を通したかね、拓務省が内部資料として出した報告書？」

「読みました」

「あの報告書の基礎資料となったのは敷島四郎という日本人の手によるものだそうだ。おれはきみの兄弟は直接には三郎くんしか知らないが、ひょっとして」

「末弟《ばってい》です」

「そうじゃないかと思ってたんだ、四郎くんはいまチャムスの近くの弥栄村にいる。報告はそこからハルビン特務機関を通じて送られたらしい」

太郎は四郎が武装移民と一緒に暮していると想像もしていなかった。義母の死のときは連絡の取りようもなかったが、まさか北満にいるとは三郎も考えなかったろう。無政府主義という他愛もないことを信奉していたあの四郎が宗匪や土匪の跳梁する北満の大地での暮しに耐えられるのか？ そう思いながら太郎は煙草のけむりを大きく吸い込んだ。

「武装移民も取材してみたい気がするが、いまのおれの興味はもっぱら戦争だ。近いうちに瑞金を覗《のぞ》いて来る、第五次囲剿戦がはじまるまえにね。もしかしたら、満州日報から中国共産党に入党した寄居《よりい》雄児《ゆうじ》に逢えるかも知れん」

机上の電話が鳴ったのはそのときだった。太郎はちょっと失礼と言って長椅子から立ちあがった。銜え煙草のまま机に歩み寄り、受話器を取りあげた。満鉄医院からですという交換手の声が聞こえた。

それからすぐに新しい声は出て来なかった。

ただ受話器の向こうで人の呼吸《いき》遣いが感じられる。

太郎はそれが桂子のものだとすぐにわかった。銜えていた煙草を引き抜き、机上の灰皿のなかに押し潰《つぶ》して言った。

「どうした、桂子、何があった？」

すぐには反応はなかった。

太郎はその沈黙に声を強めた。

「何かあったのか、明満に？」

受話器の向こうで桂子の嗚咽《おえつ》がはじまった。

太郎はそれで何が起きたのかがわかった。死んだのだ、明満が。四歳になったばかりの命が消えていった！　太郎は受話器を握りしめたままぽっかりと口を開けた。

「どうしたんだ、太郎くん、顔が真っ青だぞ！」

太郎は信彦のこの声がはるか彼方《かなた》で響いたような気がした。そのとき、どこかでぱあんぱあんという音が響きはじめた。太郎は呆然《ぼうぜん》としたまま信彦に言った。

「何なんです、あの音は？」

「花火だよ。奉天神社の境内であげてる。きょうは九月十八日だろ。満州事変勃発《ぼっぱつ》を記念して打ちあげてる」

太郎は強烈な眩暈《めまい》を覚えた。

明満は明るい満州あるいは明日の満州という意味を込めて隣家の堂本誠二《どうもとせいじ》によって

命名された。その明満が満州事変の端緒となった柳条溝事件の九月十八日に死んでいった。

握りしめている受話器の向こうの嗚咽は熄《や》みそうもない。

ぱあんぱあんという音も繰りかえされた。

満州事変勃発記念の花火が奉天神社の境内であがりつづけている。

天が与えた時

北方謙三

人がいて、集落があり、それが集まって地域社会ができる。さらにそれが集まり、国になり、国がいくつも存在して、そういう中に人の営みがある。その単純な図式は、国家や民族を考える時の、最初の認識である。

そこに、民族がある。支配、被支配がある。宗教がある。政治思想がある。それらが複雑に絡《から》み合い、世界は成立している。

複雑に絡み合っているがゆえに、利権や富も絡み合い、紛争が起き、戦争になり、虐殺《ぎゃくさつ》も行われる。

そういう世界のありようについて、船戸与一と飲みながら語ったことは、数かぎりなくある。お互いに作家であるので、自分が体験した事象が最も大事ということになるが、少数民族の闘いなどに視点が集中すると、全体が見通せなくなるのが常であった。

ある時、私がブルキナ・ファソの話をすると、船戸の眼が輝いた。おまえ、オート・ボルタに入ったのか。旧国名で、船戸は言った。行きたくて、行けなかった国であるらしい。その国で、数度起きている革命の歴史なども知っていた。

アフリカの紛争は複雑だが、ひとつの点を理解すると、そこから解析はしやすくなってくる。国境線である。国境が、直線で引かれている場合が多いのだ。それは民族のありようを無視して、統治する国の都合で引かれたのである。国境を跨《また》いで同じ部族が存在している。つまり、国とは別に、部族の国家がまたあるという、二重国家の大陸なのだ。

その二重国家は宗教宗派の対立まで絡んで複雑な様相を呈し、紛争の火種にもなっている。船戸と私は、それについて夜を徹して語った。船戸与一の国家観が、最もよく見えた瞬間だった。

もう十数年も以前の話だが、当時、船戸の視界には明らかに西アフリカが入っていた。北アフリカの、ポリサリオ解放戦線までは、『猛《たけ》き箱舟』で達しているのだ。サハラ砂漠を南にむかって越えれば、西アフリカであり、かつてオート・ボルタといったブルキナ・ファソである。

書くのだろう、と私は言ったが、船戸は確答せず、いきなり日本史の話に変えた。

日本史は、一応は俯瞰《ふかん》の視線もあるので、さまざまな地方、時代の話になっても、視野狭窄《きょうさく》に陥ることはなく復元する。徳川吉宗《よしむね》と田沼意次《おきつぐ》を較《くら》べたら、どちらが先進的であったかという話になり、船戸は米を経済体系の中心に据えた、吉宗の政治的後退を言い募った。私にはどちらでもよかったが、頷《うなず》けない部分もあり、ちょっと罵《のの》り合った。

次に会った時は、西郷隆盛についてであった。なぜ、おまえはそんなに嫌いなのだ、と問い詰めてくる。嫌いではない。ただ征東軍を東海道と中山道《なかせんどう》から出した時、東海道の本隊の軍費が不足し、大阪の商業資本から調達したのが、軍と財閥の結びつきになった、と書いただけである。

そのころから、船戸は日本史の中で、軍と財閥が手を結んだ拡張主義が生まれた、という認識を持っていた。そしてそれは、ひとりの人間の資金調達が端緒になったのではなく、近代化の過程で出てきた、歪《ゆが》みが産んだものだ、と考えていた。それについての、資料の渉猟は相当なものだったが、私は西郷嫌いというレッテルが我慢できず、罵り合った。

その時はまだ、満州という言葉は、一度も出てきていない。抑圧された少数民族の、絶望的な反抗には眼をむけていた。歴史の中にある、そういうところが好きなのだ、と私は思っていた。

少数民族の反抗を書くには、民族意識だけでは不足なところがあり、民族意識が政治的な思想に昇華され、権力との抗争の必然性を作品の中に生み出した。エンターテインメントという意識も小説にあり、物語の中に政治的イデオロギーを持ちこんだと、私はしばしば批判したものだった。物語は、大きいようでいて、イデオロギーの制約を受けて縮まるのである。それについて、船戸がどう反論したかは、実はよく憶《おぼ》えていない。いや、しなかったような気がする。

作家は、批判については、作品で回答するのである。

私は、ずっと昔、南米の取材で船戸の世話になったことがある。そしてちょっと昔、吉林《きつりん》省や黒竜江《こくりゅうこう》省、つまり旧満州の取材で、結果としていささか迷惑だったが、世話になったことがある。

私が、船戸与一という作家の中に、満州というものをおぼろに感じるようになったのは、そのころからである。

そして、ほどなく、『満州国演義』の連載がはじまった。また反軍閥の闘いで、もしかするとアナーキーなものも入ってくるかもしれない、と私は感じた。船戸の国家観や権力観が、人間観に収斂《しゅうれん》され、本来の小説の立ち位置に回帰している、と思いはじめていたころだった。

アナーキーというのは、ちょっとだけしか当たらなかったが、来るぞ来るぞと思っても、政治的イデオロギーが作品から襲いかかってくる、ということは起きなかった。敷島《しきしま》四兄弟の設定が見事で、イデオロギーが入りこむ余地すらなかった、と言っていいかもしれない。つまりは、私が考える重層的で本格的な小説だったのである。それは完結まで変ることはなく、人間の愚かさや、懸命さや、健気《けなげ》さや、薄汚なさまで描きこまれた、ある意味での全体小説たり得ていたのである。

私は、瞠目《どうもく》した。

きちんと歴史と人間に眼をむけ、船戸与一ほどの作家が持ち前の執拗《しつよう》さで書けば、こうなるのだという戦《おのの》きを伴った驚きがあった。近代史を舞台にした、傑作であろう。さて、本巻であるが、満州国建国のあたりからはじまっている。本格的な中華侵攻の前夜と言えるだろうか。

近代史の中で、満州国建国という事件は、明治維新から背負い続けなければならなかった、日本のある歪みを象徴している。あらゆる日本が、そこにあると言っていい。それは、日米開戦よりもスリリングであり、情念的であり、そしてきわめて小説的なのだ。

作家としての本能が、満州にむかわせたのだ、と私は思った。人間と国家を、こういう描き方で浮き出させた作品は、再読、三読するしかなく、批評的な言葉など、意味すら持たなくなっている。

執筆中に、船戸与一は、癌《がん》に襲われた。それは、余命宣告を受けるほどのものだった。その余命の、五倍も六倍も生きて、船戸は書き続けた。それは、執念などではあるまい。なにかが、言葉では言いきれないなにかが、船戸に書かせたのだ。

天に、書く時間を与えられた、稀有《けう》な作家だと、私は思っている。

死後、私は丁寧に全篇を一度読み返した。言葉は凜冽《りんれつ》で、描写の緩みなど、微塵《みじん》もなかった。船戸作品の中で、最も小説的な傑作を残して、船戸はいなくなった。

なんという作家と、酒を酌《く》み交《か》わし、話し、笑い、罵り合ってきたのだろうか。そして、同時代を併走してきたのだろうか。

私は、その喜びを嚙《か》みしめ、もう少し気力をふるい起こして書き、あの世の船戸を唸《うな》らせたい。それがいま、渇望《かつぼう》に近いものになっている。

（二〇一五年七月、作家）

本書には、現代の観点からは差別的と見られる表現がありますが、作品の時代性に鑑みそのままとしました。（編集部）

参考文献は最終巻に記載します。

この作品は二〇〇七年十二月新潮社より刊行された。

船戸与一著
風の払暁
―満州国演義一―

外交官、馬賊、関東軍将校、左翼学生。異なる個性を放つ四兄弟が激動の時代を生きる。満州国と日本の戦争を描き切る大河オデッセイ。

船戸与一著
事変の夜
―満州国演義二―

満州事変勃発！　謀略と武力で満蒙領有へと突き進んでゆく関東軍。そして敷島兄弟に亀裂が走る。大河オデッセイ、緊迫の第二弾。

安部龍太郎著
下天を謀る
（上・下）

「その日を死に番と心得るべし」との覚悟で合戦を生き抜いた藤堂高虎。「戦国最強」の誉れ高い武将の人生を描いた本格歴史小説。

浅田次郎著
赤猫異聞

三人共に戻れば無罪、一人でも逃げれば全員死罪の条件で、火の手の迫る牢屋敷から解き放ちとなった訳ありの重罪人。傑作時代長編。

安東能明著
撃てない警官
日本推理作家協会賞短編部門受賞

部下の拳銃自殺が全ての始まりだった。警視庁管理部門でエリート街道を歩んでいた若き警部は、左遷先の所轄署で捜査の現場に立つ。

井上ひさし著
一週間

昭和21年早春。ハバロフスクの捕虜収容所に移送された小松修吉は、ある秘密を武器に当局と徹底抗戦を始める。著者の文学的集大成。

伊集院 静著　海　峡　―海峡 幼年篇―

かけがえのない人との別れ。切なさを噛みしめて少年は海を見つめた――。瀬戸内の小さな港町で過ごした少年時代を描く自伝的長編。

大沢在昌著　冬　芽　の　人

「わたしは外さない」。同僚の重大事故の責を負い警視庁捜査一課を辞した、牧しずり。愛する青年と真実のため、彼女は再び銃を握る。

垣根涼介著　君たちに明日はない　山本周五郎賞受賞

リストラ請負人、真介の毎日は楽じゃない。組織の理不尽にも負けず、仕事に恋に奮闘する社会人に捧げる、ポジティブな長編小説。

北方謙三著　武王の門（上・下）

後醍醐天皇の皇子・懐良は、九州征討と統一をめざす。その悲願の先にあるものは――。男の夢と友情を描いた、著者初の歴史長編。

桐野夏生著　ナニカアル　島清恋愛文学賞・読売文学賞受賞

「どこにも楽園なんてないんだ」。戦争が愛人との関係を歪めてゆく。林芙美子が熱帯で覗き込んだ恋の闇。桐野夏生の新たな代表作。

今　野　敏　著　リ　オ　―警視庁強行犯係・樋口顕―

捜査本部は間違っている！　火曜日の連続殺人を捜査する樋口警部補。彼の直感がそう告げた。刑事たちの真実を描く本格警察小説。

早野龍五
糸井重里著
知ろうとすること。
原発事故後、福島の放射線の影響を測り続けた物理学者と考える、未来を少しだけ良くするためにいま必要なこと。文庫オリジナル。

池谷孝司編著
死刑でいいです
—孤立が生んだ二つの殺人—
疋田桂一郎賞受賞
〇五年に発生した大阪姉妹殺人事件。逮捕された山地悠紀夫はかつて実母を殺害していた。凶悪犯の素顔に迫る渾身のルポルタージュ。

石黒浩著
どうすれば「人」を創れるか
—アンドロイドになった私—
人型ロボット研究の第一人者が挑んだ、自分そっくりのアンドロイドづくり。その徹底分析で見えた「人間の本質」とは——。

市川寛著
検事失格
「ぶっ殺すぞ、お前！」。恫喝により冤罪を作り出してしまった元暴言検事の告白。検察庁の真実を描く衝撃のノンフィクション。

NHK「東海村臨界事故」取材班
朽ちていった命
—被曝治療83日間の記録—
大量の放射線を浴びた瞬間から、彼の体は壊れていった。再生をやめ次第に朽ちていく命と、前例なき治療を続ける医者たちの苦悩。

NHKスペシャル取材班著
日本海軍400時間の証言
—軍令部・参謀たちが語った敗戦—
開戦の真相、特攻への道、戦犯裁判。「海軍反省会」録音に刻まれた肉声から、海軍、そして日本組織の本質的な問題点が浮かび上がる。

新潮文庫最新刊

梨木香歩著
不思議な羅針盤
慎ましく咲く花。ふと出会った本。見知らぬ人との会話。日常風景から生まれた様々な思いを、端正な言葉で紡いだエッセイ全28編。

山本博文著
日曜日の歴史学
猟師が大名を射殺!? 江戸時代は「鎖国」ではなかった!? 「鬼平」は優秀すぎた!? 歴史を学び、楽しむための知識満載の入門書。

関 裕二著
古代史50の秘密
古代日本の戦略と外交、氏族間の政争、天皇家と女帝。気鋭の歴史作家が埋もれた歴史の真相を鮮やかに解き明かす。文庫オリジナル。

小和田哲男著
名城と合戦の日本史
秀吉以前は、籠城の方が勝率がよかった！ 名城堅城を知謀を尽くして攻略する人間ドラマを知れば、城巡りがもっと有意義になる。

白石仁章著
杉原千畝
―情報に賭けた外交官―
六千人のユダヤ人を救った男は、類稀なる〈情報のプロフェッショナル〉だった。杉原研究25年の成果、圧巻のノンフィクション！

加藤三彦著
前進力
―自分と組織を強くする73のヒント―
元能代工業高校バスケット部の名監督が、現状から一歩前に進むヒントを伝授。結果を出すための、成功への最短距離が見えてくる。

群《ぐん》狼《ろう》の舞《まい》

満州国演義三

新潮文庫　ふ－25－12

平成二十七年十月一日発行

著者　船《ふな》戸《ど》与《よ》一《いち》

発行者　佐藤隆信

発行所　株式会社　新潮社

郵便番号　一六二―八七一一
東京都新宿区矢来町七一
電話　編集部(〇三)三二六六―五四四〇
　　　読者係(〇三)三二六六―五一一一
http://www.shinchosha.co.jp

価格はカバーに表示してあります。

乱丁・落丁本は、ご面倒ですが小社読者係宛ご送付ください。送料小社負担にてお取替えいたします。

印刷・大日本印刷株式会社　製本・加藤製本株式会社

ISBN978-4-10-134322-8 C0193